KB047479

이상문학상 작품집

2022년 제45회 이상문학상 작품집

대상 수상작 손보미 「불장난」 외 6편

2022년 제45회 이상문학상 작품집

불장난 외 6편

문학사상

제45회 이상문학상

대상 수상작 선정 이유

대상 수상자: **손보미**　대상 수상작: **「불장난」**

이상문학상 심사위원회는 2022년 제45회 이상문학상 대상 수상작으로 손보미 작가의 단편소설 「불장난」을 선정합니다.

손보미 작가는 2009년 문단에 등단한 후 장편소설 『디어 랄프 로렌』, 중편소설 『우연의 신』, 소설집 『그들에게 린디합을』 『우아한 밤과 고양이들』 등을 통해 소설적 상상력의 탁월함을 높이 평가받고 있는 중견작가입니다.

「불장난」은 일종의 성장소설로서 사춘기에 접어든 소녀가 부모의 이혼으로 인해 겪는 정서적 불안과 내적갈등을 통과의례의 서사적 틀 속에서 치밀하게 그려 낸 작품입니다.

제45회 이상문학상 심사위원회는 이 작품에서 돋보이는 화자의 절제된 감정 표현과 섬세한 내면묘사에 주목하면서 서사의 긴장을 살려 내는 소설적 장치의 상징성과 그 문학적 성취를 높이 평가하여 2022년 제45회 이상문학상 대상의 영예를 드립니다.

2022년 1월

제45회 이상문학상 심사위원회

권영민, 권성우, 권지예, 우찬제, 윤대녕

차례

2022년 제45회 이상문학상 작품집

1부

대상 수상작

그리고 작가 손보미

손보미 孫寶渼

1980년 서울에서 태어났다. 2009년 『21세기문학』 신인상을 수상하며 등단했고, 2011년 『동아일보』 신춘문예에 당선되며 작품 활동을 시작했다. 소설집 『그들에게 린디합을』 『우아한 밤과 고양이들』, 짧은 소설집 『맨해튼의 반딧불이』, 장편소설 『디어 랄프 로렌』 『작은 동네』, 중편소설 『우연의 신』 등을 펴냈다. 젊은작가상 대상, 한국일보문학상, 김준성문학상, 대산문학상 등을 받았다.

2022년 제45회 이상문학상

대상 수상작

불장난

"남자들이란 항상 골칫거리지."

남자애들 사이에서 유행하는 놀이에 대해 말하자 그녀는 이렇게 대답했다. 그녀의 대답에 나는 의구심을 느꼈던 것 같다. 혹은 그녀가 진짜 의도를 숨기고 있다고 여겼거나. 그때 나는 열두 살이었고, 여자애들끼리 모여서 시도 때도 없이 이런 이야기를 나누곤 했다. 남자애들은 더러워. 바보, 멍청이들, 이 세상에서 없어졌으면 좋겠어. **모조리 다.** 발언 속에 포함된 경멸은 언제나 진실된 것이었다. 그들—남자애들—에 대해 우리가 지나치게 몰두하고 있다고 느껴질 때도 있었지만 즐거움과 흥분은 어디까지나 이야기를 나누는 행위 자체에서 기인한 것이지 이야기의 대상과는 전혀 관련이 없었다. 아, 아니다. 그런 건—혐오의 대상에게서 즐거움을 느낀다는 건— 절대로 일어나선 안 되는 일 중 하나였다.

내가 그녀의 말에 의구심을 느꼈던 이유는, 그 말을 한 사람이 다름 아닌 그녀라는 사실, 오로지 그것뿐이었다.

그녀는 운전 중이었고, 과속방지턱을 넘어가는 동안에도 속도를 줄이지 않아서 우리의 몸은 차 안에서 꿀렁, 하고 요동쳤다(차 안에서 안전벨트를 매지 않아도, 어린아이들을 카 시트에 앉히지 않아도, 어른들이 아무 데서나 담배를 피워도 아무도 신경 쓰지 않던 시절이 있었다. 놀랍게도 그런 시절이 분명히 존재했다). 조심성 없는 운전 습관 때문에 그런 일은 빈번하게 발생했지만, 그녀는 한 번도 괜찮냐고 물어본 적이 없었다. 나를 덜 걱정해서가 아니라, 그녀에게는 그 정도 물리적 충격이 그다지 크게 다가오지 않았기 때문에, 다른 사람들에게도 그럴 것이라고 지레짐작해서였다.

그녀의 운전 습관은 나이가 든 후에도 여전했다.

"그때, 장모님 운전 실력이 총알택시 기사 빰쳤다니까. 나 토할 뻔했어."

몇 달 전 나는 남편과의 결혼 생활에 종지부를 찍었는데, 우리가 아직 부부였던 시절, 남편이 아무런 맥락도 없이 갑자기 그때의 일을 끄집어낸 적이 있다. 나는 좀 의아했다. 그는 그녀가 운전하는 차를 딱 한 번 타봤을 뿐이었다. 칠 년 전, 그러니까 우리가 결혼하기도 전의 일로, 처음으로 그가 우리 부모님 집을 방문한 날이었다. 그는 토요일 오후에 고속철도를 타고 서울에 왔다가 함께 저녁 식사를 하고 돌아가는 것으로 일정을 짰다. 주말 내내 시간을 내는 게 불가능할 정도로 시간적 여유가 없어서는 아니었다. 아, 물론 그는 바빴다. 언제나 그랬다. 우리가 처음 만났을 때, 그는 기획재정부 소속 공무원이었다. 대기업에 취직한 친구들과 비교하면 일의 강도는 비슷한데 연봉은 형편없다고 그는 자주 말했다. "그냥 대기업에 들어갈걸 그랬어." 실수했다는 듯한 표정과 자책하는 듯한 말투 속에는 자신은 무엇이든 선택할 수 있었다는 자신감과 최종 선택에 대한 만족감이 포함되어 있었다. 물론 그는 진짜 감정을 숨길 의도가 없었다. 그건 그가 말하는 방식일 뿐이었다. 그는 그게 허위의식이나 가식과는 상관이 없다고 믿었고, 매너—하나의 형식이라고만 생각했다. 나는 그게 그의 고질적인 특질은 아니라고 생각했던 것 같다. 어쩌면 그저 미숙하고 순진한 부분이라고 여겼는지도 모른다. 하지만 다른 식으로 받아들였다 할지라도, 그와 결혼하지 않을(더 정확하게 말해서 그와 사랑에 빠지지 않을) 이유가 되지는 않았을 것이다.

여하튼 그날 일정을 그렇게 짠 건 다른 이유 때문은 아니었고, 어디서 하룻밤을 자야 할지 그가 끝내 결정을 내리지 못했기 때문이었다. 그는 결혼도 하기 전인데 여자 친구의 부모님 집에서 잠을 자는 건 이상하다고 여겼다. 그 당시 나는 직장 근처에서 혼자 살고 있었다. "내 오피스텔에서 자면 되잖아?" 그는 내 얼굴을 한동안 바라보았다. "나는 너희 부모님을 만난 날 밤에 너와 같은 방에 머물고 싶지 않아." 그리고 이렇게 덧붙였다. "근처 호텔서 혼자 자는 것도 이상한 것 같아. 그런 건 얼빠진 자식들이나 하는 짓인 것 같거든. 자기는 어떻게 생각해?"

그날, 저녁 식사 자리에서 나와 그는 아버지와 그녀의 맞은편에 나란히 앉아 있었다. 처음에 그녀는 다소 긴장한 것처럼 보였지만, 시간이 조금 지나자 그런 분위기는 곧 사라졌다. 그녀는 활력이 넘치는 모습으로 친근하게 그에게 말을 걸기 시작했다. 그러는 동안 아버지는 별말 없이 그를 지그시 바라보고만 있었다.

늘 그랬다. 손님들이 집에 오면 늘 그랬다는 말이다.

열 살 때의 이사—내 생애 첫 번째 이사였다— 이후로 가끔 아버지의 회사 동료, 부하 직원, 대학 동창 부부가 집으로 초대되었다. 일회성인 경우도 있었고, 오래도록 지속된 경우도 있었다. 부부 동반 모임! 처음 손님이 집에 오던 날, 낮부터 부산스럽게 준비를 하며 그녀는 믿을 수 없다는 듯, 그 말을 몇 번이나 반복했었다. (순전히 남편 때문에) 생판 처음 만나는 여자 어른들 사이에는 미묘한 기류가 흘렀다. 어떤 여자들—보통은 아버지 부하 직원의 아내들—은 대충 분위기를 맞추다가 측은하다는 표정으로 남몰래 나에게 미소를 보내기도 했고, 어떤 여자들은 열성적이고 과장된 포즈로 친밀하게 굴었다(남자 어른들은 여자 어른들 사이에 흐르는 이런 미묘한 기류를 알아차리지 못하거나 관심이 없거나, 혹은 애써 무관심한 척했다). 무언가 언짢다는 듯이 신랄하고 인색하게 굴며 안주인의 흠집을 찾으려고 애를 쓰는 경우도 있었다(이런 경우, 그녀들의 남편은 아버지와 동등한 위치에 있었다). 나조차 알아차릴 지경이었건만, 그녀는 순진무구한 표정을 지으며 시종일관 생글거리다가 맥락도 없이 내게 말을 걸곤 했다. "우리 딸, 잘 먹고 있어?" 그녀는 이름 대신 꼭 우리 딸, 하고 불렀다. 하지만 이상하게도 대부분의 경우, 식사가 끝나 갈 때쯤이 되면 신랄하고 인색한 기운은 맥없이 사그라들고, 심지어 어떨 때 그들—여자들—은 마치 아주 오랫동안 알아 온 친구 같아 보였다.

그녀와 아버지는 손님이 오기 전, 어떤 역할을 맡을지 미리 약속이라도 한 것 같았다. 그녀는 끊임없이 말을 하고 매력을 발산하며 관심을 끌고, 아버지는 시종일관 점잖은 미소를 지으며 사람들에게 자신의 관심을 골고루 나누어 준다. 아버지는 과묵하게 굴었지만 적절한 때 재치 있는 농담을 던질 줄 알았다. 아버지는 이런 말을 했다. 아내는 내 진정한 대변인이야, 우리는 이심전심이야, 나는 말을 할 필요조차 없어, 기타 등등. 숭배하는 듯한 아버지의 목소리 주위로, 그전까지 마구 흩어져 있던 자신감과 권위의 편린들이 한꺼번에 일렬로 줄을 서는 것 같았다. 그러면 그녀는 양쪽으로 늘어뜨린 자신의 기다란 머리카락을—마치 아버지와의 사이를 갈라놓는 장벽이라도 된다는 듯— 아버지와 맞닿지 않은 어깨 쪽으로 모조리 넘겨 버리고는 아버지의 팔에 자신의 팔을 밀착시켰다. 나는 항상 그걸 못 본 척했다.

평소에 아버지는 전혀 과묵하지 않았다. 그녀는 아버지의 대변인도 아니었고, 아버지의 마음을 다 아는 것 같지도 않았다. 말을 할 필요가 없는 건 더더군다나 아니었다. 만약 그랬다면 아버지가 왜 그토록 시시콜콜하게 원하는 것을 끊임없이 말해야 했단 말인가? 주말 동안 아버지는 소파에 앉아서 그녀에게 이것저것 요구했다. "나 물이 마시고 싶은데"라든지, "리모컨이 내 가까이 있으면 좋겠는데"라든지, "저녁은 일곱 시 십 분 전에 먹고 싶어" 등등. 이상하게도 아버지의 태도에서는 요구 사항을 하달하는 사람의 권위라고는 찾아볼 수 없었고 조바심과 초조함, 흐릿한 열의 같은 게 느껴졌다. 그녀는 그 요구 사항을 군말 없이 들어줄 때도 있었지만, 이렇게 말할 때가 더 많았다. "그게 정말 지금 당장 필요한 건지 다시 생각해 봐줄래요?" 그러면 아버지는 자못 심각한 표정으로 한동안 눈을 감고 있다가, 결국은 이렇게 대답했다. "당신 말이 맞아. 지금 당장 필요한 건 아닌 것 같아." 그런 아버지를 보면서 그녀는 약간 극적으로 두 눈썹을 치켜올렸다.

"그럴 줄 알았다고요."

그러므로 아버지가 사람들 앞에서 자신은 한 번도 원하는 것을 입 밖에 낸 적이 없다고, 그럴 필요조차 없다고 말할 때 나는 좀 의아한 기분이 들었을지도 모른다. 하지만 그런 말들을 그리 심각하게 받아들이지도 않았던 것 같다. 심지어 나는 아버지가 특별히 거짓말을 한다고 생각하지도 않았다. 나중에, 사춘기의 폭풍 한가운데 서게 되었을 때, 나는 아버지의 온갖 시시콜콜한 행동들을 떠올리며 머릿속 재판을 거행했지만, 사람들 앞에서 아버지가 보여 준 그런 태도는 절대 심판대에 오르지 않았다.

손님들과 식사가 얼추 마무리되면 아버지는 내게 이제 그만 들어가서 자라고 했다. 내가 방으로 들어가면 아버지가 찬장 깊숙이 숨겨 둔 양주와 작은 잔들을 꺼내리라는 사실을 나는 알고 있었다. 아버지는 내 앞에서 술 마시는 모습을 보여 준 적이 없었다. 아버지는 흡연가였지만 우리 집에는 재떨이가 없었고, 라이터나 담배가 내 눈에 띈 적도 거의 없었다(다른 집에서는 아버지가 집 안에서 담배를 피우는 게 아주 일상적이었다). 길거리는 담배를 피우는 사람들로 차고 넘쳤다. 함께 걷다가 그런 사람들을 목격하면 아버지는 다른 길로 돌아가는 것을 택했다. 식당에서 담배 피우는 사람을 목격하면 어떻게 했는가? 아버지는 두 손으로 내 눈을 가렸다.

눈을 가린다—아버지의 커다란 두 손이 급박하게 내 눈앞에 드리워진다.

티브이 드라마에서 남녀가 포옹하는 장면이 나오거나, 외국 영화에서 키스를 나누는 주인공들이 등장할 때도 아버지는 내 눈을 가렸다. 그런 세계—하지만 그게 어떤 세계란 말인가?—가 나에게 접근하는 것을 막겠다는 듯이. 하지만 그것—접근 금지가 어떻게 가능했겠는가? 아버지의 바람대로 되었다면 그때 내가 그들이 술을 마시리라는 사실, 그들이 담배를 피우리라는 사실, 그들이 특별한(아이들 앞에서는 절대 말하지 않을) 단어들을 내뱉으리라는 사실을 어떻게 알고 있었겠는가? 접근 금지가 가능하지 않다는 사실을 아버지가 알지 못했다는 게 말이나 되는가? 내가 그 세계를 이미 알고 있다는 사실을 아버지가 몰랐다는 게 말이 되는가?

하지만 그만 들어가서 자라는 아버지의 말을 나는 언제나 군말없이 따랐다. 부인들은 꼭 한마디씩 거들었다. "아휴 착하기도 해라." 그런 말을 들으면 머리 위로 벌레가 기어가는 기분이 들었고 소름이 돋았다. "동생이 갖고 싶지 않니?" 이런 질문을 받을 때도 비슷한 기분이 들었다. 보통은 여자 어른 중 한 명이 질문을 던졌고, 나머지 어른들은—여자 남자 할 것 없이— 안 그런 척하면서 내 대답을 기다리고 있었다. 내가 끝까지 입을 다물고 있으면, 그들은 애가 아직 어려서 그렇다고 말했다.

열한 살 때 이런 일이 있었다. 그날, 나는 손님들이 있는 식탁을 떠나 세수와 양치질을 한 다음, 곧바로 방으로 들어가 불을 껐다. 이불을 목까지 끌어올리고 어둠 속에서 천장을 바라보았다. 눈을 감지는 않았다. 눈을 감으면 진짜로 잠들어 버릴 수도 있었으므로(이미 그런 경험이 몇 번 있었다). 내가 잠들었는지 그녀가 확인하고 가면 나는 침대에서 빠져나왔다. 그러고는 방문 앞에 쭈그리고 앉아 밖에서 나는 소리를 들으려고 애썼다. 집 구조상 내 방은 식당과 가장 먼 반대편에 위치하고 있었다. 내 귀에 도착하는 건 적당히 뭉쳐지고 굴려진 음파들의 덩어리에 불과했지만, 어렴풋이 감지되는 무언가가 분명히 있다고, 나는 느꼈다. 지금 돌이켜 보면 그 당시 나를 정말로 매혹시켰던 건 내가 금지당하는 대상이라는 사실 그 자체였는지도 모른다. 접근 금지 딱지가 붙어 있다는 것, 그러니까 아버지가 그 딱지를 '그런' 세계가 아닌 나 자신에게 붙여 놓았다는 것. 나는 어둠 속에서 내 신체 전부가 거대한 귀가 되었다고 상상했다. 신체는 언제나 정신을 지배하는 법이어서, 그런 상상이 작동되기 시작하고 나면, 나는 그 흐리터분한 덩어리 속의 독자적인 음절들을 경계 짓고, 하나씩 차례대로 골라잡을 수 있었다. 쾅, 하고 테이블에 잔을 내려놓는 소리, 무언가가 쏟아지는 소리, 냉동실에서 꺼낸 얼음을 통에 붓는 소리, 사람들의 뭉개지는 말소리. 그러다가 나는 아버지가 이렇게 말하는 것을 듣게 되었다.

"내 아내는 내가 원하는 걸 말하지 않아도 모두 다 알아차린단 말이야."

음파들의 덩어리 속에서 특정한 지점을 건져 올리려고 노력할 필요도 없을 정도로, 아버지는 엉성한 발음이긴 하지만 집 안이 쩌렁쩌렁하게 울릴 만큼 커다란 목소리로 말했다. 그 말은 아버지가 자주 했던 말과 별반 다를 게 없었는데도 낯설고 이상한 느낌을 품고 있었다. 과묵함을 뚫고 나오는 권위나 자신감도 찾아볼 수 없었고, 평소 집에서 그녀에게 무언가를 요구할 때처럼 성마른 조급함도 찾아볼 수 없었다. 아버지의 목소리에 뒤이어 무모하게 무언가를 잔뜩 헝클어뜨리는 듯한 웃음소리가, 키득거리는 사람들의 웃음소리가 들렸다. 문득 두려운 마음이 들었는데, 이유를 설명할 수는 없지만 나는 그게 웃음소리(그중에서도 그녀의 웃음소리) 때문이라고 생각했다. 길을 걷다가 구멍에 쑥 빠지는 것처럼 웃음소리는 순식간에 사라지고 바깥에서는 갑작스러운 정적이 감돌았다. 나는 거의 본능적으로 그들이 그 시각 방 안에 잠들어 있을 이 집의 어린 딸을 의식했기 때문이라는 사실을 알아차렸다. 나는 얼른 침대로 가서 누웠다. 눈을 감은 채로 어른들 중 누구라도 나를 보러 오기를 원했다. 내가 그들의 말을 엿들은 적이 없다는 걸 보증해 주기를 바랐다. 보증. 그래, 나는 그것을 바랐다. 하지만 아무리 기다려도 아무도 나를 보러 오지 않았고, 그 사실 때문에 나는 다소 처참하고 부끄러운 마음이 들었다.

번쩍, 하고 눈을 떴을 때는 한밤중이었다. 방금까지 꿈을 꾼 것 같은데, 아무리 노력해도 내용이 기억나지 않았다. 부엌으로 간 나는 텅 빈 식탁 위에 코를 대고 킁킁거리며 냄새를 맡았다. 아무 냄새도 나지 않았기 때문에 나는 실망감을 느꼈다(대체 무엇을 기대했던 걸까?). 설거지통은 깨끗했고, 그릇과 술잔들도 이미 다 찬장 안으로 들어간 후였다. 그 모든 것들이 흔적도 없이 말끔하게 치워진 것이다. 나는 거실 한가운데 서서 그녀와 아버지가 함께 잠들어 있을, 그러니까 꽉 닫힌 안방 문을 한동안 바라보았다. 다시 방으로 돌아온 나는 일부러 침대 위로 엉금엉금 천천히 기어 올라갔다. 그때, 문득 조금 전 꾸었던 꿈의 일부가 떠올랐다. 사실 일부라고 말하기에도 민망한 수준이었다. 내가 떠올린 건 그저 꿈속에서의 나의 모습, 그것뿐이었다. 나는 거대한 귀 모양을 하고 있었다. 거대한 귀에 손과 발이 달려 있었는데, 꿈속의 나—거대한 귀는 아주 조잡하고 초라하며, 볼품이 없었다.

그 조잡하고 초라하고 볼품없는 귀가 꿈속에서 어떤 소리를 들었는지 꿈 밖의 (더 이상 거대한 귀가 아닌) 나로서는 기억해 낼 재간이 없었다.

시간이 지나면서 손님들이 집을 방문하는 일은 점차 줄어들었다. 교류가 완전히 끊어진 건 아니었지만 어느 정도 시들해진 건 사실이었다. 그녀가 몸이 아프다는 말을 달고 살던 시기도 바로 그즈음이었다. 병원 검진에서는 아무런 이상이 없다고 하는데도 그녀는 자신의 백혈구 수치를 걱정하거나 족저근막염이나 부비

동염 같은, 그 당시의 나로서는 들어 본 적도 없고 어떤 식으로 아픈 건지 상상도 할 수 없는 병명을 들먹였다. 주말마다 아버지가 운전하는 차를 타고 우리는 병원으로 갔다. 내가 집에 있겠다고 하면 그녀는 우리 모두 함께 가야 한다고 주장했고 병원 앞에 도착하면 보란 듯이 내게 말했다. "넌 차 안에 있어." 나는 뒷좌석에 앉은 채로 그들이 함께 병원에 들어갔다가 나오는 걸 지켜봐야만 했다. 집으로 돌아올 때에는 언제나 그녀가 운전을 하겠다고 우겼다. "몸을 좀 써야겠어." 어불성설이었다. 집에 걸어가는 편이 훨씬 낫다는 말이 목구멍까지 올라왔지만, 덜컹거리는 차 안에서 나는 입을 다물었다.

아버지는 퇴직한 후로 일 년에 한두 번쯤, 그녀와 둘만의 여행을 떠났다가 돌아왔다. 집에서 아버지가 시시콜콜한 요구 사항을 늘어놓으면 그녀가 그 요구 사항의 가불가 판정을 내리는 일은 계속되었다. 적어도 내가 그 집을 나와서 따로 살기 전까지는 그랬다. 둘 사이를 흐르던 극적이고 무엇인가 샘솟는 듯한 기운은 사라졌지만 우스꽝스러울 정도로 진지한 아버지의 표정과 야릇하게 씰룩거리는 그녀의 눈썹은 그대로였다.

그날, 그를 처음으로 우리 집에 데리고 간 날, 끝도 없이 질문 세례를 던지는 그녀와 입을 다문 채 그를 바라보는 아버지를 보며 나는 그들이 그 옛날, 손님들과 머물던 식탁으로 돌아가려는 시도를 하고 있는 게 아닌가 하는 의심이 들었다. 아버지와 그녀가, 나와 그를 이용해서 자신들의 특정한 시기를 반복해 보려는 공모를 했을지도 모른다는 그런 의구심. 내 머릿속으로 이미 주름이 잔뜩 파인 아버지의 얼굴과 주름이 파였다는 표현이 아직은 어울리지 않는 그녀의 얼굴이 마주하고 킬킬거리는 장면이 떠올랐다. 그런 장면이 일단 떠오르고 나자, 그들이 실제로 그런 공모를 했느냐 마느냐는 더 이상 중요하지 않았다. 나는 그저 내 상상력 때문에 짜증이 났다. 그랬다. 상상력, 언제나 그게 문제였다.

기차표를 예매해 놓았다고, 돌아갈 시간이 되었다고 그가 말했을 때, 그녀는 미래의 사윗감을 택시에 태워서 보낼 수는 없다고 주장했다.

"좋은 생각이네. 당신이 운전을 하면 되겠네."

아버지는 한 번도 그녀가 운전하는 차에서 불편한 기색을 내비친 적이 없었다. 마치 평소 확고하게 지니고 있던 '안전함'이라는 개념은 사라지고, 아버지 신체 기관의 반응이 그녀의 운전 스타일에 맞추어 새롭게 조정되는 것 같았다.

마력. 그런 식으로 알게 모르게 타인의 신체-마음을 조종하는 그녀의 능력을 나는 마력이라고 불렀다.

그날, 그녀는 사십 분은 걸릴 거리를 이십오 분 만에 주파했다. 그는 그녀가 운전하는 차를 처음 타본 사람들이 어정쩡하게 내뱉는 말, 예컨대 "운전을 정말 잘하시네요" 혹은 농담하듯 "와, 진짜 너무 험하게 운전하시네!" 따위의 말은 입에 올리지도 않았다. 정신이 없어 보이긴 했지만 끝까지 사윗감으로서의 예의를 지켰다. 나는 그녀와 아버지에게 돌아가라고, 그를 배웅하고 바로 내 집으로 가겠다고 말했다.

기차역에 둘만 남았을 때, 그가 이렇게 말했던 기억이 난다.

"장모님 연세가 어떻게 되신다고 했지?"

그 후로 그는 한 번도 그녀의 운전에 대해 언급한 적이 없었는데 몇 년이나 지난 후에야 불쑥 그런 말을 꺼낸 것이다. 장모님의 운전 실력이 총알택시 기사 빰친다고. 나는 그때 뭐라고 했던가? 그즈음 나는 남편이 하는 말에 일일이 반응하지 않으려고, 그저 농담처럼 받아들이려고 노력하는 중이었다. 그래서 나는 이렇게 대답했다. "쓸데없이 빰을 왜 쳐?" 그는 무슨 말인지 모르겠다는 표정으로 나를 바라보기만 했다. 지금도 나는 궁금하다. 그는 그저 재미있는 일화를 불현듯 떠올린 것에 불과했던 것일까? 아니면 그녀의 운전 습관을 계속 마음에 품고 있다가 이때다 싶은 시점에 의도적으로 내게 던진 것일까? 그런 식으로 장모의 무신경하고 성급한 부분을 내 앞에 들이밀면서 이렇게 말하고 싶었던 것일까?

당신은 정말 무신경해. 장모님을 닮아서 그런가 봐. 피는 못 속이잖아.

정말로 그런가? 아니면 (그가 내게 자주 하는 말처럼) 내가 모든 것을 너무 극적이고 과장되게 생각하는 것일까? 그러니까, 아버지에게 "다시 생각해 봐줄래요?"라고 말하며 눈썹을 움직이던 그녀처럼?

하지만 여기에는 두 가지 오류가 있다. 무엇보다 그녀는 무신경하지 않았다. 경솔한 부분이 있었다고는 말할 수 있을 것이다. 하지만 나는 경솔하다고 표현하지도 않을 것이다. 대범하다는 표현은 어떨까? 아니면…… 무모하다고? 그랬다. 그녀는 무모했다. 오래전 그녀는 자신보다 열두 살이나 많은 남자, 그것도 자신이 근무하는 학교에 다니는 아홉 살짜리 딸의 아버지—유부남—와 열렬한 사랑에 빠졌었다. 이게 바로 두 번째 오류였다. 아홉 살짜리 딸, 그게 바로 나였다. 그러니까 그녀와 나는 피 한 방울 섞이지 않은 사이인 것이다. 우리 집에 처음 왔을 때 그는 이미 그 사실을 알고 있었다.

그러므로 이것은 다분히 의도된 나의 오류다.

아버지와 사랑에 빠졌을 때 그녀는 스물일곱 살이었고, 초등학교에 부임한 지 몇 년밖에 되지 않은 초짜 교사였다. 일 년 동안 이어진 둘의 사랑은 비밀로 부쳐지다가 내가 열 살이 끝나 갈 무렵 꼬리가 밟혔다. 그러고 한 달도 지나지 않아 그녀는 학교를 그만뒀는데, 자의적인 선택이었는지 아니면 공식적인 처벌이나 조치의 결과였는지는 모르겠다. 사람들은 그녀가 내 담임선생님이었다고 알고 있었지만, 사실 그런 적은 없었다. 심지어 나는 학교에서 그녀의 얼굴을 본 적도 없었다. 나중에 벌어진 일들을 고려하면 그녀가 내게 학교 선생으로 각인된 적이 없다는 건 불행 중 다행이었다. 그녀는 아버지와 결혼한 이후로 자신이 한때 선생이었다는, 그런 비슷한 말도 꺼내지 않았다. 하다못해 내 학업에 도움을 주려는 그 어떤 시도조차 한 적이 없었다. 자신의 과거가 마치 이제는 효용을 다한, 징그러움만 남은 허물이라도 되는 것처럼.

그 뒤로 모든 일들이 일사천리로 흘러갔다(혹은 그렇게 보였다). 특별한 소란도 없이 (이것 역시 그렇게 보였다는 의미다) 어머니와 아버지는 이혼을 했고, 그다음 해 일월 말에 그녀가 우리 집으로 들어왔다. 결혼식 같은 세리머니도 없이 아버지와 그녀가 법적인 부부가 된 후, 원래 거주지에서 꽤 거리가 있는 동네로 이사를 했다. 내가 전학을 하는 건 당연한 수순이었다. 사실 이 모든 사안—이혼, 재혼, 이사, 전학—들은 내가 모르는 사이에, 나의 의지와는 아무런 상관도 없이 이루어졌다. 이전부터 어머니와 아버지는 주말부부였는데, 아버지의 불륜 사실이 발각되자마자 나는 어머니가 주중에 머물고 있던 지방으로 보내졌기 때문이다. 둘의 주말부부 생활이 시작된 건 내가 일곱 살 때, 어머니가 지방에 있는 대학에 전임교원으로 채용되고서부터였다. 어머니의 짐을 옮기던 날, 아버지와 함께 교수 아파트에 갔던 기억이 난다. 임시 거처. 처음에 그곳을 그렇게 부른 건 어머니였고("여보, 여기는 임시 거처일 뿐이야"), 그 후로 아버지와 나 역시 그곳을 그렇게 부르곤 했다("엄마, 내일 임시 거처에 안 가면 안 돼? 우리 집에 함께 있으면 안 돼?").

아버지의 불륜이 들통나고 내가 그곳에 머물게 되었을 때, 어머니는 더 이상 임시 거처라는 단어를 사용하지 말라고 했다. "이제부터 여기가 내 집이야." 어머니는 그렇게 말했다.

겨울방학이 끝나고도 나는 계속 어머니 집에 머물러야 했다. "이건 네 부모가 함께 결정한 일이야." 이혼한 이후 어머니는 필요하다고 판단될 때마다 그런 식으로 아버지와 자신을 엮어서 삼인칭으로 부르곤 했는데, 그때마다 나는 좁고 긴 구멍에 끼어서 옴짝달싹

하지 못하는 듯한 기분을 느꼈다. 압박감은 아니었고, 굳이 설명하자면 곤란함에 가까웠다. 내가 좀 더 나이가 들었을 때에는 어머니가 단어 하나하나에 집착하고 끝도 없이 의미를 부여하는 사람이란 생각 때문에 창피한 마음이 들었다.

봄방학이 끝나기 며칠 전, 어머니는 이제 많은 것들이 바뀌게 될 거라고 마음을 단단히 먹으라고 했다. "엄마는 너에게 사과하고 싶지 않구나. 사과를 받고 싶다면 네 아빠에게 받으렴." 하지만 단호한 태도는 순식간에 무너졌고 곧바로 어머니는 이렇게 덧붙였다. "무슨 일이 있어도 나는 영원히 너의 엄마야."

내가 열두 살이었던 여름에, 일 년 동안 외국의 대학으로 떠나게 되었을 때도 어머니는 공항에서 똑같은 말을 했다.

나는 영원히 너의 엄마야.

"너희 엄마는 야망이 있는 여자였어." 이혼 직후, 아버지는 어머니에 대해 그렇게 말하곤 했다. 비난하는 투는 아니었던 것 같다. 다만 '야망'이라는 단어와 '여자'라는 단어를 한 문장에 둘 때, 아버지는 영원히 출입을 거부당한 대륙에 몰래 발을 디디는 중인 사람처럼 보였다. 긴장되고 조심스럽지만, 그러지 않고는 못 배기겠다는 듯한 태도. 발언을 한 직후에는 이루 말할 수 없는 뿌듯함을 느끼겠지만, 곧이어 자신이 느끼는 감정 때문에 어리둥절해지고 말 것이다(아니다, 아버지는 한 번도 어리둥절해하지 않았다). 물론 아버지에 대한 어머니의 발언도 있었다. "난 너희 아빠한테 미리 다 이야기했었어. 그 대학에 지원할 거라고. 그 후에는 거기에 가서 살아야 할지도 모른다고. 너희 아빠는 알았다고, 나를 응원한다고 했어. 그런데 내가 채용되었다는 소식을 전하니까 뭐라 그랬는지 아니?" 어머니는 내 대답을 기다리지도 않고 말을 이어 갔다. "'뭐라고?' 이러는 거야. 믿을 수 없는 일이 벌어진 것처럼! 너희 아빠는 내가 거기에 채용될 거라고 눈곱만큼도 믿지 않았던 거야!" 어머니의 분노나 증오 속에는 아버지의 배덕보다는, 자신을 '진심으로' 지지한 적이 없으면서 그런 척했다는 사실이 훨씬 더 큰 지분을 차지하고 있는 것처럼 보였다.

서로에 대한 노골적인 언급은 이혼 직후 한동안 불타오르다가 서서히 사그라들었고 결국에는 꺼져 버렸다. 한 톨의 불씨도 남지 않았던 것 같은 어느 날, 오랫동안 품고 있던 궁금증을 해결하지 않고는 안 되겠다는 듯, 뜬금없이 불쏘시개를 꺼내 든 건 그녀였다. 그녀는 내게 어머니의 집이 어떻냐고 물었다. "티브이가 없어요." 그 말을 듣자 그녀가 대답했다. "아, 나 너희 엄마가 어떤 사람인지 알 것 같아." 비하나 빈정거림의 기미는 없었다. 그녀는 정말로 뭔가 깨달음을 얻은 것 같았고 다시는 어머니의 집에 대해 묻지 않았다. 만약 어머니의 집 거실에 소파가 없다는 말까지 했다면 그녀는 어떤 반응을 보였을까? 어머니의 집 거실 중앙에는 커다란 책상이 하나 있었다. 사실 나는 그게 식탁이라고 생각했지만, 어머니는 그걸 언제나 책상이라고 불렀고, 나에게도 그렇게 말해 달라고 **부탁했다.** 의자는 베란다의 커다란 통창을 향해 있었다. 창밖으로는 높게 자란 나무들이 가지를 사방으로 뻗고 있어서 여름방학 때는 눈부신 초록을, 겨울방학 때는 앙상한 가지를 볼 수 있었다. 안경을 쓰고 머리를 아무렇게나 질끈 묶은 어머니는 책상 앞에 앉아서 두꺼운 책을 읽고, 포스트잇을 붙이고, 연필로 표시하고, 컴퓨터 자판으로 무언가를 계속 썼다.

사람들은 그 시기에 내가 무척 혼란스러웠거나 상처를 받았으리라고 생각했다. 하지만 그때 내가 느낀 혼란스러움은 사람들이 상상하는 그런 방식은 아니었다. 이를테면 어머니는 일을 할 때마다 내게 읽을 책을 주었다. 책이라면 아버지와 그녀가 사는 집에도 많았다. 종류는 달랐다. 아버지 집에는 주로 동화책이나 추리소설 전집이 있었지만, 어머니는 나를 위해 백과사전이나 만화로 된 역사책을 사두었다. 하지만 내가 원하는 책은 귀신이나 미스터리를 다룬 책들이었다. 두 집, 그 어디에도 내가 원하는 책은 없었다. 한번은—열한 살 때의 일인데—요절한 러시아 발레리나의 일대기를 다룬 책을 사달라고 그녀에게 요청한 적이 있었다. 그녀는 그때 세탁실에 앉아서 손빨래를 하는 중이었고 나는 그녀 앞에 쪼그려 앉아서 말했다. "러시아 발레리나의 사랑을 다룬 책이에요." 나는 일부러 '사랑'이라는 단어를 강조하고 그녀의 반응을 기다렸다. 그녀는 손빨래를 멈추지 않고, 이렇게 대답했을 뿐이다. "그런 책에는 아무런 교훈이 없잖니." 나는 순순히 물러났다. 어쨌든 내게는 어머니가 있었으니까. 어머니는 내가 책을 사달라고 한 사실에 만족스러워하며 곧바로 함께 서점으로 갔다. 하지만 표지를 봤을 때는 고개를 흔들며 의구심에 찬 목소리로 말했다. "글쎄다……. 네가 읽기에는 부적절한 것 같구나." 나는 전혀 부적절하지 않다고, 어머니를 설득시키려 안간힘을 썼다. "어린 여자애가 발레리나가 되기 위해 열심히 노력하는 내용인데? 발가락이 너무 길어서 토슈즈를 신기도 힘들었지만 결국 세계적인 발레리나가 되는 이야기라고!" 서점 한가운데에 서서 이런저런 설명을 늘어놓는 동안 나는 이런 의문이 들었다. 책을 사줄 어른이 남들의 두 배(물론 정확히 두 배는 아니었다. 1.5배!)나 마찬가지인데, 왜 나는 원하는 것을 하나도 가질 수 없단 말인가? 왜 이들은 내게 이렇게 얕은수를 쓰게 만든단 말인가? 그런 생각을 하자, 나는 이루 말할 수 없는 수치심을 느꼈다. 그리고 이게 내가 느끼는 혼란스러움과 상처의 정체였다.

전남편은 내가 그 모든 변화를 극적인 갈등 없이 받아들였다는 사실을 믿지 못했다(그는 '비정상적'이라고 했다). 부모님이 주말부부를 하는 동안, 그리고 이혼을 한 후, 내가 어머니가 아닌 아버지와 함께 살았다는 사실에도 (다른 많은 사람들이 그런 것처럼) 놀라워했다. 어머니가 지방에 내려가 있는 동안 아버지와 생활하는 게 그리 어려운 일은 아니었다. 정말 그랬다. 출근 시간이 내 등교 시간보다 한 시간 정도 빠른 아버지 때문에 일찍 학교에 도착해서 빈 교실에 머물러야 하는 것도, 하교 후에 집으로 와서 도우미 아주머니가 차려 준 점심을 먹고 혼자 이 학원 저 학원을 다니는 것도, 저녁에 집에서 혼자 숙제를 하거나 티브이를 보거나 어머니와 통화를 하는 것도(어머니는 내게 자신의 수업 일정표를 주었고 통화할 수 있는 시간을 알려 주었다) 모두 익숙했다. 물론, 나는 얼른 주말이 되기를, 그래서 어머니가 돌아오기를 바랐고 어머니는 한 번도 빠짐없이 돌아왔다.

주말 아침에는 예외 없이 모두 다 늦잠을 잤고, 아침 식사는 늘 걸렀다. 어머니가 요리를 하는 경우는 없었다. 그렇다고 아버지가 요리를 한 것도 아니었다. 라면을 끓여 먹거나, 치킨이나 피자, 분식이나 중국 음식을 시켜 먹었다. 음식을 주문하는 아버지와 어머니 사이에는 미묘한 신경전이 있었는데, 나중에서야 나는 아버지와 어머니가 서로에게 오기를 부리는 중이라는 사실을 알게 되었다("누가 먼저 배달 음식에 질리는지 두고 보자고"). 하지만 어머니가 근무하는 대학의 방학이 시작됨과 동시에 그런 긴장감과 배달 음식은 완전히 사라져 버렸다. 어머니가 직접 요리를 했기 때문이다. 유월 중순부터 팔월 말까지, 요리뿐만 아니라 모든 집안일은 어머니의 손에서 이루어졌다. 어머니는 앞치마를 매고 아버지가 출근하기 전에 먼저 일어나서 아침 식사를 만들고, 나를 깨웠다. 다 함께 식사를 한 후에 출근하는 아버지를 배웅했다. 어머니는 매일 장을 봤고 식재료를 남기는 일도 잘 없었다. 나는 저녁마다 어머니가 식사를 만드는 걸 도와야 했다. 하기 싫다는 기색을 조금이라도 보이면 어머니는 이렇게 말했다.

"너도 같이 먹을 건데 조금은 돕는 게 낫지 않아? 그게 억울해?"

그런 단어를 쓴 적도 없는데, 언제나 어머니는 억울하냐고 물었다. 어머니와 내가 애써 저녁 식사를 준비했는데 아버지가 직장 동료들과 술을 마시느라 늦게 귀가하는 경우도 있었다(어머니가 없을 때에는 그런 일이 절대 없었다). 그러고 나면 며칠 동안 어머니와 아버지 사이에는 냉랭한 기운이 감돌았다. 내가 제일 원하지 않았던 건, 외식을 하기로 되어 있는 전날에 아버지가 늦게 돌아오는 것이었다. 그 당시 가끔 토요일 저녁에 나비넥타이를 맨 직원이 서빙해 주는 레스토랑에 식사하러 나갈 때가 있었는데, 나는 거기에 갈 날만을 손꼽아 기다리곤 했던 것이다.

내가 여덟 살이던 때, 여름방학이 시작된 그 주에 아버지는 토요일 날 외식하러 나가자고 말했고 나는 그날만을 기다리고 있었다. 그런데 금요일 밤에 아버지가 늦게 귀가했고, 아버지와 어머니는 새벽까지 목소리를 낮춘 채 계속 다투었다. 토요일 아침 나는 둘 사이에 쌀쌀한 기운이 감도는 걸 알아차렸지만 애써 모르는 척을 했다. 혹시라도 어머니나 아버지 둘 중 한 명이 홧김에 외식을 취소할까 봐 내내 초조한 마음이 들었다. 하지만 정작 문제는 그 둘의 싸움이 아니었다. 오전부터 내리던 부슬비가 오후에는 장대비가 되더니 결국엔 사나운 비바람으로 변한 것이었다. 내가 고집을 부린 탓에 외출이 취소되진 않았지만, 아파트 현관에서 주차장까지 걸어가는 동안 바람 때문에 우산은 어디론가 날아가 버렸고 우리는 흠뻑 젖은 채로 차에 올라야만 했다. 운전대를 잡은 아버지의 손에서 물방울이 뚝뚝 떨어져 자동차 시트를 적셨다. 전면 창으로는 마치 물 폭탄이 떨어지는 것 같았다. 차가 움직이기 시작하자 와이퍼는 힘겹다는 듯이 구슬픈 소리를 냈다. 빗줄기 너머 거리의 모습은 분간이 되지 않았고, 급기야 천둥 번개가 치기 시작했다. 우르르쾅쾅쾅, 천둥

소리가 날 때마다 누군가 내 심장으로 바위를 집어던지는 것 같았다. 퍼붓는 빗줄기와 온몸을 때리는 듯한 천둥소리, "이래도 꼭 가야겠어?"라는 어머니의 물음에도 물러서지 않았던 나는, 라디오에서 동부간선도로를 통제한다는 소식이 흘러나왔을 때, 더 이상 고집을 부릴 수 없다는 사실을 받아들여야만 했다.

아파트 주차장에 도착한 후, 나는 어머니의 손을 잡고, 비에 고스란히 노출된 채로 아파트 현관까지 뛰어 들어갔다. 아파트 현관 센서 등은 켜지지 않았고 엘리베이터도 작동하지 않았다. 그사이 아파트 전체가 정전이 된 것이었다. 물을 뚝뚝 흘리며 힘겹게 어두운 계단을 올라가서(우리 집은 오 층이었다) 드디어 당도한 집 안은 어두컴컴했고, 서늘하다 못해 차가운 기운이 감돌았다. 어둠 속에서 더듬거리며 어머니가 가져다준 수건으로 머리카락을 닦는 동안("꼼꼼히 닦아. 여름 감기에 걸리지 않게" 어머니가 말했다) 아버지는 라이터를 켜서(그게 아버지가 내 앞에서 라이터를 켠 처음이자 마지막 날이었다) 이곳저곳을 뒤지다가 양초를 찾아냈다.

양초 세 개.

식탁에 모두 둘러앉자, 아버지는 양초에 불을 붙이고 접시 위에 촛농을 떨어뜨려 초를 세웠다. 접시 위에 나란히 세워진 세 개의 촛불은 황포한 비바람이 창문을 두드리며 울부짖을 때마다 이리저리 흔들렸다. 천둥 번개가 번쩍이며 어둠을 가르는 초여름 밤, 도시는 악랄한 방식으로 침식되어 가고 있는 것 같았다.

"무서워."

내가 말하자, 어머니는 나를 꼭 안아 주었다.

"창문이 부서질 것 같아."

"괜찮을 거야."

아버지가 내 머리를 쓰다듬으며 말했다. 어머니가 양초를 하나 들고 냉장고를 뒤지기 시작했다. 양파나 당근, 파 같은 채소와 복숭아와 자두 몇 개. 아버지는 생 당근을 씹었고 나는 복숭아와 자두를 하나씩 먹었지만, 아무것도 먹지 않았을 때보다 상황이 더 나빠진 것 같았다.

"배고파."

아버지가 냉동실에서 냉동 만두를 발견했지만 무용지물이었다. 전자레인지가 작동되지 않았기 때문이다.

"기다려 봐."

자신만만하게 (또다시) 라이터 불에 의지해서 창고로 간 아버지는 휴대용 버너를 가지고 왔지만, 이것 역시 무용지물이었다. 부탄가스가 없었던 것이다. 어머니는 냉동실을 더 뒤져 보았다. 그리고 냉동실 안쪽에서 언제 적 것인지 알 수 없는 떡국떡을 발견했다.

"이게 왜 여기에 있어?"

어머니가 기가 찬다는 듯이 말했고 아버지는 어깨를 으쓱거렸다. 어머니는 젓가락으로 떡 하나를 집은 후 양초 불 위에다가 데우기 시작했다. 아버지가 말했다.

"그래서 되겠어?"

아버지의 빈정거림이 무색하게, 양초 불 위의 떡은 서서히 구워

지기 시작했다. 잠시 후, 어머니는 찬기가 가신 떡을 내 입으로 넣어 주었다. 여전히 딱딱한 감이 남아 있었지만 나는 곡물의 고소한 맛을 느끼며 떡을 꼭꼭 씹어 넘겼다. 어느새 아버지도 젓가락을 가지고 와서 떡을 다른 양초 불 위에 굽기 시작했다.

"나도 해보고 싶어."

"위험해서 안 돼."

아버지가 말했다. 어머니와 아버지는 떡을 구워서 번갈아 가며 나에게 먹여 주었고, 간간이 자신들의 입에도 집어넣었다. 도시에 미친 듯이 비가 쏟아지고, (조금 과장하자면) 전봇대도 뽑아 버릴 것 같은 바람이 베란다 창문을 계속 흔드는 동안, 우리 가족은 별말도 없이 서로에게 몸을 딱 붙인 채 떡을 굽고 있었다. 가끔 하늘이 무너져 내릴 것처럼 천둥 번개가 치거나 창문의 덜컥임이 지나치게 심각해졌지만, 우리는 모두 떡을 굽고 씹는 데에만 열중했다. 그때, 어디선가 훌쩍거리는 소리가 났다.

"엄마, 울어?"

"울어? 왜?"

아버지가 놀라서 묻자, 어머니가 여전히 훌쩍이며 대답했다.

"아, 지금 너무 행복해서 그래."

그 말은 진실이었을 것이다. 어머니는 정말로 그 순간 행복했을 것이다. 어둠 속, 미약한 촛불을 앞에 두고, 두려움을 애써 숨긴 채로 떡을 씹으면서, 어머니는 가족의 유대감, 자신이 진정으로 있어야 하는 곳에 있는 것 같다는 안정감을 느꼈을 것이다. 어머니 자신을 짓누르고 있던 (말로 내뱉기도 싫고 인정하고 싶지도 않았을) 복합적인 감정들이 한순간 사라지는 느낌을 받았는지도 모른다. 하지만 동시에 어머니는 그날, 그 모든 감각들이 하나의 허상에 지나지 않는다는 점 역시 깨달았을지도 모른다. 정전과 비바람과 천둥소리를 뚫고 자신에게 도달한 안도감과 해방감은 일시적인 것에 불과하다고, 그것이 자신이 선택한 삶이며 정해진 기간 이곳을 떠나기로 예정되어 있기 때문에 자신이 그 모든 것을 완수할 수 있었다는 사실 역시 깨달았을지도 모른다. 훗날 자신이 머물고 있던 공간을 임시 거처가 아닌 '집'이라고 마침내 지칭할 수 있게 되었을 때, 어머니는 이날을 어떤 식으로 떠올렸을까? 떠올리긴 했을까?

배덕의 찌꺼기와 흉허물을 피해서(놀랍게도 어느 정도는 성공했다고 말할 수 있었다), 새로 살게 된 아파트의 이름은 정우맨션이었다. 각기 다른 방향으로 뻗은 기다란 복도 세 개가 중앙의 원형 공간으로 연결되어 있는, 약간 특이한 구조의 아파트였다. 각층 복도 끝에 있는 두꺼운 철문을 열고 나가면, 외부 계단을 이어 주는 층계참이 있었다. 층계참을 둘러싼 벽의 높이는 내 가슴 정도였다. 외부 계단은 구 층의 작은 옥상과 꼭대기 층인 이십오 층의 큰 옥상까지 이어졌다. 우리 집은 삼 층이었다. 나는 가끔 철문 밖 층계참으로 나가서 도로를 지나가는 자동차를 바라보거나, 벽에 기대어 쭈그려 앉아 있곤 했다(그러면 밖에서는 내가 보이지 않았다). 옥상에 올라가 본 적은 없었다. 옥상뿐만 아니라 다른 층에는 아예 가본 적이 없었다. 거주하지 않는 층에 가면 누군가 벌컥 문을 열고 내게 소리칠 것만 같았다. "너, 여기 층에 사는 애가 아니잖니? 너는 불청객이구나?"

내가 '맨션'의 뜻을 물었을 때 아버지는 이렇게 대답했다. "고급스럽다는 뜻이야." 어머니의 대답은 이랬다. "허울 좋은 말이지 뭐." 그녀가 (잠깐 동안이었지만) 어머니의 집에 관심을 가졌던 것과 반대로 어머니는 그 집—아버지와 나와 그녀가 살던—에 관심이 없었다. 하지만 아버지에 대한 언급을 안 하게 된 이후에도 어머니가 가끔 그녀에 대해 말할 때는 있었다. "정말 어리석은 여자야. 대단치도 않은 남자 때문에 직업까지 헌신짝처럼 버리다니. 직업을 버린다는 건 삶을 버린다는 거나 마찬가지야." 이런 말 속에는 그녀에 대한 비난보다는 내게 교훈을 주고 싶다는 의도가 다분했던 것 같다. 어머니는 나를 보며 경고하듯이 말했다. "남자에 미치면 여자가 그렇게도 되는 거다. 알겠니?" 아버지가 이 말을 들었다면 이중으로 분노했을 것이다. 어머니가 그녀를 모욕한다고 여길 것이기 때문에. 그리고 내 앞에서 그런 표현—남자에 미치다—을 사용했다는 사실 때문에.

아버지와는 다른 관점이긴 했지만, 나도 어머니의 말이 얼토당토않다고 생각했다. 직업을 버린다는 게 어떻게 삶을 버리는 것과 같을 수가 있단 말인가. 동시에, 바로 이게 (그녀가 운전하는 덜컹거리는) 차 안에서 "남자들이란 항상 골칫거리지"라는 말을 들었을 때 내가 의구심을 가졌던 이유였다. 그녀 자신이 바로 남자에 미친 여자였기 때문에. 그녀라면 남자애들에 대해 다른 식으로 말하리라고 여겼기 때문에.

그리고 (드디어) 솔직히 고백하건대, 그녀가 그 말을 했을 때 내가 느낀 감정이 오직 의구심뿐이라고 이야기하는 건 진실이 아니다.

내가 오 학년 때, 우리 반에는 숙직실을 청소하는 여자애들 그룹이 있었다(어떻게 그 애들이 숙직실 청소를 도맡게 되었는지는 나도 모르겠다). 그 애들 이외에는 아무도 숙직실 앞을 얼씬거리지도 않았다. 마치 그 장소가 그 애들에게만 허용된다는 무언의 규칙이라도 있는 것처럼. 그 애들 무리는 여섯 명 정도였다. 그 그룹에서 중심이 되는 애의 이름은 양우정이었다. 양우정의 얼굴은 작고 동그랬으며, 안경을 쓰고 있었다. 눈, 코, 입이 오밀조밀한 편이었고, 키가 크고 팔다리가 길어서 전체적으로 시원시원한 인상을 주었다. 양쪽 귀에는 작고 반짝거리는 스터드 귀걸이를, 왼쪽 손목에는 가죽으로 된 시계를 차고 있었다. 형광색 모자를 색깔별로 몇 개나 가지고 있었고, 수업 시간이 되면 모자를 벗어서 가방 걸이에 걸어 두었다. 모자를 쓰지 않는 날에는 허리까지 내려오는 곱슬머리를 모아 위로 바짝 틀어 올려 묶거나, 길게 땋아서 늘어뜨렸다. 양우정과 어울리는 다른 애들 모두 액세서리를 했고, 형광색 모자와 색깔이 들어간 스타킹을 가지고 있었다. 양우정은 기가 죽는 법이 없었다. 그 당시 담임선생님은 삼십 대 후반의 여자였는데, 달갑지 않다는 듯이 우리를 대했고 항상 어딘가 불만스러워 보였다. 수업 시간에 열의 없이 던지는 선생님의 질문에 양우정은 매번 손을 번쩍 들었다. 대개는 틀린 답이어서 선생님은 깐깐하고 쌀쌀맞은 태도로 대답했다.

"틀렸어, 하지만 잘했다. 생각을 말로 표현하는 건 어쨌든 용감한 일이니까."

양우정은 하나도 민망해하지 않았고, 수긍한다는 듯 고개를 끄덕였다. 수업 시간에는 늘 틀린 대답을 했지만 나는 양우정이 우리와 다르다고, 그러니까 우리가 모르는 어떤 것을 알고 있다고 생각했다. 하지만 양우정이 무엇을 알고 있단 말인가? 이를테면 우리가 가지고 놀고 있는 공기를 남자애들이 낚아채서 달아나거나 고무줄을 끊어 버리면 우리는 소리를 지르고 난리를 쳤다. 자동적으로 튀어나오는 새된 목소리와 붉어지는 볼. 하지만 양우정은 남자애들의 장난에 우리처럼 반응한 적이 없었다. 학기 초에 남자애들이 괜히 양우정 곁을 얼씬거리며 이런저런 장난을 쳤을 때, 양우정은 시시하다는 듯이 그 애들을 비웃었다. 분노하거나 아연실색했다는 기색도 없이, 그저 맹렬하게 조롱한다는 듯한 표정을 지으면서. 누군가 양우정의 브래지어 끈을 잡아당겼을 때, 그 애는 냉정한 표정으로 또박또박하게 말했다.

"내 브래지어를 잡아당기면 네 기분이 좋아져? 그런 거니? 그게 그렇게 좋으면 너희 엄마 것도 잡아당겨 보지 그러니?"

양우정은 싸늘하다 못해 너무 우아해서 기품이 느껴질 정도였다. 마치 여왕님처럼, 그러니까 죄인의 무릎을 꿇리고 그걸로도 모자라 장갑으로 뺨을 찰싹찰싹 때리는 여왕님처럼. 결국 시간이 지나자 남자애들은 양우정 무리 근처에는 얼씬도 하지 않게 되었다.

평정심. 양우정은 그걸 유지할 줄 알았다. 그런 건 아무나 할 수 있는 게 아니었다. 아닌가? 모르겠다. 어쨌든 우리는 못했다. 나는 그런 건 노력한다고 되는 게 아니라고, 타고나는 여자들이 있고 그들은 선택받은 존재나 마찬가지라고 생각했다.

나와 친구들은 못하는데 양우정(과 그 애의 친구들)이 할 수 있는 것이 또 있었다. 성숙한 남자들과 어울리는 것. 물론 당시의 나는 '성숙하다'라는 단어는 떠올리지 못했다. 그때는 그저 이렇게만 표현했다. 중학생 오빠들. 어느 날, 방과 후에 고무줄놀이를 하려고 운동장 구석에서 (남자애들이 끊어 먹은) 고무줄을 이리저리 연결하며 남자애들에 대한 성토(남자애들은 더러워. 바보, 멍청이들, 이 세상에서 없어졌으면 좋겠어. 모조리 다)를 하고 있을 때, 갑자기 친구들 중 한 명이 목소리 톤을 바꾸고는 은근하게 말했다. 얘들아, 나 양우정 봤어, 걔네가 중학생 오빠들이랑 노는 걸 봤다고. 대단한 비밀의 전달자라도 된다는 양, 마음껏 으스대면서. 뒷이야기가 너무 궁금했기 때문에 우리는 그 애가 으스대는 것에 적당히 장단을 맞추어 주고는 고무줄을 한쪽으로 던져두었다. 그런 후, 그 애를 중심으로 동그랗게 모여 섰다. 돌이켜 보면 매번 그랬다. 남자애들에 대한 이야기는 언제 어디서고 어떤 식으로든 할 수 있었다. 밥을 먹다가, 화장실을 가다가, 고무줄놀이를 하다가, 수업 시간에 쪽지를 주고받다가 기타 등등. 하지만 양우정에 대한 이야기를 하려면 목소리를 낮추고, 하던 일을 멈추어야 했다. 그리고 이야기가 끝나면 언제 그런 것에 관심을 두었냐는 듯이 원래 하던 일로 돌아갔다. 그랬다. 다들 **돌아갔다.** 그게 핵심이었다.

그 애는 부모님과 시내에 나갔다가 양우정 무리가 중학생 오빠들과 패스트푸드점에서 햄버거를 먹는 장면을 봤다고 했다. 중학생이라고 해봤자 그저 두세 살 차이에 불과했지만, 그 차이가 우리에게는 숫자로는 도저히 환산할 수 없는, 현실을 넘어서는 어떤 의미를 가지고 있었던 것 같다. 학교 안에서는 겨우 한 살 많을 뿐인 육 학년들이 어른인 것처럼 거들먹거리며 다녔고, 실제로 육 학년들이 야! 하고 우리를 부르기라도 하면 오금이 저렸다. 진짜 어른들 앞에서는 아무렇지도 않은데 어른 흉내를 내는 가짜 어른 앞에 서면 정말로 그런 마음이 들었다.

"중학생 오빠들이랑 걔네랑 뭘 하고 있었는데?"

내 질문에 그 애는 히죽 웃으며 우리를 둘러보았다. 무언가 대단한 걸 보기라도 한 걸까? 나와 다른 친구들은 숨을 죽이고 그 애의 입에서 나올 말을 기다렸다. 그 애는 고개를 빳빳이 들고 뽐내듯이 말했다.

"날라리 짓 하고 있던데?"

다른 친구가 숨을 몰아쉬면서 가로채듯 물었다.

"날라리 짓? 그게 뭔데? 뭐 어떤 거?"

"손잡고 뽀뽀하는 거!"

친구들 사이에서는 탄식이 흘러나왔다(대체 왜?). 내가 물었다.

"양우정이 중학생 오빠랑 손잡고 뽀뽀하는 걸 봤어?"

잠시 동안 정적이 감돌았다. 그 애는 머뭇거렸지만, 어쨌든 뽐내는 말투는 포기할 생각이 없는 것 같았다. 그 애는 나를 나무라듯이 말했다.

"아, 햄버거 가게에서 누가 뽀뽀를 하냐? 남들이 못 보는 곳에서 하는 거지."

우리를 감싸고 있던 팽팽한 열의가 한순간에 느슨해졌다. 몸을 딱 붙이고 만들었던 원의 간격이 실제로도 벌어졌다. 누군가 실망했다는 듯 말했다.

"별것도 아니잖아."

"별게 아니라고?"

그 애는 어이가 없다는 듯이 물었다. 엄밀하게 말하면 별게 아닌 건 아니었다. 나는 어른 없이 시내에 가본 적조차 없었다. 하지만 그 정도로는 헐거워진 우리의 원을 다시 긴밀하게 만들기엔 턱없이 부족했다. 그 애는 한숨을 쉬고 어쩔 수 없다는 듯 말했다.

"그러다가 임신을 할 수도 있어."

임신이라는 말에 자동적으로 우리의 몸이 서로에게 딱 붙었고 빈틈은 사라졌다.

"너희 엄마가 그렇게 말했어?"

내가 물었다.

"아니. 이건 나 혼자 생각해 낸 거야."

"임신이라니!"

"우웩."

역겹다는 듯이 우리는 고개를 흔들었지만 곧이어 영문도 모르는 채로 웃음이 터졌다. 햄버거를 먹는 것과 임신이 어떤 식으로 연결되는지 알 수 없었지만, 어쨌든 우리는 그런 식의 결론—임신과 우웩—에 다다른 것이 무척 흡족했다. 그즈음 우리 사이에서 임신이라는 단어는 그런 식으로 (우리가 절대 알지 못할 성과 관련된) 사안을 이어 붙임과 동시에 절단 내는 식으로 사용되곤 했다(물론 우리 자신이 임신의 결과로 태어났다는 생각은 하지 않았다).

그 후로도 양우정 무리가 중학생 오빠들과 함께 있는 모습은 여기저기서 목격되었고, 그 소식이 들려올 때마다 우리는 하던 일을 멈추고 몸을 딱 붙여 선 후 원 모양을 만들었다. 양우정은 친구들과 같이, 때로는 혼자 중학생 오빠들과 어울렸다. 햄버거 가게와 지하상가의 옷 가게, 편의점, 놀이공원에서(그리고 우리는 '새 옷'과 '임신'과 '우웩', '바이킹'과 '임신'과 '우웩'을 연결한 후에야 이야기를 끝냈다), 그리고 심지어는 숙직실에서.

"숙직실이라고?"

어느 날, 학교 앞 문방구로 향하던 우리는 가던 길을 멈추고 근처 골목으로 우르르 들어가서 원을 만들고 섰다. 양우정 무리가 숙직실을 청소하는 동안, 중학생 오빠들이 어른들 몰래 그곳으로 들어가서 함께 티브이를 보고 음악을 듣는다는 거였다.

"어깨에 손을 올리기도 하고, 손을 꽉 잡고 있기도 하고."

"그걸 누가 봤는데?"

"옆 반 내 친구가. 한 번만 본 것도 아니라고 했어. 여러 번 봤다고 했어."

"숙직실로 들어간 사람들이 중학생 오빠들인 걸 어떻게 알아?"

다른 친구들이 떨떠름한 표정으로 나를 바라보았다. 평소라면 그 정도에서 입을 다물었겠지만, 그날은 그러고 싶지 않았다.

"네 친구가 그전에 양우정이 중학생 오빠들이랑 있는 걸 봤어?"

그 애는 생각에 잠겼다가 대답했다.

"그건 아닐걸."

그 남자애들이 중학생이라는 걸 알려면 그들은 교복을 입고 있어야 했다. 나는 그들이 교복을 입은 채로 운동장을 가로지르는 모습을 그려 보았다. 학교의 정문에는 경비실이 있었고 경비 아저씨가 상주하고 있었다. 경비 아저씨가 아니더라도, 초등학교 운동장에 교복 입은 남자 중학생들이 어슬렁거리는 걸 어른들이 못 봤을 리가 없었다.

"사복을 입고 있었나 보지!"

사복을 입고 있었다면 얼굴도 모르는데 그 남자애들이 (발육이 빠른) 초등학생인지, 중학생인지 어떻게 안단 말인가?

"그럼 넌 내 친구가 거짓말을 했다는 거야?"

그날, 내 집요한 질문 때문에 우리는 숙직실과 '임신'과 '우웩'을 연결시키지 못했고, 원을 둘러싼 기운은 흐지부지해져 버렸다. 원을 풀고 어색하게 골목을 서성거리며 빠져나가는 친구들 사이에는 아쉬움, 그리고 나에 대한 마땅찮음이 맴돌았지만 골목을 나와서 문방구를 향해 걸어가는 동안 양우정과 관련된 사안들은 (언제나 그랬던 것처럼) 희미해져 갔다. 그리고 문방구에 도착해서 진열대 위에

빽빽이 놓인 과자들 앞에 섰을 때에는, 양우정에 대한 사안들—나에 대한 못마땅함도 포함해서—은 완전히 힘을 잃은 후였다. 친구들은 바구니를 하나씩 들고 과자를 고르는 데에 정신이 팔려 버렸다. 그러니까 그 애들은 돌아간 것이다.

하지만 나는 아니었다. 나는 그 이야기가 끝난 후에도 거기에 **머물러 있었다.** 언제나 그랬다.

친구들이 각자 구입한 여러 종류의 불량 식품들을 나눠 가며 맛보는 동안에도, (언제나 그랬던 것처럼) 내 머릿속에는 양우정과 중학생 오빠가 끊임없이 떠오르고 있었다. 얼굴도 모르는 중학생 오빠를 어떻게 떠올린단 말인가? 그런 일이 가능한가? 가능했다. 나는 테이블에 나란히 앉아서 서로의 팔을 비비고 있는 (긴 머리카락을 한쪽으로 늘어뜨린) 양우정과 중학생 오빠의 모습을 떠올릴 수 있었다. 그리고 나는 이런 장면을 절대로 입 밖에 내서는 안 되리라는 생각을 하곤 했다. 친구들 중, 떠올린 장면을 감추어야 할 필요성을 느끼는 아이가 나 말고 또 있을까? 없을 것 같았다. 그 애들은 아무런 문제도 없이 자신의 상상을 사방팔방 떠들 수 있을 것이었다. 어쩌면 그 애들은 말할 수도 있을 것이다. 양우정이 중학생 오빠들과 손을 잡는 걸 상상해 봤어! 뽀뽀할 땐 서로를 껴안았겠지? 내가 떠올린 장면은 (어떤 의미에서는) 하잘것없었지만, 나에게는 그 무엇보다도 불경하다고 느껴졌다. 용서받을 수 없는 일처럼 느껴지기도 했다. 발설할 수 없는 장면을 품고 있는 게 나뿐이라는 생각이 들 때마다 마음이 조여드는 것 같았고 화가 났다. 누구에게? 왜? 알 수 없었다.

여름방학이 다가오자, 우리를 속박하던 질서의 일부분이 힘없이 허물어졌다. 담임선생님은 수업 시간에 자주 자율학습을 시켰고, 방과 후가 되면 청소를 다 하고 가라는 말만 남기곤 제일 먼저 교실을 떠났다. 체육 시간에 체육 선생님은 우리에게 피구 경기나 줄넘기를 시키고 교무실로 들어가 버렸다. 나는 가끔 수업에 동참하지 않고, 스탠드에 가만히 앉아서 멍하니 운동장을 바라보곤 했다. 교복을 입은 중학생 오빠들이 정문을 지나 운동장을 어슬렁거리며 가로지르는 모습을 그려 보면서. 숙직실은 건물 중앙 로비를 통과하여 뒤쪽 공터로 이어지는 통로의 구석에 있었다. 나는 상상 속에서, 신발을 신은 채 중앙 현관으로 저벅저벅 들어가는 중학생 오빠들의 뒷모습을 볼 수 있었다. 그 상상 속 나는 양우정과 양우정의 무리에게는 눈길도 주지 않았다.

여느 날처럼 체육 선생님이 피구 경기를 시키고 사라진 날, 나는 일찌감치 공에 맞아 죽은 후에 반 아이들로부터 멀리 떨어져 나왔다. 아이들이 피구에 열중하는 동안 나는 학교 건물 쪽으로 걸어갔다. 중앙 현관을 통과하지 않고 건물을 크게 돌아서 뒤쪽 공터로 갔다. 여름이었는데도 해가 잘 들지 않아서인지, 아니면 누가 무언가를 쏟은 건지, 땅바닥이 축축해 보였다. 곳곳에는 용도를 알 수 없는 콘크리트 덩어리, 종이 상자들, 쇠꼬챙이(그런 게 거기에 왜 있단 말인가?) 등등이 너저분하게 널려 있었다. 공터의 가장 안쪽에 커다란 소각장이 있었는데, 겉면에는 그을린 흔적이 남아 있었고 안에는 타다 남은 종이와 쓰레기들이 있었다. 그리고 그 근처에는 담배꽁초들이 버려져 있었다. 그곳을 둘러보다가 문득, 중학생 오빠들이 정문을 사용하지 않았을 수도 있겠단 생각이 들었다. 뒤쪽에 있는 초록색 철문은 대개 잠겨 있었지만 일주일 두어 번, 소각장에서 불을 피울 때는 열어 두곤 했으므로. 나는 철문을 하릴없이 밀어 보았고(하지만 열리지 않았고), 소각장 주위를 어슬렁거리다가 숙직실 쪽으로 가보았다. 상단에 작은 반투명 창이 달린 낡은 목재 문. 문은 (예상했다시피) 잠겨 있었다. "남자들이란 항상 골칫거리지." 어째서였을까? 그 순간 갑자기 그녀의 말이 떠오른 것은? 그녀가 지칭한 '남자들' 속에는 아버지도 포함된 것일까? 나는 고개를 흔들었다. 친구는 내가 숙직실과 관련된 이야기를 믿지 않는다고 했지만 그건 사실이 아니었다. 나는 그 말을 믿었다. 철석같이 믿었다. 하지만 나는 다른 친구들이 전달해 주는 양우정에 대한 이야기에서 허점을 발견하면 애가 탔다. 돌이켜 보면 그 당시 나는 양우정에 대한 소문들이 완전무결한 사실, 조금의 공백도 없이 완전한 진실의 모습을 하고 있기를 바랐던 것 같다. 아무도 이의를 제기할 수 없는 것. 그래, 내가 바란 건, 바로 그런 것이었다. 사방에는 오후의 여름 해가 내리쬐고 있었고, 저 멀리, 공에 맞아 소리를 지르는 같은 반 친구들의 목소리가 들려왔다. 그 목소리 속에는 양우정의 것도 섞여 있었으리라.

여름방학을 일주일 정도 앞둔 날, 친구들과 집으로 향하다가 나는 교실에 책을 두고 온 것 같다고, 다시 갔다 와야 할 것 같다고 말했다. 무슨 책이냐는 질문에도, 같이 가주겠다는 말에도, 돌아올 때까지 기다리겠다는 말에도 나는 고개를 저었다. 그러고는 몸을 돌려 빠르게 걷기 시작했다. 등 뒤에서 친구들의 목소리가 들렸다. "너 요새 정말 이상해! 우리가 싫어졌어? 다른 친구가 생겼어? 너랑은 절교야!" 나는 절대 고개를 돌리지 않았다.

정문으로 들어간 나는 아무런 망설임도 없이 운동장을 가로질러 학교 건물을 빙 돌아서 뒤쪽 공터로 갔다. 그날은 소각장에서 쓰레기를 태우는 날이었고, 초록색 철문도 열려 있었다. 나는 낑낑거리며 철문을 닫은 후(대체 왜?), 여전히 쓰레기를 태운 연기와 매캐한 냄새를 품고 있는 소각장을 지나 숙직실 쪽으로 갔다. 주위에 아무도 없는 걸 확인한 나는 숙직실의 낡은 목재 문에 가까이 다가갔다. 그러고는 문에 귀를 바짝 댔다. 마치 내 몸이 거대한 귀가 된 것처럼. 문 너머, 분명하지는 않았지만, 애써 노력하지 않아도 분간할 수 있는 소리들이 있었다. 정체를 알 수 없는 팝송, 간헐적인 박수 소리, 가끔씩 내지르는 탄성들. 이윽고 나는 문에서 귀를 뗐다. 그저 귀를 뗐을 뿐인데, 아주 조금만 멀어졌을 뿐인데, 그 모든 소리는 흔적도 없이 사라진 것 같았다.

나는 손잡이를 힘껏 잡아당겼다.

어디서 그런 용기가 났을까? 눈앞에 펼쳐진 건, 숙직실 안의 그들이 아니라 또 다른 낡은 목재 문이었다. 나에게는 첫 번째 문을 열 배포는 있었지만 두 번째 문을 열 배포까지는 없었던 것 같다. 두 개의 문 사이에 끼인 나. 들어가는 것과 나가는 것. 둘 다 너무 손쉬운 일이었건만, 나는 밧줄로 꽁꽁 묶여서 거기에 던져진 것 같은 무력감, 선택권을 잃어버린 듯한 박탈감을 느꼈다. 그러다가 '진짜' 숙직실 문이 열리고, 내 앞에 양우정이 모습을 드러냈을 때, 나는 안도했다. 양우정은 내가 나가야 할지 들어가야 할지 판결을 내려 줄 수 있는 유일무이한 사람이었으므로. 양우정은 문을 조금만 연 채 서 있었다. 음악 소리가 들려오다가 갑자기 툭 끊였다. 양우정의 긴 머리카락은 마구 헝클어졌고, 인중에는 땀이 고였으며, 숨이 찬지 약간 헉헉거리고 있었다.

"너…… 여기서 뭐하는 건데?"

양우정은 문을 조금 더 열고는 바깥으로 몸을 더 내밀었다. 그 애는 반팔 셔츠를 걸쳤는데 한쪽 어깨가 드러난 채였고, 아래에는 허벅지까지 내려오는 청스커트를 입고 있었다. 방 안쪽에서는 열기가, 흐릿하지만 분명한 열기가 느껴졌다.

"왜? 뭐야? 누군데?"

누군가 문을 활짝 열었다. 방은 예상했던 것보다는 컸는데, 길고 좁은 형태의 직사각형 모양이었다. 노란색 장판과 촌스러운 벽지가 보였고, 가구라고는 작은 티브이와 좌식 책상과 작은 장롱이 전부였다. 그리고 탈탈거리며 돌아가는 작은 선풍기.

중학생 오빠들은 없었다.

양우정과 양우정의 친구들뿐이었다. 숙직실 청소를 도맡아 하는 그 애들. 원래도 멋쟁이들이었지만, 그 안에 있는 그 애들의 차림은 멋스러운 걸 넘어서 약간은 요상해 보일 지경이었다. 이상한 모양으로 틀어 올려서 묶었거나 머리통에 딱 달라붙게 오일로 빗어 넘긴 머리카락, 머리통을 덮고도 남을 커다란 리본, 발목까지 내려오는 (누가 봐도 어른용인 것 같은) 기다란 꽃무늬 원피스, 허벅지가 드러나는 짧은 바지와 배꼽이 드러나는 크롭 티……. 양우정은 나를 위아래로 훑더니 말했다.

"들어와."

마침내 판결이 내려졌고, 나는 순순히 따랐다. 방 안의 다른 무리들로부터 놀라움과 적대감이 동시에 느껴졌다. 엉거주춤 방 안으로 들어온 나는 구석의 장롱에 붙어 섰다. 방의 구조상 더 좁은 벽에 커다란 전신 거울이 걸려 있는 게 그제야 눈에 들어왔다. 대체 이런 게 왜 여기에 있는 걸까? 하지만 그걸 누구에게 물어본단 말인가? 이들조차 이곳의 **주인**이 아닌데. 양우정은 아랑곳하지 않고 경쾌하게, 박수를 한 번 쳤다.

"처음부터 다시 시작하자!"

무얼 시작한단 말일까? 그 애들은 여전히 겸연쩍다는 듯이 서로의 눈치를 살피다가 양우정이 자신감 넘치게 거울이 걸린 벽의 맞은편으로 가자 일제히 그곳을 바라보았다. 진지하게 거울에 자신을 비추어 보던 양우정은 자신의 머리카락을 마구 헝클어트렸고, 드러난 어깨 쪽의 셔츠를 좀 더 내렸다. 그 바람에 한쪽 쇄골의 아래 부분이 완전히 드러났다. 양우정이 그러는 동안 방 안을 감돌던 어색함은 점점 옅어졌다. 다른 애들도 자신의 옷차림과 머리 모양을 가다듬기 시작했고, 양우정의 뒤쪽으로 슬금슬금 모여들어서 일렬로

섰다. 누군가가 (아까 흘러나오던) 음악을 틀었다. 감미로운 목소리의 남자 가수가 부르는 팝송의 리듬에 맞춰 양우정은 두 손을 각각 양쪽 허리에 얹은 후, 엉덩이를 좌우로 움직이며 다리를 길게 뻗어 성큼성큼 걸어 나갔다. 그동안에도 절대 거울 속 자신에게서 눈을 떼지는 않았다. (거리가 멀지 않았기 때문에 금방) 거울 앞에 도달한 그 애는 포즈를 취하며 이리저리 자신을 비추어 보다가 반대편으로 몸을 획 돌린 다음 고개만 살짝 돌려 마지막으로 거울 속 자기 자신과 눈을 맞추었다. 그런 후에 아까처럼 엉덩이를 흔들며 원래 있던 자리로 돌아갔다. 마치 그 좁고 촌스럽고 낡은 방은 패션쇼 런웨이고, 자신은 모델이라도 된다는 듯. (가상의) 런웨이를 침범하지 않으려 애쓰며 어수선하고 산만하게 벽에 다닥다닥 일렬로 붙어 서 있던 다른 애들도 자신의 차례가 되자 진지하고 거만한 표정으로 한 명씩 포즈를 취하며 걸어 나갔다.

그건 너무 처량하고, 궁색 맞고, 우스꽝스러운 흉내처럼 보였다.

하지만 그 애들은 음악에 맞추어 걸어 나갔다가 걸어 들어오는 것에 열중했다. 음악의 템포가 바뀌면 걸음걸이도 달라졌다. 방 안의 공기는 뜨겁고 탁해졌고, 모호하고 순진무구한 흥분이 떠돌았다. 그 애들의 이마와 목덜미, 그리고 팔뚝에 땀방울이 맺혔다. 나는 땀에 젖은 양우정의 셔츠가 상체에 딱 달라붙어서 가슴의 굴곡이 드러난 것을 볼 수 있었다. 음악에 맞추어 계속 걷던 애들 중 한 명이 스텝이 꼬였는지 넘어질 뻔했고, 웃음과 탄식, 박수가 터졌다. 그 애들은 아무리 힘이 들어도 절대로 멈추지 않겠다는 서약서라도 쓴 것처럼 비틀거릴지언정 쉬지 않고 음악에 맞추어 거울 속 자기 자신과 눈을 맞추며 걷고 또 걸었다.

드디어 음악이 끝났을 때, 모든 어설픈 흉내가 끝났을 때, 나는 내 얼굴과 목덜미, 겨드랑이 역시 땀으로 젖었다는 것을 알았다. 내 볼이 열기로 붉어졌다는 것을 깨달았다. 길고 숱 많은 머리카락을 손가락으로 털며 양우정이 다가왔고, 다른 애들은 호기심과 심란함이 뒤섞인 표정으로 팔짱을 낀 채 나와 양우정을 바라보았다.

"어때, 너도 해볼래?"

나는 하얀색 반팔 셔츠와 베이지색 면바지를 입고 있었다. 그때까지만 해도 내 옷을 고르는 건 전적으로 어머니의 역할이었다.

"셔츠를 벗어 봐."

양우정이 말했다. 셔츠 안에 민소매 티를 입고 있긴 했지만, 가족이 아닌 누군가의 앞에서 옷을 벗어 본 기억은 없었다. 그렇지만 이번에도 나는 순순히 그 애의 말을 따랐다. 그러지 않을 도리가 없었다. 나는 그제야 (그때까지도 여전히 메고 있던) 가방을 바닥에 내려놓고 셔츠의 단추를 풀기 시작했다. 내 노란색 민소매 티를 보고 양우정은 잠시 고민하는 것 같았다. 누군가 말했다.

"앞부분을 바지 속에 넣어 줘."

양우정은 내 민소매 티의 앞부분을 바지 안에다 집어넣고 뒷부분만 삐져나오게 했다. 바지 밑단을 접어 보라고 말했는데, 내가 하는 모습이 시원치 않아 보였는지 양우정은 직접 무릎을 꿇고 내 바지 밑단을 접어 주었다. 그 애의 정수리를 내려다보고 있는 동안 나는 어떤 존재가 내 몸을 완강하게 움켜잡고 집요한 힘으로 이리저리 흔드는 것 같은 기분을 느꼈다. 나는 두 발바닥에 힘껏 힘을 주었다. 별일도 아니라는 듯, 두 손을 털고 일어난 양우정은 손수건을 내 머리에 둘러서 헤어밴드처럼 묶어 주었다. 양우정의 손길이 아주 조금만 닿았을 뿐인데도, 나는 그전과는 전혀 다른 사람이 된 것 같은 기분이 들었다.

"거울 앞에 가서 서봐."

그건 하나도 어려운 일처럼 느껴지지 않았다. 멋지게 포즈를 잡고서, 음악이 끝날 때까지 절대 멈추지 않고, 바들거리거나 넘어지지 않으며 걷는 것도 내게는 쉬운 일처럼 느껴졌다. 나는 열 번이라도, 백 번이라도, 천 번이라도 그 궁색한 (가상의) 런웨이를 왔다 갔다 할 수 있을 것 같았다. 제발 멈추어 줘! 하는 애원을 들을 때까지, 아니 그런 애원을 듣는다 해도 나는 멈추지 않을 것이었다. 오, 그래, 양우정이 애걸복걸해도 멈추지 않을 테다! 커다란 전신 거울 앞에 서서, 거기에 비친 나—머리 위로는 화려한 손수건을 두르고, 팔과 가슴 윗부분을 훤히 드러내고, 멋들어지게 밑단을 접은 바지를 입고 있는—를 바라보며 뽐내듯 고개를 치켜들었다.

어느새 그 애들 중 한 명이 음악을 틀었고, 숙직실 방 안으로 기타와 드럼의 존재감이 두드러지는 팝송의 반주가 퍼져 나가기 시작했다. 나는 손가락으로 내 허벅지 옆 부분을 두드리며 신중하게 박자를 맞추었다. 발을 내디딜 적절한 타이밍을 찾는 게 중요했다. 반주가 끝나고 남자 가수의 달콤한 목소리가 시작됐을 때까지도 나는 여전히 손가락으로 박자만 맞추고 있었다. 대체 왜? 마치 발바닥이 땅에 붙박인 것 같은 느낌, 온몸이 마비된 것 같은 기분이 들었다. 그러니까, 손가락만 제외하고. 나는 손가락으로 박자를 맞추는 것을 멈출 수도 없었다. 저주에 걸린 걸까? 하지만 누가 내게 저주를 건단 말인가? 이상한 일이었다. 방금 전까지만 해도 그 모든 것들이 식은 죽 먹기처럼 여겨졌었는데, 갑자기 나를 둘러싸고 있던 모든 풍경의 의미가 반전되는 것 같은 기분이 들었던 것이다. 이제 내가 걸어 나가는 건 절대로 할 수 없는 일이 되어 버렸고, 그건 세상 다른 그 무엇과도 대체할 수 없는 단 하나의 진실인 것 같았다.

"걸어야지!"

음악을 뚫고 양우정의 목소리가 들렸지만 나는 그쪽으로 고개를 돌릴 수도 없었다. 양우정의 말투에는 실망의 기미도, 격려의 의도도 포함되어 있지 않았다. 즐거움. 그뿐이었다. 숨길 수도 없고 숨길 의도도 없는, 냉혹할 정도로 순수한 즐거움. 그 애는 한 번 더 소리쳤다.

"걸으라니까!"

그러자 다른 애들도 소리를 지르기 시작했다.

걸어! 걸어! 걸어!

반복되는 단어는 나 대신 박자를 맞추려고 허공에 발을 디디는 중인 것처럼 느껴졌다. 나는 박자를 맞추고 있던 손가락을 드디어 멈출 수 있었다. 그러고는 몸을 돌려서 바깥으로 통하는 첫 번째 문을 열었다. 신발에 급하게 발을 밀어 넣은 후, 두 번째 문도 열어젖혔다. 숙직실 바깥으로 나와 한참을 걸어 나왔을 때, 나는 놀라움을 느꼈다. 그 와중에도 내가 가방과 벗어 놓은 셔츠를 챙겨 나왔다는 사실 때문에. 저주와 형벌을 깨뜨리고 도망치는 데 성공한 것 때문에. 아닌가? 그 반대인가? 치밀한 계획이나 용기, 혹은 배포 따위도 없이 도망친다는 것, 그 자체가 바로 저주인가? 세상이 무너져 내릴 것 같던 그 순간에도 챙겨 나와야 하는 걸 나는 조금도 잊지 않았다. 잊지 않은 것—그 사실 때문에 나는 굴욕감을 느꼈다.

저 멀리, 뒤에서 양우정이 소리쳤다.

"정말 한심하다! 최악이야!"

나는 그제야 내 머리 위에 여전히 양우정의 손수건이 둘러져 있다는 사실을 깨달았고, 그걸 벗어서 소각장에 던져 버렸다.

"무슨 일이 있어도 나는 영원히 너의 엄마야"라는 말을 남긴 어머니가 (일 년 예정으로) 외국 대학으로 떠난 게 바로 그해 여름의 일이다. 나는 이 소식을 어머니의 출국 이틀 전이 되어서야 알게 되었다. 출국일은 방학식 전날이었다. 그날 아버지는 나를 학교에 보내는 대신, 한 시간가량 운전을 해서 공항까지 데려다주었다. 공항에서 어머니는 겨울방학이 되면 자신이 있는 곳으로 오라고 말했다. "너희 부모가 그렇게 하기로 결정했어." 나는 저 멀리, 멀뚱거리며 앉아 있는 아버지를 돌아보았다.

다음 날 아침, 나를 깨우러 온 그녀에게 몸이 아파서 학교에 갈 수 없을 것 같다고 말했다. 이불을 머리끝까지 덮고 있어서 그녀는 내 표정을 볼 수가 없었다. 그녀는 이불을 끌어 내리려고 애쓰면서 물었다.

"안 더워?"

나는 이불을 꽉 잡고는 땀범벅이 되어서 아니요, 하고 대답했다.

"방학식 날인데 친구들이랑 안 놀아?"

일찍 수업이 끝나는 방학식 날에는 오후 내내 학교 운동장에서 친구들과 노는 게 일종의 원칙이었다. 하지만 그즈음 학교에서 나는 외톨이 신세였다. 친구들의 원성을 뒤로하고 학교로 돌아간 이후로 나는 따돌림을 받고 있었던 것이다. 양우정 무리는 원래도 나에게 관심이 없었고, 그날 이후로도 특별히 관심을 두지 않았다. 심지어 양우정의 손수건에 대해서도 일언반구 없었다. 너의 몸에 닿은 것은 내게 필요 없어. 나는 양우정의 손수건을 버린 것을 후회했다. 하지만 그걸 가지고 있었다 한들 내가 뭘 할 수 있었을지 알 수 없었다. 양우정 무리가 조소를 보냈거나 업신여기는 기색을 조금이라도 보였다면, 손수건을 내놓으라고 말했다면 나는 자존심이 덜 상했거나, 괴로움을 조금이라도 덜 느꼈을 것이다.

그녀는 그런 내 상황을 조금도 몰랐다. 오래도록 이불 바깥에서 아무런 반응도 느껴지지 않았기 때문에 나는 이불을 목 부근까지 내렸다. 그녀는 침대 옆에 서서 미심쩍다는 듯한 표정으로 나를 내려다보고 있었다. 그녀는 한숨을 한 번 쉬었다.

"그래, 아빠에게는 비밀로 하자. 하루 정도 일찍 너만의 방학을 시작하는 것도 나쁘진 않으니까."

그녀는 아프다는 내 말을 믿지 않았다. 다만 전날, 어머니가 떠난 것 때문에 내가 낙담했으리라고, 그러므로 기분을 맞춰 줄 필요가 있겠다고 여긴 것 같았다. 물론 그건 사실이었다. 나는 어머니가 떠난 것 때문에 실망했다. 게다가 나는 방학 때 어머니 집에 갈 날만을 손꼽아 기다리고 있었다. 거기에는 여러 가지 이유가 있었겠지만, 무엇보다 방학 때만이라도 내 자신이 전혀 다른 곳에 속해 있길 바랐다. 그게 내게는 유일한 탈출구였다. 그리고 (그녀는 믿지 않았지만) 몸이 좋지 않은 것도 사실이었다. 며칠 전부터 밤마다 무언가가 흉곽을 옥죄는 것 같이 답답했고, 토할 것 같은 기분이 들었다. 하지만 나는 그런 말을 그녀(나 아버지)에게 할 생각은 추호도 없었다. 그녀는 배 안 고프냐고 물었고 나는 고개를 흔들었다. 그녀가 방에서 나간 후, 나는 이불을 다시 얼굴까지 끌어 올리고 잠이 들었다.

잠에서 깨어났을 때, 그녀는 외출을 한 후였다. 식탁 위에는 그녀가 남겨 놓은 메모가 있었다. 아무렇게나 죽 찢은 노트, 지나치게 대충 흘려 쓴 글씨. '제발 밥은 남김없이 다 먹어라.' 식탁 위에는 랩을 씌워 둔 호박죽이 있었다. 나는 안방으로 가보았다. 안방문은 (언제나 그렇듯) 닫혀 있었다. 아버지가 어머니와 함께 살 때 안방 문은 항상 열려 있었고 원할 때마다 드나들 수 있었다. 하지만 이제는 누가 그러라고 시킨 것도 아닌데, 용건이 있으면 노크부터 했다(실질적으로 따져 본다면 노크한 적조차 별로 없었다).

커다란 침대 위에는 하얀색 시트가 깔려 있었고, 폭신해 보이는 이불은 반으로 접힌 채였다. 동침하다. 나는 그 단어를 떠올렸다. 안

방 옆 작은 베란다로 통하는 통창이 활짝 열려 있었는데, 베란다에는 커다란 초록색 잎이 가득한 화분들이 몇 개나 늘어서 있었다. 약간 과장하자면 마치 정글처럼. 어머니는 화분을 키우지 않았다. 가끔 생화를 화병에 꽂아 두긴 했다. 화장대 거울에 비친 나를 애써 외면하면서 그녀의 화장품들을 이것저것 만져 보다가, 그다음에는 옷장을 열어서 이것저것 살펴보았다. 주위는 적막했고, 무언가 부글부글 끓어오르기 직전의 완강하고 고집스러운 침묵 같은 것이 느껴졌다. 밖으로 나온 나는 거실 베란다로 갔다. 거실 베란다와 안방 베란다는 문 하나를 사이에 두고 이어져 있었다. 그녀는 거실 베란다엔 화분 대신 작은 원형 테이블과 의자 두 개를 들여 놓았다. 나는 베란다 위쪽 창문을 열고, 의자에 두 발을 올린 채 무릎을 모아 쭈그리고 앉아서 저 멀리 놀이터를 바라보았다. 나에게 절교 선언을 한 친구들 중에는 정우맨션에 사는 애들이 있었고, 그 애들은 방학 내내 놀이터를 점령할 것이었다. 그런 생각을 하자, 또다시 흉곽이 옥죄이는 느낌이 살아나는 것 같았다. 나는 얼른 창문을 닫고 시선을 거실 쪽으로 둔 채 테이블 위에 머리를 댔다.

소파 아래에 무언가가 있었다.

무언가가 있다.

나는 벌떡 일어나서 소파 앞으로 갔다. 소파 앞에 엎드린 후, 그 밑으로 손을 집어넣었다. 그리고 일부분이 반짝이는, 작은 물체를 끄집어냈다. 왜 이게 여기에 있는 걸까? 나는 그걸 손에 들고 잠시 동안 바라보았다. 그건 아버지의 라이터였다. 기름이 반쯤 남은 연두색 싸구려 라이터. 아버지의 라이터를 본 건, 몇 년 전 정전이 된 날 밤에 이어 두 번째였다. 나는 라이터를 내 방 속옷 서랍 가장 아래에 숨겨 두었다.

그날 저녁, 몸이 아프다고 (이건 거짓말이었다) 말하고 일찌감치 침대에 누운 나는 어둠 속에서 라이터가 거기에 떨어져 있었던 이유를 따져 보기 시작했다. 아버지가 라이터를 거기에 숨겨 둔 걸까? 소파 밑이 무언가를 숨기기에 적당한 장소인가? 고개를 저었다. 그건 아닌 것 같았다. 숨긴 게 아니라 실수로 잃어버린 걸까? 그런 물건—내 앞에 절대 드러내서는 안 된다고 판단한 물건—을 어떻게 그렇게 쉽게 잃어버릴 수가 있는 걸까? 어떻게 그럴 수가 있단 말인가? 이런저런 가능성을 다 따져 봐도 남는 결론은 하나였다. 아버지가 말도 안 되게 허술했다는 것. 나는 아버지의 그 허술함 때문에, 나를 라이터에 노출시킨 그 어설픈 무신경함 때문에 화가 났고, 서글픈 기분마저 들었다.

다음 날, 아침밥도 먹지 않고 늦은 시간까지 침대에 누워 있는 나에게 그녀가 와서 한마디 했다.

"꾀병 좀 그만 부려. 네가 그러고 있으면 내가 욕을 먹는 거야."

이 집에서 누가 그녀를 욕한단 말인가? 내가 아무런 대답도 하지 않자, 그녀는 문을 쾅 닫고 나갔다. 나는 그녀가 외출할 때까지 방 안에서 꼼짝도 하지 않을 생각이었다. 내게는 계획이 있었다. 현관문이 열렸다가 닫히는 소리가 났을 때 그제야 나는 침대 밖으로 빠져나갔고, 한 번도 쓰지 않은 (내가 가지고 있던 것 중 가장) 두꺼운 스프링 노트를 책장에서 꺼냈다. 그런 후에는 숨겨 놓은 아버지의 라이터도 꺼냈다.

부엌에는 이번에도 그녀가 차려 놓은 식사와 메모가 있었다. **다른 건 모르겠는데 밥은 좀 먹어라, 제발.** 나는 일단 스프링 노트는 식탁 위에 올려 두고, 그녀의 메모와 라이터를 들고 싱크대 개수대 앞에 가서 섰다. 개수대 안은 텅 비어 있었고, 물기 하나 남아 있지 않았다. 나는 조심스럽게 엄지손가락으로 라이터의 부싯돌을 돌렸다. 처음에는 잘 되지 않았지만, 곧 탈칵 소리와 함께 불길이 솟았다가 사라졌다. 나는 부싯돌을 돌리는 게 익숙해질 때까지 몇 번 더 반복해 보다가 마침내 그녀가 남긴 메모지에 불을 붙였다. 무언가가 타들어 가는 건, 생각만큼 너저분하거나 혼란스럽게 보이지는 않았다. 불길은 종이의 가장자리부터 야금야금 그을리게 만들었고(그녀의 글씨가 거꾸로 사라져 갔다), 가느다란 연기가 피어올랐다. 그리고 냄새. 종이가 모조리 타버릴 때까지 절대 놓지 않을 생각이었지만, 열기를 견디지 못한 나는 종이를 개수대 안으로 집어던져 버릴 수밖에 없었다. 불길은 한순간에 불쑥 타오르는가 싶더니 곧 (내가 아무런 일도 하지 않았는데 스스로) 사그라들었다. 이번에는 스프링 노트의 종이를 몇 장 찢어서 한꺼번에 불을 붙였다. 처음에는 잠잠하게 타오르던 불길이 순식간에 (아까보다 더 심하게) 화르륵 하고 치솟았고, 깜짝 놀란 나는 (이번에도) 종이를 개수대 안으로 집어던졌다. 그러고 재빨리 수도꼭지를 틀었다. 그러자 불길은 힘을 발휘한 적도 없다는 듯이 일순 꺼져 버렸다. 남은 재와 종잇조각들이 물길을 타고 배수구 안으로 흘러 들어가는 걸 보면서 나는 생각했다.

물이 없는 곳으로 가야 해.

처음에는 베란다를 떠올렸다. 하지만 우리 집은 삼 층이고 바깥에 있는 누군가에게 발각될 가능성이 다분했다. 나는 노트와 라이터를 챙겨서 집 밖으로 나갔다. 아파트 복도 끝, 외부 계단의 층계참 정도면 괜찮을 것 같았다. 정작 그곳에 도착하자, 사람들이 너무 손쉽게 들락날락할 수 있는 장소라는 생각이 들었다. 라이터를 주머니에 집어넣은 나는 층계참 벽에 기대어 섰다. 여름의 기운을 고스란히 흡수한 시멘트의 열기가 등으로 전달되었다. 나는 고개를 들어 강렬한 태양빛 사이로 끝도 없이 이어진 것 같은 계단을 바라보았다. 나는 그 계단을 걸어 올라가기로, 내가 거주하지 않는 층을 통과해서 구 층 옥상까지 가기로 마음먹었다. 계단을 올라가는 동안 점점 숨이 가빠 오고 뒷덜미가 땀으로 젖어 갔지만, 견딜 만하다고, 포기하면 안 된다고 나 자신을 다독였다.

구 층 옥상의 문은 잠겨 있었다.

내려가야 할까? 닫힌 문 앞에 우두커니 서서 주머니 속 라이터를 만지작거리던 나는 이십오 층, 진짜 옥상까지 올라가 봐야 한다고 느꼈다. 돌이켜 보면 그건 합리적인 결정은 아니었다. 구 층 옥상의 문이 잠겨 있는데 (더 위험하다고 여겨지는) 이십오 층 옥상의 문이 열려 있을 리가 없었다. 그때까지 이런저런 가능성을 신중하게 고려하던 나는 그 순간엔 그런 당연한 사실조차 떠올리지 못했던 것이다. 심지어 나는 엘리베이터를 탈 생각도 하지 못했다.

이십오 층 옥상 문 앞에 도달했을 때, 두 다리는 후들거리고 머리통은 뜨거웠고 온몸은 땀투성이였다. 시뻘게진 얼굴로 숨을 헉헉거렸지만 그러한 신체적 반응 이외에 별다른 심사숙고나 망설임은 없었다. 나는 반사적으로 그저 손잡이를 돌렸을 뿐이다. 그러자, 문이 열렸다. 나는 당황하지도 흥분하지도 않았던 것 같다. 이십오 층 옥상은 정우맨션의 이어진 (세 개) 동 꼭대기에 모두 걸쳐져 있어서 규모가 상당했고, 통로 문은 총 세 개였다. 내가 사용한 문은 왼쪽에 위치한 것이었는데, 나중에 확인해 보니 세 개의 문 중 그 어느 것도 잠겨 있지 않았다. 심지어 가운데 문은 꽉 닫히지 않도록 사이에 벽돌을 몇 개 끼워 둔 채였다. 옥상 문 앞에 서서 거대한 공백 같은 하늘을 바라보던 나는, 이 세상에 종말이 왔고 살아남은 건 나 자신뿐이라는 착각에 빠졌다. 하지만 그것은 금방 빠져나와야 하는 착각, 망상에 불과했다. 옥상 안으로 걸어가니 저 멀리 도시 정경이 눈에 들어왔다. 높은 건물들의 스카이라인과 버스가 다니는 도로가 이어진 길, 다닥다닥 붙은 낮은 건물과 그 너머 산의 능선 같은 것들. 난간대에 다가갔지만 내 어깨 정도의 높이여서 바로 아래를 바라볼 수는 없었다.

옥상 위에는 용도를 알 수 없는 물건이 꽤 많았다. 안테나와 지팡이 모양의 우수관들, 거대한(정말로 거대해서 마치 건물처럼 보일 정도였다) 굴뚝 몇 개, 요란한 소리를 내며 돌아가는 환풍기……. 기계 돌아가는 소리가 일정하게 들려왔다가 멈추었다가를 반복했다. 위쪽은 지상보다 바람이 더 많이 부는 것일까? 열기를 품은 바람이 어딘가에서 끊임없이 불어와 내 머리카락을 이리저리 날렸다. 정신을 쏙 빼놓는 것 같은 뜨거운 바람이 좋은 건지 나쁜 건지 판단할 수 없었다. 시간이 지날수록 햇살은 점점 더 강렬해지고 있었다. 나는 거대한 굴뚝이 만들어 놓은 그늘 안으로 들어갔다. 직사광선은 피할 수 있었지만 살갗의 뜨거움은 여전했다. 목이 마르고, 배가 고팠다. 그녀가 남겨 놓은 (그리고 내가 태워 버린) 메모가 떠올랐다. **다른 건 모르겠는데 밥은 좀 먹어라, 제발.** 그제야 내가 그때까지 들고 있던 노트의 무게감이 느껴졌다. 땀 때문에 손에 잡힌 스프링 부분이 미끄러웠고, 그걸 놓치지 않으려고 (무의식적으로) 지나치게 꽉 잡은 탓에 손바닥에는 스프링 자국이 나 있었다.

나는 굴뚝 벽을 마주한 상태에서 쭈그리고 앉기로 했다. 그렇게 해야 바람을 조금이라도 막을 수 있을 것 같았다. 나는 웅크리고 앉아 스프링 노트에서 찢은 종이를 한 손에 쥐고 다른 쪽 손에 든 라이터의 부싯돌을 돌렸다. 바람 때문인지 불이 붙지 않았고, 이마를 타고 내려온 땀방울이 자꾸 눈을 찔렀다. 바닥에 놓아둔 스프링 노트의 종이가 바람에 날려서 좌라락 넘어갔다. 나는 부싯돌을 돌리는 걸 멈추지 않았다. 잠시 후 겨우 붙은 불은 잠깐 타올랐다가 금방 훅, 하고 꺼졌다. 라이터에 불이 붙는다 해도 다른 손에 들고 있는 종이가 바람에 날리는 통에 제대로 불을 붙일 수도 없을 것 같았다. 나는 종이를 한쪽 발로 밟고 있다가 라이터에 불길이 타오르는 순간 재빨리 종이에 갖다 대기로 했다. 몇 번의 시도 끝에 드디어 종이에 불이 붙었는데, 솟아오르는 불길 때문에 나도 모르게 종이를 밟고 있던 발을 떼버렸고, 불이 붙은 종이는 바람에 날려 허공으로 솟아올랐다가 금방 재로 변하면서 땅 위에 내려앉았다. 나는 타다 남은 종이가 떨어진 곳으로 뛰어갔지만 거기에 도착하기도 전에 종이는 또 다시 바람에 날아갔다. 나는 가만히 서서 옥상 너머로 날아가는 종이를 바라보기만 했다.

아주 짧은 찰나에 불과했지만 분명히, 불길은 허공에서 살아 있었다. 햇살이 쨍쨍 내리쬐는 여름의 오후에 내가 열기에 열기를 더한 거라고, 그건 아주 대단한 일이라고, 나는 생각했다. 허공에서 맹렬하게 타오르던 불! 그 장면은 내 눈앞에서 선명하고 집요하게 계속해서 다시 떠올랐다. 다시 해봐, 다시 해봐, 하고 나를 부추기는 것처럼, 온 사방에서 기타 소리와 드럼 소리가 두드러지는 팝송의 전주 부분이 들려오는 것 같은 착각에 빠졌다. 나는 다시, 굴뚝의 그늘 속으로 들어갔다. 노트의 종이를 찢어 내고 라이터의 부싯돌을 튕겼다. 발로 밟은 종이에 불이 붙으면, 어느 순간 바람에 날아가도록 내버려 두었다. 온몸은 땀범벅이 되고, 매캐한 연기 때문에 끊임없이 기침이 나고, 목이 마르고, 어지러웠지만 나는 멈추지 않았다. 날아가며 타들어 가는 종이를 보다가 문득 내 자신이 화상 한번 입지 않았다는 사실을 떠올렸고, 불길은 절대 내 신체나 정신에 위해를 끼칠 수 없으리라는 확신이 들었다. 불을 피우는 동안 나는 그 어디도 아프지 않았다. 바로 지금 나는 모든 것—수치심과 굴욕감, 이물스러움과 꼴사나운 천진함 기타 등등—으로부터 보호받고 있다. 바로 지금 나는 그 어느 때보다 안전하다. 이것이 내가 무모하고 치명적이게 타들어 가는 종이를 보며 끝도 없이 머릿속으로 되뇐 말이었다.

그해 여름, 나는 그렇게 틈만 나면 옥상으로 올라가서 불장난을 했다.

내가 했던 불장난에 대해 글을 쓴 적이 있다. 아주 오랜 시간이 흐른 후는 아니고, 중학교 이 학년이었던 가을에 시에서 소방 당국과 함께 대대적인 불조심 관련 글쓰기 대회를 개최한 적이 있는데, 바로 그때의 일이다. 보통 글쓰기 대회는 각 학교 대표들을 백일장 장소로 한날한시에 모이게 했는데, 이때는 (이유는 알 수 없지만) 각 학교에서 자체적으로 대회를 시행하게 했다. 시의 담당 부서에서 각 학교로부터 받은 작품들을 모아 심사한 후 상 받을 세 명을 선정하는 식이었다(이후로 이 대회는 없어졌다). 그전까지 나는 제대로 된 글을 써 본 적이 없었다. 글뿐만 아니라 교내에서 열린 각종 대회—그림이든 표어든 포스터든 뭐든—에 제대로 참가해 본 적이 없었다. 처음에는 불조심 글쓰기에 대해서도 별다르지 않게 받아들였을 것이다. 하지만 마감을 하루 앞둔 날 밤에 샤워를 하다가 문득, 불장난에 대한 글을 써서 제출해야 한다는 생각이 들었다. 그게 마땅히 내가 해야 하는 일, 의무 사항, 거부할 수 없는 본분처럼 느껴졌고, 심지어는 조급증이 날 지경이었다. 물줄기를 맞으며 나는 써야 할 문장들을 거의 다 떠올렸고, 그날 밤이 새도록 열두 살 여름, 옥상에서 했던 불장난에 대해 낱낱이 썼다.

놀랍게도 그 글은 학교 대표 글 두 개 중 하나가 되었다. 그리고 시 전체에서는 은상 수상작으로 결정이 되었다(우리 학교의 다른 글은 아무 상도 받지 못했다). 그런 상황에 거부감을 가진 건 (당연하게도) 아니었지만 전혀 짐작도 못한 일이 벌어졌다는 점에서 다소 곤혹스럽긴 했다. 선생님들은 내가 누구인지 궁금해했다. 특히 국어 선생님은 (수업에 활력을 불어넣어 주기를 기대하며) 질문을 던지곤 했는데, 대부분은 내가 답할 수 없는 것들이어서 나는 우쭐거리고 싶은 마음과 당혹감 사이에서 오락가락했다. 하지만 곧 나는 나만의 방식을 찾아냈다. 특별히 고민한 것도 아닌데 자연스럽게 그렇게 되었다. 국어 선생님이 내가 답을 알지 못하는 질문을 던질 때마다 나는 수줍어서 입을 뗄 수 없다는 식으로 웃어 보였고, 우연찮게 아는 게 나오면 용기를 내는 중인 척하며 우물쭈물 대답을 했다. 국어 선생님은 내가 답을 할 것을 예상하고 있었다는 듯 고개를 끄덕였다.

한 달 후, 전교생 조례 시간에 나는 단상으로 나가서 상을 받았다. 교실로 돌아왔을 때 담임선생님은 나를 교탁 앞으로 불렀다. 선생님은 내가 상을 받게 된 상황을 누구보다 즐겼는데, 거기에는 아무런 선입견도 없이 내 글을 선택한 자신의 안목과 권위에 대한 자부심이 깔려 있었을 것이다. 선생님은 내가 솔직하고 진솔하게 글을 썼다고 말했다. "좋은 글에는 진정성이 담겨 있고, 밝은 눈을 가진 사람이라면 누구나 그걸 알아볼 수 있단다." 어쨌든 그날의 주인공은 나였고, 이날만큼은 마음 놓고 우쭐거릴 자격이 있다는 생각이 들었다.

"친구들 앞에서 네가 쓴 글을 한번 읽어 보렴."

어째서였을까? 이 말을 들은 순간 내 머릿속은 하얘지는 것 같았다. 우쭐거리고 싶은 마음은 순식간에 자취를 감추었고, 그 글을 읽고 싶지 않다는 생각 말고 다른 걸 떠올릴 수 없었다. 절대로 피하고 싶은 것, 진저리치게 거부하고 싶은 일이 있다면 다름 아닌 바로 그것—그 글을 내가 소리 내어 읽는 것이었다. 내 생각을 전혀 눈치채지 못한 선생님은 심사위원들의 손을 거쳐 다시 돌아온 (다소 너덜너덜해진) 원고지를 허공에 대고 흔들었다. 영원히, 죽을 때까지 내 눈앞에서 그 원고지를 자랑스럽게 흔들어 댈 준비가 되어 있다는 듯한 미소를 짓고서. 나는 패배한 병사처럼 무기력하고 비참한 마음으로 원고지를 받아 들었다.

"어서 읽어 봐."

선생님의 목소리에는 은근한 기대감이 감돌았다. 나는 아랫입술을 깨물며 원고지 첫 장부터 눈으로 훑었다. 그랬다. 거기에는 그 시절 내 불장난이 기록되어 있었다. 아버지의 라이터를 우연히 발견한 일부터 시작해서 옥상에 올라가서 종이를 태운 것. 나중에는 옥상에 있는 벽돌을 모조리 가지고 와서 나만의 조그마한 소각장을 만들고 그 안에 종이를 쑤셔 넣고 불을 붙였던 것, 태울 만한 종이가 모자라서 참고서까지 모조리 태워 버렸던 것까지. 그리고 마지막으로 불장난이 어떻게 마무리되었는지에 대해서도.

"여느 날과 다름없이 미니 소각로에 종이를 마구 넣어 태우고 있었는데 어디선가 경비 아저씨가 고함을 치며 달려오는 것이 아닌가! 나는 너무 놀라서 활활 타오르는 불을 그대로 둔 채 달아났다. 뒤도 돌아보지 않고 우리 집이 있는 삼 층까지 단숨에 뛰어 내려왔다. 경비 아저씨에게 얼굴은 들키지 않았다. 그 후, 옥상 문은 잠겼다. 나는 더 이상 불장난을 할 수 없었다. 경비 아저씨 때문이기도 했지만, 내가 큰 잘못을 저질렀다는 사실을 알게 된 것이다. 만약 그때 들키지 않고 불장난을 계속했다면 어떤 일이 생겼을까?"

이건 사실이 아니다.

그해 여름, 이십오 층 옥상으로 올라가 나만의 작은 소각로를 만들고, 라이터로 불을 붙이고, 끝도 없이 종이를 집어넣고, 그 불길과 연기가 시멘트 벽돌의 구멍 사이로 피어오르는 것을 지켜본 것은 실제로 있었던 일이지만, 경비 아저씨 때문에 도망친 적은 없었다. 경비 아저씨뿐만 아니라, 내가 그곳에서 불장난을 한다는 사실은 끝까지 그 누구에게도 발각되지 않았다. 그녀나 아버지는 내가 참고서를 다 태워 먹었다는 사실도 알아차리지를 못했다(교과서를 안 태운 게 그나마 다행이었다). 불장난을 끝내고 나면 나는 집으로 돌아가서 샤워를 하며 불장난의 흔적을 모두 사라지게 만들었다. 무심한 표정으로 함께 식사를 하고, 티브이를 보거나 방에 들어가서 꼼짝도 하지 않았다. "재는 나를 미워해요." 그녀는 아버지에게 말했다. 그럴 때마다 아버지는 이렇게 대답했다. "아니야, 재는 자기 엄마에게 화가 난 거야." 그리고 마지못해 인정한다는 듯이 덧붙였다. "그리고 나에게도."

내가 그들에게 화가 났었나? 처음에는 화가 났을지 몰라도, 그런 감정들은 점차 불장난의 열기 앞에서 힘을 잃어 가는 중이었다. 다만, 나는 화난 기색을 유지하는 게 나의 불장난을 완성하는 중요한 요소 중 하나라고 여겼다. 일종의 징크스처럼? 그래, 징크스처럼. 불장난을 하기 위해 이십오 층까지 올라갈 때 엘리베이터를 절대 이용하지 않았던 것처럼. 불장난을 하는 동안 배가 고프고 어지러운 느낌을 유지하기 위해 아침밥은 절대 먹지 않았던 것처럼. 손바닥에 스프링 자국이 날 수 있도록 노트를 아프도록 꽉 쥐고 있었던 것처럼.

그렇다면, 그해 여름방학이 끝날 즈음에 불장난이 막을 내린 것은? 사실이다. 원래부터 기름이 별로 남아 있지 않았던 라이터의 불길은 시간이 지날수록 점점 힘을 잃어 갔고, 때로는 아무리 부싯돌을 힘차게 돌려도 불길이 화라락 치솟지 않게 되었다. 나는 라이터가 소모품이라는 사실, 주기적으로 교체해야 된다는 사실, 기름이 닳아 없어진다는 사실을 알지 못했다. 그 사실을 알게 되었을 때, 처음에는 애가 타는 것 같았고, 조금 시간이 지나자 분한 마음이 들었으며, 나중에는 짜증이 났다.

하루 종일 비가 와서 옥상에 올라갈 수 없었던 날, 나는 침대 위에 누워서 그녀가 외출하기만을 기다리고 있었다. 혹시라도 남아 있을 아버지의 무신경한 허술함의 흔적을 찾아서 집 안 구석구석을 뒤져 볼 계획이었다. 또 다른 라이터를 찾으면 다시 한번 더 아버지를 원망할 계획이었다(한 번 그런 실수를 저지른 사람이 두 번은 왜 못 하겠는가?). 그런데 갑자기, 그녀가 노크도 하지 않고 내 방문을 벌컥 열고 들어왔다. 그러고는 분통을 터트리듯이 이렇게 말했다.

"얘, 이번 방학 때 엄마 집에 못 가고 여기 있어야 해서 너만 실망한 게 아니야. 나도 실망했어."

나는 엉거주춤 자리에서 일어나 앉았다. 그녀는 한숨을 쉬고는 고개를 도리도리 흔들었다.

"나는 너보다 훨씬 더 실망했어. 정말이야."

처음에는 영문을 알 수 없었고, 조금 시간이 지나자 속이 후련하다고 느꼈던 기억이 난다. 그리고 그때, 나는 그녀의 어떤 부분을 비로소 이해할 수 있었던 것 같다. 그저 자신의 경험을 관통해야만 세상을 명료하게 인지할 수 있는, 그리고 한 번 결론을 도출하면 무슨 수를 쓰더라도 절대 수정할 수 없는, 그런 종류의 사람. 그녀는 자신이 경험한 것 (이면이 아니라) 바깥에 존재하는 세계는 기꺼이 포기할 준비가 되어 있었던 것이다.

그 후로도 나는 지속적으로 옥상에 올라갔지만, 내 마음속 거의 모든 영역에 깃발을 꽂은 것 같았던 불장난의 기세는 어쩐지 조금씩 약화되더니, 어느 순간 푹 하고 고꾸라졌다. 나는 땡볕 아래, 옥상 난간대에 등을 기대고 내가 만들어 놓은 작은 소각로를 바라보며 라이터의 부싯돌을 튕기는 시늉을 했다. 가끔씩은 벽돌로 디딤대를 만들어 거기에 올라선 후, 난간대 바로 아래 펼쳐진 아파트 마당을 바라보기도 했다. 주차된 자동차, 아파트 정문 너머 가게들, 지나다니는 사람들……. 모두 장난감처럼 보였다. 아무리 더운 날이어도 놀이터에서는 언제나 아이들이(절교한 친구도 포함해서) 이리저리 뛰어다니고 있었는데, 이상하게도 연속된 행위가 아니라 분절되는 움직임처럼 보여서 나는 몇 번이나 눈을 비비곤 했다.

마지막으로 불장난을 한 게 언제였더라? 기억이 나지 않는다. 그렇다면 마지막으로 옥상에 올라간 건? 그것도 기억이 나지 않는다. 라이터 기름을 모조리 다 소모하지 않았던 것은 기억하고 있다. 나는 (약간은 과잉된 감정 상태로) 작은 상자를 구해서 (미약하지만 여전히 기능이 살아 있는) 라이터를 넣어 둔 후 자물쇠를 걸어 두었다. 이런 생각을 했던 것도 기억하고 있다. 양우정의 손수건을 그런 식으로 경솔하게 버려서는 안 되었다고, 그것 역시 이런 식으로, 스스로 봉인해 뒀어야 한다고.

여름방학이 끝난 후에도 나는 여전히 외톨이로 지냈다. 흉통이 조이는 느낌, 토할 것 같은 기분, 수치심과 굴욕감도 여전했다. 방과 후에 혼자 숙직실로 내려가서 문에 가만히 귀를 대고 있을 때가 있었지만, 그해가 끝날 무렵에는 그런 것—다른 이들의 방문에 귀를 대는 것— 자체에 흥미를 잃어버렸다. 어쩌면 이런 식으로 덧붙일 수도 있으리라. 나는 타인의 방 너머에서 일어나는 일이 아니라, **내 방 안에서 일어나는 일**에 훨씬 더 관심을 가지게 되었다고. 하지만 그게 사실일까? 그 당시 나를 가장 놀라게 했던 건, 불장난에서 느꼈던 그 아연실색할 만큼의 쾌감과 과민할 정도의 선명한 감정들, 분명히 실체를 가지고 있었던 그 감각들(불장난과 관련된 그 모든 기승전결!)이 그저 허상에 지나지 않다는 점이었다. 허상? 아니다. 허상은 아니었을 것이다. 다만 그 무엇과도 바꿀 수 없을 것 같았고, 앞으로의 삶에 항구적 영향을 끼치리라고 호들갑스럽게 기대했던 순간들이 그저 일시적이고 잠정적인 것에 불과하다는 사실에 나는 어쩌면 상처를 받았는지도 모른다.

마음을 가다듬고, 자포자기하는 심정으로 반 아이들 앞에서 더듬거리며 가까스로 (진실과 거짓이 교묘하게 섞인) 글을 읽기 시작한 지 얼마 지나지도 않아 입은 바짝 말랐고, 손은 꼴사납게 덜덜 떨렸으며, 자꾸 기침이 나왔다. 결국 얼마 지나지 않아서 선생님은 충고하기 시작했다.

"좀 더 크게 읽으렴."

"좀 더 천천히 읽으렴."

"좀 더 또박또박 읽으렴."

나는 주눅이 들었고 선생님의 요구 사항과는 정반대가 되어 가고 있었다. 더 이상 들어 줄 수 없다는 듯, 마침내 선생님이 최후통첩을 하듯 말했다.

"이리 줘, 내가 대신 읽어 줄게."

나는 아무 말 없이 원고지를 꽉 잡은 채로 고개를 돌려 선생님을 바라보았다. 선생님은 안 주고 뭐 하냐는 눈짓을 했다. 글을 직접 읽는 것보다 더 피하고 싶은 게 있었다면 이 글이 다른 사람의 목소리를 통해 사방팔방으로 공개되는 것이었다! 다른 사람의 목소리로 내가 쓴 글의 내용을 듣는 것이었다! 그것이야말로 그 순간 내가 피하고 싶은 최악의 고통이었다. 최악의 고통을 피하기 위해서는 자포자기만으로는 턱도 없었다. 하나의 고통을 피하기 위해 다른 고통을 견뎌야 하는 것은 필수적인 사항이었다(이 얼마나 비효율적인 행위란 말인가?). 그러므로 나는 있는 힘껏, 그러니까 죽을힘을 다해 내 글을 읽어야만 했다. 그것이야말로 내게 내려진 형벌이었다. 무엇에 대한 형벌이란 말인가? 글을 다 쓰고 났을 때 내가 느꼈던 만족감을 기억했다. 그 글이 다른 누군가의 손에 들어가리라는 기대 때문에 안도했던 걸 기억했다. 한때의 굴욕을 손쉬운 안도와 거짓으로 무마하고자 했던 시도에 대한 형벌.

이상했다. 갑자기 내 안에서 기묘한 자신감이 스멀스멀 피어오르기 시작했다. 나는 선생님은 완전히 무시하고, 원고지에 시선을 고정한 채, 목소리를 키우고, 또박또박 천천히, 내 글을 읽어 내려갔다. 손의 떨림은 잦아들었고, 바짝 마른 입 안은 침으로 부드러워졌다. 기침도 나오지 않았다.

"옳지, 이제 좀 잘하는구나."

선생님이 또다시 경솔하게 끼어들었으므로 나는 잠시 멈추어야 했다. 나는 심호흡을 한 번 한 후, 다시 글을 읽어 내려가기 시작했다. 어떤 식으로? 원고지에 쓰이지 않은 부분들을 즉흥적으로 채워 넣으면서! (원래 글에는 없었던) 싱크대에서의 불장난과 이십오 층까지 걸어 올라가는 동안 비 오듯 쏟아지던 땀에 대해, 그 여름 내가 잃어버린 몸무게와 옥상의 자세한 풍경에 대해, 그리고 기타 등등에 대해. 선생님은 놀란 것 같았지만, 무슨 이유에서인지 나를 내버려 두었다. 글의 막바지에 나는 이런 문장을 추가했다. 정우맨션의 이십오 층 옥상에 작은 소각장과 불탄 종이의 흔적들이 여전히 남아 있으리라고. 이루 말할 수 없을 정도로 추저분하고 난잡하게. 그래서 언젠가는 그게 꼭 발각되기를 원한다고. 누군가 우리 집의 초인종을 누르고 불장난한 아이를 찾으러 왔다고 말하기를 바란다고.

나는 원고지를 덮었다. 선생님의 표정이 미묘하게 변해 있었다. 무언가 이상하다고 느낀 반 아이들은 어리둥절해하며 내 얼굴과 선생님의 얼굴을 번갈아 보았다. 그 순간, 나는 내가 세상의 비밀 하나를 알게 되었다고 느꼈다. 누구도 가닿지 못한 미지의 세계에 도달했다고. 그 세계는 터무니없으면서 치명적이고 느긋하면서도 통렬한 모양을 하고 있어서 내 마음속에 꼭꼭 새겨 두지 않으면 안 된다고. 그리고 언제나 그렇듯이, 그런 생각은 시간이 흐른 후에 착각, 기만, 허상에 불과하다는 판명이 날 것이었다.

하지만 다른 한편으로는 이런 생각이 든다. 때때로 삶에서 가장 큰 용기를 필요로 하는 건, 바로 그런 착각과 기만, 허상에 기꺼이 내 몸을 내주는 일이라고. 그런 기만과 착각, 허상을 디뎌야지만 도약할 수 있는, 그런 삶이 존재한다고. 언젠가 모든 것을 한꺼번에 돌이켜 보는 눈 속에서 어떤 사실들은 재배열되고 새롭게 의미를 획득한다. 불가피하게 진실이 거짓이 되고, 거짓이 진실이 되며, 허구가 사실이 되고 사실이 허구가 되는 그런 순간들! 그러므로 이 여정 자체가 그 모든 것을 한꺼번에 돌이켜 보는 눈의 진짜 용도가 될 것이다.

물론 이런 것들은 내가 나중에서야 하게 될 생각이었고, 그날,

소리 내어 「불장난」을 다 읽어 낸 나는 고개를 빳빳이 들고 아이들을 둘러보며 선생님의 처분만을 기다리고 있었다. 드디어 선생님은 별 수 없다는 듯, 입을 열었다.

"자, 박수."

성의 없고 산만한 아이들의 박수 소리를 들으며, 나는 이번에야말로 마음껏 의기양양해하며 자리로 돌아와 앉았다.

수상 소감

매일매일

손보미

수상 소식을 듣고 두 가지 장면이 떠올랐다.

하나는 내가 고등학생 때의 일이다. 그 당시 엄마가 『현대문학』을 정기 구독하셨는데, 아주 우연히 거기에 실린 은희경 소설가의 「불임파리」를 읽게 되었고, 한동안 나는 그 소설에 붙잡혀 있었다. 소설 속 어떤 장면은 뭘 뜻하는지 아예 감을 잡지 못했고, 무엇을 의미하는지 알 수도 없어서 답답한 마음마저 들었지만, 그럼에도 불구하고 그 소설은 아무것도 모르는 여자애의 마음을 완전히 얼얼하게 만들었다. 그리고 나는 시간이 조금 지나서 이 작품이 「아내의 상자」라는 제목으로 이상문학상 수상작이 되었다는 걸 알게 되었다.

다른 장면은 작년 겨울의 일이다. 더 이상 카페에서 작업을 할 수 없을 정도로 코로나가 기승을 부린 탓에 어쩔 수 없이, 나는 공유 오피스를 얻어야 했다. 단독 사무실은 아니었고, 일종의 라운지 같은 곳에서 일을 했는데, 거기에 있는 다른 사람들이 모두 너무 열심히 일을 해서, 딴짓을 할 때마다 무언가 큰 잘못을 저지르는 것 같은 기분이 들곤 했다. 어쨌든 나는 두 달 동안 그곳에 출근 도장을 찍듯이 나가서 소설을 썼다. 매일, 하루에 이천 자를 쓰는 게 목표였지만, 지키는 날보다 지키지 못하는 날이 훨씬 더 많았다. 집으로 돌아갈 시간이 되어서 가방을 챙길 때는 울적해졌지만, 희한하게도 버스 정류장까지 걸어가면서, 내일은 꼭 이천 자를 써야지! 하고 다짐할 때는 언제나 희망에 차곤 했다.

돌이켜 보면 그런 식으로 작년 한 해 동안 나는 거의 매일 작업을 하러 나갔다. 그리고 집으로 돌아갈 때에는, 내일은 더 많이 써야지! 하고 다짐을 하곤 했다. 약간 이상하긴 한데, 내가 바란 건 오늘보다 내일 더 잘 쓰는 게 아니라, 오늘보다 내일은 더 많이 쓰는 것이었다. 더 굉장한 걸 바라는 것, 이를테면 누군가의 마음을 얼얼하게 만드는 그런 소설을 쓰기를 바라는 건 너무 욕심이리라는 생각을 했던 것도 같다. 그저 오늘도 쓰고, 내일은 더 많이 쓰는 것. 그게 내가 소설에게 부릴 수 있는, 가장 최대치의 사치인 것 같았다. 그리고 그런 생각은 지금도 변함이 없다. 하지만 이십여 년 전, 소설가가 되고 싶다고 생각한 적도 없고 그럴 수 있으리라 생각도 하지 않았던 시절, 아무것도 모르는 내 마음을 얼얼하게 만든 소설과 내 「불장난」이 같은 상의 수상작 목록에 올랐다는 것은 어쩔 수 없이, 기쁘다.

「불장난」을 유심히 읽어 주신 심사위원분들에게 감사드린다.

수상 소식을 알려 드렸을 때 엄마는 기뻐서 흥분하셨고 아빠는 평소보다 더 침착한 목소리로 수고했다, 축하한다, 이렇게 딱 두 마디를 하셨다. 두 분에게서 물려받은 이 상반되는 특징들이 나를 소설 쓰는 사람으로 만들었다는 생각이 든다. 그러므로 이 상은 그 두 분의 것이나 마찬가지다. 내 소설이 제일 재밌다고 말해 주는 동생들과 친구들의 응원은 그 무엇보다 값지고 힘이 된다. 소설 쓰는 며느리에게 늘 무한한 사랑과 존중을 주시는 시부모님에게도 역시, 사랑과 감사를 전하고 싶다. 그리고 나의 가장 친한 친구이자 안식처, 남편에게 가장 큰 사랑을 전한다.

대상 수상 작가 손보미

문학적 자서전

일인칭 여자애

「불장난」에는 유년 시절의 경험이 다양한 방식으로 포함되어 있는데, 그것들을 설명하려면 내가 초등학교에 다니던 시절에 대해 이야기해야 할 것 같다. 열한 살이었을 때, (이 소설에 나오는 것처럼) 나는 실제로 불장난을 했다. 혼자 한 건 아니었다. 음…… 누군가 옆에 있었다. 누구였을까? 동생이었거나, 아니면 같은 아파트(내가 실제로 살았던 아파트의 이름이 '정우맨션'이다)에 살고 있던 친한 친구였을 것이다. 처음에는 소박하게 종이에 불을 붙이고 구경하는 정도였는데, 시간이 지날수록 불장난을 대하는 태도가 꽤 진지해졌다. 마음 놓고 불장난을 할 만한 곳을 찾다가 처음으로 옥상까지 올라가게 되었고, 바람을 막고 더 큰 불을 내기 위해 시멘트 벽돌을 찾아와 작은 벽난로를 만들었다. 그 안에 종이와 자잘한 나뭇가지를 집어넣고 (라이터가 아니라) 성냥을 그어 불을 붙였다. 입으로 후후 불거나 손부채를 하면서 기다리다 보면 어느 순간 불길이 확, 하고 타올랐고 벽돌 구멍 사이로 치솟았다. 강력한 불은 잘 꺼지지도 않았다. 나는 밤마다 아침이 빨리 오기를, 그래서 또다시 옥상에 가서 불장난을 하게 되기를 바랐다.

아니, 도대체 그게 뭐가 그렇게 재미있었던 걸까?

불장난이 막을 내린 건 어느 날 갑자기 옥상에 난입(!)한 경비 아저씨 때문이었다. 파란색 경비 옷을 입은 그가 "이놈들!" 하고 소리 질렀고, 우리는 뒤도 안 돌아보고 다른 문을 통해 냅다 도망쳤다. 미처 끄지 못해 남아 있을 불길, 우당탕탕 빠르게 달려가던 복도, 가쁜 숨과 후들거리는 다리. 집으로 뛰어 들어온 우리는 가쁜 숨을 몰아쉬며 현관문의 렌즈로 바깥을 주시했다. 그리고 놀랍게도 그 일이 있은 후, 불장난을 향한 열망은 언제 그랬냐는 듯 흔적도 없이 사그라들었다.

중고등학교에 다니던 시절, 나는 남들이 흔히 말하는 문학청년은 되지 못했던 것 같다('않았다'가 아니라 '못했다'다). 아버지와 어머니 덕분에 또래 아이들보다 훨씬 더 많이 책에 노출되어 있긴 했다(하지만 내가 좋아하고 즐겨 읽은 책은 백과사전과 스물네 권짜리 역사 만화책이었다). 영화를 좋아한 아버지는 주말 밤이면 「주말의 명화」를, 명절에는 명절 특선 영화를 챙겨 보셨고, 나와 동생들은 자연스럽게 그 옆에 앉아서 「대부」라든지, 「바람과 함께 사라지다」라든지, 「인디아나 존스」 같은 영화들을 보았다. 안방에선 「볼레로」나 「불새」 같은 대중적인 클래식 음악을 모아 둔 카세트테이프나 「러브 스토리」나 「남과 여」 같은 영화의 테마음악이 담긴 카세트테이프가 있었다. 나는 동생들과 종종 그 음악들을 들으며 놀곤 했다. 그러므로 독서는, 아버지와 함께 영화를 보거나 안방의 카세트테이프를 듣는 것과 별반 다를 바 없는 '즐거운 일' 정도였던 셈이다.

음…… 그렇다고 하더라도 중학교에 다니던 때, 잠시 동안 문학 청년 시절을 보냈다고 말해도 될 것 같긴 하다. 중학교 이 학년 때 몇 번인가 백일장에 나간 적 있기 때문이다. 처음에 내가 어떤 식으로 대회에 나가게 되었는지 기억나지 않는데, 여하튼 처음 나간 백일장에서 「봄비」라는 글로 상을 받았다. 대단한 상은 아니었고, 가작이었나 입선이었나, 입상자 명단 가장 아래에 이름이 적히는 그런 상이었다. 그런 상이라도 받은 것 때문에 나는 두어 번 더 백일장에 나가게 되었지만, 그 후로 다시는 수상하지 못했다. 그리고 종래에는 백일장에 나가는 일도 없어졌다. 두 번 다시 상을 받지 못한 것 때문에, 혹은 더 이상 대회를 나가지 못하게 된 것 때문에 섭섭하다거나 하는 그런 감정은 들지 않았다. 그 반대였다. 나는 기뻤고 안도감을 느꼈다. 그러니까 더 이상 글을 쓰지 않아도 된다는 사실 때문에. 내 자신이 글을 잘 쓰지 못한다는 건 기정사실이어서 나를 상처 주지도 못했다.

고등학교에 진학한 후로 나는 글로 된 책보다 만화책을 훨씬 더 많이 읽었다. 만화책 대여점 주인아저씨가 '손씨 자매(나와 내 동생을 지칭하는 것이다)'들이 만화책을 너무 많이 읽는다며, 시험기간에는 그냥 돌려보낼 때가 있을 정도였다. 가끔씩, 아니 자주, 나는 '이야기'를 떠올렸다. 내가 만약 만화가가 된다면 그리고 싶은 이야기 같은 것들. 우주를 배경으로 하거나, (뜬금없게도) 미국의 남북전쟁이나, (역시 뜬금없지만) 프랑스혁명을 배경으로 한 그런 이야기들. 친구들에게 만화 스토리 작가가 되고 싶다는 말을 한 적도 있던 것 같은데, 사실 마음속 깊은 곳에는 글 쓰는 것을 직업으로 삼는 건 언감생심이라고, 절대로 불가능한 일이라는 생각이 늘 자리 잡고 있었다.

그리고 기본적으로 그런 생각은 내가 『동아일보』 신춘문예에 「담요」라는 작품으로 당선될 때까지도 은은하게 지속되었다.

하지만 나도 글쓰기로 큰 상을 받은 적이 있다. 초등학교 육 학년 때, (소설에 나오듯이) '불장난'을 소재로 글을 썼을 때의 일이다. 내가 기억하기로는 도에서 열린 글쓰기 대회였는데, 어쩌면 그건 과장하고 허세 부리기 좋아하는 나의 특성이 반영된 잘못된 기억일 가능성도 있다. '시' 대회든 '도' 대회든, 어쨌든 선생님은 우리 모두가 불조심에 대한 글을 써서 내야 한다고, 그중에서 잘 쓴 글을 뽑아 대회에 보낼 거라고 말했다. 선생님은 틈날 때마다 글을 제출하지 않으면 엄청나게 혼날 줄 알라며 으름장을 놓았다. 글의 분량은 이백 자 원고지 열 장이었다. 이천 자라니! 그 어마어마한 글자 수를 도대체 무슨 수로 채운단 말인가?

마음속 한편으로는 불장난했던 경험을 쓰면 되지 않을까? 생각하고 있었지만, 다른 한편으로는 불장난한 사실을 글로 썼다가 괜히 선생님이나 부모님에게 추궁당하고, 결국 벌을 받을지도 모른다는 불안감도 있었다. 과제 제출 전날, 글을 써서 혼나는 것과 글을 쓰지 않아서 혼나는 것, 둘 중에서 온종일 오락가락하던 나는 마침

내 글을 써서 혼나는 것을 선택했다. 그날 저녁 샤워를 하면서 떠올린 문장들을 거의 새벽까지 잠들지 않고 글로 썼다. 제목은 '나 하나라도'. 불장난을 하다가 들켜서 도망쳤던 이야기를 쓰면서, '나 하나쯤이야'라는 생각을 버리고 '나 하나라도' 경각심을 갖자는 내용이었다.

그 글은 (역시 소설에 나오듯이) 우수상을 받았다. 나는 난생 처음으로 조례 시간에 단상에 올라 교장 선생님 앞에 섰고, 전교생이 보는 앞에서 상을 받았다. 부상으로 받은 소화기를 학교에 기증하면 어떻겠느냐는 선생님의 권유에 나는 싫다고, 집으로 가져가고 싶다고 대답했다.

"네가 아닌 다른 애가 쓴 글을 보냈다면 그 애가 상을 받았을 거다. 그러니까 그 소화기는 학교 거나 마찬가지야."

선생님은 내게 그렇게 말했는데, 지금도 그 말이 정확하게 무엇을 의미하는지 모르겠다.

상장은 온데 간데 사라져 버린 지 오래지만, 「나 하나라도」는 여전히 집 안 어딘가에 보관되어 있다. 최근에 나는 그 글을 다시 읽어 보았다. 옥상에서 불장난을 하다가 경비 아저씨에게 들키고, 복도를 뛰어 내려와서 우리 집 현관 렌즈 구멍으로 바깥을 내다보던 그날의 장면이 글 속에 고스란히 들어가 있었다. 문득 그런 의구심이 든다. 지금의 내가 그날—마지막으로 불장난을 했던 날—을 기억하는 장면이 사실은 「나 하나라도」라는 글에서 비롯된 것이 아닌가 하는. 그러니까 어떤 특정한 기억이, 내가 썼던 문장을 통해 재구성된 것이 아닌가, 하는 그런 의구심 말이다.

그리고 이런 의구심은 타당하다.

대학에 들어가서 처음으로 소설을 쓴 시절부터 데뷔를 하고 한참 후까지 나는 주로 삼인칭 소설을 썼다. 일인칭 소설을 쓴 적도 있지만 그럴 때면 화자는 어김없이 남성이었고, 여성이 주인공일 경우에는 삼인칭을 사용했다. 여기에는 복합적인 이유가 있을 텐데 가장 주요한 건, (적어도 내게는) 소설을 쓰는 행위가 완전히 가공된 세계와 관련이 있기 때문인 것 같다. (마치 고등학교 시절 만화 스토리를 상상했던 것처럼) 나와 완전히 동떨어진 세계-인물을 상상하고, 상상한 인물을 다시 관찰하는 것에 나는 가장 큰 재미를 느꼈다. 그건 마치 뫼비우스의 띠 같기도 하다. 나와 동떨어진 세계의 인물을 상상하는 것에 즐거움을 느끼고, 그 즐거움을 극대화하려면 내가 가공하려는 세계-인물은 나와 더 멀리 동떨어져야 한다는 식으로. 그러므로 나는 내가 여성이 화자인 일인칭 소설을 쓸 수 있으리라고는 생각해 본 적이 없었다.

한번은 이런 일이 있었다. 첫 번째 장편소설 『디어 랄프 로렌』을 출간하고 난 후, 나는 한 격월간지로부터 장편소설과 관련된 에세이를 청탁받았다. 『디어 랄프 로렌』이 과거를 발견하는 과정을 통해 앞으로 나아가는 인물에 대한 이야기라고 생각했기 때문에, 나는 「기억」이라는 글을 쓰기로 마음먹었다. 나의 잘못으로 중학교 때 친했던 친구와 멀어진 후 그 친구가 전학을 가게 되기까지를 쓴 것이었다. 나는 그 글을 이렇게 끝맺었다. "그날 아침부터 비가 내렸고, 그녀는 우산을 쓴 채로 비에 젖어 질퍽질퍽한 운동장을 가로질러 걸어갔다. (……) 나는 내가 그녀의 얼굴을 봤다고 생각했다. 그리고 지금 이 순간에도 나는 여전히 그 얼굴을 또렷하게 떠올릴 수 있다. 우리는 마지막 인사를 나누었다고, 그런 생각을 하면 마음이 좀 편해지는 것 같다."

그런데 「기억」을 송고하기 전, 우연히 아주 오래전에 쓴 일기를 발견했고, 나는 거기에서 공교롭게도 그날에 대한 기록을 발견했다. 거기에는 이렇게 쓰여 있었다. "나는 친구가 학교를 떠나는 장면을 보지 못했다. 그런 건 보지 못했다. 하지만 이상하게도 가끔씩 비에 젖어 질퍽질퍽한 운동장을 가로질러 걸어가던 친구의 모습이 떠오르는 것처럼 느껴진다. 마치 내가 실제로 보았던 것처럼, 비를 맞고 걸어가던 친구의 뒷모습이 몹시 선명하게 기억나는 거다."

그러니까 나는 그 친구가 떠나는 장면을 실제로는 보지 못했던 것이다. 그럼에도 불구하고, 「기억」이라는 글을 끝맺은 시점까지도 나는 그 친구가 떠나는 모습을 보았다고, 그 친구와 마지막 인사를 나누었다고 완전히 잘못 기억하고 있었다. 「기억」의 마지막에 저 문장을 추가해 원고를 보낸 후, 나는 두려움에 시달렸다. 그 글에 나오는 사건들은 실제로 일어났던 일이 분명하지만, 세세한 사항들, 그리고 그 사건을 대하는 열다섯 살의 나의 어떤 태도들, 그리고 그 친구의 특정한 말들은 명백하게 '지어낸' 것들이리라는 두려움. 괴로운 감정도 들었다. 나는 어째서 한 시절의 일을 잘못 기억하는 것으로도 모자라, 그것을 문장으로 남겨 두기를 원했던 걸까? 무엇을 위해서?

사실, 나는 그것을 이미 알고 있었다. 그 글을 쓰는 행위를 통해 용서받고 싶었기 때문이다. 어릴 적 내가 저지른 잘못에 대해서, 그 친구에게 저지른 잘못에 대해서 용서받고 싶은 마음이 너무 커서 나는 그런 식의 허구를 발명해 냈다. 그리고 우스꽝스럽게도, 어리석고 창피한 선택을 했던 십 대의 나를 구출하고 싶어서 삼십 대의 내가 또다시 비열하고 이기적인 선택을 했다. 나는 한동안 「기억」을 쓴 비열하고 이기적인 손보미를 생각했다. 그리고 어느 날, 어쩌면 그 비열하고 이기적인 선택을 한 손보미라면, 일인칭 여자 주인공이 나오는 소설을 쓸 수 있을지도 모른다는 생각을 하게 되었다.

하지만 내가 실제로 일인칭 여자애가 등장하는 소설을 쓸 수 있게 된 건, 그런 생각을 하고 몇 년이나 흐른 후의 일이다.

어떤 식의 마음가짐으로 소설을 쓰는 것이 옳은 일인지 나는 알지 못한다. 어떤 방식으로 소설을 쓰는 것이 좋은 것인지도 나는 알지 못한다. 알게 되었다고 느끼는 순간들이 찾아온 적도 있고 또 앞으로도 그럴 수 있겠지만, 결국은 수정되고야 말 사항이라는 것을 알고 있다. 우왕좌왕하면서 계속 써나가는 과정을 통해, 어쩌면 더 비열하고 이기적인 손보미를 만나게 될지도 모르고, 고개를 돌려 버리고 싶을 때가 찾아올지도 모른다. 그럼에도 불구하고 고개를 돌리지 않는 것, 용기를 가지고 계속 써나가야 한다는 것, 그래야 한다는 걸 알고 있다.

덧붙이고 싶은 게 있다. 지금 내가 가장 하고 싶은 일이 갑자기 생각났기 때문이다. 나는 이 글 도입부의 마지막 부분을 이렇게 수정하고 싶다.

"우리는 가쁜 숨을 몰아쉬며 현관문에 난 렌즈로 바깥을 주시했다. 불안함을 느꼈겠지만, 그것보다 나를 더 강하게 지배했던 감정은 결국 도망치는 데 성공했다는, 일종의 승리감이었던 것 같다. 우리는 서로의 얼굴을 보며 깔깔거리며 웃었다. 그리고 놀랍게도 그 일이 있은 후, 불장난을 향한 열망은 언제 그랬냐는 듯이 흔적도 없이 사그라들었다."

작품론

「불장난」과
손보미의 작품 세계

한계 없는 이야기의 방법

김나영(金娜詠) | 문학평론가

스타일이라는 동력

손보미는 2009년에 등단한 후 지금까지 세 권의 단편집과 두 권의 장편을 출간하고 그 외에도 여러 권의 책에 글을 실었다. 작품 수가 작가의 성실함을 보증한다고 말할 수는 없다. 그러나 그의 글이 발표될 때마다 따라 읽는 독자로서 그가 보여 준 것은 작품의 스타일이나 작품에 내장된 메시지와 의미 이전에, 일종의 글 쓰는 삶에 대한 태도라는 점을 먼저 밝혀 두고 싶다. 기복이 없는 글쓰기라고 해야 할까. 달력에 적힌 숫자를 기준 삼아 어떤 규칙을 갖고 글을 쓰고 발표하는 일과는 조금 다른 차원의 성실함이 그의 작품 활동에 스며 있다. 그것은 십 년이 넘는 시간 동안 이어져 와서 이제는 나름의 호흡과 리듬으로 독자를 만나는 중이다.

한 작가의 작품에 관해서 말할 때는 대개 몇 작품의 특징을 주목해 강조하거나 그가 발표한 작품 전반의 특색을 추슬러 밝혀 보는 게 일반적일 것이다. 그런데 손보미의 작품 활동에 관해서라면, 일상을 지속하는 일에 비견될 만한 글쓰기의 꾸준함에 닿아 있는 자세에 대해서 새삼 짚어 보지 않을 수 없다. 이 자세는 작가에 속한 것도 작품에 스며 있는 것도 아니다. 작가와 작품이 동떨어지지 않게, 하지만 느슨하게 그것을 연결해 주는 어떤 힘과도 같다.

그 힘은 지금까지 손보미의 소설을 말할 때 자주 언급되어 온 작품의 스타일에서 발생하는 것이기도 하다. 스타일이라는 것은 단발적인 포즈로는 결코 만들어지지 않는다. 한동안 손보미의 소설은 이국적인 배경, 추리소설의 형식, 부부라는 관계에 대한 탐문 등으로 특징지어져 왔다. 그러나 그의 소설을 이끄는 힘은 그처럼 표층에 두드러지는 특징보다 심층에 있으며, 그것이야말로 손보미 소설의 스타일이라고 할 만하다. 따라서 개별 작품이 어떤 특징을 갖는가를 말하는 것보다 비슷한 시기에 발표된 여러 작품들의 특징이 궁극적으로는 어떠한 무늬와 서사를 그리고 엮어 내는가를 말하는 게 중요하다. 그의 첫 단편집인『그들에게 린디합을』에서부터 분명하게 확인할 수 있는 것은, 한 이야기 속의 인물과 사건과 배경은 다른 이야기의 요소로 유연하게 쓰이면서 그 특유의 세계관을 형성했다는 점이다. 나비효과나 평행우주 같은 용어를 통해 그 세계의 특징을 설명하려던 시도가 많았으나 그러한 작품 바깥의 관점과 기준을 적용하는 일에 더해 그의 소설에 내장된 정념과 에너지의 흐름에 주목하는 일이 필요하다. 손보미의 소설은 단편의 형식을 취할 때조차 원고지 백 매 안에 가둬지지 않는 시간과 공간, 이야기를 거느리고 있어서 마지막 문장의 마침표가 찍힌 다음, 혹은 찍히는 동시에 또 다른 소설로 이어진다. 열린 결말이라는 비유적인 의미에서가 아니라 실제로 그의 소설은 하나의 끝이 다른 하나의 시작으로, 한 인물의 말이 다른 인물의 사유에 잇대어진다. 독자는 그가 만들어 낸 새로운 형식의 시공간에서 잠시 어리둥절해하다가 이렇게 질문하게 된다. 단편과 장편을 가르는 기준은 단지 글자 수에 국한되는가. 연작소설의 조건은 무엇인가. 현실이 아닌 소설을 참조하는 소설에서 사실과 허구와 진실의 자리는 어떻게 새로이 확보되고 취소되는가.

소설과 현실이 나란히 놓이고, 어떤 허구가 사실을 참조할 때 우리는 당연하게도 전자가 후자를 통해서 발생할 수 있다고 믿는다. 그러니까 현실에서 실제로 일어난 일은 이미 항상 존재하기에, 그 엄연함을 딛고 '일어나지 않은 일'을 상상할 수 있다고 말이다. 첫 장편 『디어 랄프 로렌』에서 우리가 현실이라 부르는 세계의 인물과 사건이 등장할 때 '그 사실'들은 결코 소설의 출발점이 되어 주지 않는다. 종수와 수영과 랄프 로렌이 공존하는 곳은 오로지 손보미의 소설 속뿐이다. 랄프 로렌과 종수와 수영을 비롯한 소설 속 등장인물들은 실존과 가상이라는 구분이 어째서 필요한지 되묻는 듯하다. 누군가를 부를 때 그 이름 앞에 '디어'라고 운을 뗄 수 있다면, 마치 주문처럼 나는 네가 있는, 혹은 다른 내가 있는 새로운 세계로 건너갈 수 있기 때문이다. 그러니 손보미의 첫 장편에서 세상이 무너지는 듯한 절망에 사로잡힌 인물이 노크 소리를 듣는 장면은 결코 잊을 수가 없다. 한 세계가 다른 세계를 향해 노크하는 것, 누군가 다른 누구를 부르는 것. 그것은 손보미가 보여 준 소설의 역능이다. 그때와 지금, 그곳과 여기를 분명하게 나누지 않는 것, 어떤 것으로부터도 차단되지 않는 현재를 직시하는 것에서 소설이 쓰이고 읽힌다는 것을, 손보미의 소설은 집요하게 이뤄 낸 그만의 스타일을 통해서도 보여 준다.

그녀와 소녀

최근 그의 소설은 십 대 초반의 여자아이가 초점화자로 등장하는 이야기로 변모했다. 삼인칭의 세계는 '나'의 기억을 기록하는 일인칭의 세계에 도달했다. 하지만 늘 그랬듯 손보미식 세계에서의 이동은 저곳을 벗어나 이곳에 도달하는 식이 아니라, 저곳을 이곳에 끌어 놓고 이곳을 새롭게 발명하는 식으로만 가능하다. 손보미의 소설은 일관되게 가부장 중심의 사회에 내재하는 뿌리 깊은 편견과 모순을 간접적으로 드러낸다. 구체적인 지명과 인물의 이름, 그들이 나누는 대화와 먹고 마시고 입는 것들을 통해서 그려진 이국적 배경은 그 자체에 의미가 있기보다는 그곳에 반사되는 이곳의 이미지와 분위기와 뉘앙스를 간접적으로 강조하는 역할을 했다. 잃어버린 것을 찾기 위해 떠나고 돌아오는 여정에서 우리가 참조했던 것은 그 인물들의 손에 들린 메모 같은 게 아니라, 그 무엇을 되찾지 못하리란 예감에 더해 자신이 되찾으려는 게 무엇인지 잊어버렸을지도 모른다는 끝 모를 불안감이었다. 부부라는 관계는 닫힌 문 안에서 그들만의 세계, 그들만의 언어, 그들만의 역학을 발명하며 희열을 발견하지만 그 발명들이 동시에 그들 각자를 어떤 맹목과 절망에 처하게 한다는 것을 보여 주었다. 그들은 공통적으로 자신이 발딛고 있는 현실과 그것의 기준이 되는 무수한 사실들의 실상이 꽤나 사소하고도 우연히 발생하는 것, 즉 어떤 필연에 의해서 고정불변하는 것이 아니라는 점을 목도한다. 그들은 그들이 목도한 것을 인정하고 수긍할 수 있는가.

그 질문이 놓인 맥락에서 최근 손보미가 그리는 십 대 초반의 여자아이가 바라보는 세계를 볼 수 있다. 두 번째 장편소설 『작은 동네』를 기점으로 손보미의 소설은 크게 두 가지 형식적인 변화를 보여 준다. 주로 삼인칭 성인의 시점에서 쓰이던 이야기가 일인칭 십 대 여자아이의 시점으로 쓰이게 된 것이다. 「불장난」 역시 사춘기에 진입하기 직전의 여자아이가 '나'의 불장난에 대해 쓴다. 우선 '나'의 나이와 성별에서 으레 짐작 가능한 것들이 있다. 소녀에 대한 일반적인 관념들—작고 여리고 수동적이고 쉽게 상처받으며 자기 내면의 상황을 포함해 개인이 처하게 되는 온갖 어려움과 고통에 연관해 타인에게 의존적이라는 것 등—을 불러 모으고 그것들의 고리타분함을 고발하려는 데에 이 소설은 무심하다. 오히려 이 소설을 읽고 나면 '십 대 초반의 여자아이'에 관해서 우리는 더욱더 모르게 된다. 때문에 이 소설은 우리 자신을 붙잡고 '그 아이'에 대해서, '그 시절'에 대해서, '그 장소'에 대해서, '그 이야기'에 대해서 계속 질문하게 한다. 소설은 그렇게 저마다 내가 경험한 '그' 세계를 다시 직면하게 하는 것이다.

이 지점은 손보미 소설의 초창기부터 계속 언급된, 그의 소설의 중요한 특징인 '침묵'을 상기하게 한다. 그의 첫 소설집에 관한 "말로 규정하지 않고 침묵으로 환기하는 스타일의 효과는 절묘하다"(신형철)거나 "(구성이) 촘촘한 이야기는 이상하게도 가장 결정적인 대목을 말하지 않고 그것은 말해지지 않은 덕에 더욱 강렬한 방식으로 전해진다"(권희철)는 평은 여전히 유의미하다. 최근까지도 손보미 소설에서 '말해지지 않은/못한' 부분의 의미와 그것이 발산하는 서사의 힘은 지대해 보이는데, 소설이 끝난 다음에야 (독자에 의해/작가의 다른 소설을 통해) 비로소 시작되는 이야기가 분명히 있기 때문이다. (이후에 덧붙여 쓰겠지만, 여백을 만드는 글쓰기로서의 손보미 소설의 특징은 괄호나 작은따옴표나 줄표나 글자체의 변화를 통해서 형식적인 면모로 드러나기도 한다.)

그런 맥락에서 「불장난」의 첫 문장은 꽤 의미심장하다. "남자들이란 항상 골칫거리지"는 어린 '나'가 남자아이들 사이에서 유행하는 놀이에 대해 말하자 새어머니가 나에게 한 말이다. 이 말은 손보미의 초창기 소설에 등장하는 어느 여자가 했을 법한 말이기도 하며, 최근 소설의 주된 화자인 열 살 즈음의 소녀가 내뱉을 듯한 말이기도 하다. 이 문장은 손보미의 소설에서 자신의 삶을 주체적으로 살고자 하는 모든 여성의 혼잣말이자, 그 모든 이야기를 하나로 묶을 수도 있을 법한 질긴 줄과도 같다. 당연하게도 이 문장의 주어는 손보미 소설의 그녀들이 애증을 갖는 친밀하고도 낯선 대상 모두가 될 수 있을 것이다.

상투성과 다투다

자기의 이야기를 이어 나가며 자신을 마주하고 발견하는 '나'는 어떻게 존재하는가. 좀 과격한 표현일 수도 있겠지만, 「불장난」은 부모의 갈등과 가족의 해체, 혹은 부모와 자식으로 구성된 화목하고 안온한 가족이라는 인간관계의 형태를 의심하는 데에서부터 '나'라는 개인이 발생하고 성장할 수 있다고 말하는 듯하다. '나'는 소위 안정적인 직장과 사회적인 권위를 가진 부모로부터 출생했지만, 본격적인 이야기는 '나'가 그런 부모 사이의 결락을 감각하고 발견하고 직시하는 데에서부터 시작된다. 때문에 이 소설의 주된 갈등은 스스로 인지하지 못하던 자신의 세계 어느 한 지점을 찢고 스스로 '나'를 구출하려는 시도로부터 빚어진다. '불장난'이라는 말의 상투적 의미만을 참조해 '나'가 동시다발적으로 처하게 된 상황—부모의 이혼과 그녀(새어머니)와의 동거와 친구들과의 갈등과 이차성징을 겪기 직전의 통증과도 같은 신체적 민감함 등—의 어려움을 고려했을 때, 이 소설은 단순하게 사춘기에 막 진입하려는 조숙한 여자아이의 성장담 정도로 요약될 수도 있을 것이다. 하지만 지금껏 손보미의 소설은 단일한 세계의 일관된 관념에 맞서서, 쏟아진다는 표현에 걸맞게 무수한 사실에 맞서는 단 하나의 '진실'이 무엇인가를 질문해 왔다. 과장을 무릅쓰고 말하자면 손보미의 소설은 언제나, 무엇보다도 '한 세계'의 상투성을 상대한다.

그러한 상투성은 그나 그녀의 관점에서 진술되던 부부 관계에서 어린 자녀의 시선으로 관찰되는 부모의 관계로 이어진다. 삶에 대한 비전과 가족에 대한 이상이 서로 다른 부모는 상대에 맞서 좀처럼 변하지 않으려는 엄격한 태도의 일환으로 자식에 대한 애정을 표현한다. 부모가 아이에게 사주는 책의 종류가 다르며, 그들 각자가 아이에게 설명하는 '맨션'의 의미에도 큰 차이가 있다. 그렇게 아이는 언제나 두 개의 언어를 동시에 습득하며 두 개의 문법으로 자기 세계를 구축한다. 결코 섞이지 않는 재료로 쌓아 올린 아이의 성은 견고한 동시에 허술하고 위태로운 동시에 유연하다. 「불장난」에서 '나'는 자신의 눈을 가리는 아버지에게 속아 주는 척 연기하지만 정작 자신이 무엇에 속고 있는지를 제대로 알지 못한다. 아버지의 손이 차단하는 세계의 본질과 경계를 명확하게 인지하고 있을 때라야만 '나'는 그 세계를 보고 듣고 알지 못하는 자로서의 연기를 수행할 수 있다. 그 세계에 대한 호기심과 염탐이 한편에 있고, 그것에 무심하고 무감하다는 연기가 다른 한편에 있을 때 '나'는 종종 자발적으로 자기를 상실한다. 이러한 '나'는 매 순간을 일관된 주체로서 살아간다는 게 불가능하다는 것을 보여 주면서도 그 불가능성을 너무 일찍 알아차린 조숙함으로 인해 도리어 한 시절—'나'의 경우에는 아이와 여자(소녀)라는 정체성이 공존하면서도 서서히 벌어지는 시기—을 이도 저도 아닌 위치에서 보내게 되는 존재의 표상처럼 보이기도 한다.

차이, 혹은 사이를 보여 주는 방식

더불어 손보미의 소설은 나와 너, 그와 그녀, 엄마와 딸이 서로 다른 각자의 세계에 살아가고 있음을 보여 주기 위해서 쓰인다. 우리가 대화할 수 있는 것은 서로의 말을 번역할 수 있기 때문이지 결코 같은 언어를 쓰기 때문이 아니다. 서로 다른 세계에 살고 있기에 너와 내가 인지하고 표현하는 사실이나 허구 역시 다르다. 내가 분명하게 겪은 일이 너에게는 없던 일이 될 수 있고, 너의 거짓이 나에게는 어떤 진실의 효과로 전달될 수도 있다. 그러한 불화가 '나'라는 개별자의 목소리로 전달될 때 불가피하게 동원되는 것은 시차時差다. 어떤 것에 관한 기억은 언제나 불온하고, 때문에 진실은 누구에게나 다른 형태나 방식으로 존재한다는 것은 지금까지 손보미 소설의 한 에센스였다. 「불장난」에서 역시 소설의 도입부에 하나의 의문("남자들이란 항상 골칫거리지"라는 그녀의 말에 대한 '나'의 의구심)을 제기하고, 소설의 중반부 즈음에 "바로 이게" 그때의 '나'가 그녀를 의아하게 여겼던 이유라고 밝힌다. 그밖에도 '나'는 '양우정'과 그를 둘러싼 소문에 집착했던 이유에 대해서 "그리고 (드디어) 솔직히 고백하건대"와 같은 방식으로 일련의 사건을 진술한 이후에야 밝힌다. 이처럼 시차를 두고 자신의 의문을 해결하는 방식은 '나'가 타인을, 하나의 세계가 또 다른 세계를 이해하는 방법이기도 하다. 손보미의 소설은 인물의 경험과 감각과 사유를 통해서 무엇보다도 그 방법을 알아차리기를 의도하며 쓰이는 듯하다. (초기작에도 종종 쓰이긴 했지만) 최근 더욱 눈에 띄게 괄호와 줄표 등을 통해 수시로 '나'의 말을 부연하고, 수정하고, 스스로 의심하거나 확신하는 태도를 보여 주는 것은 주목할 만하다. 그러한 태도는 기억의 불온함을 최대한 메꾸어

온전한 것으로 전달하려는 작중인물의 시도인 동시에 온전한 기억은 불가능하다는 인식을 노출하며, 한 세계와 다른 세계가 어떻게 충돌하고 부서지고 어긋나고 비로소 나란히—화해나 화합과는 무관하게— 놓이게 되는가를 가시화하는 작가의 전략이다.

> 왜 나는 원하는 것을 하나도 가질 수 없단 말인가? 왜 이들은 내게 이렇게 얕은수를 쓰게 만든단 말인가? 그런 생각을 하자, 나는 이루 말할 수 없는 수치심을 느꼈다. 그리고 이게 내가 느끼는 혼란스러움과 상처의 정체였다. (31쪽)

최근 한 인터뷰에서 작가는 일인칭 여자아이의 시점으로 쓰이는 소설과 자신의 실제 경험을 연결 지어 말한 바 있다. 그는 "열 살이나 열한 살의 여자아이를 자주 쓰는 이유는 그때 제 자신이 굉장히 충격적인 경험을 했기 때문"이라고 말하며 어린 시절의 이사가 자신에게는 처음으로 겪은 "상실의 경험"이라고 설명했다.[1] 이는 내 바깥의 무엇—그것은 내가 경험한 특정 사건이나 인물일 수도 있고, 나와 무관해 보이는 어떤 것들일 수도 있다—이 나의 삶 일부분을 변화시키고 결정할 수도 있다는 인식이 그의 소설에 지대한

1 "내가 만든 관계들이 다 무너져 내리는 기분? 어른들의 결정으로 내 삶의 관계들이 결정된다는 것, 외부로부터 조종당할 수밖에 없다는 것, 나는 무력한 아이라는 것을 그때 처음 느낀 것 같아요." 손보미, 「알지 못하는 길을 걸어가는 여자아이에 대해」, 『자음과모음』, 2021 봄호, 364쪽.

영향을 미쳤음을 짐작할 수 있는 고백이다. 「불장난」에서도 '나'는 부모의 이혼과 재혼으로 인한 이사와 전학 같은, '나'의 의지와는 무관하게 일어나는 일들에 크게 상처받지만, 그것을 쉽게 내색하지 않는다. 다만 외도한 아버지와 그로 인해 가족이 해체되는 상황을 겪게 된 어머니가 아버지를 향해 내비치는 증오와 원망을 통해 우회적으로 드러낸다. 자기 삶의 조건들에 있어 대부분의 경우 수동적일 수밖에 없는 동시에 아이답지 않은 면모를 지닌 '나'의 처지에서 겪게 되는 좀 더 근본적인 상처는 아이에게 얕은수를 쓰게 만드는 어른들의 심리와 그것을 간파한 아이가 경험하는 일종의 수치심에서 연유한다. 겉으로 드러나지 않고 다른 이들이 눈치채지 못하지만 자기 안의 무언가가 상처 입고 훼손되고 비로소 흉터로 남을 때, 그 상처를 무감하게 바라볼 수 있는 바로 그 지점에서 삶을 인식하고 수긍하게 된다는 것 역시 지금까지 손보미의 소설을 관통하는 주요한 메시지 가운데 하나다.

모두 연소된 다음

> 나는 그 이야기가 끝난 후에도 거기에 **머물러 있었다.** 언제나 그랬다. (46쪽)
>
> 아무도 이의를 제기할 수 없는 것. 그래, 내가 바란 건, 바로 그런 것이었다. (48쪽)

「불장난」에서 '나'는 소각장을 지나간 것들을 짐작해 보며 닫힌 숙직실 문에 귀를 기울인다. 하나의 열기가 지나간 자리에서 열리는 문이 있다. 한 여름날 아파트 옥상의 뙤약볕에서 작은 소각로를 만들고 "끝도 없이 종이를 집어넣고" 불을 피워 "그 불길과 연기가 시멘트 벽돌의 구멍 사이로 피어오르는 것"을 지켜보는 눈이 있다. 이처럼 소각燒却은 어린 여자아이가 경험한 세계로부터 겪은 수치심이나 굴욕감을 해소하는 방법이었을 수 있다. 다른 세계의 문에 당당히 노크하지 못하고 거대한 귀가 된 채 거기에 기대어 서서 안쪽의 기척과 소리를 짐작하고자 했던 자신을 후회하는 방식이었을 수도 있다. 열띤 것들에 열기를 더하는 방식으로 한 시기를 통과해 '나'는 글을 쓰지만, 수상受賞한 글 속의 '나'는 그것을 낭독해야 하는 '나'와 같지 않다. 내가 아닌 나의 이야기를 나의 목소리로 읽어야 하는 상황에 극도의 긴장과 거부감을 느끼는 '나'는 결국 '다시-쓰기'의 방식으로 읽기를 마친다. 그것은 "누구도 가닿지 못한 미지의 세계에 도달"한 느낌으로 '나'를 고양시킨다. 쓰이지 않은 부분까지를 읽음으로써 다시-쓰기를 시도했지만 어쩌면 두 번째 쓰인(사실은 쓰이지 못한) 이야기는 자기-읽기의 불가능성을 고스란히 증명한다. '나'는 결국 그 여름의 불장난을 기록하지 못했고, "그 무엇과도 바꿀 수 없을 것 같았고, 앞으로의 삶에 항구적 영향을 끼치리라고 호들갑스럽게 기대했던 순간들"을 기억하지 못한 꼴이 되어 버린 것이다. 이로써 우리는 「불장난」 속의 두 가지 '불장난', 즉 실제로 '나'가 감행했던 여름날 옥상에서의 불장난과 '나'가 글의 형식을 통해 허구화한 불장난 사이에 가로놓인 알 수 없는 공백을 마주하게 된다. 손보미의 소설은 말과 글이 소거된 자리에 채워질 것이 결국 일종의 착각과 허상에 불과할지라도 과감히 "기만과 착각, 허상을 디뎌야지만 도약할 수 있는 그런 삶이 존재한다"는 것을 보여 주고자 쓰이는 것이다.

단편소설 「대관람차」의 불탄 호텔 초이선을 기억한다. 초이선에 대한 묘사나 진술보다도 '그것'을 불태운 자리에서 시작되는 이야기가 갖는 압도적인 에너지를 새삼 생각하게 된다. 처음부터 지금까지 손보미의 소설은 무엇이 틀렸다고 할 수는 없지만 명백히 다른 것들이 부딪혀 발생시키는 힘에 주목해 왔다. 그 힘은 오랜 시간 은근하게 누적되기도 하고, 한순간 폭발하듯 발생하기도 한다. 충돌하는 세계가 서로를 비껴가고 부수며 발생하는 마찰로 마침내 흔적도 없이 연소해 버리는 게 있고, 그것을 오래 바라보는 눈이 있고, 마침내 사라지지 않는 그 감각과 기억으로 쓰이는 이야기가 있다. 에너지는 그렇게 보존되어 새로운 대륙과 대기로 우리의 다음 시간에 놓이게 될 것이다. 손보미의 소설이 거기에 있을 것이다.

작가론

작가가 본 작가

소설가의 보은[1]

서효인(徐孝仁) | 시인

손보미 작가를 한두 계절에 한 번 정도는 만나는 것 같다. 둘일 때도 있고 셋일 때도 있었는데, 상관없이 그를 만나면 일단 우는소리를 들어야 한다. 대체로 아니, 전부 쓰는 삶의 고단함에 대한 토로다. 이번에 청탁받은 어느 잡지의 마감일이 다음 주인데 이 상태로는 작품을 못 내지 싶다. 연재하는 장편소설의 마무리가 썩 마음에 들지 않는다. 언제까지 이렇게 쓸 수 있을지 모르겠다. 소설 쓰는 게 행복해야 하는데 그렇지 못할 때가 많다……. 이런 이야기들.

우는소리를 듣다 보면 귀에 들어온 소리가 마음에 머물러 내 안에도 비슷한 소리를 만들어 내기 마련이다. 그러니까 잠시라도 같이 우는 것이다. 나도 쓰는 게 힘들다. 어쩌다 이런 삶을 택했는지 모

---

1 손보미의 두 번째 소설집 『우아한 밤과 고양이들』(문학과지성사, 2018) 수록작 「고양이의 보은」을 조금 빌려 다시 썼다. 「고양이의 보은」이 자전소설의 형식을 빌린 훌륭한 환상소설이자 메타소설이듯이, 이 글 또한 작가론의 형식을 빌린, (어설프나마) 픽션으로 읽히길 바란다. 바람대로 되지 않아도 어쩔 수 없다. 일찍이 『난, 리즈도 떠날 거야』의 작가 N은 "바람이란 건 대체로 그 모양 그대로 이뤄지는 일이 잘 없고, 글쓴이는 그 결과를 받아들일 자세를 미리 취해야 한다"라고 말한 바 있다.

를 일이다. 다른 삶으로의 전향이나 유턴도 이제는 어려울 것이다. 하지만 작가는 그리 오래 울지 않는다. 되레 짧게 울고 끝내는 편이다. 작가는 좋아하는 것들이 참 많은데, 우는소리 후에는 좋아하는 것을 말하며 웃는다. 케이팝 아이돌이나 뮤지컬 배우를 화제로 이야기할 때에는 없던 체력이 어디선가 솟아나 몇 시간을 떠들 수 있다. 한때 전 국민을 대상으로 진정성 있는 사기극을 펼친 오디션에 그와 내가 동시에 빠진 적이 있었는데 작가가 픽했던 가수는 순위가……. (이하 생략)

작가는 이따금 소설을 가르치는 일에 대해 말하기도 했다. 겉으로는 그 일에 썩 만족해하고 있어 보이지는 않았다. 투쟁적인 강의실에서의 긴장감과 느슨한 강의실에서의 허탈함 둘 다에 지친 듯했다. 그런데 가만 들어 보면 소설을 배우려는, 어떻게든 써보려는 수강생들에 대한 선생으로서의 애정과 책임감을 저도 모르게 탑재해버린 것 같다. 도저히 안 될 것 같지만, 그는 강의마저도 좋아하고 있는 듯하다. 빵에 대한 사랑은 어떠한가. 밥만 사랑하는 전형적인 한국 남자인 나는 그를 만날 때에야 비로소 카페에서 빵이란 걸 먹게 된다. 빵을 사랑하는 이 앞에 앉아 빵을 먹으니 그날만은 빵이 맛있게 느껴진다. 캄파뉴, 브리오슈, 까눌레 등등의 빵 이름은 모두 손보미의 깊은 애정에서 내게로 전파된 얕은 지식이다.

그날은 손보미 작가가 직접 만들었다는 빵을 내게 건넸다. 말하지 않아도 빵의 생김새에서 직접 만든 티가 났다. 그는 건강한 맛이 나는 빵이라고 힘주어 말했다. 건강한 맛은 맛이 없다는 것과 같은 말 아닌가? 참고로 나는 케첩을 묻힌 빵이나 팥앙금이 든 빵을 좋아하는데, 작가에게 그런 빵은 빵도 아닐 것이었다. 하지만 나는 그가 내비치는 빵에 대한 한정 없는 애정과 신뢰에 마음 한구석 존경심을 품고 있었기에 성수라도 되는 양 그것을 두 손으로 받아 한입 베어 물고 오물오물 씹었다. 그 맛은…… 건강했다. 입 안은 이미 헬스장이 되었다. 조금은 힘들었다고도 말할 수 있겠다. 그는 물었다. 맛이 어때? 나는 타이밍을 조금 놓치고 말았다. 어, 어, 그래, 맛있네. 홀로 피겨스케이팅을 즐기는 기쿠 박사와 같은 표정이 작가에게 잠시 나타났다 금방 사라졌다. 야, 너는 참 빵을 모른다, 혀를 차며 정리하려는 그에게서 뺏듯이 빵을 도로 가져와 가방에 넣었다. 맛있는데 지금 배가 불러서 그러하니 집에서 먹겠다고 고집을 부렸다. 그렇게까지 할 필요는 없었는데, 필요 없는 일에는 꼭 필요 이상의 정념이 따른다. 손보미가 만든 빵을 먹어야지. 약간 못생긴 근육질 같은 느낌의 그 빵을.

그날 밤 허기지지도 않았는데, 어쩐지 빵이 떠올라 하나 꺼내 먹었다. 빵은 씹을수록 고소한 맛이 났다. 음, 이게 건강한 맛이라는 건가? 다음 날 아침, 나는 통증에 잠에서 깼다. 어깨도 결리고 허리도 좋지 않았지만, 명치 아래에서 우는소리가 자꾸 들렸다. 우는소리는 소리라기보다는 뜻을 가진 언어에 가까웠는데, 며칠간의 울음을 해석하자면 대체로 다음과 같다.

나는 가히 부족한 연륜과 미련한 감각에도 불구하고 출판 편집을 하느라, 또한 글 쓰는 사람이기에 무언가를 읽어야만 한다. 만에 하나의 가능성을 향해 투고라는 형태로 출판사의 문을 두드리는 원고를 읽는다. 요새 유행이라는 산문집이나 교양서를 찾고, 새로 나온 시집도 놓치지 않으려 노력한다. 일간지 칼럼도 챙기고, 페이스북이나 인스타그램에 올라오는 글도 두루두루 살펴야 한다. 그리고 그 무엇보다도 소설을 읽어야 한다. 늘 그랬다. 좋은 소설을 편집해 책으로 내고 싶고, 좋은 소설가를 사귀어 문학 이야기를 나누고 싶었다. 무엇보다 좋은 소설을 읽고 싶었다. 오랫동안 시를 쓰고 최근까지 에세이를 편집했지만 어쨌거나 나는 소설의 팬인 셈이다.

그런데 왜 소설을 읽어야 하지? 소설보다 재미있는 게 이렇게나 많은데. 퇴근하고 집에서는 넷플릭스 오리지널 드라마 「육 인용 식탁」을 정주행했다. 뉴욕 한가운데서 벌어진 임시 교사의 불륜 치정극에 많은 시간을 빼앗겼다. 주말에는 아이와 디즈니플러스에서 새로 나온 애니메이션 「무단 침입한 고양이들」을 연말에 새로 산 LG 티브이로 보았다. 가족의 사랑으로 위기를 해결한 고양이에게서 우리 가족도 좋은 교훈을 얻을 수 있었다. 그 사이사이에 유튜브를 들여다보았음은 물론이다. 아는 사람, 모르는 사람의 SNS를 보는 듯 안 보는 듯 훑었다. 그러다 내심 가책이 들어 더는 이러면 안 되는데, 안 되지 안 되고말고, 하며 겨우겨우 책을 펼쳤다. 책에는 무언가 긴 것들이 있는데, 긴 그것들을 마주할 용기와 시간이 도대체 생기지 않았다. 왜 이걸 읽어야 하지? 소설이 읽는 이에게 남기는 생채기를 이제 더 감당하기 싫었다. 괜스레 상기되는 상실감과 죄의식 같은 게 예전처럼 반갑지 않았다. 쉽사리 결론 낼 수 없는 삶의 아이러니 같은 것도 깊이 생각하기 싫었다. 곱씹어야 이해되는 문장과 그 문장들로 구성하고 상상해야 하는 장면들도 이제 버거웠다. 그렇게 내 속에서는 우는소리가 멈추지 않았다. 울음이 계속되었다. 이렇게 소설을 읽지 않게 되다니, 나는 안 될 거야. 내 삶은 실패로 귀결될 거야. 사람들이 읽지 않는 책을 만들며 조롱과 멸시를 받을 거야. 글을 쓰고 책을 내는 게 점점 더 힘들 거야. 상처 입을 거야. 이미 상처 입었어. 치유할 수 없어. 그러면서 울었다. 그러니까 그해 겨울에, 나는 매일매일 울었다. 나의 우는소리를 들었다.

내 안의 징징거림에 질려 가던 어느 날, 그래도 먹고는 살아야겠는지 배달 음식을 시킨 저녁이었다. 음식을 현관에 놓고 가야 하는 라이더가 벨을 누른 채 문 앞에서 나를 기다리고 있었다. 무슨 일이지? 카드 결제가 아니었나? 배달비를 따로 줘야 하던가? 의아한 채로 문을 열자, 그가 두꺼운 쿠폰집을 건넸다. 첫 번째 쿠폰은 모르는 빵집의 것이었고, 거기엔 이렇게 쓰여 있었다.

초대장

"이게 뭐죠?"

나는 어안이 벙벙해서 물었다.

"보시다시피 초대 쿠폰입니다."

라이더가 말했다.

"저를 따라오십시오."

나는 이상하게도 순순히 그를 따라갔다. 아무래도 쿠폰이니까, 다시 없을 좋은 일이 벌어질 것만 같기도 하고 좀 아깝기도 했다. 내 안의 울음을 듣는 데 완전히 지쳐 버린 상태여서 무엇이라도 다른 행위를 해야만 했다. 그는 배달용 오토바이 뒷자리에 나를 태우고 서울 도심으로 향했다. 목적지는 근대화 이후 이곳의 오랜 랜드마크, 대관람차였다. 산책하는 노인처럼 천천히 제자리에서 회전하는 대관람차의 불빛은 마치 태양 주위를 도는 행성들의 가지런한 움직임과도 같았다. 라이더의 안내에 따라 대관람차에 올랐다. 거기에는 삼색 고양이 한 마리가 고즈넉한 자세로 자리 하나를 차지하고 있었다. 관람차가 서서히 고도를 높이자 고양이가 내게 말을 걸었다. 나는 이 장면을 꿈이나 소설에서 본 것만 같다고 생각했지만, 감히 입 밖에 내진 않았다. 긴장되어 발이 떨렸다. 주머니에 먹다 남은 빵이 있어 다행이었다. 그걸 오물오물 씹는 내게, 고양이는 그럴 줄 알았다는 듯이 차분하게 말했다. 하지만 공손하지는 않은 말투로.

"천천히, 아주 유심히 조심스레 바깥을 봐."

바깥은 당연히 강변의 빌딩과 빌딩의 불빛을 받아 내는 한강뿐이었다. 그러나 고양이가 말을 하면 들어야 하는 게 인간의 도리이므로, 창에 비치는 내 얼굴을 힐끔거리며 집중해 보았다. 처음으로 나타난 장면은 아들을 잃은 아버지가 손에 담요를 꽉 쥐고 있는 모습이었다. 작가는 하나도 슬프지 않은 문장으로 사람을 울리고 있었다. 남은 자의 슬픔을 마른 담요 같은 문장으로 착착 개었다. 나는 저 소설을 읽고, 그러니까 손보미의 소설을 단 하나 읽고 그의 팬이 되기로 했었다. 다음 장면은 「과학자의 사랑」이다. 고든 굴드는 중력으로 담요를 대신했다. 스케일은 커지는데 디테일은 그대로다. 캔자스에서 고든 굴드와 에밀리 로즈가 만나고 이별하는 이 이야기는 그의 소설에 부여된 '번역된 외국 소설을 보는 것 같은 느낌을 주는 작품'이라는 알쏭달쏭한 평가에 일견 동의를 이끌어 낸다. 작가는 한국 소설이라는 외피를 의도적으로 과감히 벗어 놓은 채, 헤밍웨이·레이먼드 챈들러·존 치버 같은 작가를 선배 삼은 것으로 보인다. 그러나 그것이 작가에 대한 온전한 평이 될 수 있는지는 의문이다. 손보미의 세계에서 뉴욕과 서울은 모두 인물과 이야기에 복무한다. 작가로 인해 우리에게 낯설던 공간이 한국 소설 안에 복속되었을 때, 읽는 자로서 묘한 쾌감을 느낄 수밖에 없다.

장면은 이어졌다. 이번에는 본격적으로 공간과 시간이 얽히고설켰다. 1954년 뉴욕 뒷골목과 1990년대 후반 서울 강남역 맥도날드는 서로 긴밀하게 닿아 있다. 랄프 로렌의 혁신과 복싱의 전통과 강남 학원가의 현재 같은 것들이 그렇다. 손보미의 기술력은 최신 스마트폰 화면처럼 시간과 공간을 구획하여 소설 안에서 접는다. 그러니까 손보미는 성실하고 기지 넘치는 테크니션이자 끈질기고 예민한 몽상가인 셈이다. 기술과 상상 아래에서 팩트는 픽션에 또한 복무한다. 세상 온갖 것들이 소설을 위해 열심히 일하는 장면을 목도하는 것, 손보미의 소설을 읽는 자만 느낄 수 있는 쾌감이다. 오랜만에 느끼는 읽는 쾌감에 감탄사를 뱉을 사이도 없이 대관람차는 쉬지 않고 원을 그리며 다음 장면으로 다가들었다. 랄프 로렌도 소설 안에서 근무를 시켰으니 조니 워커도 안 될 리 없다. 『우연의 신』에서는 세계에서 한 병뿐인 술을 중심으로 우연은 켜켜이 쌓인다. 신은 우리 삶의 모든 우연을 운명이라 부르게 할 전능이 있다. 우연의 행로를 설계하고 인물의 역할을 부여하되 가끔 그들을 자유롭게 놓아주는 듯 보이는 작가는 이 세계에서, 랄프 로렌이나 조니 워커에서 그와 그녀 혹은 당신에게까지 신으로서 다정하고 착실한 역할을 다한다.

대관람차가 정상에 가까워졌다. 드디어 호텔 초이선이 보인다. 손보미는 소설 「대관람차」를 씀으로써 오래되고 낡아 빠진 호텔과 역시 마찬가지로 삐그덕거리는 놀이기구, 대관람차를 일약 문화 명소로 만들었다. 손보미의 소설은 조금 더 오밀조밀해지고 발 딛는 지면에 가까워진 듯하다. 지난 작품에서 만들어 왔던 스타일은 유지한 채, 기예의 폭을 제한하고 사유의 진을 넓게 펼쳤다. 넷플릭스에서 제멋대로 스릴러 요소를 강조해 버린 「임시 교사」가 특히 그렇다. 우리는 대관람차를 함께 탔지만, 우리의 공간은 한 칸 한 칸 따로다. 거대한 기계장치에 존재를 내맡겼기에 공동체적이지만 각자의 시선은 철저하게 독립적이고, 시야에 따라 분산된다. 타인에게 돌봄과 배려를 받았다 하더라도 그것은 자신을 이루는 이야기의 한 조각일 뿐이며, 읽는 우리도 이에 동의한다. 그래서 한때 헌신했던 임시 교사는 어떻게 되었는가? 알 수 없다. 우리는 임시 교사의 고용자기도 하지만, 임시 교사 자신이기도 하기 때문이다. 손보미의 소설은 타인에게 사실 그다지 관심이 없는 우리를, 자신을 폭로한다. 그래서 지금 나는 어떻게 되었는가? 하는 고통스러운 질문 앞에 독자를 세운다. 그 마주함을 생각하고 있을 때 갑자기 강풍이 불어닥쳤다. 이상 기후로 인해 서울 시내에도 '몬순'이 나타난 이래, 대관람차의 이용객도 드라마틱하게 줄어들었다. 고양이가 의자에서 내려와 발밑으로 몸을 숨겼다.

대관람차는 강풍에 흔들리며 서서히 하강했다. 이제 내려도 좋지 않을까 하는 생각과 영원히 대관람차의 동그라미 안에 살고 싶다는 생각이 섞여 들었다. 고양이가 발밑에서 이제 거의 다 왔다고 말해 주었다. 내릴 준비를 해야지 할 때 『작은 동네』가 보였다. 내가 열 살, 열한 살 시절 살았던 동네는 고층아파트의 터가 되어 사라져 버렸다. 손보미의 동네는 인물의 기억 속에서 사라짐을 유보한 채, 일종의 분위기로 존재한다. 우리는 우리의 선택을 잊었기 때문이다. 마찬가지로 현재의 우리는 우리의 선택으로 인해 존재하기에 분위기 자체는 사라질 수 없다. 말하지 않아도 느껴지는 분위기, 싸한 그 무엇, 그런 것들은 우리가 "수많은 선택지 중에 하나를 선택한다고 여기지만 언제나 우리가 그 일을 선택할 가능성은 백 퍼센트"기 때문에 생겨난다. 말하지 않아도 풍긴다. 그리고 지워지지 않는다. 재개발되어 사라진 옛날 동네처럼, 그 동네에서 열 살이 될 때까지 산 한 사람의 분위기처럼. 그 열 살 아이가 다녔던 학교에는 쓰레기 소각장이 있었을 것이다. 대관람차 바깥의 풍경은 이제 「불장난」으로 접어든다. 아이는 학교에서, 집 앞 공터에서, 아파트 옥상에서 불장난한다. 불장난은 그 사람의 분위기를 만들어 낸다. 불장난은 온전히 그의 것이어야만 하고, 대체로 그렇게 된다. 그가 백일장이나 글짓기 대회 같은 데서 그 일을 쓰지 않는다면, 그가 소설가가 되지 않는다면, 그가 쓰지 않는다면, 그가 손보미가 아니었다면 그랬을 것이다. 하지만 이제 불장난은 우리의 앞에 현현한다. 당신은 어떤 사람인지 묻는다. 당신이 그저 아무렇게나 당신인 게 맞느냐고 묻는다. 그 질문에 답을 하느라 바쁘고 기쁘다. 이래서 소설을 읽는다. 그 중 손보미의 소설을 읽는다.

이제 완연히 지상이다. 대관람차에서 내리며 이제 막 대관람차에 오르는 사람들의 손에, 손보미가 구운 빵이 들려 있는 걸 보았다. 큰일 났구나, 저이들도. 계속해서 소설을 읽어야 하겠구나. 손보미 작가를 만났던 몇 계절 전 일이다. 나는 그에게 처음으로 앞으로의 계획을 말했었다. 내 인생을 바꿀 계획, 많은 걸 걸어 봄 직한 미래, 뻔한 어려움이 예상되는 앞날 같은 것들이었는데, 그의 눈시울이 어느새 불그스름해졌다. 왜 울어? 몰라 그냥, 그냥 눈물이 나오네. 그날도 빵을 주었던가? 아님, 주문했던가? 그날 잠시라도 그냥 함께 울었으면 좋았을 텐데 나는 그저 허허 웃고 커피를 마시고 손 흔들고 헤어졌다. 이후에 마음속의 눈물 자국이 생긴 것이다. 그리고 눈물 한 방울 없이 과거를 흔들어 현재를 묻고 미래를 기다리는 소설들을 만났다.

초인종 소리에 눈을 떴을 때는 거실 소파였다. 테이블에 배달 음식

용기가 아무렇게나 널려 있었다. 바닥에는 뒷면에 자석이 붙은 쿠폰이 떨어져 있었는데, '초대장'이라는 글자는 아무리 찾아도 없었다. 재활용품 배출을 위해 후드티를 뒤집어쓰고 용케 바깥으로 나왔다. 몬순의 뒤끝이라 수거장이 엉망이었다. 쓰레기봉투 사이로 삼색 고양이가 비행운처럼 나타나 나를 바라보았다. 눈이 마주쳤다. 이윽고 사라졌다. 집에 돌아온 나는 현관에 기대 펑펑 울어 버렸다. 갑자기 마음이 너무 아팠다. 그는 이 소설을 쓰기 위해, 이 일을 해내기 위해, 앞으로도 지속하기 위해 얼마나 울었을까. 언제고 웃을 수 있을까. 좋은 동료와 소중한 독자 혹은 가끔 주어지는 인정의 기쁨이 그를 웃게 할지도 모른다. 그러나 손보미를 웃게 하는 것은 결국 소설을 쓰는 손보미 자신의 모습이다. 대관람차를 설계하고 속도를 조절하고 바깥의 풍경을 만드는 그의 손과 머리가 작가를 웃게 할 것이며, 나아가 울고 있는 모두를 웃게 할 것이고, 그리하여 소설을 읽게 할 것이다. 이제는 마음속으로도 웃을 수 있다. 이미 많이 울었다. 손보미와 함께한 눈물의 대관람차를 통해 다른 세계로 도약한 것이다. 그리고 지금 이 순간에도 손보미는 다음의 도약을 위해 무언가를 쓰고 있을 테다. 울고 있을 시간이 없다. 그의 소설을 읽기 위한 준비를 시작한다. 건강에 좋은 빵을 오래 씹듯, 기분 좋은 일이다.

대상 수상 작가 손보미

자선 대표작

임시 교사

날씨가 좋은 오후에 P 부인은 낮잠에서 깬 아이의 손을 잡고 밖으로 나오곤 했다. 그곳은 고급 아파트가 모여 있는 동네였고, 아파트 단지의 한가운데에는 공들여 만든 놀이터가 있었지만, P 부인은 항상 아파트 단지 바깥으로 나와 근처에 있는 공원까지 걸어갔다. 공원으로 향하면서 P 부인은 이 아이, 동그랗게 자른 머리와 쌍꺼풀이 없는 큰 눈을 가진 이 다섯 살짜리 사내아이의 손을 잡고 함께 거리를 거닌다는 것이 자신에게 얼마나 순수한 기쁨을 주는 행위인지 새삼스럽게 깨닫곤 했다. 공원의 한가운데에는 아이들이 뛰어놀 수 있도록 잘 손질된 잔디가 깔린 공터가 있었다. P 부인은 가지고 온 돗자리를 공터의 가장자리에 펴고 아이와 함께 앉았다. 근처에는 P 부인처럼 아이들을 데리고 나온 젊은 여자들이 삼삼오오 모여서 이야기를 나누거나, 아이들이 뛰어노는 것을 지켜보고 있었다. P 부인은 그 여자들과 가볍게 눈인사를 나누었지만 한 번도 이야기를 나눈 적은 없었다. 아이가 "가서 **놀아도** 돼요?"라고 물었고 P 부인은 웃으며 고개를 끄덕였다. 아이가 달려가고 나면 P 부인은 조그마한 천 가방에서 책을 꺼내 읽기 시작했다. 책을 읽는 것을 멈추고 눈으로 아이를 좇을 때도 있었다. 거기에 모인 아이들은 저희들끼리 잘 어울려 놀았다. 가끔 아이가 다른 아이의 장난감을 빼앗으려고 하거나, 자기보다 어린아이를 힘으로 제압하려고 하는 모습이 보이면 P 부인은 읽던 책 페이지의 귀퉁이를 접어 두고 아이에게 다가갔다. 그리고 아이의 어깨를 가볍게 잡고 작지만 힘이 들어간 목소리로 말했다. "착한 아이가 아니구나." 젊은 여자들은 P 부인이 아이에게 경고하는 것을 지켜보았다.

이쯤에서 잠깐 아이 엄마에 대해 언급하고 넘어가는 것이 좋을 것 같다. 아이 엄마의 말을 빌리자면 그녀는 "남편에게 속아서 결혼한 케이스"였다. 하지만 그건 그저 귀여운 하소연에 불과했다. 그녀는 자신이 예술 작품에 대한 감식안을 가지고 있다는 것을 깨달은 순간부터 프랑스에서 일할 수 있게 되기를 바랐고, 실제로 고등학교 때 파리로 날아가, 파리의 대학에서 예술사를 전공했다. 하지만 오랜 타국 생활에 지친 그녀는 대학원을 졸업한 후 곧바로 한국으로 돌아오게 된다. 계속 한국에 머물 생각이었던 것은 아니었다. 반년 정도만 부모님 곁에 머물면서 심신을 치유한 후 다시 떠날 생각이었다. 하지만 어찌된 일인지 그녀는 불과 구 개월 후에 웨딩드레스를 입고 하객들 사이를 걷고 있었다. "함께 공부하던 친구들은 뉴욕이나 암스테르담이나 런던에 자리를 잡았어요. 막연하게나마 나 역시 언젠가는 파리로 돌아갈 수도 있다는 정신 나간 생각을 했더랬죠. 결혼한 후에도 말이에요." 그녀는 직장 동료들에게 자신의 결혼 이야기를 들려준 적이 있었다. "그이가 얼마나 내게 잘해 주는지 몰라요. 그이는 정말로 저를 사랑한답니다." 하지만 그 이야기의 클라이맥스는 바로 이것이었다. "임신테스트기에 글쎄 줄이 두 개 나타난 거예요. 그때 얼마나 당황했는지!" 그녀는 이 부분을 이야기할 때마다 금방이라도 울 것 같은 기분이 들었다. "그 애를 정말 사랑해요. 지금 제게는 무엇과도 바꿀 수 없는 보물이에요. 아이를 키우는 게 힘들었냐고요? 아니요, 아니요, 정말 행복했어요." 정말로, 그녀는 꼬박 삼 년 동안 집에 머물면서 아이를 키웠다. 그녀의 어머니는 그녀가 결혼을 한다고 했을 때 일종의 배신감을 느꼈고, 아이를 낳아도 육아에 도움을 주지 않겠다는 선언을 했으며, 실제로도 그렇게 했다. 그녀의 이야기를 들으면 사람들은 그녀의 겉모습에 깊은 인상을 받게 된다. 왜냐하면 그녀에게서는 아이를 낳고 키운 여자의 흔적을 전혀 찾을 수 없기 때문이다. 단백질이 충분히 공급된 머릿결은 보기 좋게 컬이 들어간 채 어깨를 살짝 덮고 있었고, 피부는 생기가 넘쳤으며 팔다리는 길고 날씬했다. 어쨌든 그녀는 그해 봄이 시작될 즈음 미술관에 취직—비록 인턴직이었지만—했고, 그녀 대신 보모—그러니까 P부인—가 아이를 돌보게 되었다. 가끔 그 이야기를 듣던 사람들이 그녀에게 보모에 대해 물어보는 경우가 있었다. 그럴 때마다 그녀는 잠시 생각에 잠겼다가, 이렇게 대답하곤 했다. "그분요? 음…… 좋은 분이세요."

만약에 누군가가 자신에 대한 질문을 아이 엄마에게 던진다는 사실을 알았다면 P 부인은 이런 식으로 대답하길 원했을 것이다. "그분요? 그분은 임시 교사셨대요." 물론 '임시'라는 단어를 빼고 말해도 되겠지만, 그건 어쩐지 올바르지 못한 일처럼 여겨졌다. P 부인은 무려 이십 년 동안 학교에서 아이들에게 역사—때로는 사회, 때로는 지리— 과목을 가르쳤다. 그리고 그 일을 무척 좋아했다. 모르긴 몰라도 젊은 시절엔 '정식' 교사가 되기를 간절하게 바랐던 적도 있었을 것이다. 어쨌거나 다행스럽게도 임시 교사가 필요한 학교는 생각보다 많이 있었고, P 부인은 작년까지 여러 학교를 전전하며 중학생이나 고등학생들에게 역사—때로는 사회, 때로는 지리— 과목을 가르칠 수 있었다. 하지만 작년 봄에 출산휴가를 얻은 여선생 대신 일한 후로는 그녀를 쓰려고 하는 학교가 나타나지 않았다. 그 사실—이제 영원히 임시 교사로서 교단에 설 일이 없을 거라는—을 결국 인정해야 했을 때도 P 부인은 별로 절망하거나 속상해하지 않았다. P 부인은 천성적으로 남을 비난할 줄 모르는 사람이었다. 지하철에서 누군가 메모지를 돌리며 적선을 부탁하면 절대로 거절하는 법이 없는 여자였다.

보모가 되기 위한 면접을 보러 그 집에 처음 갔을 때 아이 아빠가 말했다. 아이 아빠는 몇 년 전 사법고시에 합격했고, 지금은 이름을 대면 알 만한 기업의 법무팀에 있었다. "교직에 계셨다고 들었습니다만." 왜인지 알 수 없지만 그는 P 부인이 아이의 보모가 되겠다고 자신의 집 거실에 앉아 있는 상황에 약간의 동정심이나 측은함, 심지어는 미안한 감정까지도 느끼고 있었다. 그러나 P 부인은 간단하게 이렇게 대답했다. "나보다 훨씬 더 젊고 유능한 임시 교사들이 있는데 내가 어떻게 거기에 더 머물 생각을 하겠어요. 그건 양심도 없는 생각이죠." P 부인은 자신이 가르친 아이들을 떠올렸다. 자신의 말을 경청하고 고개를 끄덕끄덕하며 눈을 마주치던 아이들. 그런 생각을 하며 P 부인은 티 테이블 위 화병에 꽂혀 있는 백합을, 베란다 유리창을 가리고 있는 커튼의 기하학적 무늬를, 거실과 바로 통하는 부엌의 목제 장식장과 그 안에 순전히 장식용으로 넣어 둔 티 세트를 둘러보았다. 그리고 이 가족—잘생기고 예의 바른 젊은 아버지와 아름답고 우아한 젊은 엄마와 귀엽고 똑똑해 보이는 아이. 어쩌면 그 순간, P 부인은 자신의 집을 떠올렸을지도 모른다. 소박한 벽지와 합성섬유로 만들어진 커튼, 작은 침대 같은 것. 그리고 그곳에서 혼자 밥을 먹거나, 혼자 옷을 갈아입거나, 혼자 잠을 청하는 자기 자신을. 하지만 그런 생각을 한 것은 짧은 순간—심지어 그런 것을 떠올렸다는 사실을 알아차릴 수 없을 정도로—에 불과했고, P 부인의 머릿속은 금방 자신의 책상으로 가득 찼다. 거대한 마호가니 책상. 아니, 사실 그건 식탁이었지만, P 부인은 그걸 책상으로 사용했다. 아무려면 어땠을까. 그건, P 부인이 가진 것 중 가장 비싸고, 가장 아름다운 것이었다. 아름다운 것. P 부인은 그 문장을 마음속으로 반복해 보았다. 그런 후 허리를 꼿꼿하게 세우고 이렇게 덧붙였다. "그러니까 그게 바로 세상의 이치랍니다." 그렇게 말한 후 P 부인은 입고 온—자신이 가지고 있는 것 중 가장 좋은 옷인— 트위

드재킷의 금속 단추를 만지작거렸다.

P 부인의 일은 비교적 단순했다. 오후 두 시쯤, 이를테면 출근하는 길에 어린이집에 들러서 아이를 집으로 데리고 온 후에, 아이의 부모 중 누군가가 귀가할 때까지 함께 있어 주면 되었다. 아이의 부모는 해가 진 후까지 아이를 남의 손에 맡겨 두는 것에 대한 막연한 거부감을 가지고 있었고, 둘 중 한 명이라도 아이와 함께 저녁 식사 하는 것을 일종의 원칙으로 삼고 있었다. 냉정하게 말해서, 그 식탁에 P 부인이 공헌한 바는 하나도 없었다. 그건 주말에 들러서 온갖 반찬을 만들어 놓는 도우미 아주머니와 퇴근한 후의 아이 엄마(때로는 아빠)의 합작품이었다. 그러므로 P 부인은 아이 아빠(때로는 엄마)가 저녁 식탁을 다 차릴 때까지 아이를 돌보아 주었지만, 그 식탁에 함께 앉아 본 적이 없었고, 거기에 대해 어떤 감상을 가진 적이 없었다.

첫날, P 부인이 아이를 데리러 어린이집에 갔을 때, 아이는 제 엄마가 올 때까지 집에 가지 않겠다며 고집을 부렸고 결국은 울었다. 그런 일은 초반에 여러 번이나 반복되었다. 그럴 때마다 P 부인은 아무 일도 아니라는 듯이 능청스럽게 한숨을 쉬고, "그럼, 그러자꾸나" 라고 대답했다. 그녀에게는 여하튼, 이십 년간의 노하우가 있었다. 시간이 지나면 아이는 결국 P 부인의 손을 잡고 집으로 돌아오게 되어 있었다. 아이가 낮잠이 들면, P 부인은 자신의 조그마한 천 가방에서 책과 집에서 싸 온 음식을 꺼냈다. P 부인은 그 집에 있는 사과 한 알도 먹은 적이 없었다. P 부인이 그 집에서 일하는 것이 결정되었을 때, 아이 엄마가 제일 먼저 한 일은 각종 티백이 정리된 티 박스와 온갖 약이 들어 있는 진열장, 그리고 과일을 보관하는 냉장고를 알려 주는 것이었다. "남의 집이라고 **생각하지 마세요.**" 하지만 P 부인은 그 집의 티브이나 라디오를 켜본 적이 없었고, 전화기를 사용한 적도, 심지어는 약통을 건드린 적도 없었다. 아이의 방과 거실, 부엌을 제외하면 다른 곳은 구경한 적조차 없었고, 서재 책장에 꽂혀 있는 책, 그 수많은 책에도 손을 대지 않았다.

공원 산책을 마치고 돌아오면 아이는 대부분의 시간 동안 장난감을 가지고 놀았고 때때로 P 부인에게 책을 읽어 달라고 요청할 때가 있었다. P 부인이 소리 내어서 책을 읽으면 아이는 조그만 목소리로 P 부인의 목소리를 따라 했다. P 부인은 그런 아이를 보면서 언젠가 들었던 노래의 가사를 떠올렸다.

> 갈매기의 울음이 마음을 흔드네. 그건 죄인들이 죄를 짓는 동안, 아이들이 뛰어놀기 때문이지. 아이들이 뛰어놀기 때문이지.

어째서 이런 노래가 떠오른 걸까? 그녀는 무심코 고개를 돌려 유리창 밖을 바라보았다. 그 집에선 한강을 가로지르는 다리와 그 너머 일렬로 늘어선 아파트 단지, 그리고 그 단지와 조금 떨어진 곳에서 하루 종일 돌아가는 거대한 관람차를 볼 수 있었다. 햇빛이 비친 강의 표면은 반짝반짝거렸고 완연한 봄의 바람에 수면이 마치 몇 백 장이나 되는 종이를 차르르 넘긴 것처럼 넘실거렸다. P 부인은 문득 자신의 마음속에서 무엇인가 뚝 떨어져 나간 느낌이 들었고, 덜컥 겁이 났다.

그녀는 다시 고개를 돌려 자신의 말을 따라 하는 그 귀엽고 영특하고 조그마한 아이를 잠시 바라보다가, 애정을 담아 아이의 머리를 쓰다듬었다.

어느 날, 아이는 커다란 스케치북과 크레용을 양손에 들고 말했다. "그림 그릴 줄 알아요?" "당연하지." P 부인은 부드럽게 미소 지으며 아이에게서 크레용과 스케치북을 받아 들었다. "공, 그려 주세요." "공?" 그녀는 까만색 크레용으로 커다란 원을 그렸다. "이건 공이 아닌데." 아이가 말했다. P 부인은 약간 혼란스러움을 느꼈다. "이건 공이란다." 아이가 고개를 흔들었다. "축구공은 이렇게 안 생겼단 말이에요." 축구공이 어떻게 생겼더라……? 농구공은 어떻게 그리지? 야구공은 대체 어떤 모양이지? 채근하는 아이에게 떠밀려 스케치북을 한 장 더 넘기고 까만색 크레용으로 크게 원을 그렸지만, 그다음, 원의 어느 부분에 어떤 식으로 선을 그어야 할지 판단할 수 없었다. P 부인은 자신의 머릿속을 둥둥 떠다니는 세상의 온갖 공에 대해 집중하려고 애썼다. 그날 밤 P 부인은 집으로 돌아가는 길에 문구점에 들러서 축구공과 농구공, 야구공과 골프공, 럭비공과 색색깔의 공을 오랫동안 구경했다. 그리고 집으로 돌아와 작은 수첩에 종류별로 공의 모양을 정리해 두고 그걸 여러 번 따라 그렸다. P 부인은 그다음 날엔 꽃의 종류를, 또 그다음 날엔 색깔의 종류를, 또 다른 날엔 자동차의 종류……를 공부했다. 그리고 어느 날엔 그 나이 또래 아이들을 양육하는 데 필요한 지식이 담긴 책을 구입해서 읽기 시작했다. 자신의 그 작은 방 한구석에 놓인 커다란 책상—사실은 식탁이었지만— 앞에 앉아 그런 것들을 정리하고 있을 때면 견딜 수 없는 행복을 느꼈다. 이런 감정을 마지막으로 느껴 본 게 언제였을까? 하지만 곧바로 그녀는 그런 생각 자체가 아주 불경하다는 것을 깨달았다. 어쨌든 하루하루에 감사하며 살아가야 한다고, 그녀는 생각했다. 하지만 잠시 후 P 부인은 조금 타협하기로 하고 이렇게 생각했다. "지금은 그 어느 때보다 더 행복하구나."

봄이 끝나고 여름이 시작될 무렵은 엉망진창이었다. 거의 매일 비가 내렸고, 뜨거운 습기가 대기를 감싸고 돌았다. P 부인은 이제 트위드재킷을 입지 않았다. 대신 소매가 손목 위로 조금 올라오는 얇은 면 블라우스를 입었다. 어느 날, 비가 억수같이 쏟아지던 날 아이는 어린이집 현관에 앉아서 장화를 신으려고 애쓰면서 말했다. "오늘 우리 엄마는 집에 있어요." 정말로 그랬다. 전날 아이의 부모는 큰 소리로 다퉜다. 처음엔 그저 여름휴가에 대한 이야기였을 뿐이었다. 그들 부부는 몇 달 전부터 아이를 데리고 로마에 가는 계획을 세워 놨었는데, 이제 와서 남편이 일 때문에 갈 수 없다고 한 것이다. 게다가 그는 화를 내며 그렇게 어린아이를 데리고 로마에 가는 것이 무슨 소용이 있는지 알 수 없다는 말을 했다. 아이 엄마는 그게 아주 부당한 판단이고 자기 자신에 대한 모욕이라고 생각했기 때문에, 결국 아이의 방에 가서 잠든 아이를 끌어안고 울음을 터뜨리고 말왔다.

P 부인은 그들의 싸움이 본질적으로는 자신과 상관이 없는 일이라는 걸 알고 있었고 아무런 참견도 해서는 안 된다는 것을 잘 알고 있었다. 하지만 아이는? 이 어린아이는 어쩐단 말인가? 그들의 다툼이 아이에게 어떤 나쁜 영향을 끼친다면? 자신을 안고 울음을 터뜨리는 엄마를 이 아이가 **잊어버릴 수 있을까?** 그 기억이 이 아이의 가슴속 깊은 곳에 숨어 있다가 나중에 예상치 못한 방식으로 나타나지 않을 것이라는 보장이 있는가? P 부인은 자신이 가르쳤던 **문제아**들을 떠올렸다. 그 아이들은 대체 어떤 모습으로 이 세상을 살아가고 있을까? 담배를 피우고, 상스러운 말을 하고, 소리를 지르던 그 아이들, 그 애들의 탁한 목소리. 그런 생각을 하자, P 부인은 가슴이 철렁 내려앉는 것 같았고, 그 젊은 부부의 경솔함 때문에 화가 났다. 하지만 집에 도착해서 탐스러운 머리칼이 헝클어진 채 잠옷을 걸치고 침대 위에 누워 있는 아이 엄마를 보자, P 부인의 마음은 조금 누그러졌다. P 부인은 그녀에게 다가가서 도울 일이 없냐고 물었다. 그녀는 고개를 가로저었고 잠긴 목소리로 말했다. "부끄러운 모습을 보였어요." P 부인은 고개를 흔들었다. "제가 일을 시작한 이후로 우리는 제대로 된 시간을 가져 본 적이 없었어요. 알아요. 그이도 힘들겠죠. 그렇지만……." P 부인은 아이 엄마의 어깨를 토닥여주었고 부엌으로 가서 따뜻하게 데운 우유를 가져다주었다. "이걸 마시고 한숨 자고 일어나면 기분이 괜찮아질 거예요." 마치 아이처럼 뜨거운 우유를 후후 불어 마시는 아이 엄마를 보며 P 부인은 마음

속으로 설명하기 어려운 감정을 느꼈고 그 마음을 억누르느라 혼이 났다. P 부인은 아이 엄마에게 이렇게 말했다. "하지만 이 이야기는 꼭 하고 싶어요. 아이 앞에서 싸우는 건 좋은 행동이 아니에요." 아이 엄마는 나중에 P 부인의 말을 되새기게 되는데, 그렇게 되기까지 아주 긴 시간이 필요한 것도 아니었다. 당장 그날 밤에, 그러니까 그녀의 남편이 그녀의 기분을 풀어 주려고 장미꽃 한 다발을 건넨 그 밤에 그녀는 남편의 품에 안겨서 이렇게 말한 것이다.

"나한테 충고를 다 하더라니깐."

"뭐라고 했는데?"

"아이 앞에서 싸우는 건 좋지 않은 행동이라고."

"아이를 키워 본 적이 없어서 그럴 거야. 모든 게 이론처럼 되진 않는다고."

그녀는 잠시 생각에 잠겼다. 왜 어떤 여자들은 결혼도 하지 않고 애도 낳지 않은 채 그런 식으로 늙어 가는 걸까? 하지만 그녀는 곧 그런 생각을 하는 것을 멈췄다. 왜냐하면 자신은 그런 삶과는 거리가 너무나 멀었기에, 그녀의 상상력은 그곳 근처에도 도달하지 못했다.

"가족이 있다고 했나?"

"동생 부부가 지방에서 자동차 정비소를 한다고 처음 만난 날 이야기한 거, 기억 안 나?"

"아, 기억나. 기억났어."

"동생을 공부시켜 대학에 보내고 결혼까지 시켰다고 했는데."

그건 사실이었다. P 부인은 동생이 전문대학을 졸업할 때까지 학비를 대주었고, 결혼할 때와 정비소를 차릴 때에도 자신이 모은 돈의 많은 부분을 떼어 주었다. 하지만 지난 몇 년간 P 부인은 동생 부부와 만나거나 연락을 해본 적이 없었다. 그녀는 그런 사실을 몰랐으면서도 이렇게 말했다.

"생각해 보면 참 불쌍한 여자야."

하지만 한 달쯤 후에, 그녀가 P 부인에게 아쉬운 소리를 하게 되었을 때는 남편과 이런 이야기를 나누었다는 것조차 잊어버리고 말았다.

아이 엄마가 일하는 미술관에서는 가을에 「동유럽의 현대」라는 전시회를 개최하기 위해 애쓰고 있었다. 그 전시회에 관여된 거의 모든 일이 살얼음판을 걷는 것처럼 조심스럽고 더디게 진행되었고 이제 막 단단한 땅을 밟으려 하는 찰나에 문제가 생겨 버렸다. 갑자기 루마니아의 작가가 그 전시회에 작품을 보내고 싶지 않다고 한 것이다. 더 안 좋았던 건, 그 소식을 들은 동유럽 쪽 작가들 모두 줄줄이 그 전시회 참석을 취소하고 싶다는 의사를 전달했다는 점이다. 아이 엄마를 비롯한 미술관의 직원들은 루마니아나 폴란드, 혹은 체코의 해가 지는 시간까지 미술관에 머무르면서 그들과 대화를 시도해야만 했다. 그녀는 어쩔 수 없이 P 부인에게 전화를 걸어 사정을 설명했다. P 부인은 전화를 끊을 때쯤 아무 생각도 없이 이런 농담을 덧붙였다. "동유럽은 까다롭죠." 전화를 끊은 후 P 부인은 몇 년 전 자신이 임시 교사였던 시절, 포르투갈이 동유럽인지 아닌지 항상 헷갈려 했던 여학생이 문득 떠올라서 웃음이 났고, 어쨌든 동유럽에 대해서만큼은 아이 엄마보다 자신이 더 잘 알고 있으리라는 생각을 했다.

그날 밤, 냉장고를 뒤져서 콩나물과 계란을 꺼낸 P 부인은 아이에게 콩나물 다듬는 법을 알려 주었다. 식물을 손으로 직접 만지는 것이 아이의 발달에 좋다는 걸 얼마 전에 읽은 참이었다. 아이는 콩나물의 꼬리를 제멋대로 잘라 내며 노래를 불렀고, 그녀는 계란을 풀어 파와 당근을 썰어 넣고 계란말이를 만들었다. 그걸 다 한 후에는 아이가 어질러 놓은 콩나물을 정리하고 콩나물국을 끓였다. 다른 밑반찬은 이미 준비되어 있었다. 잠시 후, P 부인과 아이는 단둘이 식탁에 앉아서 식사를 했다. P 부인이 그곳에서 식사를 하는 것은 처음이었다. 그녀는 아이가 스스로 식사를 끝낼 때까지 참을성 있게 기다렸다. 식사가 끝난 후 P 부인은 설거지를 했고, 아이를 씻겨 주었다. 아이가 잠들 때에는 침대 옆에 앉아서 동화책을 읽어 주었다. "내일 눈을 뜨면 엄마랑 아빠가 짠 하고 나타나실 거야." 아이는 고개를 끄덕이며 알고 있어요, 하고 말했다. P 부인은 이불을 아이의 목까지 끌어 올려 주며 말했다. "착한 아이구나."

아이가 잠든 지 한참이 지난 후에도 아이의 부모는 돌아오지 않았다. P 부인은 거실 한가운데에 있는 소파에 앉았다. 아이가 낮잠에 들었을 때 언제나 그녀가 앉아 있곤 하던 자리였다. 하지만 어쩐 일인지 P 부인은 마음의 갈피를 못 잡고 있었다. 그녀는 아이를 깨우고 싶은 충동을 느꼈다. 동시에 마치 자신이 빈집에 침입해 있고, 뭔가 대단히 부도덕한 일을 하고 있다는 느낌을 받았다. 결국 P 부인은 집 안의 불을 모두 다—거실, 부엌, 그리고 빈방까지— 켜둔 후에야 소파 한 귀퉁이에 오도카니 앉을 수 있었다. P 부인은 너무나 두려워졌다. 도대체 왜?

그날 밤, 집으로 돌아간 P 부인은 자신의 방, 작은 침대에 누워 있다가 문득 상체를 일으켰다. 그리고 창문을 향해 꿇어앉아 기도를 했다.

그 후로도 그들 부부의 원칙—해가 지기 전에 돌아가 아이가 가족과 함께 집에 있도록 하는 것—은 지켜지지 않기 일쑤였다. P 부인은 부부가 늦게 들어오는 날 밤이면 아이와 함께 저녁 식사를 하고, 아이에게 양치질을 시킨 후 입 안을 검사했다. 잠옷으로 갈아입히고 잠자리에서 아이의 이불을 덮어 주고 동화책을 읽어 주었다. 그녀는 그 어느 때보다 아이에게 정성을 들였다. 그들 부부는 P 부인이 머문 시간을 계산해서 급여를 더 주겠다 했지만, 거절했다. "그럴 필요 없어요." 빈말이 아니라 P 부인은 정말로 그렇게 생각했다. "이게 내 일인걸요." 이렇게 말하기도 했다. "아무 걱정 말아요." 며칠 후, P 부인은 아이를 재운 후 부엌으로 향했다. 그리고 잠시 망설였지만, 결국 찬장을 열었다. P 부인은 자신이 이 집에 처음 온 날, 아이 엄마가 했던 말을 떠올렸다. "남의 집이라고 생각하지 마세요, **제발요.**" P 부인은 작은 새가 앙증맞게 그려진 찻잔—그것이 가장 마음에 들었다—을 꺼냈다가 집어넣었다가 다시 꺼냈다. 그리고 뜨거운 물을 찻잔에 부은 후, 티 박스에서 보라색 티백을 하나 꺼내 포장을 벗기고 찻잔에 담갔다. 잠시 후 그녀는 티백을 꺼내 쓰레기통에 넣었고 찻잔을 받쳐서 거실로 나왔다. P 부인은 조심스럽게 티 테이블 위에 찻잔을 올려 둔 후, 이번에는 집 안의 모든 불—거실, 부엌, 빈방—을 꺼두고 거실의 장식용 스탠드만 밝혀 두었다. 그리고 소파에 몸을 기대고 앉아 자신이 가지고 온 책을 꺼내 읽기 시작했다. 남의 집이라고 생각하지 마세요, 제발요. P 부인은 그제야 아이 엄마의 그 말뜻을 완전하게 이해할 수 있을 것 같았다. 며칠 후에 P 부인은 그들의 서재 문을 열고 그 안으로 들어갔다. 그리고 약간 망설이다 책을 한 권 꺼냈다. 더 이상 그녀는 자신의 작은 가방에 읽을 책을 넣어 오지 않아도 되었다. 그 집에는 읽을 책이 너무도 많았기에.

그해 가을을 어떻게 설명해야 할까? 육 년 후 가을에, 한 무리의 잘 차려입은 여자들이 작은 포치가 딸린 레스토랑에서 점심을 먹으며 수다를 떨고 있었다. 그녀들은 이제 막 자신들의 고민을 털어 놓으며 유대감을 확인하는 데까지 나아간 참이다. 그들은 다소 떨어진 아이의 성적, 손실이 큰 주식 투자, 남편의 진급 실패, 잘못된 부동산 투자 같은 것을 이야기했다. 물론 그들은 아이가 다니는 학원의 수를 늘릴 것이고, 손해를 메우기 위한 다른 투자를 하거나, 남편의 기를 살려 주기 위해 새 커프스단추를 준비할 것이다. 아이 엄마는 이제 조금 나이를 먹은 티가 나긴 했지만, 오히려 그 때문에 훨씬 더 품위 있고 아름다워 보였다. 그녀는 적당하게 따스한 햇볕이 거리를 비추고 색색깔로 물든 나뭇잎이 바스락거리는 이런 날에 모여서 왜 저런 이야기를 나눠야 하는 것인지 알 수 없다고 생각했지만, 다른 사람들의 이야기를 듣는 동안 문득 그해 가을이 떠올랐다. 사실은 문득 떠올린 것이 아니었다. 그해 가을을 처음으로 떠올린 건, 삼 년 전 여름이었다. 그 후로 그녀는 종종 그해 가을을 떠올렸다. 원하지 않아도 저절로 그렇게 되었다. 그해 가을엔 여러 가지 일이 일어났다. 마치 그렇게 되라고 짜기라도 한 것처럼. 그녀는 「동유럽의 현대」를 위해 이리 뛰고 저리 뛰었고, 주말마다 살림을 도와주던 도우미 아주머니는 아들 부부의 아이를 돌봐 줘야 한다면서 갑자기 일을 그만뒀으며, 남편이 속한 회사 법무팀은 차례로 죽은 공장 노동자들 때문에 몇 주째 비상이었다. 무엇보다 갑작스러운 건 시어머니가 알츠하이머 진단을 받은 일이었다. 남편의 하나뿐인 누나는 외국에 거주하고 있어서 그들 부부가 시어머니를 모셔 와야만 했다. 그녀의 남편은 그들이 손쓸 기회를 "놓쳐 버렸다"라고 표현했다. 그리고 그것 때문에 그들 부부는 통속적이고 전형적인 싸움을 여러 번 해야 했다. 하지만 손쓸 기회라는 게 과연 있었을까? 그녀는 한 번도 그 누군가에게 시어머니의 병명을 이야기한 적이 없었다. 그녀는 막연하게나마 알츠하이머가 유전이 될 거라는 사실을 알고 있었고, 그렇기 때문에 그 일은 단순히 시어머니의 발병에 그치는 게 아니라 자신의 남편—그는 나이에 비해 꽤 높은 직급에 있었다—과 아들—그 아이는 이제 열한 살이 넘었고 혼자 있는 걸 좋아하게 되었다—의 유전자에 새겨진 불길한 결함의 표지라는 생각에 누구에게도 이 이야기하는 것을 꺼렸다.

그녀의 기억은 자연스럽게 시어머니와 자신의 가족을 돌보았던 P 부인으로 미치게 된다. 아니, 그건 어쩌면 잘못된 판단인지도 모른다. 그녀는 어쩌면 처음부터 그저 P 부인을 떠올리고 싶었던 것일지도 모른다. 그녀의 생각은 꼬리에 꼬리를 물고 어느 날 밤 남편의 품에 안겨서 '그런' 여자들의 삶에 대해 궁금해했던 자기 자신에게로 향했다. 여하튼 그해 가을, 그녀는 그때가 자신의 인생 중 가장 힘든 시기가 될 거라고 생각했었다. 하지만 그건 정말로 순진한 생각이었다. 상상도 못 한 일들이 그녀의 인생에 침입할 때마다 그녀는 자신이 저주받았다고 생각했다. 하지만 누가 누구에게 저주를 건단 말인가?

이제 그녀가 말할 차례였다. 그녀는 정말로 아무런 이야기도 하고 싶지 않았지만, 다른 사람들에게 유별나거나 으스대는 것처럼 보이기도 싫었다.

"몇 년 전에 시어머니가 편찮으셔서 모셔 왔던 적이 있어요. 알츠하이머셨죠."

그녀는 자기 자신이 '알츠하이머'라는 단어를 입 밖에 낸 것 때문에 깜짝 놀랐다. 처음이었다. 하지만 곧바로 다른 여자들이 훨씬 더 크게 충격 받았다는 사실을 깨달았다. 그들은 누군가의 입에서 '그런' 이야기가 나오는 걸 한 번도 원한 적이 없었다. 하지만 그들은 언제나 금방 회복한다.

"아픈 시어머니를 모셔 오다니 대단하시네요."

"그때 전 미술관에서 큐레이터로 일했어요."

여기까지 말하자, 그녀와 친분이 있던 다른 여자가 대신 이야기했다.

"이이는 프랑스에서 예술사를 전공했거든요."

누군가 감탄 어린 탄식을 내뱉었다.

"프랑스어 잘해요?"

그녀는 장난스럽게 케스크 세, 사 바, 메르시 보쿠라고 말했다. 거기에 있는 여자들이 유쾌하게 웃었고, 다른 테이블의 사람들이 그녀들을 쳐다보았다.

"내 일에, 가족들 뒷바라지에, 시어머니까지 그런 상태셔서 정말 힘들더라고요."

"세상에, 상상도 못 하겠네요. 정말 대단하세요."

그녀는 겸손한 말투로 대답했다.

"우리 아들을 돌보던 보모가 많이 도와주셨어요. 그분이 안 계셨으면 어떻게 되었을지 모르겠어요." 그렇게 말한 후 그녀는 재빨리 덧붙였다. "하지만 아무리 누군가 도와준다고 해도, 아시잖아요, 그게 얼마나 힘든 일인지."

아무도 시어머니가 지금 어떤 상태인지 물어보지는 않았다. 그녀는 다행이라고 생각했다. 시어머니는 작년에 돌아가셨다.

그녀는 헛기침을 한 번 한 후 말했다.

"하지만 이제 모두 끝난 일이에요."

만약 P 부인이 그 시절에 대해 누군가에게 이야기할 기회가 있었다면 어떻게 말했을까? 아마도 그녀는 이렇게 말할 것이다. "그

가족에겐 저밖에 없었죠. 얼마나 저에게 고마워했는지 몰라요. 그 젊은 부부는 교양이 몸에 배어 있고, 품위가 있어서 누군가에게 받은 호의는 절대 잊지 않는 사람들이었어요." 하지만 P 부인은 아마 이런 이야기를 아무에게도 하지 못할 것이다. 왜냐하면 이 세상에는 P 부인의 그 시절에 대해 궁금해하는 사람이 아무도 없을 것이기에. P 부인은 아주 오랜 시간이 흐른 후까지, 알츠하이머에 걸린 노부인을 처음 만났던 날을 떠올릴 수 있었다. 남색 캐시미어 카디건을 입고 진주 목걸이와 진주 반지를 끼고 있던 알츠하이머 환자. P 부인은 자신이 그 노부인의 나이쯤이 되었던 어느 날 아침, 세수를 하다가 문득 욕실 거울을 보며 상념에 빠졌고, 결국 노부인에 대한 기억을 모두 잊기로 결심했다. 하지만 그건 너무나 오랜 후에 일어날 일이었고, 그 당시 P 부인은 알츠하이머에 걸린 일흔에 가까운 노인이 그토록 정갈하고 멋스러울 수 있다는 것이 놀라울 뿐이었다.

P 부인은 아침 일찍 그 집에 가서 그들 부부가 출근할 수 있도록 도와주었다. 장을 보고 음식을 만들고 청소와 빨래를 하고 아이와 노부인을 돌봤다. 그들을 데리고 산책을 나갈 때도 있었고, 또는 병원에 갈 때도 있었다. 부부가 출근을 하고 나면 P 부인은 노부인의 장롱에서 매일 아침 다른 옷을 꺼내 주었고, 그런 후에는 목걸이와 플립형 귀걸이, 그리고 반지까지 챙겨 주었다—하지만 나중에 노부인이 반지를 낀 채로 P 부인의 얼굴을 때리는 사고가 발생한 후로 반지는 결국 보석함에서 영영 나오지 못하게 되어 버렸다. 때때로 P 부인이 전혀 어울리지 않는 옷과 액세서리를 고른다고 화를 낼 때

도 있었지만, 결국에 노부인은 자신이 화를 냈다는 사실조차 잊어버리고 말았다. "저희 어머니가 정말 복이 많으세요. 아주머니가 안 계셨다면 어쩔 뻔했어요. 정말 감사드려요. 정말 어떻게 해야 할지 알 수가 없었어요……." 아이 아빠는 자주 이런 말을 했다. 두려움과 슬픔에 빠져 허둥거리던 그들 부부는 P 부인의 도움을 받으며 조금씩 평정심을 되찾았다.

주말이 되면 P 부인은 그야말로 녹초가 되었다. 허리에 통증이 생겼고, 팔을 들어 올릴 때마다 어깨가 욱신거려서 파스를 붙여야만 했다. 다행인 건 아이가 파스 냄새를 좋아했다는 점이었다. 월요일마다 엉망진창이 되어 있던 그 집만 떠올려 봐도 P 부인은 그들 가족이 어떤 주말을 보내는지 대충 짐작할 수 있었고, 자신이 없는 시간 동안 고군분투할 젊은 부부, 아무것도 알지 못하는 그 **어린** 부부가 걱정이 되어 견딜 수가 없었다. 그래서 어느 토요일 오후에 아이 아빠가 자괴감과 고통에 빠진 목소리로 전화를 걸었을 때, P 부인은 오히려 깊은 안도감을 느꼈다.

그 집에 도착했을 때, 아이 아빠는 거의 반쯤 정신이 나간 모습이었고, 아이 엄마는―P 부인은 그 모습에 너무 큰 충격을 받았다― 퉁퉁 부은 얼굴로, 여전히 나이트가운을 입은 채 헝클어진 머리에 헤어밴드를 아무렇게나 착용하고 있었다. 아이는 내복 차림이었는데 아직 세수도 하기 전인 것 같았고, 백과사전을 꼭 안은 채로 소파에 앉아 있었다. 노부인은 방에 갇혀 있었다.

"어쩔 수 없었어요."

아이 아빠는 부끄러움과 죄책감과 슬픔에 가득 차서 말했다. 노부인은 P 부인을 보자마자 엉엉 울며 집으로 돌아가고 싶다고 말했다. "여기가 집이에요. 여기가 어머니의 집이라고요." 아이 아빠가 절망감이 담긴 목소리로 말했다.

P 부인은 자신이 노부인과 아이를 씻길 테니 아이 아빠에게 그동안 거실 청소를 좀 하라고 말했다. 그리고 아이 엄마에게는 세수를 하고 머리를 빗고 옷을 갈아입으라고 말했다. 잠시 후 니트 티셔츠와 슬랙스를 입은 아이 엄마가 나타나서 이제 뭘 하면 좋겠느냐고 P 부인에게 물었다. P 부인은 그녀에게 노부인 방을 환기시키고 침대 커버를 벗겨서 세탁기에 집어넣으라고 말했다. 그녀는 그렇게 했다. P 부인은 먼저 아이를 씻긴 후 옷을 입혀 제 엄마에게 보냈다. 그리고 노부인이 목욕을 할 수 있도록 도와주고, 목욕이 다 끝난 후 노부인의 장롱에서 초록색 스웨터와 스커트를 꺼내서 입혀 주었다(나중에 아이 아빠는 그날을 떠올리면서 자신의 어머니가 마치 '크리스마스트리' 같았다고 말했다). 그리고 진주 목걸이와 귀걸이를 걸어 주는 것도 잊지 않았다. 하루 종일 엄청난 감정의 소용돌이를 겪은 노부인은 P 부인이 차려 준 밥을 엄청나게 많이 먹고 일찌감치 잠에 들었다.

그날 밤, P 부인과 아이의 부모, 그리고 아이는 저녁 식사를 함께 하게 되었다. 그런 식으로 함께 저녁 식사를 하는 건 처음이었다. 그들 부부는 마치 자신들이 방금 재난에서 구조된 것 같다고 느꼈고, P 부인은 그들, 그 곤경에 처한 아이들, 아니 그러니까 그 젊은 부부가 아까와는 전혀 다르게 정돈되고 깔끔하고 우아한 모습으로 식사하는 걸 바라보며 문득, 다시 한번 그 노래를 떠올렸다. 갈매기의 울음이 마음을 흔드네. 그건 죄인들이 죄를 짓는 동안, 아이들이 뛰어놀기 때문이지. 아이들이 뛰어놀기 때문이지. 아이들이 뛰어놀기 때문이지. 아이들이 뛰어놀기 때문이지…….

"정말 죄송해요. 의사를 부를 생각도 못 했어요. 그냥 아주머니 생각이 났어요."

아이 아빠가 P 부인을 바라보며 벌써 다섯 번 정도 똑같은 말을 반복했다.

"아니, 아니에요. 괜찮아요. 왜 그런 말을 해요."

P 부인은 아이가 밥을 먹는 걸 도와주면서 말했다. 아이는 P 부인의 어깨에 거의 매달리다시피 붙어 있었다. 원래라면 시간이 아주 오래 걸리더라도 아이가 스스로 밥을 먹게 하자는 주의였지만, 그날만은 아이의 입에 밥과 반찬을 직접 넣어 주고 있었다.

"어머니는 저를 못 알아보세요. 며느리도, 심지어 손자도 못 알아보세요."

"곧 괜찮아지실 거예요."

P 부인이 그를 위로했다.

"만약 괜찮아지지 않으시면 이제 우린 어떻게 하죠?"

아이 엄마가 P 부인에게 물었다. P 부인은 그런 건 알지 못했다. 그런 걸 알 리가 없었다. 그래도 P 부인은 자신이 그녀에게 무언가 답을 해줘야 한다고 느꼈다.

"그분은 병에 걸리신 거예요."

"병에 걸렸어."

아이가 P 부인의 말을 따라 했다.

"정말 끔찍했어요. 어떻게 해야 할지 알 수가 없었어요. 어머니 상태는 괜찮았어요. 아시잖아요. 어제까지만 해도 멀쩡하셨다고요."

아이 아빠는 약간 횡설수설했다.

"저희 부부는 요즘 눈코 뜰 새 없이 바쁘죠. 우리 애 좀 봐요. 물론 아주머니가 잘 돌봐 주시지만…… 제가 하고 싶은 말은…… 모르겠어요……. 그냥 모든 게 엉망진창이에요. 아주머니, 그거 아세요? 저희 회사 공장에서 일하던 사람들이 죽었어요. 그런데 저희는 너무 많은 서류를 검토하고 작성해야 해서, 그러니까 제 말은……."

"여보, 이제 그만 말해도 돼."

아이 엄마가 남편을 위로하듯 말했다. 하지만 아이 아빠는 계속 이야기했다.

"모르겠어요, 제가 지금 무슨 이야기를 하고 있는 건지, 그냥 너무 무서워요. 어머니가 어떻게 되신 거죠? 아니, 제 말은 어머니가 병에 걸리신 건 아는데, 그러니까 저희가 뭘 어떻게 해야 하는 건지…… 정말 아무것도 생각이 안 나고 그냥 아주머니 생각만 났어요. 저는, 저희는……."

그 말을 하던 아이 아빠가 갑자기 울기 시작했다. 그러자, 아이가 제 아빠를 따라 울기 시작했고, 결국 아이 엄마까지 울기 시작했다.

P 부인은 하나도 난감해하지 않았다. 마치 그런 상황이 올 거라는 걸 예상이라도 하고 있었던 것처럼, 혹은 지금 이 상황을 해결하는 것이 자기의 의무인 양, 그들을 차례로 달래 주었다.

"죄송해요. 우린 아무 생각도 못 했어요……. 모든 게 엉망이 되어 버렸어요……."

아이 엄마가 울먹이며 말했다.

"세상에, 가엾어라. 더 이상 아무 말도 하지 말아요. 나쁜 일은 아무것도 생기지 않아요."

P 부인은 울음을 멈출 때까지 그들을 돌보아 주었다. 그들이 식사를 겨우 끝낸 후에는 식탁을 깨끗이 치우고 설거지를 했다. 그리고 작은 새가 그려진 찻잔을 꺼내서 따뜻한 우유 세 잔과 자기가 마실 차를 한 잔 만들었다. 그들은 티 테이블에 모여 앉아 그걸 함께 마셨다. P 부인은 그들 가족이 모두 잠들 때까지 그 집에 머물렀다.

그 후로 두 달여 동안 P 부인은 매일매일, 하루도 거르지 않고 그들의 집에 들렀다. 그들 부부는 전문 요양보호사를 구하려고 했지만 P 부인은 그러지 말라고 했다.

"나 하나로 충분하다우."

가을이 거의 끝나 갈 무렵의 어느 금요일 밤, 아이 엄마가 퇴근하는 P 부인에게 말했다.

"이번 주말은 안 오셔도 돼요. 집에서 푹 쉬세요. 그동안 너무 고생 많이 하셨어요."

"아니에요. 괜찮아요. 내가 없으면 할머니를 누가 돌봐요?"

"걱정하지 마세요. 아주머니도 쉬셔야죠."

아이 엄마는 P 부인의 손을 잡았다가 놓았다.

나중에 P 부인은 노부인이 요양소로 떠났다는 걸 알게 되었다. 아이의 외할머니가 알아본 곳으로, 국내에서 가장 비싸고 좋은 의료진이 모여 있는 곳이었다. "저흰 주말마다 시어머니를 보러 갈 거예요." 아이 엄마가 변명하듯 말했다. 그리고 실제로 그들 가족은 특별한 일이 없는 한 노부인이 죽을 때까지 일요일마다 거기에 들렀다. P 부인은 노부인을 요양소로 보내는 것에 대해 자신에게 아무런 의견도 묻지 않은 것 때문에 조금 상처를 받았고, 그들 부부에게 무언가를 물어보고 싶었지만, 결국 아무것도 물어보지 못했다. 나중에, 그러니까 아주 많은 시간이 흐른 후에 P 부인은 자신이 아무것도 물어보지 않은 것에 대해 스스로에게 감사했다. 여하튼 노부인이 떠난 이후로 P 부인은 주말에 자신만의 시간을 가질 수 있었다. 나쁘지 않아. 좋아, 모든 게 좋아. 괜찮을 거야. 아무런 일도 일어나지 않을 거야. P 부인은 자신의 어깨와 등에 파스를 붙이면서, 마치 기도하듯이 중얼거렸다.

여전히 P 부인이 그 집, 그 가족을 위해 할 일은 많았다. 그들 부부 대신 장을 보고, 음식을 만들고, 아이와 함께 저녁을 먹고, 아이가 잠이 들면 작은 스탠드만 켜놓고 책을 읽으며 차를 마셨다. 날씨가 추워졌기 때문에 공원 산책은 그만둬야 했지만 집 안에서 아이와 함께 책을 읽거나 노는 것도 나쁘지 않았다. 얼마 안 있어 아이 엄마가 일하는 미술관에서는 「동유럽의 현대」 전시회를 무사히 마쳤다. '무사히'라는 표현은 좀 불공평한 것 같고, 사실 그 전시회는 대성공이었다. 그들의 전시회에 대한 기사가 여기저기 지역신문이나 여성지에 실렸다. 그들을 찍은 사진도 있다. 사진 속의 아이 엄마는 누구보다 여유로운 미소를 짓고 자연스럽게 카메라를 응시하고 있다. 아이 아빠의 회사 일도 잘 해결되었다. 그들 회사는 아무런 조치도 취하지 않아도 되었다. P 부인이 말했던 것처럼 나쁜 일은 아무것도 일어나지 않았다. 그전만큼은 아니었지만, 이제 부부는 자신들의 원칙—아이와 함께 저녁을 먹는 일—을 지키는 날이 지키지 못하는 날보다 훨씬 더 많아졌다.

성탄절이 다가올 때, 부부는 여름에 가지 못한 휴가를 떠나기로 마음먹었고 아이를 데리고 동남아시아의 작은 섬으로 날아가서 며칠을 머물렀다. P 부인에게도 오랜만에 찾아온 장시간의 휴가였다. P 부인 역시 여행을 떠나려고 마음먹었지만 결국 아무 곳에도 가지 못했다. 휴가의 마지막 날에 P 부인은 서점에 들러 아이가 읽을 만한 책을 잔뜩 산 후, 시내 카페에 혼자 앉아서 창밖으로 흩날리는 눈을 바라보며 차를 마셨다. 그해 겨울에는 눈이 많이 내렸다. 카페 안은 성탄절이 끝난 직후 흔하게 느낄 수 있는 피로함과 공허함, 그리고 미미하게 남아 있는 흥분감과 새로운 해를 맞이한다는 막연한 기대감이 뒤섞여 있었다. P 부인의 맞은편에는 사십 대 초반쯤으로 보이는 부부가 딸처럼 보이는 여자애와 함께 과일 타르트를 앞에 두고 차를 마시고 있었다. 여자애는 간간이 휴대전화를 살펴보기도 했지만 웃거나 불평을 터뜨리거나 뭔가에 대해 자신의 부모에게 끝도 없이 이야기하기도 했다. P 부인은 잠시 동안 그 가족을 물끄러미 쳐다보았다. 얼마나 시간이 흘렀을까? 갑자기 여자애가 고개를 돌렸고 그들은 눈이 마주쳤다. P 부인은 황급히 짐을 챙겨 카페에서 나왔다. 엿보고 있다는 것을 여자애에게 들켜서가 아니라, 어쩐지 남동생에게 전화를 걸고 싶어졌기 때문이었다. 휴대전화를 집에 두고 나와서 그녀는 공중전화를 찾아 헤매야만 했다. 그녀는 다섯 블록을 넘게 걸었다. 눈 때문에 양말이 젖었고, 머리끝이 얼어서 딱딱해졌지만, 그녀는 결국 공중전화를 찾아냈다.

드디어 겨울이 끝났을 때, P 부인은 다시 산책을 시작했다. 그녀는 아이에게 기분이 좋으냐고 물었고, 아이는 그렇다고 대답했다. 아이는 P 부인의 손을 꽉 잡았다. 공원에서, P 부인은 여전히 다른 젊은 여자들과는 한마디도 섞지 않았다. 그녀는 그전에 늘 그랬던 것처럼 책을 읽고, 아이를 눈으로 좇고, 하지 말아야 할 일과 해야 할 일을 구분해 주었다. 주말에 집안일을 대신 해줄 도우미 아주머니가 새로 고용되기도 했고, 아이 엄마에게 시간적 여유가 조금 생겼기 때문에 더 이상 P 부인이 음식을 만들거나 집안일을 할 필요가 없어졌다. 그래도 가끔 아이 부모가 돌아올 때쯤 간단한 음식을 만들기도 했다. 겨울에는 몇 번쯤 함께 식사를 했지만, 봄이 시작되고는 한 번도 그런 기회가 생기지 않았다. 가끔 부부가 둘 다 늦을 때에는 그 집에 늦게까지 머물렀지만, 이제 그건 아주 때때로만 일어나는 일이었다. 하지만 P 부인은 실망하기는커녕 자신의 인생이 새로운 형태의 안정기에 접어들었다고 믿었다.

인생이 새로운 시기에 접어들었다는 생각을 한 건, 그들 부부도 마찬가지였다. 아이 아빠는 토요일에 직장 상사들과 함께 골프를 치러 나갈 때가 있었다. 아무나 거기에 참여할 수 있는 게 아니었다. 아이 엄마는 「동유럽의 현대」를 준비하는 동안 보여 주었던 애정 어린 헌신이 좋은 평가를 받고 있었다. 그들 가족은 자주 외식을 했고 일요일에는 요양소에 갔다. 아이 아빠는 어머니의 상태가 점점 좋아진다고 생각했고, 실제로도 그랬다.

어느 날 도어록의 비밀번호를 누르고 집으로 들어선 아이 엄마는 이상한 기분에 사로잡혔다. P 부인은 왜 항상 티 테이블 위의 작은 전등불만 켜놓는 거지? 왜 이렇게 집 안을 어둡게 해놓는 거야? 그녀는 P 부인이 자신에게 인사를 한 후 읽고 있던 책 페이지의 귀퉁이를 접어서 책장에 집어넣는 걸 바라보았다. 대체 왜 P 부인은 책갈피를 사용하지 않는 거지? 그녀는 그런 광경을 이제껏 몇 번이나 봤었다는 사실을 믿기 어려웠다. P 부인이 집으로 돌아간 후 그녀는 P 부인이 설거지통에 덩그러니 넣어 둔 찻잔을 바라보았다. 작은 새가 앙증맞게 그려진 찻잔. 그건 영국제로 그녀가 가장 아끼는 것이었다. 그걸 사고 싶어서 그녀는 백화점 직원에게 몇 번이나 부탁했고, 두 달이나 기다려야 했다. 그럴 만한 가치가 있는 물건이었다.

그날 밤 그녀는 남편에게 이제 아이를 어린이집의 종일반에 맡기는 게 좋겠다고 말했다.

P 부인은 보모 일을 그만두게 되었다.

몇 달 후 아이 아빠는 승진을 했고, 아이 엄마는 정직원이 되었다. 모든 것이 너무나 완벽했고 잘못된 건 아무것도 없었다. 정말로 나쁜 일은 하나도 일어나지 않았다.

해고 통보를 받은 날 밤, 잠들기 위해 침대에 누웠을 때 P 부인은 언젠가 그 집에서 바라봤던 밤의 풍경을 떠올렸다. 가을밤의 기분 좋은 바람을 느끼며, P 부인은 까만 강을 가로지르는 다리와 조명, 자동차 불빛의 행렬, 그리고 저 건너의 커다란 관람차의 움직임을 보고 있었다. 그때 P 부인은 그런 생각을 했었다. 저 불이 모두 꺼지면 이 세상에 무슨 일이 일어날까 하는. 만약 그런 일이 생긴다면, P 부인은 자신이 달려가야 하는 곳은 너무도 명백하다고 믿었었다.

그건 착각이었을까?

그녀는 자신의 삶에서 반복되었던 잘못된 선택, 착각, 부질없는 기대, 굴복이나 패배 따위에 대해 생각했다. 언제나 그런 식이지. 그녀는 항상 그게 용기라고 생각했었다. 그리고 나중에서야 그녀는 그게 용기가 아니라는 걸 깨닫곤 했다. 그렇다면 그건 무엇이었을까? 때때로 무엇인가를 붙잡고 싶어질 때가 있었다. 삶이, 그녀 앞에 놓인 삶이 버둥거림의 연속이고, 또한 기도의 연속이라는 생각이 들 때도 있었다. 더 이상 기도를 하지 않기를 바라는 기도. 제발 내가 또다시 어리석은 결정을 내리지 않게 도와주세요. 그녀는 얼마나 자기 자신이 기도를 하지 않게 되기를 바랐던가.

그때, 아직 그녀가 젊었던 시절에 그녀는 '정식' 교사가 되기 위한 시험을 계속 준비했어야 했다. 그녀는 자신의 부모, 그 무능했고 자신에게 기대기만 했던, 그렇지만 자신이 너무나 사랑했던 부모를 떠올렸다. 그리고 동생 부부. 그들에게도 자식이 있었지만 P 부인은 그 애를 본 적이 없었다. 그녀에게도 좋았던 시절이 있었다. 그녀가 사랑하고 그녀를 사랑했던 남자들이 있던 시절. 끝나지 않을 거라고 믿었던 시절. 결국 그녀의 곁에 아무도 남지 않게 되었지만 그건—누구라도 그러하듯이— 그녀가 선택한 삶이 아니었다. 하지만 그녀는 잘못된 일들이 언젠가 아주 조그마한 사건을 통해 한순간에 해결될 것이라고 믿었다.

그 젊은 부부는 갑자기 외국으로 떠나게 되었다고, 그러니까 이제 오지 않아도 된다고 말했다. P 부인은 그게 거짓말이라는 걸 알고 있었다. 하지만 그게 거짓말인들 어떠랴? 그들 부부에게야말로 잘못된 일은 아무것도 일어나지 않을 것이었다. 그 귀여운 아이는 부족함 없이 부모의 사랑을 받으며 잘 자랄 것이다. 얼마나 똑똑하고 멋진 아이로 자라날까? 어쩌면 그 아이는 나중에 멋진 청년으로 자라나서 자신에 대한 이야기를 할지도 모른다. 그 젊은 부부, 그 품위 있고 교양이 넘치는 부부는 어쩌면 나에게 역사—지리 혹은 사회— 과목을 배운 적이 있는 아이들일지도 몰라. 하지만 P 부인은 그게 너무나 과장된 생각이라는 점을 인정했다. 하지만, 적어도 자신이 가르친 아이들이 어디에선가 그 젊은 부부처럼 건강하고 우아하게 성장해서 넓고 깨끗한 건물의 꼭대기에 살며, 좋은 차를 몰고, 교양 있는 말투를 구사하며, 사회의 중요한 한 부분을 차지하고 있으리라는 생각을 했다.

사는 건 그런 거지. 그녀는 생각했다. 아, 괜찮을 거야. 언젠가 마치 끈 하나를 잡아당기면 엉킨 끈이 풀어지듯이 잘못된 일들이 고쳐질 거야. P 부인은 그렇게 생각하면서 잠들기 위해 눈을 감았다. 잠들기 위해 눈을 감는 건, 생각보다는 언제나 쉬운 일이었다.

2022년 제45회 이상문학상 작품집

2부

우수작

강화길 · 복도

백수린 · 아주 환한 날들

서이제 · 벽과 선을 넘는 플로우

염승숙 · 믿음의 도약

이장욱 · 잠수종과 독

최은미 · 고별

강화길 姜禾吉

1986년 전주에서 태어났다. 전북대학교 국어국문학과를 졸업하고 한국예술종합학교에서 서사창작 석사학위를, 동국대학교에서 국어국문학 박사학위를 받았다. 2012년 『경향신문』 신춘문예에 단편소설 「방」이 당선되어 등단했다. 소설집 『괜찮은 사람』 『화이트 호스』, 장편소설 『다른 사람』 『대불호텔의 유령』, 중편소설 『다정한 유전』 등을 펴냈다. 한겨레문학상, 구상문학상 젊은작가상, 젊은작가상 대상, 백신애문학상 등을 받았다.

복도

아니, 곱씹을수록 기분이 나빠.

그날 밤 남편이 말했다. 나는 그 말을 흘려들었다. 남의 일처럼 생각했던 건 아니다. 어떻게 그러겠는가. 그냥 남편은 그 말을 끝낸 뒤 더는 가타부타 말이 없었고, 그래서 솔직히 괜찮아 보였다. 뭐랄까, 그는 화가 났다기보다는 그저 황당한 일을 겪고 약간 짜증이 난 사람에 더 가까워 보였다. 남편 성격이 원래 그랬다. 자신을 압박하거나 성가시게 하는 일에 감정을 많이 쓰는 편이 아니라고 해야 할까. 물론, 네가 이런 것까지 다 이해할 수 있을지는 잘 모르겠다. 어쨌든 지금 내가 하고 싶은 이야기는, 그가 불쾌감을 나름대로 열심히 참았다는 것이고, 덕분에 나 역시 그 상황을 그러려니 하며 대충 넘길 수 있었다는 것이다.

하지만 그날 이후, 나는 이전까지 아무렇지 않았던 분리수거장이 조금씩 거슬리기 시작했다. 정말로 그렇게 되었다. 그 앞을 지날 때마다 찜찜한 기분으로 주위를 슬쩍 돌아보며 누군가 내게 말을 걸어오지 않을지 걱정했고, 만일 나에게도 남편과 같은 일이 생긴다면 어떻게 해야 할지 고민했다. 어떻게 대답해야 할까. 어떤 태도를 보여야 할까. 어떻게 하면 나는…… 기분이 나쁘지 않을 수 있을까. 그러나 가만히 돌이켜 보면 그즈음 나는 꼭 분리수거장에 대해서만 그런 식으로 생각하지는 않았던 것 같다. 사실 나는 모든 것에 신경을 썼다. 예민했다. 다만 그 공간이 유독, 내 마음을 증폭시켜 줬을 뿐이다. 그래 증폭. 작년 겨울, 이 집에 이사 온 직후부터 지금 이 순간까지 단 한 번도 쉬지 않고 불길하게 흔들리던 마음. 금방이라도 터질 듯, 잔뜩 부풀어 오른 나.

핑계처럼 들리겠지만, 정말로 그랬다.

*

산자락 끄트머리에 자리하고 있는, 이제 막 재개발이 시작된 동네였다. 너도 잘 알겠지만, 아파트 두 단지 중 입주를 먼저 시작한 1단지에 우리 집이 있었다. 1단지와 2단지는 구분이 잘 되지 않았다. 아이보리색 바탕에 기하학적인 보라색 로고가 선명한 이 건물들은 인왕산과 북한산 자락 중간 즈음 일렬로 나란히 세워져 있었는데, 건물들 사이의 거리도 얼마 되지 않았고 단지들을 구분하는 표지판도 없었다. 그러니 어디가 1단지고, 어디부터가 2단지인지 알기가 힘들었다. 집을 보러 왔던 첫날, 나는 건물들이 다닥다닥 붙은 이 풍경이 단박에 마음에 들지 않았다. 원래 아파트라는 것이 좁은 땅에 건물을 높게 올려 가능한 한 많은 사람들이 살도록 만든 거라지만, 좀 심하다는 생각이 들었다. 건너편에 있는 텅 빈 판자촌 때문에 더 그렇게 보였던 것 같다. 한쪽은 빽빽이 들어찼는데, 다른 한쪽은 휑하니 비어 있었으니 말이다. 심지어 역세권도 아니었다. 이사를 할지 말지 고민이 되었다.

그래. 그날, 집을 보러 왔던 바로 그날 말이다.

겨울이었고, 밤에는 비가 올 거라는 일기예보가 있었다. 눈이 아니라 비라니 참 을씨년스럽기도 했다. 그래서였을까, 아니면 산자락이라 그랬던 걸까. 유독 추웠던 기억이 난다. 버스에서 내린 지 얼마 되지 않아 손가락이 뻣뻣하게 굳었다. 나는 손에 입김을 불어 가며 핸드폰의 지도 앱을 뒤적거렸다.

초행길인데다 두 단지가 잘 구분되지 않았기 때문에 지도를 신경 써서 봐야 했다. 우리 집은 1단지 100동 101호였다. "그런데 대체 어디 있는 거야?" 지도를 살피며 볼멘소리를 내뱉던 나와 달리, 남편은 주위를 둘러보며 다소 수선스럽게 굴었다. 자기야, 저기 나무가 많다. 건물들이 확실히 다 높네. 저건 뭐지? 무슨 석상이 있어. 산동네라 그런지 저런 게 있네? 덕분에 공기는 맑은 것 같아. 아, 그러면 여름에 모기가 많으려나? 등산을 해도 좋을 것 같아. 자기야, 어떻게 생각해? 어, 저기 좀 볼래? 나는 그의 말을 듣는 둥 마는 둥 하며 계속 지도를 쳐다봤다. 그러니까 이 부근에 201동이 있으니까 지금 여기에서 100동이 보여야 맞을 것 같은데……. 나는 인상을 썼다. 그 순간, 남편이 내 어깨를 두드리며 말했다.

"저기 100동 있다."

나는 고개를 들었다. 웃었다.

아파트 1단지 바깥, 길가 바로 앞에 상자를 쌓아 둔 것 같은 모양새의 작은 건물 세 채가 있었는데, 그 첫 번째 건물이 100동이었다. 말 그대로 길에 무슨 보따리를 내놓은 모양새였다. 심지어 우리 집은 1층이어서, 베란다에서 길가까지 몇 미터가 채 되지 않았다. 판자촌과 우리 집 사이의 길도 너무 좁았다. 차와 사람이 오가는 도로라기보다는 그냥 어떤 건물의 길고 좁은…… 그래, 복도 같았다. 복도. 물론 집 앞에 화단을 만들고 낮은 담벼락을 둘러 세워 구분 지어 놓기는 했지만 별 의미는 없었다. 누군가 작정하고 안을 들여다보기로 한다면 집 안 거실까지 마음껏 볼 수 있었다. 이건 추측이 아니었다. 왜냐하면 그날, 바깥에서 안을 빤히 들여다보고 있던 사람들이 바로 나와 남편이었으니까.

웃음이 나올 수밖에 없었다.

남편이 중얼거리듯 말했다.

"설마, 임대주택이라 그런가?"

나는 대답하지 않았다. 아무래도 그런 것 같았지만, 분명 틀림없이 그런 것 같았지만, 정확하지 않았으니까. 임대주택이 왜. 무슨 문제가 있어서? 굳이 이렇게 지어 놓아야 하는 이유가 있나? 법에 그런 게 있나? 아니면 건설업자들 사이에 암묵적인 뭐 그런 원칙이 있나? 아는 게 하나도 없었다. 그렇잖아도 차가운 뒷덜미가 더 서늘해질 뿐이었다. 나는 뭘 몰라도 너무 몰랐다. 어른이 되면 뭐든 알게 될 거라고 생각했는데, 이게 내 문제인지 아니면 처음부터 어른과는 아무 관계가 없는 문제였는지, 그것조차 아무것도 알 수 없었다. 갭투자는 뭐고, 비과세는 뭐고, 청약은 뭔데? 이 모든 게 다 뭐지? 그래도 확실히 알고 있는 단 하나가 있었다. 이 집, 파빌아파트 1단지 100동 101호는 우리가 신청한 지 네 번 만에 당첨된 신혼부부 임대주택이라는 것. 그것도 후보로 한참 기다리다가 겨우 들어오게 된 집이라는 것이었다. 결혼 삼 개월째, 우리는 남편이 살던 아홉 평짜리 원룸에서 지내고 있었다.

옆에서 남편이 말했다.

"나는 괜찮아."

"응?"

"나는 이 집 괜찮은 것 같다고."

그러더니 덧붙였다.

"베란다 블라인드를 좀 두꺼운 걸로 설치하면 나쁘지 않을 것 같아. 그러면 여기서 하나도 안 보일걸? 그래도 불안하면 안쪽 문에 커튼을 하나 더 달자."

나는 그를 가만히 쳐다보다 다시 웃었다. 그래. 남편은 항상 이런 식이었다. 그리고 나는 언제나 그의 이런 점이 싫지 않았고. 덕분에 초조하던 마음이 가라앉긴 했다. 집의 좋은 점들도 눈에 들어왔다. 조용하고 한적하고…… 겨울이었는데도 화단의 꽃나무들이 꽤 풍성하게 가꾸어져 있었다. 봄여름에는 아마 더욱 무성해질 것이다. 나는 집 안에서 바깥을 보는 상상을 했다. 주말 아침마다 푸른 잎과 색색의 꽃을 바라보며 커피를 마시는 것. 창밖을 보며 남편과 함께 나란히 누워 있는 것. 나쁘지 않았다. 그의 말대로 두꺼운 블라인드를 설치하면 괜찮을 것 같았다. 그러면 바깥의 누구도 우리를 절대 들여다볼 수 없을 것이고, 안쪽의 우리 역시 안전할 것이다. 사실 그거면 충분하지 않나. 너는 어떻게 생각할지 모르겠지만, 어쨌든 그때 나는 그랬다. 집이니까. 함께 살 집이니까. 정말로 괜찮다는 생각이 들었다. 그래서였을까. 그날 밤에는 비가 오지 않았다.

하지만 이사하는 날에 비가 왔다. 갑작스러운 소나기였다. 한 시간쯤 내렸나. 마음먹고 산 스탠드 갓이 조금 젖었다. 습기 때문에 바닥 걸레질을 여러 번 해야 했다. 하지만 가장 속을 썩였던 건 블라인드였다. 이 집에 가장 먼저 들여야 하는 건 소파나 텔레비전이 아니라 블라인드였기에, 우리는 날짜에 맞춰 배송을 받았고 짐을 풀자마자 바로 설치를 시작했다. 하지만 남편과 나 모두 뭔가를 조립하고 설치하는 일에 서툴렀다. 우리는 인터넷의 설치 동영상을 몇 번이나 되돌려 보고, 수시로 길이와 거리를 재가며 블라인드의 수평을 맞췄다. 그렇게 끙끙대다 보니 시간이 훌쩍 지나갔다. 집 안 청소를 마저 끝마쳤을 때는 저녁 여덟 시가 넘어 있었다. 그래도 기분은 좋았다. 블라인드는 완성해서 걸었고, 집 안은 아직 어수선했지만 오전과는 비교할 수 없을 정도로 아늑해졌다. 다만 배가 고플 뿐이었다. 남편은 이미 지쳐 바닥에 쓰러지듯 누워 있었다. 그는 뭐든 좋으니 빨리 먹기만 하면 좋겠다고 했다. 나는 배달 앱을 뒤졌다. 사실 나도 배가 고파 정신이 없었다. 핸드폰 화면에 가장 먼저 뜬 메뉴를 그대로 말했다.

"샌드위치 어때?"

남편이 잠시 고민하다 대답했다.

"약간 더 푸짐한 거 없나?"

"음, 그럼 타코?"

"아, 타코 좋다."

나는 서둘러 주문을 마쳤다. 그리고 그의 옆에 나란히 누웠다. 바닥은 차가웠고, 공기에는 새집 냄새가 배어 있었다. 남편은 옆으로 돌아눕더니 내 허리를 끌어안았다. 우리는 잠시 그대로 있었다. 긴장이 풀렸기 때문일까. 배가 고프긴 했지만, 금방이라도 잠이 쏟아질 듯 나른하기도 했다. 그가 손으로 내 머리카락을 몇 번 쓸어내렸다. 그러더니 건너편으로 손을 뻗어 노트북 전원을 켰다. 유튜브 채널 이것저것을 눌러 보다 어떤 영상 하나에서 멈췄다. 며칠 전 방송된 예능 프로그램의 요약본이었는데, 우리가 십 대였을 때 인기가 많았던 가수가 그때의 노래를 부르고 있었다. 나는 화면을 향해 몸을 돌렸다. 그리고 노래를 따라 흥얼거렸다. 남편이 웃으며 뒤에서 나를 세게 끌어안았다. 나는 그의 어깨에 머리를 기댄 채 계속 노래를 불렀다. 재밌었다. 익숙한 사람이 나와서 즐거운 걸까. 아니면 지금 그냥 기분이 좋아서 이러는 걸까. 영상 속의 가수도 방송에 나온 게 기쁜 듯 수시로 설레는 표정을 지었다. 그는 말했다. 자신이 존재하지 않는 것 같았다고. 사회자가 물었다. 왜요? 가수가 메마른 목소리로 대답했다. 제 목소리가 누구에게도 들리지 않았으니까요. 이에 사회자가 또 물었다. 그럼 그걸 어떻게 극복하셨어요? 그가 허탈하게 웃으며 대답했다. 극복이라뇨. 그걸 어떻게 극복해요.

그냥 받아들인 거죠.

그 순간, 전화벨이 울렸다. 배달 기사였다. 나는 별생각 없이 스피커폰으로 전화를 받았다. 난데없이 당혹스러운 목소리가 새집에 다급히 울려 퍼졌다.

"저기 고객님…… 어디 계세요?"

"네?"

황당한 질문이 계속 이어졌다.

"파빌아파트 100동 101호 맞으시죠?"

이번에는 남편이 대답했다.

"네, 맞아요."

"고객님! 집이 비어 있는데요?"

초인종이 고장 났나? 나는 급히 현관문을 열었다. 그러나 문 밖에는 아무도 없었다. 등 뒤에서 남편과 배달 기사의 대화가 들려왔다. 분명 파빌아파트가 맞나요? 주위에 뭐가 있나요? 어느 방향으로 가셨어요? 아, 혹시 석상 보이세요? 네. 그거요. 네, 그 텅 빈 마을 건너편 아파트가 맞아요. 맞게 오신 것 같은데…… 대체 어디로 가신 거예요?

나는 두 사람의 대화를 들으며 거실로 돌아왔다. 배달 기사와 남편 모두 서로가 답답하다는 듯 말을 주고받았다. 나는 팔짱을 끼고서 심각하게 그들의 대화를 들었다.

이 사람 어디로 간 거야?

그 순간이었다. 어쩐지 싸한 기분에 나는 고개를 들었다. 블라인드 너머, 무언가 움직이고 있었다. 사람? 짐승? 작고 앙상한 뭔가가 아주 천천히, 왼쪽에서 오른쪽으로 움직이고 있었다. 화단에, 바로 우리 화단에 누군가 있었다. 나는 차마 소리도 지르지 못하고 뒷걸음질했다. 그때 남편이 반가운 소리로 외쳤다.

"아, 기사님! 이제 알겠어요. 2단지로 가셨네요. 여기는 1단지예요. 1단지 100동 101호요!"

그러고서 전화를 끊은 남편이 나를 보며 어깨를 으쓱 올렸다 내렸다. 입주를 시작한 지 얼마 되지 않은 새 아파트고 새 동네니 충분히 일어날 수 있는 일이라고 생각하는 듯했다. 그러나 지금 중요한 건 그게 아니었다. 나는 다급히 남편의 팔뚝을 붙잡았다.

"왜 그래?"

남편이 걱정스럽게 물었다.

"……밖에 누가 있는 것 같아."

그가 베란다의 블라인드를 확 걷었다. 온몸에 소름이 끼쳤다. 너머에는 아무도 없었다. 메마른 나뭇가지들뿐이었다. 나는 도로 너머로 보이는 휑한 판자촌을 응시하며 팔등을 문질렀다. 내가 잘못

본 걸까. 착각한 걸까. 아니었다. 분명히, 누군가 우리 집 앞에 있었다. 그런데 문득 의아했다. 배달 기사는 왜 2단지로 간 거지? 분명 1단지 100동 101호라고 주소를 적었는데, 왜 그곳으로 갔지?

물론 이 아파트 단지 구조를 생각하면 충분히 그럴 수 있을 것 같긴 했다. 1단지와 2단지가 잘 구분되지 않았으니까. 그래도 100동을 찾는 건 어렵지 않을 텐데? 지도에 나오잖아. 게다가 우리 집은 단지 바깥에 툭 떨어져 있지 않은가. 건물 겉면에 100동이라고 큼지막하게 적혀 있는데, 그걸 못 봤단 말인가. 복도에 놓인 이 거대한 보따리 같은 집을.

초인종이 울렸다.

헐레벌떡 찾아온 배달 기사가 타코를 건네주며 미안함이 가득한, 그러나 약간 억울함이 섞인 목소리로 말했다.

"착각해서 죄송합니다. 그런데 고객님, 집 주소가 지도에 안 나오더라고요."

우리는 조금 식은 타코를 먹으며 파빌아파트 1단지 100동 101호를 검색해 봤다. 정말로 우리 집은 지도에 나오지 않았다. 구글 맵에도 네이버 지도 앱에도, 어떤 지도 앱에도 나오지 않았다. 임대주택이 아닌 아파트 건물들만 지도에 나와 있었다. 201동, 202동, 203동…… 그리고 2단지 100동 101호. 나는 처음 집을 찾아왔던 날을 떠올렸다. 집을 찾을 수 없어서 지도 앱을 뚫어지게 쳐다보던 때를 말이다. 남편이 거리에서 100동을 찾아내지 않았다면 아마 나는 결코 집을 찾지 못했을 것이다.

나는 토르티야에 양배추와 돼지고기를 가득 넣고 매콤한 소스를 잔뜩 뿌린 뒤 돌돌 말아 크게 한입 베어 물었다. 입 안이 뜨거워졌다. 매운 기운이 머리까지 올라왔다. 컵에 사이다를 따라 마셨다. 목을 꽉 채우고 있던 타코가 겨우 아래로 내려갔다. 나는 타코에 매운 소스를 더 많이 발랐다. 주위는 조용했다.

남편이 토르티야에 사워크림을 듬뿍 바르며 말했다.

"생각해 봤는데…… 이 건물 말이야."

"응."

"우리야 뭐 그냥 마음 내려놓고 결정한 거지만 말이야."

"응. 그런데?"

"밖에서도 다 보이고, 지도에도 안 나오잖아."

"응."

"이 집이 싫은 사람은 끝까지 싫을 것 같아. 절대 안 들어올 것 같아."

나는 대답 대신, 빈틈없이 꽉 닫힌 블라인드를 바라보았다. 여전히 건너편에서 뭔가가 일렁이고 있는 것 같기도 했고 아닌 것 같기도 했다.

*

네 여보세요? 안녕하세요, 기사님. 제가 배달 앱 메모장에도 적어놨는데 아마 못 보셨나 봐요. 아니요. 괜찮습니다. 네. 여기는 1단지고요. 아마 기사님은 2단지로 가신 것 같아요. 저희 집이 지도에 나와 있지 않아서 그곳으로 가신 것 같습니다. 네네. 그 집에서 나오셔서 아래쪽으로 내려오시면 횡단보도가 있어요. 네, 매우 좁죠. 거기를 건너오시면 이제 1단지예요. 네. 편의점이 보이는 바로 그 아파트입니다. 네. 네! 코인 세탁소도 있어요. 두 단지가 구분이 잘 안 되어 있죠. 참 이상해요. 아무튼 1단지로 들어오셔서 지하 주차장으로 오시면 100동 표지판이 보이실 거예요. 그 표지판을 따라오시면 엘리베이터 입구가 있습니다. 거기서 벨을 눌러 주세요. 그러면 문을 열어 드릴게요. 안쪽 바로 건너편에 101호가 있답니다. 네, 빨리 와 주세요. 감사합니다.

*

다행인 건 그래도 택배가 오배송되는 일은 없었다는 것이다. 택배 기사들은 한 구역을 계속 담당하니까 그런 모양이었다. 집의 위치를 헷갈려 하는 이들은 대체로 이 동네에 처음 오거나, 지도만 보고 찾아오는 사람들이었다. 그러니 음식점 배달 기사들이 혼란스러워하는 건 당연한 일이었고, 그들에게 전화가 걸려올 때마다 남편과 나는 기다렸다는 듯 기계적으로 설명을 했다. 조금 피곤하기는 했지만, 그리 나쁘지는 않았다.

막 이사 와서 새집을 꾸미는 중이었다. 나는 회사에서 틈이 날 때마다 몰래 인테리어 사이트에 접속해 온갖 가구를 검색했다. 집에 와서는 그릇을 검색했고, 주말이 되면 남편과 함께 백화점이나 쇼룸으로 쇼핑을 갔다. 책장의 색을 비교하고, 수납함의 크기를 따져 보고, 온갖 오브제를 구경하며 시간을 보냈다. 내 인생에서 뭔가를 이렇게 고심하며 사들이는 건 처음이었고, 이렇게 돈을 많이 써보는 것도 처음이었다. 혹시 그래서였을까. 그래서 언제나 그렇게 친절하게 대답할 수 있었던 걸까. 기사님. 여기는 2단지가 아니라 1단지입니다. 네. 여기에 살고 있어요. 저희는 여기에 있답니다. 그래. 불친절할 게 뭐가 있겠는가. 설명하면 해결될 일인데. 하지만 생각해 보면 우리가 그렇게 여유를 부릴 수 있었던 진짜 이유는 어쨌든 기대를 하고 있었기 때문이었다. 우리는 당연히 믿었다. 시간이 지나면 조만간 우리 집도 지도에 등록되리라고 말이다. 그러면 더 이상 헷갈리는 사람도 없을 것이고, 구구절절 설명을 늘어놓았던 일들도 다 추억이 되리라.

그렇게 되리라.

우리 집은 여전히 지도에 나오지 않는다. 일 년이 지난 지금까지도. 그래, 너를 만난 바로 오늘까지도.

*

그런데 이 이야기가 너에게 의미가 있을까? 이제 와서, 그것도 지금

이 순간에? 하지만…… 극복하는 것이 아니라 받아들이는 것이라고 했었지. 그래, 어떤 기분을 이해하는 유일한 방법.

……그러니 계속해도 괜찮겠니?

*

그날 밤, 분리수거장에서 있었던 일 말이다. 월요일이었고, 밤 아홉 시쯤 되었다. 단지에서는 월요일과 화요일에만 분리수거 쓰레기를 내놓도록 했다. 그래서 이틀 중 하루, 날을 잡아 쓰레기들을 다 갖다 버리는 것이 남편의 주중 일과 중 하나였다. 그는 말했다. 일주일간 쌓인 쓰레기를 깨끗이 비우고 나면 속이 그렇게 개운할 수 없다고. 쓰레기가 너무 많다 싶은 날이면 나도 같이 동행하곤 했는데, 그날 남편은 혼자 두 번 정도 다녀오면 다 버릴 수 있을 것 같다며 내게 집에 있으라고 했다.

우리 집 출입구는 단지 바깥에 있기 때문에 분리수거장으로 가려면 그 복도 같은 길을 걸어, 밖에서 안으로 들어가야 했다. 다소 복잡한 동선이었다. 하지만 나와 남편에게는 일상이었기에 이상할 게 없었다. 그는 분리수거장에 도착하자마자 종이 상자들을 살폈다. 송장 스티커가 아직 남아 있는지, 박스 테이프는 다 떼어 냈는지 꼼꼼하게 봤다. 그때 뒤에서 인기척이 느껴졌다. 남편은 신경 쓰지 않았다. 그날은 쓰레기를 버리는 날이었고, 동네 사람들이 수도 없이 계속 왔다 갔다 할 테니까.

남편은 상자들을 확인한 뒤, 그것들을 들고 종이 분류함 쪽으로 걸어갔다. 그때 그 사람을 봤다. 피부가 검고 어깨가 다부진 중년 남자. 남편은 그가 자신의 뒤에 서 있던 사람이라는 걸 알아챘다. 왜냐하면 그의 시선이 줄곧 남편에게서 떨어지지 않았던 것이다. 그 눈길은 호의적이지 않았다. 바로 그 시선으로, 그는 남편을 위아래로 쓰윽, 살폈다. 남편은 신경이 곤두섰다. 지금 뭐 하자는 거지? 불쾌감이 밀려온 순간, 남자가 먼저 남편에게 말을 걸었다.

"저기요. 어디서 오셨어요?"

"네?"

남자가 이어 물었다.

"아니, 보니까 저 바깥에서 들어오던데…… 맞죠?"

"네, 그랬는데요."

남편은 여전히 불쾌했지만, 동시에 어안이 벙벙했다. 대체 이걸 왜 묻는 거지? 그때 남자가 혀를 차더니, 남편에게 말했다.

"저기요. 여기 파빌아파트 분리수거장인 거 알죠?"

"네…… 아는데요?"

남편은 당황스러울 뿐이었다. 왜? 그걸 내게 왜 묻지? 내가 그걸 모를 거라고 생각하나? 바깥에서 들어온 게 뭐 어쨌다는……. 순간, 남편은 알아차렸다. 남자가 자신을 왜 이렇게 대하는지 말이다. 바깥에서 안으로 들어온 사람. 그래. 남자는 남편이 파빌아파트 단지가 아닌 다른 곳에 사는 사람이라고 생각한 것이다. 판자촌이든 저기 편의점이든 어디 다른 상가든 뭐든, 아무튼 이 아파트에 살지 않는 사람. 남편이 바로 그런 사람이라고 생각하는 것이다. 주민도 아닌 사람이 쓰레기를 버리러 여기까지 왔다고 생각하는 것이다. 왜냐하면 남편은 밖에서 안으로 들어왔으니까. 그래서 남자는 아주 기세등등하게 야, 너 지금 쓰레기 버리러 우리 집에 몰래 기어들어왔냐? 라고 묻고 있는 것이었다.

남편은 화를 꽉 눌러 참으며 손가락으로 단지 바깥을 가리켰다.

"저기요, 아저씨. 저쪽에 100동 보이죠?"

남자의 표정이 순식간에 변했다. 그 얼굴을 보자 남편은 화를 내기도 귀찮아졌다. 얄팍한 인간 같으니. 남편은 어서 일을 마무리하고 집에 들어가기로 했다. 자신을 압박하거나 짜증 나게 하는 일에 감정을 많이 쏟지 않는 사람답게, 이 상황에서 서둘러 사라지기로 말이다. 그런데 남자가 또다시 말을 걸었다. 조금 전과는 완전히 다른 태도였다.

"저기…… 미안합니다."

그러더니 남자는 한숨을 쉬며 자신의 두꺼운 어깨를 매만졌다. 그러면서 덧붙였다.

"지난주부터 바깥에서 안으로 계속 누군가 들어오더라고요. 그러면 안 되는 거 아닙니까."

"네. 그렇군요."

남편은 대답하며 가볍게 고개를 끄덕였다. 그리고 분리수거장을 걸어 나왔다. 그리고 왜인지 모르겠지만, 남자의 말을 다시 떠올렸다. 그러면 안 되는 거 아닙니까. 남편은 평소답지 않은 어떤 충동이 속에서 일렁이는 걸 느꼈다. 그건 남자를 때리고 싶다거나 멱살을 잡고 싶다거나 하는 그런 게 아니었다. 그는 나쁜 일은 가능한 한 빨리 잊고 싶어 하는 사람이었으니까. 그는 여전히 그런 사람이었다. 하지만 동시에, 무엇인지 모를 그 충동이 자꾸만 자신을 흔드는 것을 느꼈다. 남자의 말을 자꾸만 곱씹게 되었다. 그러면 안 되는 거 아닙니까. 안 되는 거 아닙니까. 아닙니까.

이틀 후, 2단지의 입주가 시작되었다.

*

이후 배달 기사들은 우리에게 "어디 계세요?"라고 묻지 않았다. 이렇게 물었다.

"고객님, 주문하신 적이 없다는데요?"

*

남편과 나는 배달 음식을 줄이고 냉동식품이나 즉석조리식품을 사다 먹기 시작했다. 그러나 얼마 못 갔다. 어느 순간부터는 냉동 볶음밥과 돈가스 같은 것만 봐도 식욕이 떨어졌다. 누구든 요리에 취미가 있었다면 좋았을 것이다. 하지만 우리는 두 번이나 환승해 가며 돌아온 집에서 쉬고 싶은 사람들이지, 부엌에서 이런저런 걸 만들면서 부지런을 떨고 싶어 하는 사람들은 아니었다. 남편과 나에게 부엌은 일터와 크게 다를 바가 없었다. 그러나 별 수 있겠는가. 누구든 나서서 뭐든 하긴 해야 했다. 하지만 난생 처음 해보는 칼질로 먹을 만한 음식이 나올 리가 없었다. 순서를 정하는 것도 애매했다. 어떤 날은 그가 일찍 퇴근했고, 또 어떤 날은 내가 일찍 퇴근했다. 아니다. 순서는 그렇게 문제가 되지 않았다. 나는 신경 써서 가지와 양파를 볶고 밥을 하는데, 그가 라면을 끓여 내오는 날이면 젓가락을 들고 싶은 생각조차 사라졌다. 내가 끓인 찌개가 맛이 없다는 걸 알지만, 그렇다고 해서 그가 손도 대지 않고 맨밥만 먹고 있는 걸 보면 밤새 말을 하기가 싫었다. 그도 그랬을 것이다. 표현하지 않았을 뿐이겠지. 그러다 보니 서로 주고받는 말이 그저 그랬고, 그저 그런 말을 주고받으니 기분이 상했고, 기분이 상했으니 며칠간 말을 하는 게 껄끄러워졌고, 솔직히 맛있는 음식 한번 먹으면 끝날 일 같은데 서로 미련하게 고집을 부리고 있는 것 같아 너무 한심해, 결국은 충동적으로 오랜만에 타코를 주문했다. 그리고 아니나 다를까 배달 기사에게 전화가 걸려 왔다.

"고객님, 거기…… 혹시 1단지예요?"

나는 베란다를 바라봤다. 블라인드가 흔들리고 있었다. ……보였다. 이전보다 훨씬 더 커다랗게 부푼 그것이 말이다. 천천히 화단 앞을 지나고 있었다. 아니, 베란다 앞을 배회하고 있었다. 그것은 마치 이 안으로 들어올 입구를 찾듯, 내가 있는 곳으로, 남편이 있는 곳으로, 우리가 있는 곳으로 들어오려고 작정한 듯 일렁이고 있었다.

내 집 앞에서, 바로 내 앞에서. 착각이었을까. 정말 착각이었을까. 그때, 남편이 옆에서 피곤하다는 말투로 중얼거렸다.

"주문할 때 미리 말 좀 하라니까. 아니면 배달 앱에 적어 두든지. 여기 1단지라고."

나는 대답하지 않았다. 이미 아주 오래전, "지도에 나오지 않지만 1단지에 100동 101호가 있습니다. 꼭 1단지로 와주세요"라는 메모를 배달 앱에 적어 두었다는 이야기도 하지 않았고, 주문을 할 때마다 다시 추가 메모를 남긴다는 말도 하지 않았다. 정말로 아무 말도 하지 않았다. 대신, 배달 기사에게 말했다.

"네, 여기 1단지예요. 혹시 2단지로 가셨어요?"

그리고 이어 말했다. 우리 집까지 올 필요 없다고 말이다.

"제가 2단지 앞으로 나갈게요."

남편이 놀란 눈으로 나를 쳐다봤다. 그러나 그가 뭐라 말할 새도 없이 나는 재킷을 걸쳐 입었고, 집 밖으로 빠져나왔다.

그리고 너를 봤다.

배달 기사에게서 음식을 받은 직후였다. 나는 2단지 앞 횡단보도에 서 있었다. 너는 네 엄마의 손을 잡고 1단지 옆길을 천천히 걸어 올라오고 있었다. 내가 복도라고 부르는 바로 그 길을 말이다. 머리를 양 갈래로 팽팽하게 당겨 묶은 너는 푸른색 원피스를 입고 있었다. 일곱 살? 여덟 살? 모르겠다. 어쨌든 네 엄마가 신경 써서 입힌 티가 나는 그 원피스는 가슴께가 꽤 지저분했는데, 바로 네가 왼손에 들고 있던 토마토 때문이었다. 그건 보통의 토마토와 색이 달랐다. 나도 대형마트에서 본 적이 있었다. 흑토마토라고 불리는 검은색 토마토.

너는 그게 정말 맛있다는 듯, 과즙을 원피스에 줄줄 흘리면서 열심히 베어 먹고 있었다. 왜였을까. 나는 토마토에서 시선을 떼지 못했다. 횡단보도의 파란불이 켜졌는데도 나는 길을 건너지 않고 멍하니 너를 바라보고 있었다. 네 엄마는 나의 시선을 눈치챘던 것 같다. 횡단보도를 건너오면서 네 손을 꽉 붙잡았고, 빠른 걸음으로 걷기 시작했으니까. 그래. 너와 네 엄마에게 나는 낯선 사람이었으니까. 충분히 그럴 만했다. 나는 이해했다. 그러면 나 역시 시선을 돌려야 했는데, 이상했다. 나는…… 나를 막을 수가 없었다. 나는 너를 계속 쳐다봤다. 순진하고 편안한 표정으로 토마토를 먹고 있는 너를 말이다. 네가 토마토를 한 입 더 베어 물려는 순간, 네 엄마가 너를 더 세게 끌어당겼고, 너는 발을 헛디뎠다. 다행히 너는 넘어지지는 않았다. 대신 토마토를 손에서 놓쳤다. 토마토는 내 앞으로 데굴데굴 굴러왔다. 너는 금방이라도 울음을 터뜨릴 것 같은 표정을 지었고, 옆에서 네 엄마는 잔소리를 했다. 그러니까 꽉 붙들고 있었어야지. 그러니까 신경 썼어야지. 그러니까 조심해. 조심해야 해. 나는 너의 토마토를 집어 들었다. 아마 그 순간이었던 것 같다. 너와 나의 눈이 마주친 것이 말이다. 나는 미소를 지었다. 왜냐하면 너에게 그 토마토를 돌려줄 생각이었으니까. 네가 떨어뜨려 흙투성이가 된 그 토마토를 말이다. 나는 토마토를 든 손을 너에게 뻗었다. 지금도 궁금하다. 뭐였을까. 그 순간, 네가 내 얼굴에서 본 표정이 말이다. 대체 무엇이었길래, 너는 그렇게 화들짝 놀라며 네 엄마에게 몸을 가까이 붙이고 어깨를 웅크렸을까. 고개를 확 돌려 버렸을까.

집으로 들어오자마자, 나는 인터넷을 뒤져 흑토마토 한 박스를 주문했다.

타코는 다 식어 있었다.

*

나도 곱씹어 생각한 말이 있었다. 이 집이 싫은 사람은 끝까지 싫을 것 같아. 절대 안 들어올 것 같아. 나는 그 말을 생각하고 또 생각하곤 했다. 혼자 있을 때, 남편과 있을 때, 친구와 전화 통화를 할 때, 문득문득 그 말을 떠올렸다. 그러다가 그가 한 말이 아닌, 전혀 다른 엉뚱한 말을 떠올리기도 했다. 이 집이 싫은 사람은 절대 안 들어올 것 같아. 이 집이 싫은 사람은 들어오면 안 돼. 이 집이 싫은 사람은 결국 후회하게 될 거야.

그렇게 될 거야.

그날, 고개를 돌리는 너를 보며 나는 그 말을 곱씹었다.

*

그리고 지금부터는 너도 아는 이야기다.

*

오늘 퇴근할 무렵, 집에 택배가 도착했다는 문자를 받았다. 처음에는 별생각이 없었는데 지하철에 타는 순간부터 마음이 급해졌다.

— 오늘 뭐 먹을까?

남편의 문자에도 답장하지 않았다. 식욕이 없었다. 그렇다고 토마토를 빨리 먹고 싶다거나 그런 것도 아니었다. 다만 한 입 베어 물고는 싶었다. 딱 한 번. 과즙이 손등을 타고 흘러내릴 정도로만 딱 한 입. 그만큼만 먹고 싶었다. 왜, 왜였을까. 모르겠다. 머릿속에 오직 이 생각뿐이었다.

지하철역에 내리자마자 버스 정류장을 향해 뛰었다. 하지만 앞차를 놓쳤고 나는 그 자리에서 나도 모르게 욕을 했다. 옆에 서 있던 사람이 나를 힐끗 쳐다봤다. 나는 신경 쓰지 않았고, 바로 택시를 잡았다. 얼마 지나지 않아 남편에게 또다시 문자가 왔다.

— 어디야?

그때 신호가 걸렸다. 나는 다리를 떨었다. 이번에도 답장은 하지 않았다. 이유는 없었다. 그냥, 다른 생각을 별로 하고 싶지 않았을 뿐이다. 토마토. 그래. 그것 외에는 말이다. 택시가 집 앞에 도착했고,

나는 내리자마자 또 뛰었다. 숨이 턱턱 막혔다.

정말로 역시, 너도 아는 이야기다.

문 앞에 택배가 없었다. 나는 곧장 택배 기사에게 전화를 걸었다. 긴 신호음을 듣는 동안 문득, 택배가 2단지로 갔을지도 모른다는 생각이 들었다. 나는 전화를 끊고 문에 이마를 기댔다. 다른 물건 같으면 신경 쓰지 않았을 것이다. 괜찮다고 생각했을 것이다. 왜냐하면 늘 해결이 되었으니까. 사람들은 늘 우리 집의 위치를 헷갈려 했고, 찾지 못했고, 그래서 없다고 생각했지만 결국에는 내가 여기에 있다는 걸 알아내곤 했다. 내가 그렇게 만들었다. 안내했고, 설명했고, 기다렸다. 해결되지 않은 일은 없었다. 그러니까 이번에도 조금만 기다린다면, 그리고 설명을 한다면 나는 내 물건을 되찾을 수 있을 것이다. 그럴 것이다. 핸드폰이 울렸다. 또다시 남편의 문자였다.

— 자기야, 너 지금 뭐 해?

뭐 하냐고?

지금 뭐 하고 있냐고?

뭘 할 거냐고?

나는 2단지로 출발했다. 복도를 걸어 올라갔다. 횡단보도를 건넜다. 그렇게 순식간에 2단지에 들어섰다. 내가 사는 곳이 아니어서일까.

주위 공기가 싸늘하게 느껴졌다. 나는 곧장 100동으로 걸어갔다. 나는 101호 앞에 놓여 있을 내 물건만 가지고 되돌아올 생각이었다. 만일 101호 사람을 만난다면 상황을 설명하면 된다. 그건 전혀 어렵지 않을 것이다. 그럴 것이다. 하지만 100동 현관 앞에 도착한 순간, 내가 일을 너무 쉽게 생각했다는 걸 깨달았다. 건물 안으로 들어가려면 공동 현관 비밀번호를 알아야 했던 것이다. 여기까지 한달음에 달려온 기세가 꺾이며 망설여졌다. 어떡할까. 초인종을 눌러 101호 사람에게 말을 걸어 볼까. 아니면 택배 기사에게 다시 전화를 해볼까. 그때, 갑자기 어떤 여자아이가 내 앞으로 뛰어들었다.

너였다.

너는 이번에도 머리를 양 갈래로 팽팽하게 묶었다. 초록색 원피스를 입고, 노란색 가방을 옆으로 멨다. 어디 다녀오는 길일까? 너는 나를 힐끔 쳐다보더니 재빠른 손길로 현관의 비밀번호를 눌렀다. 순식간에 문이 열렸다.

나는…… 아주 잠시 고민했다.

정말로, 아주 잠시.

이대로 들어가도 될까?

그럴까.

들어갔다.

문 앞에 놓인 물건만 가지고 올 거니까 상관없지. 그건 내 거잖아.

그래. 내 거야.

그러면서 한걸음 내디뎠는데 형광등 아래 내 그림자가 일렁였다. 그것은 앞서 걸어가던 네 발끝을 뒤덮었다. 네가 나를 살짝 뒤돌아보더니 갑자기 빨리 걷기 시작했다. 일부러 그런 건 아닌데, 나도 함께 걸음이 빨라졌다. 그래서인지 네 걸음 역시 점점 더 빨라졌다. 너는 거의 뛰다시피 걸었고, 느닷없이 나타난 오른쪽 복도로 재빨리 꺾어 들어갔다. 현관문 비밀번호를 누르는 소리가 들렸다. 이어 벌컥 문이 열리는 소리. 그리고 두려움 가득한 목소리. 그래. 너의 그 목소리가 들렸다.

"엄마! 누가 따라와!"

그리고 문이 닫혔다. 나는 조용히 웃었다. 그저 내 물건을 찾으러 왔을 뿐인데, 어느새 이곳의 침입자가 되어 있었다. 내가 섬찟한 기분으로 블라인드 너머를 바라볼 때마다, 밖에서 일렁이던 그 알 수 없는 것도 이런 기분이 들까? 기분? 어떤 기분? 하지만 말도 안 됐다. 화단은 내 집이었다. 내 공간이었다. 누군가 들어와서는 안 되는 곳이었다. 나는 네가 들어간 집의 호수를 확인했다. 119호.

그리고 101호를 찾기 시작했다. 어디에 있을까. 안쪽으로 더 걸어 들어가자 문이 하나 더 보였다. 118호. 그리고 그 옆에 또 문이 있었다. 117호. 그제야 이 건물의 구조가 좀 입체적으로 느껴졌다. 안쪽으로 갈수록 더 낮은 호수가 있는 복도식 아파트였던 것이다. 여길 그대로 따라 계속 걸어 들어가면 아마 101호가 있을 것이다. 나는 속으로 숫자를 세었다. 19, 18, 17, 16…… 그때, 복도가 양쪽으로 갈라졌다.

나는 갈림길 양쪽의 집들을 슬쩍 다 살폈다. 오른쪽에는 105호가 있었고, 왼쪽에는 104호가 있었다. 나는 고민하다가 왼쪽 복도로 들어섰다. 그리고 103호를 지나치자마자 안쪽으로 또다시 꺾여 들어간 복도를 마주했다. 에라, 모르겠다. 나는 서둘러 복도 안쪽으로 걸어 들어갔다. 드디어 102호가 나왔고, 다시 꺾이는 복도. 나는 뛰었다. 그래. 드디어 101호가 보였다.

그러나 문 앞에는 아무것도 없었다.

이제는 망설일 것도 없었다. 나는 초인종을 눌렀다. 안쪽에서 어떤 여자의 목소리가 들렸다.

"누구세요?"

나는 대답했다.

"저…… 1단지 101동에 사는 사람인데요."

"아……."

여자가 말끝을 흐렸다. 내가 왜 왔는지 아는 듯했다. 그녀는 시간을 길게 끌지 않았다.

"저기, 죄송한데요. 그 택배, 관리 사무실에 맡겨 놓았어요."

"네?"

여자가 말을 이어 나갔다. 나름대로 친절하고 조심스러운 말투였다. 하지만 결국은 내가 뭔가를 제대로 해줬으면 좋겠다는 이야기였다. 부디 주소를 제대로 써줬으면 좋겠고. 배달 음식은 기사님들이 주소를 잘 모르니까 그럴 수 있지만, 택배까지 받는 건 자기도 좀 그렇다. 어렵다. 난처하다. 아무튼 이 단지가 이렇게 생겼으니 어쩔 수 없다는 걸 안다. 알고 있다. 하지만 서로 좀 조심했으면 좋겠다. 조심하자. 그리고 앞으로 정말 부탁하건대, 잘못 배송된 게 있으면 즉각 처리를 부탁한다. 그런데도 불구하고 당신, 그러니까 나의 물건이 자신의 집으로 온다면.

"무조건 관리 사무실에 갖다 놓을게요."

그리고 여자는 더 이상 말이 없었다. 나는 그 앞에 잠시 서 있었다. 뭐라 할 말이 없었고, 여자 역시 더는 내게 볼일이 없는 듯했다. 그렇게 끝났다.

나는 되돌아 걷기 시작했다. 어느 집 안쪽에서 음식 냄새가 풍겨왔다. 어느 집에서는 웃음소리가 들렸다. 아이가 우는 집도 있었고, 텔레비전 소리가 큰 집도 있었다. 그 소리들은 모두 자연스럽게 어우러져 건물 안을 채우고 있었다. 하지만 내 발걸음 소리는 소음처럼 날카로웠다. 나는 돌아 나오고, 또 돌아 나왔다. 건물 밖으로 나오자마자 또다시 오른쪽으로 꺾었다. 그곳에 관리 사무실이 있었으니까. 해결되지 않는 일은 없다. 늘 모든 일은 해결된다. 늘 그랬다. 그러니까 이번에도 그럴 것이다. 하지만 이 집이 싫은 사람은 끝까지 싫을 것 같아. 후회할 것 같아. 나쁘지 않다는 건 좋다는 말이 아니야. 사실 그건 전혀 충분하지 않다는 뜻이야. 그래. 그게 진심이야.

극복이라뇨. 받아들인 거죠.

관리 사무실은 닫혀 있었다.

헛웃음이 나왔다. 퇴근 시간이 한참 지났으니 당연했다. 내가 더 이상 무엇을 할 수 있었겠는가. 나는 터덜터덜 힘없이 횡단보도를 건넜다. 배가 고팠다. 그렇게 좁은 복도에 발을 딛는 순간, 뒤에서 누군가 달려오는 소리가 들렸다. 그리고 퍽, 하는 작은 충돌과 함께 나는 바닥으로 넘어졌다.

이번에도 너였다.

실수였던 것 같다. 아마 어딘가로 급하게 가고 있던 중이었겠지. 나는 네게 손을 내밀었다. 너는 한 손으로 무릎을 털며 자연스럽게 내 손을 잡았다. 그리고 고개를 들었다. 내 얼굴을 보자마자 너는 당황한 기색을 감추지 못했다. 내 손에서 너의 손을 빼내려 했다. 나는 네 손을 양손으로 감싸 안으며 물었다.

"왜 그러니?"

그 순간, 뒷골이 서늘해지면서 소름이 끼쳤다. 나는 옆을 돌아봤다. 화단 건너편, 우리 집 블라인드가 확 걷혀 있었다. 내부가 훤히 보였다. 그리고 그 안에 누군가 있었다. 배회하고 있었다. 착각이 아니었다. 진짜였다. 정말로, 정말로 진짜였다. 그것은 기다렸다는 듯 움직이던 방향을 바꾸었다. 내가 있는 쪽으로 말이다. 아니, 너와 내가 있는 곳으로.

나는 네 손을 꽉 잡았다. 네가 신음 소리를 냈다. 나는 너를 데리고 복도를 걸어 올라갔다. 네가 버둥거리며 나와 함께 가지 않으려 했다. 어쩔 수 없었다. 나는 온 힘을 다해 네 손을 잡아당겼다. 너는 울음을 터뜨렸다.

쉬.

쉬.

나는 손으로 너의 입을 막았다. 뒤를 바라봤다. 어느새 밖으로 나온 그것이 우리를 쫓고 있었다. 나는 너의 팔을 잡아당겼다. 앞으로 걸었다. 뛰었다. 어디로 가야 하지? 어떻게 해야 하지? 나는 더 서둘렀다. 단지 안으로 들어갔다. 그것이 우리를 계속 쫓아오고 있었다. 나는 허둥대며 주위를 두리번거렸다. 그때 눈앞에 분리수거장이 보였다. 나는 너와 함께 그 안으로 들어갔다. 생각해 보니 오늘은 월요일이었다. 분리수거장은 아침부터 사람들이 내놓은 쓰레기 더미들로 가득했다. 나는 그곳에 너와 함께 숨었다. 네가 또다시 버둥거렸다. 내게서 빠져나가려고 애를 썼다. 나는 다시 너를 달랬다. 쉬. 쉬. 괜찮아. 괜찮아. 다 괜찮아질 거야. 내가 설명할게. 언제나 그랬으니까.

뭐든 설명하면 다 해결할 수 있었으니까. 납득할 수 있었으니까. 받아들이게 되었으니까. 너도 그럴 수 있을 거야. 그리하여 나는 너를 확 끌어안았다. 네 턱이 내 어깨에 묻혔다. 네가 헉, 하고 숨이 막히는 소리를 냈다. 그리고 바로 그 순간이었다. 그것이 내 앞으로 천천히 다가왔다. 우리는 서로의 눈을 마주했다.

쉬.

어디서 오셨어요?

비가 올 것 같다. 블라인드를 쳐야겠다.

……괜찮지?

백수린 白秀麟

2011년 『경향신문』 신춘문예에 단편소설 「거짓말 연습」이 당선되어 등단했다. 소설집 『폴링 인 폴』 『참담한 빛』 『여름의 빌라』, 짧은 소설집 『오늘 밤은 사라지지 말아요』, 중편소설 『친애하고, 친애하는』 등을 펴냈다. 젊은작가상, 문지문학상, 이해조소설문학상, 현대문학상, 한국일보문학상 등을 받았다.

©신나라

아주 환한 날들

"마음을 찬찬히 들여다보세요."

강사가 말했다. 강의실엔 사람이 거의 없었다. 비가 와 결석생이 있는 탓도 있었지만 원래 수강생이 적은 수업이었다. 강의실엔 그녀까지 여섯 명이 앉아 있을 뿐이었는데, 모두 강사보다 나이가 많았다. 평생교육원에 신설된 수필 쓰기 수업을 같이 듣는 일곱 명의 수강생 중 오십 대 주부 한 명—일찍 결혼해 아들들이 벌써 장가를 갔다고 했다—을 제외하면 나머지 여섯 명은 모두 그녀처럼 일흔이 넘은 노인들이었다. "그것도 전부 다 영감탱이들이야." 얼마 전 그녀의 집에 찾아온 사위에게 수업에 대해 이야기하며 그렇게 말했을 때 사위는 무엇이 웃긴지 "장모님은 늘 재미있으세요" 하며 웃었다. 국문학을 전공했고 소설집 한 권과 산문집 한 권을 출간했다는 강사는 체구가 작았고 거의 소녀처럼 보였다. "제가 강의를 처음 해보는데, 저를 보고 계신 분들이 대부분 어머니, 아버지뻘이시니 긴장이 되네요." 수업이 시작되던 한 달 전, 강사는 주로 노인들로 구성된 수강생에 당혹한 듯 수업 소개를 하다가 몇 번이나 말을 더듬었다.

"오늘도 아무것도 안 쓰셨네요."

짐을 챙겨 맨 마지막으로 강의실을 빠져나가려는데 강사가 그녀에게 말을 건넸다.

"쓸 말이 안 떠올라서요."

딸만큼 어린 강사는 그녀의 대답에 다음엔 꼭 쓸 이야기가 떠오를 거라고 말하고는 웃었다. 과연 그럴까. 그녀는 의심쩍었지만 이러쿵저러쿵 대화를 이어 나가기가 귀찮아 굳이 반박하지 않았다.

"뒤풀이는 또 안 가세요? 같이 가면 좋을 텐데."

강사와 같이 강의실을 빠져나오자 건물 입구 쪽에 서 있던 수강생 무리 중 오십 대 여자가 그녀에게 다가서며 말을 붙였다. 수강생들은 수업이 끝나면 근처의 백반집에서 저녁을 사 먹는 듯했다.

"집에 가봐야 해요."

"혼자 사신다고 하셨던 것 같은데 집에 기다리는 사람이라도 있어요?"

여자는 아쉬운 기색으로 그녀에게 물었다.

"그래요."

사람은 아니지만 굳이 그걸 말할 필요는 없었다.

한 달 전부터 수필 쓰기 수업을 듣고 있긴 하지만 지금까지 단 한 편의 글도 쓰지 않았다는 생각을 하면 그녀는 솔직히 돈이 아까웠다. 강사는 그녀가 자기를 골탕 먹이기 위해 그런다고 생각할지도 모르지만 그건 절대 아니었다. 나처럼 번듯한 어른이 대체 왜? 그런 오해를 살 바엔 강사에게 사실은 글 쓰는 일엔 눈곱만큼의 관심도 갖고 있지 않을 뿐이라고 말해 주는 게 나을지도 몰랐다. 수필 쓰기 수업이 수요일 오후 세 시에 개설되지만 않았더라도 그녀는 그 수업을 신청하지 않았을 것이다. 여섯 달 전에는 같은 시간대에 건강 수지침 수업이 열려 그녀는 다른 노인들과 수지침과 압진봉의 사용법에 대해서 배웠다. 일 년 전에는 여행 영어 회화 수업에서 '여기 티켓이 있습니다' 같은 표현들을, 그보다 더 전에는 생활 인터넷 수업에서 필요한 정보를 검색하거나 물건을 사고 승차권 같은 걸 예매하는 법을 배웠다. 그녀가 수요일 세 시에 개설된 수업만을 듣는 건, 그렇게 정했기 때문이다. 남편이 죽고 홀로 지켜 오던 과일 가게를 체력이 부쳐 육 년 전 아예 접은 이후 그녀는 자신의 일과를 아주 정교하게 짜놓았다. 매일 정해진 일정대로 라디오를 들으면서 청소를 했고—월요일 오전엔 화장실, 화요일엔 베란다, 수요일엔 냉장고 이런 식으로— 점심을 먹고 나면 또 정해진 일정에 따라 외출을 했다. 동네 슈퍼에서 할인 품목을 문자메시지로 알려 주는—팽이버섯 네 봉지 1000원, 수미감자 한 봉지 1250원, 돼지 앞다리 한 근 6000원— 월요일 오후엔 장을 보러 갔고, 화요일엔 상가 안에 위치한 실내 수영장에서 아쿠아로빅을 했다. 정해 놓은 시간의 외출이 끝나면 곧장 집으로 돌아와 매일 밤 끓여 두는 결명자차를 한 잔 마신 뒤 저녁 식사를 준비했다. 설거지를 하고 나면 그다음엔 천변에 나가 만 보씩 걸었고, 집에 돌아와 매일 밤 연속극을 봤다. 잠자리에 들기 전엔 예능 프로그램을 봤는데 한국어를 잘하는 외국인들이 나오는 퀴즈 프로그램이나 옛날 가수들이 나와 노래를 부르는 경연 프로그램을 보는 경우가 많았다. 토요일과 일요일 중 하루는 딸과 통화를 하며 짧게 안부를 주고받았다. 주로 거는 쪽은 그녀였는데, 다섯 번 중 한 번꼴로 딸이 걸어올 때도 있었다.

사람들은 그녀가 혼자 산다는 사실을 알고 나면 종종 안쓰러워했지만 그건 잘못 생각하는 거였다. 남편이 죽은 이후 그녀는 화장실이 막히면 배관공을 부르고, 바퀴벌레가 나오면 슬리퍼로 죽이고, 직접 구입한 실내용 사다리를 타고 올라가 형광등의 전구를 갈아 끼우며 살아왔다. 그녀는 뭐든지 스스로 해결하며 살았는데 그 점에 대해서는 다소간 자부심을 느꼈다. 혼자 집에 있으면 그녀는 누군가를 뒤치다꺼리하거나 누군가로부터 귀찮은 잔소리를 들을 필요가 없었고, 솔직한 마음을 말했다는 이유로—머리가 어떠냐고요? 돈이 아깝네요. 자르기 전이 더 나았는데— 뜻하지 않은 비난을 받을 일도 없었다. 솔직한 건 그녀의 천성이었지만 그것 때문인지 사람들은 종종 그녀를 대하기 어려워했다. 그녀는 사람들과 어울리는 것에 서툴렀는데 그건 어린 시절 그녀가 겪었던 일들 때문일지도 몰랐다. 서른이 다 된 나이에 돌봐야 할 동생이 주렁주렁 달린 남자에게 시집을 가게 되었을 때, 그녀의 오빠와 남동생은 남편에게 큰 빚을 진 사람들처럼 굴곤 했다. 맞선 자리에서 그녀가 남편에게 했던 말—아, 조금 걸으면 안 될까요? 엉덩이에 종기가 나서요—을 듣고는 더욱 그랬다. 그게 그렇게 고마운 일인가? 남편은 선량한 편이었지만, 그에게 필요했던 건 밥을 차려 줄 사람이었으며, 무엇보다도 그녀는 그가 자신을 사랑하지 않는다는 걸 알았다.

그녀는 마침내 찾아온 평화에 대체로 만족하고 있었다. 평생 동안 장사를 하며 사람들 사이에서 부대끼며 살아온 그녀에게 혼자 있는 시간은 아늑했고, 그건 평생교육원에서 돌아와 식탁 의자에 앉은 채 오후의 햇살이 거실 마룻바닥 위에서 넓게 퍼져 있는 걸 보고 있는 지금도 마찬가지였다. 평온하고 고요한 혼자만의 시간. 햇빛 사이로 지난 몇 달간 그녀가 정성껏 가꾼 나리꽃의 꽃망울이 조금 벌어져 있었다. 반가운 마음에 그녀는 자리에서 일어섰다.

"드디어 꽃이 피었네."

그녀가 소리 내어 말했고, 그러자 날카로운 새의 울음소리가 들려왔다. 거실 한구석에 세워 둔 새장 속의 앵무새가 내는 소리였다. 털이 연두색인 작은 앵무새.

"아, 시끄러워."

그녀가 한숨을 쉬듯 말했다. 매번 사라져 있길 바랐지만 그건 언제나 그 자리에 있었다.

사흘 전 앵무새를 가져온 건 사위였다.

"오랜만에 장모님이 뵙고 싶어서요."

명절이나 어버이날도 아닌데 누군가가 집에 찾아온 건 정말 너무나도 오랜만의 일이라 그녀는 허둥댔다. 어깨가 좁고 웅송그린 체격의 사위는 그녀가 그러거나 말거나 거실에 앉아 직장 생활과 새로 이사한 서울 근교의 나날들에 대한 이야기를 했다.

"인서랑 애들은?"

"집사람은 아이들 데리고 도예 체험하러 갔어요."

그녀의 딸과 사위 사이엔 아이가 둘 있었는데, 딸은 둘째가 초등학교에 입학한 것에 맞춰 육아휴직 중이었다. 사위는 혼자 온 걸 변명이라도 하듯 학교에서 아이들 숙제로 요구하는 체험 활동이 너무 많다는 이야기를 늘어놓았다. 이야기를 들으면서도 그녀의 정신은 온통 사위가 가져온 새장에 팔려 있었다. 새장 속에는 앵무새 한 마리가 있었는데 그녀가 앵무새를 실제로 본 건 그때가 처음이었다.

"그런데 그건 웬 앵무새인가?"

얼마간의 시간이 흘렀을까, 결국 궁금증을 참지 못하고 그녀가 물었다. 그러자 사위는 다소 곤란하다는 듯 쭈뼛대더니 말했다.

"아, 이거요. 아이들이 크니까 자꾸 동물을 기르고 싶다 해서요."

"그럴 때지. 인서도 어릴 때 학교 앞에서 병아리를 사 와 닭이 될 때까지 기르고 그랬어."

장사를 마치고 집에 들어서면 그녀를 향해 돌진하던 닭들이 떠올랐다. 나무로 된 사과 궤짝 속에서 기르던 닭들. 그 당시 그녀의 가족이 살던 곳은 시장에서 멀지 않은 곳에 위치한 신축 빌라였다. 닭똥 냄새 때문에 민원이 자꾸 들어와 곤란한데 인서가 너무 애지중지해 큰 골칫거리였던 닭들.

"애들은 개나 고양이를 사 달라 하고 집사람은 안 그래도 일이 많은데 개든 고양이든 돌볼 여력은 없다고 단호해서요."

"그래서 앵무새를 산 게로군."

그녀는 이제 사정을 다 이해했다는 뜻으로 고개를 끄덕였다. 개나 고양이를 대신해 아이들에게 금붕어나 햄스터 같은 걸 사주는 건 흔한 일이었다. 앵무새라고 안 될 건 없지. 그리고 관심이 없어진 앵무새에게서 눈길을 거두고 화제를 바꾸려는데 사위가 느닷없이 말했다.

"장모님, 사실은 장모님께 이 앵무새를 좀 맡아 달라고 부탁하려고 왔어요."

"그게 무슨 소린가?"

사위가 하는 말을 도무지 따라갈 수가 없었다.

"좋아할 줄 알고 앵무새를 기껏 샀는데 애들이 만지다가 쪼이고는 무섭다고 기겁을 해서요. 그런데 인서는 키우기로 결정하고 데려왔으니 책임감 없이 버릴 순 없다고 난리고."

사위는 그녀의 눈길을 피해 고개를 숙인 채 말했다.

"버릴 수는 없다지만 이걸 내가 어떻게 맡아?"

"딱 한 달만요. 그때까지 애들이 앵무새랑 살 수 있도록 인서랑 제가 준비를 하기로 했어요. 그림 같은 것도 보여 주고, 앵무새 카페 같은 데도 데려가고요. 그러고도 안 되면 그때는 다른 주인을 찾아 볼게요. 딱 한 달만 부탁드려요."

사위가 말했다.

"자네 어머니는 어쩌고?"

"저희 어머니는 애들 봐주시느라 바쁘잖아요. 그리고 어머니보다는 아무래도 혼자 사시는 장모님이 더 적적하실 테고요."

그녀는 사실 조금도 적적하지 않았다. 적적하다니, 대체 왜? 결명자차를 마신 컵을 씻으며 그녀는 생각했다. 조금 더 단호하게 거절했어야 했어. 새장 속에서 앵무새는 시도 때도 없이 시끄럽게 울어 댔고, 그때마다 그녀는 그렇게 후회했다. 인서가 아니었다면, 결코, 결단코 그녀가 앵무새를 떠맡았을 리는 없었다. 하필 그때 어린 인서가 "엄마, 닭들 다 어쨌어?" 하고 울먹이던 얼굴이 떠오르지만 않았더라면. 황토 찜질 팩을 허리에 댄 채 침대에 누워 있다가 새장 안의 물그릇과 사료 그릇을 채워 주지 않은 게 생각나 허둥지둥 일어나며 그녀는 또 한 번 생각했다. 하지만 학교에 다녀왔더니 닭이 없어졌다며 목 놓아 울다 "난, 엄마가 진짜 싫어"라고 말하던 아이의 얼굴이 떠올라 버렸고, 그녀는 얼떨결에 사위에게 "한 달이면 되는 거지?"라고 말하고 있었다.

장마가 늦어지고 있었다. 그녀는 인터넷으로 주문한 옥수수를 쪄서 냉동실에 얼려 두었다가 매일 하나씩 데워 먹었고, 무농약으로 키웠다는 열무를 두 단 사다 물김치를 만들어 국수를 말아 먹었다. 초파리들이 수시로 생겨서 꽉 차지 않은 쓰레기봉투를 내다 버리기 위해 집 밖으로 평소보다 더 자주 나가야만 하는 계절이었다. 앵무새가 집에 온 지 일주일이 되어 가도록 딸이 전화 한 번 하지 않는 게 괘씸해 그 주 토요일에는 그녀가 딸에게 전화를 걸었다.

"어떻게 지내니?"

"그냥 그럭저럭 지내죠. 엄마는요?"

"나도 그렇지 뭐."

몇 살 때부터 딸이 꼬박꼬박 존댓말을 하기 시작했을까?

"애들도 잘 있지?"

"잘 있죠."

딸의 짤막한 답을 듣자 갑자기 섭섭함이 밀려왔고, 그녀는 콱 죽고 싶어졌다. 지난 주말에 딸이 같이 오지 않고 사위만 보낸 것도 틀림없이 엄마가 꼴도 보기 싫어 그랬을 거라는 생각이 들었다. 딸은 그녀에게 뭔가 부탁해야 할 때는 언제나 사위를 시켰다. 딸이 그녀에게 존댓말을 쓰기 시작한 게 열세 살 때부터였는지 열다섯 살 때부터였는지 그 시점이 정확히 기억나지는 않지만, 그들의 사이가 틀어진 것은 그즈음부터였을지도 몰랐다.

언젠가부터 딸과의 전화를 끊고 나면 그녀는 몸 쓰는 일을 찾아야 했다. 오이를 십 킬로그램씩 사다가 오이지를 담그거나, 베란다 화분들을 싹 다 분갈이했고, 그렇지 않으면 찬장의 냄비들을 모조리 꺼내어 베이킹소다로 박박 닦는 식이었다. 마음이 심란해지면 몸을 쓰는 건 장사할 때부터 그녀의 몸에 밴 습관이었다. 매상이 앞집 과일 가게보다 떨어지거나 진상 손님을 만나 목청 높여 싸우고 나면 그녀는 락스를 물에 풀어다가 가게의 선반과 소쿠리들을 닦았다. 그럴 때면 남편은 뭘 그렇게 속을 썩느냐며 혀를 찼다. 그런 모습을 보면 그녀는 더욱 부아가 치밀었다. 남편은 결혼 전부터 트럭을 몰고 다니며 과일을 팔았으면서도 다세대주택 밀집 지역의 재래 시장에서는 과일을 정해 놓고 사려고 찾아오는 손님보다는 채소를 사러 나왔다가 싼 과일이 눈에 띄면 덤처럼 한두 개 집어 가는 손님이 더 많다는 것도 끝내 모르는 사람이었다. 그런 이들을 대상으로는 최상품의 망고나 멜론을 갖다 놓기보다는 십 원이라도 더 싼 사과나 포도를 떼어 와야 이익이 남는다는 걸 일찌감치 깨달은 건 그녀였다. 가게 안쪽의 과일까지 팔기 위해선 계산대를 매장 가장 깊은 곳에 놓아야 한다는 걸 생각해 낸 것도. 늘 선비처럼 뒤로 한 발 물러서던 남편 대신 건물주에게 싫은 소리를 듣고, 사람들과 십 원, 이십 원을 흥정하며 그녀가 가게를 키웠다. 다른 사람이 하는 야채 가게 옆에 조그맣게 매대 하나를 빌려 과일을 팔던 데서 시작해 간판을 내건 과일 가게를 차리기까지 꼬박 칠 년이 걸렸다. 그 가게에서 번 돈으로 그녀는 집을 샀고, 딸아이를 대학에 보냈다. 새벽마다 과일 상자를 옮기느라고 허리가 아프고 퇴행성관절염 때문에 수술받은 무릎이 쑤셨지만 딸이 대학에 붙었을 때는 너무 기뻐 파스를 붙인 채로 가게 안에서 콧노래를 불렀다.

그날 저녁, 그녀는 천변에 나가는 대신 수필을 쓰기 위해 식탁에 앉았다. 계속 아무것도 안 써 가는 게 좀 민망하기도 했지만, 솔직히는 그날따라 천변에 나가기가 싫었기 때문이다. 주말에는 천변에 가족이나 연인들이 너무 많았다. 그녀가 정해 놓은 일정을 어기는 건 육 년 만에 거의 처음이었다. 그녀는 노트를 펼친 채 턱을 괴고 앉아 있었고, 앵무새가 부리로 새장을 탁탁 건드리는 소리가 났다. 하지만 식탁에 아무리 앉아 있어도 뭘 써야 할지는 도저히 알 수가 없었다. 수업 시간에 강사는 여러 가지 책을 추천해 주었고, 수강생들에게 느낀 점을 말해 보라고 했다. 그녀는 강사가 추천해 준 책들을 모두 읽었는데 어떤 것들은 도저히 이해가 가지 않았고 어떤 것들은 왜인지 설명할 순 없지만 마음에 들었다. 그다음에 수강생들은 자유 주제로 한 편씩 써 온 수필들을 돌아가면서 읽고 의견을 나눴다. 그녀를 뺀 다른 수강생들은 뭔가를 잘도 적어 왔는데 대부분 어린 시절 눈깔사탕을 훔쳤던 일이나, 종로3가 창녀촌을 처음 지나가 봤을 때의 경험 같은 것들이었다.

여름 저녁이라 창문을 열어 놓아서 옆집에서 이웃들이 싸우는 소리가 들려왔다. 그러자 거실에 있는 앵무새가 새장 안에서 자지러지듯 소리를 질렀다. 앵무새를 맡게 된 이후 그녀의 신경에 거슬리는 것은 한두 가지가 아니었다. 사위가 일러 준대로, 놓고 간 사료를 담아 주고 나면 앵무새는 눈 깜짝할 새에 사료 그릇을 엎었고 때때로 가슴팍의 깃털을 뽑아 놓기도 했다. 그 바람에 새장 주변은 치워도 치워도 곡식이나 깃털로 너저분했다. 그것 말고도 귀찮은 일이 많았지만 그녀가 가장 곤혹스러웠던 건 앵무새가 툭하면 비명을 지른다는 사실이었다. 앵무새가 비명을 지를 때면 그녀는 민원이 들어오지 않을까 조마조마했다. 늦은 시간 텔레비전이라도 켜면 새장 안에서 졸고 있던 앵무새는 잠에서 깨어나 그 소리에 질 수 없다는 듯 더욱 악을 썼는데 그러면 넌더리가 났다. 그녀는 리모컨을 찾아 텔레비전 볼륨을 높일 때마다 귀머거리 노인네가 된 것만 같은 기분이 들었다.

또다시 수요일이 되어 그녀는 수필 쓰기 수업에 갔다. 사흘 동안 고민했지만 끝내 아무것도 쓰지 못해서 결국엔 빈손으로 갔다. 강사가 성의 없다고 오해할까 봐 남의 글에 대해 돌아가며 한마디씩 이야기할 때는 그녀도 의견을 냈다. 그러고도 마음이 찝찝해 수업이 끝난 후 모든 수강생들이 빠져나가길 기다렸다가 강사에게 "써보려 하긴 했는데 정말 쓸 말이 안 떠올랐어요" 하고 말했다.

"괜찮아요. 너무 초조하게 생각하지 마세요."

다른 수강생들은 벌써 뒤풀이에 갔는지 복도에는 아무도 없었다. 그들은 같이 건물을 빠져나와 나란히 횡단보도 앞에 서서 신호가 바뀌기를 기다렸다. 바로 옆에서 본 강사의 얼굴은 그녀의 딸처럼, 더 이상 아주 젊지는 않았지만 여전히 아직은 삶에 대한 불안으로 초조해 보이는 얼굴이었다.

"선생님은 엄마랑 사이가 좋아요?"

강사는 그녀의 질문에 어리둥절한 표정이었다.

"평범한 것 같은데요."

평범이라. 마침 신호가 바뀌었고, 각자 길을 건넜다.

앵무새가 이상하다는 걸 눈치챈 건 그 주 금요일이었다. 먹이를 주어도 도통 줄지가 않고 새장 안이 조용하다 싶었는데, 앵무새가 가슴팍의 깃털을 엉망으로 뽑아 놓은 채 꼼짝도 않고 졸기만 했다. 영 이상해 그녀는 다음 날 아침 동네 동물 병원 전화번호를 인터넷에서 검색해 전화를 걸었다. 앵무새의 상태에 대해 전해 들은 수의사는 앵무새가 아플 때 나타나는 증상과 거의 일치한다고, 하지만 자기네 병원에서는 새를 치료하지 않는다고 말했다.

"아니, 앵무새도 동물인데 왜 안 된다는 거예요?"

하는 수 없이 그녀는 인터넷을 한참 더 검색한 후 사십 분이나 떨어진 곳의 동물 병원으로 택시를 타고 가야만 했다. 동물 병원의 문을 열자마자 개들이 요란하게 짖었다. 이십 분 정도 대기실에서 기다린 끝에 만난 젊은 의사는 앵무새를 기르는 방식에 대해 이것저것 묻더니 말했다.

"죄송하지만 그렇게 키우시면 안 돼요."

말투는 정중하지만 그가 비난하고 있다는 걸 그녀는 알아챘다.

"앵무새는 관심을 많이 필요로 하는 동물이에요. 하루에 몇 번씩 새장 밖에 꺼내 주셔야 해요. 놀아도 주셔야 하고요."

"놀아 주라고요?" 그녀가 물었다.

"안 그러면 외로워서 죽어요."

죽는다고? 울음을 터뜨리는 어린 딸의 얼굴이 그녀의 눈에 선했다. 죽더라도 내가 데리고 있는 동안에는 안 되지. 그래서 그녀는 집에 돌아온 후 돋보기를 찾아 끼고 앵무새에 대해서 검색하기 시작했다. 앵무새 키우는 법. 앵무새랑은 어떻게 놀까. 앵무새 발톱 관리법 같은 것들을. 생수보다는 수돗물이 미네랄과 무기질을 섭취할 수 있어 좋다거나 간식을 주 2~3회 정도 주는 게 적당하다는 걸 그녀는 그런 식으로 배웠다. 이제 그녀는 하루에 한 번이 아니라 두 번 물과 사료를 갈아 주었고 한 시간마다 새장을 열어 새가 거실 바닥을 걸어 다닐 수 있게 해줬다. 새는 이십 분마다 한 번씩 똥을 싸댔으므로 새를 꺼내 놓고 나면 휴지를 들고 다니며 새가 지나간 자리를 닦아야 했다. 불행 중 다행인 것은 앵무새가 아직 날지 못한다는 것이었지만 조그만 앵무새는 놀랄 만큼 재빨랐다.

"왜 이렇게 피곤해 보이세요?"

그다음 주 평생교육원에 갔을 때 강사가 그녀에게 걱정스럽게 물었다.

"극성스러운 손주가 생겼거든요."

모든 일이 고역이었다. 일주일 만에 살이 삼 킬로그램이나 빠졌고, 초저녁만 되어도 잠이 쏟아졌다. 거실 바닥 전체엔 온통 곡식의 껍질과 노란 솜털이 나뒹굴어 그녀는 하루에도 몇 번씩 청소기를 돌려야 했고, 여름이라 거실에 깔아 둔 돗자리며 잠깐 바닥에 내려놓았던 돋보기의 안경테와 리모컨 버튼이 부리에 쪼여 너덜너덜해졌다. 몇 번이고 그녀는 사위에게 전화를 걸어 당장 새를 데려가라고 말하는 상상을 했다. 정말로 걸지는 않았다.

그런데 며칠이 더 지나자 믿기 힘든 일이 그녀에게 일어났다. 그러니까 앵무새가 귀여워 보이기 시작한 것이다. 처음엔 밖으로 꺼내 주려고 새장 앞에 다가서면 횃대에 앉아 있던 새가 고개를 오른쪽으로 갸웃한다는 걸 알아챘는데 그게 제법 귀엽게 보였다. 가끔은 머리를 들이밀기도 했다. 머리를 쓰다듬어 달라는 뜻이라는 걸 눈치채는 데는 시간이 조금 더 걸렸다. 개도 고양이도 아닌 주제에. 하지만 그녀는 손을 뻗어 조그만 정수리를 만져 줬다. 그러면 새가 그녀의 손바닥 가장 옴폭한 곳에 머리를 비벼 왔고, 그 감촉이 놀랄 만큼 부드러웠다. 그러던 어느 날, 돗자리가 깔린 거실 바닥에 누운 채 책을 보다가 깜박 잠에 들었는데 깨보니 앵무새가 그녀의 배 위에 올라와 있었다.

"어머나, 이게 무슨 일이야?"

새장을 분명히 잠갔는데. 앵무새가 스스로 새장 문을 열고 나온 거였을 텐데 그 사실이 잘 믿기지는 않았다. 큰일 날 뻔했잖아. 자칫하면 깔아뭉갰을 수도 있었다고 생각하니 심장이 쿵 하고 내려앉았다. 하지만 새는 그저 배 위에서 기분 좋게 졸고 있을 뿐이었다. 작은 털실 뭉치처럼 고개를 파묻고 몸을 웅크린 채. 완전히 무방비한 상태로. 그녀가 누군가를 해칠 수 있으리라고는 꿈에도 상상하지 않는 것처럼.

"장모님, 죄송한데요, 한 달만 더 부탁드려도 될까요?"

약속한 한 달보다 한 주 더 늦게 사위가 전화를 걸어와—딸이 아니라 또 사위였다!— 우물쭈물하며 말했을 때 그녀는 괜찮다고 했다.

"한 달 정도는 더 맡을 수 있어."

그녀는 인터넷으로 새장을 새로 구입했고—사위가 가져온 새장은 조금 커다란 이동 장으로 앵무새가 살기엔 너무 비좁다는 걸 많은 블로그와 카페 등을 통해 알게 됐다— 해바라기씨와 사과를 간식으로 앵무새에게 주었으며, 앵무새용 공을 사다가 놀아 주었다. 목욕을 좋아하는 앵무새를 위해 일주일에 두 번씩 커다란 그릇에 물을 받아 주었고, 목욕을 하고 나면 감기에 들지 않도록 드라이어기로 꼼꼼히 말려 주었다. 사회성을 길러 주기 위해 앵무새 카페에 데려가면 좋다는 이야기를 읽고는 주소를 검색해 두었지만, 그곳에서 전염병에 걸려 오는 경우도 많다는 글을 보고는 데려가지 않아 천만다행이라며 안도했다.

녹음이 눈부신 계절이었다. 하늘은 푸르고 구름 한 점 없었다. 낮엔 찌는 듯이 무더웠지만 저녁이 되면 천변은 아직 서늘해서 사람들은 해 질 녘에 산책을 나섰다. 늘 그래 왔던 것처럼 그녀 역시 설거지를 마친 후 천변으로 나갔다. 포장된 산책로 한쪽에는 보랏빛 쑥부쟁이가 여기저기 고개를 들이밀고 있었고, 하천을 따라 무성히 난 물풀 사이로 풀벌레 소리가 들렸다. 주민들을 위해 산책로에 마련된 운동기구와 벤치마다 사람들이 북적였고, 활기가 넘쳤다. 연인들, 노부부, 유아차를 밀고 거니는 사람들이 그녀를 스치며 지나갔다. 그녀는 누군가와 통화가 하고 싶어졌지만 딸은 받지 않았다.

전화를 끊고 걷는데 집에 있을 앵무새가 떠올랐다. 외출했다 들어오면 꺼내 달라고 횃대 위에서 부산히 왔다 갔다 하며 재촉하는 앵무새. 손가락을 내밀면 앙증맞은 발로 검지와 중지 사이를 계단처럼 걷고, 소파에 앉아 연속극을 보고 있노라면 그녀의 옆에 오겠다며 오르지도 못하는 소파 위를 기어오르려고 안간힘을 쓰는 앵무새. 며칠 후, 그녀는 앵무새를 데리고 산책을 나왔다. 인터넷에서 검색한 바에 따르면 하네스에 묶어 산책을 시키는 방법과 새장에 넣은 채 산책을 시키는 방법 두 가지가 있다고 했는데, 하네스를 묶어 본 적이 없었기 때문에 그녀는 휴대하기 좋은 초소형 이동 장을 구입하는 쪽을 택했다. 인터넷에서 본 대로 새가 놀라지 않도록 이동 장의 삼면을 수건으로 덮고 천변을 걸었다. 유아차를 밀거나 개를 하네스에 묶고 걷는 사람들과 나란히 걷는 기분이 퍽 좋았다. 그렇게 걷다 보면 앵무새는 호기심 어린 눈으로 주위를 둘러봤고, 신나서 이따금씩 소리를 질렀다. 그러면 사람들이 뒤를 돌아봤고 앵무새와 걷는 그녀를 발견한 뒤 신기한 듯 킥킥대며 지나갔다. 앵무새 산책시키는 할망구는 처음 보나 보지?

사람들이 그렇게 자신을 보고 웃을 때면 어릴 적 그녀는 숨고만 싶었다. 스스로가 이 세상과 제대로 조화를 이루지 못하고 떨어져 나온 부스러기처럼 느껴졌으니까. 어렸을 때 그녀는 강진에 있는 할머니 집에서 살았는데, 그녀의 엄마는 훗날 당시 형편이 너무 어려워 애들을 다 데리고 있을 수가 없어서 그랬다고 말했다. 오빠는 장남이니까 보낼 수 없었고, 남동생은 아직 엄마 손을 타야 하는 나이라 데리고 있어야만 했다고. 그 집에서 그녀는 백부네 식구들과 초등학교에 입학할 때까지 살았다. 어릴 적 생각만 하면 그녀는 아이들에게 놀림받던 일이 가장 먼저 떠올랐다. 그녀가 서울말을 쓰고, 무엇보다 얼굴에 움푹 팬 수두 흉터가 가득했기 때문이었다. 백모는 그녀가 긁지 말랬는데 너무 긁어 그렇게 흉이 졌다고 했다. 수두는 사촌 언니들과 그녀가 동시에 걸렸지만 흉은 그녀에게만 남았다. 옆집의 춘식이 삼촌은 그녀가 처음으로 사랑한 남자였다. 아이들이 놀리면 혼내 주고 수두 자국이 있어도 예쁘다고 그녀에게 말해 준 유일한 사람이었다. 달을 봐 봐, 옥미야, 달도 겉이 움푹 패어 있지만 저렇게 빛나고 아름답잖니. 춘식이 삼촌은 여름에 친구들과 무등산에 놀러 갔다가 급류에 휩쓸려 죽었다.

앵무새와 같이 천변을 따라 걷다 보면 이상하게 가마득히 잊고 있던 옛 기억들이 자꾸만 그녀를 찾아왔다. 이튿날 산책할 때는 중학교 시절 친구였던 점선이 생각이 났다. 얼굴이 까맣고 보조개가 귀여웠던 점선이. 말린 낙엽 뒤에 편지를 써서 건네주던 점선이. 점선이는 하숙집 딸이라 그 집에 놀러 가면 언제나 대학생 오빠들이 있었다. 난생처음 그녀와 점선이를 동대문에 생긴 실내 아이스링크에 데려간 사람들도 그 오빠들이었다. 가슴이 벅차오를 만큼 넓고 웅장했던 아이스링크. 그곳에서는 모두가 추위 따윈 아랑곳 않은 채 얼음 위를 미끄러지고 또 미끄러졌다. 넘어져도 몇 번이고 다시 일어서던 몸들. 땀에 젖은 채 겁 없이 내달리던 젊음. 영원할 것 같던 그 시절도 결국엔 다 사라졌다.

딸 또래의 여자가 열 살 정도 되어 보이는 여자아이의 손을 잡고 조심조심 징검다리를 건너는 모습이 보였다. 인서가 오 학년인가 육 학년이었을 때의 일이 떠올랐다. 잠도 자지 않고 그녀가 집에 돌아오길 기다리던 아이가 그녀의 앞을 가로막더니 물었다. "엄마, 다음 주 운동회 날에만 가게 쉬고 학교에 와주면 안 돼?" 하지만 그녀는 쉴 수 없었다. 하루도 쉴 수가 없었지, 하루를 쉬면 과일이 다 뭉개져 버리고, 그러면 피아노 학원비를 내줄 수가 없는데. 딸아이와 균열이 생긴 건 그때였을까? 돌이켜 보면 딸아이의 마음이 멀어질 만한 순간은 많았다. 녹초가 되어 자고 있는데 딸아이가 깨우면 그녀는 귀찮게 좀 하지 말라고 소리를 질렀다. 과일 트럭이 다른 차들의 통행을 방해하고 있으니 빼라는 경비원과 핏대를 높여 가며 싸우는 걸 본 딸이 그녀더러 창피하다고 말했을 때는 그녀도 너무 창피하고 분해 딸의 뺨을 때렸다.

그녀의 아이, 엄마 너무 창피해, 엄마는 왜 그렇게 무식해, 했던 아이가 아이를 낳을 때, 그때 그녀는 혹시라도 딸이 잘못될까 봐 얼마나 불안하고 겁이 났던가. 산부인과로 딸을 보러 갔을 때는 얼굴의 실핏줄이 다 터진 딸이 아빠가 있었으면 좋아했을 거라 말하며 울어 그녀도 눈물이 찔끔 났다. 남편은 대장암이었다. 똥이 안 나온다고, 안 나온다고 하도 그래서 변비약 정도는 알아서 사 먹으라고 남편에게 화를 냈는데 알고 보니 내시경이 안 들어갈 정도로 이미 암이 커져 있었다. 남편이 죽고 일 년 만에 태어난 손녀딸은 사위를 꼭 닮았고, 삼 년 만에 태어난 손자는 딸을 빼닮았다. 아이들은 손을 가누지도 못하더니 금세 손을 들어 그녀를 가리켰고, 눈 깜짝할 새 그녀가 뺨을 갖다 대면 얼굴을 쓰다듬었다. 그녀의 뺨을 사랑스럽게 어루만지던 딸처럼. 그녀는 아이들이 자라나는 걸 가까이에서 보고 싶었지만 아이를 매일 돌보고 매일 저녁 딸과 밥을 같이 먹는 건 그녀가 아니라 딸의 시어머니였다. 딸은 한 번도, 단 한 번도 그녀에게 아이를 맡아 달라 부탁하지 않았다.

그러던 어느 날이었다. 그날따라 하늘이 청명해 그녀는 늘 유턴하는 지점을 지나쳐 조금 더 걸었다. 한참을 걷다 보니 어느새 감파래진 하늘 위로 둥글고 새하얀 보름달이 떠 있었다. 수술을 두 번이나 한 무릎이 아파 와 그녀는 벤치를 찾아 앉았다. 그녀 앞을 지날 때마다 크고 작은 개들은 서로를 경계하며 으르렁거리거나, 반갑다는 듯이 서로에게 달려들었다. 사나운 개들이 앵무새를 공격할까 봐 걱정돼 그녀는 엉덩이를 조금 움직여 뒤쪽으로 앉았다. 선선한 바람이 맨살을 내놓은 팔뚝 위를 부드럽게 스쳤다. 물 흐르는 소리가 기분 좋게 들려왔다.

"너도 바깥 구경이 하고 싶지?"

그녀는 천천히 이동 장의 잠금 쇠를 풀었다. 아직 날 줄 모르지만 놀랄 만한 상황이 생기면 본능적으로 날아가 버릴 수도 있다고 인터넷에서 글을 읽은 적이 있어 그녀는 그때까지 새를 한 번도 바깥에서 꺼낸 적이 없었다. 앵무새를 목련 송이처럼, 조금만 힘을 주면 망가지는 봄날의 목련 송이처럼, 두 손 가득 조심스럽게 들어 무릎 위에 올려놓자 새가 그녀의 웃옷 속으로 파고들었다. 처음 나와 본 세상이 무섭다고 멀리멀리 날아가는 대신, 그녀의 품속으로.

"아이고, 간지럽잖아."

너무 간지러워 웃음이 났다. 한 번 터지자 웃음이 계속, 계속 나왔다. 똑같이 연하늘색 원피스를 맞춰 입은 여자아이 둘이 발레를 하듯 빙글빙글 춤을 추며 지나가다가 삐이익 소리에 앵무새를 발견하고는 "언니, 이거 봐. 앵무새야" 하며 그녀의 곁으로 다가왔다.

"한 번만 만져 봐도 돼요?" 아이들은 앵무새를 조심스럽게 만지더니 까르르 웃음을 터뜨리고는 가던 길을 다시 갔다. 아주 환한 밤, 자그마한 여자아이가 약간 더 큰 여자아이 뒤를 대롱대롱 매달리듯 걷는 뒷모습을 보는데 이번에는 조금 다른 기억이 그녀의 머릿속에 떠올랐다.

이 역시 그녀가 백부네 살던 시절의 기억이었다. 그 동네는 배수시설이 좋지 않아 비만 오면 홍수가 나곤 했다. 비가 쏟아지면 할머니와 백모가 허둥지둥 빨래를 걷고 평상에 널어 둔 시래기와 무말랭이 같은 것들을 걷었다. 이따금씩 대청마루까지 흙탕물이 차면 그녀보다 아홉 살이 많은 사촌 언니가 그녀를 업었다. 언니 등에 업혀 그녀가 언니 무서워, 하면 언니는 그녀를 업은 채 뜸북뜸북 뜸북새 노래를 불렀다. 마을을 집어삼킬 듯 차오르는 흙탕물이 무섭다가도 언니 등에 업혀 노래를 듣고 있으면 더 이상 무섭지가 않았는데. 어떻게 이런 것들을 까맣게 잊었을까. 앵무새를 품은 채, 환한 달이 하천 위로 기다랗고 빛나는 띠를 그려 놓은 걸 보며 그녀가 노래를 흥얼거렸다. 뜸북뜸북 뜸북새 논에서 울고 앵무앵무 앵무새 밭에서 울지. 천변을 따라 우거진 달뿌리풀의 은빛 물결이 바람이 불 때마다 찰랑거렸다. 하천 건너편의 십 대 아이들이 맨다리를 물가 쪽으로 내놓은 채 아이스크림을 먹고 있다가 그녀와 앵무새를 발견하고 반갑게 손을 흔들었다. 그러자 앵무새가 화답하듯이 고개를 내밀고 노래를 불렀다. 그녀는 앵무새의 연둣빛 머리를 조심스럽게 쓰다듬으며 속삭였다.

"자, 이제 같이 집으로 돌아가자."

사위에게 연락이 왔다. 그녀가 진공청소기로 바닥에 떨어져 있는 곡물 껍질을 빨아들인 후 콩국수를 해 먹으려고 냄비에 물을 받고 있던 중이었다. 사위의 목소리는 밝았다. "장모님 드디어 데려갈 수 있어요."

앵무새가 갔다. 그녀는 일상을 되찾았다. 월요일엔 동네 슈퍼에서 채소를 샀고, 수요일엔 평생교육원에 갔다. 저녁을 먹고 설거지를 한 후엔 결명자차를 끓이며 텔레비전을 보았고 다 본 후에는 가스 불을 끄고 잤다. 모든 게 변함없었지만 그녀는 천변에는 한동안 나가지 못했다. 천변의 모든 풍경들이 그녀의 마음을 흔들어 놓았다.

무더위가 꺾이고, 태풍이 한차례 몰려오더니 일교차가 커지고, 나뭇잎들은 시들어 갔다. 딸과 사위는 날 수 있게 된 앵무새의 사진과 동영상을 이따금씩 그녀에게 보내 주었지만 그마저도 점점 뜸해졌다. 라디오를 들으며 대청소를 하던 그녀가 서랍장 안쪽에서 수필 쓰기 수업에 들고 다니던 노트와 강의 계획서를 발견한 것은 긴 시간이 흐른 후 어느 겨울의 일이었다. 내다 버릴 것들을 한데 모으다가 그녀는 마지막이란 생각으로 노트를 펼쳐 보았다. 갈피에 끼어 있던 아주 작은 연노란빛 솜털 하나가 그녀의 무릎 위로 떨어져 내렸다.

그날 밤 그녀는 평소처럼 텔레비전을 보다가 잠자리에 누웠지만 좀처럼 잠을 이룰 수 없었다. 잠이 오지 않아서 한참을 침대에 누워 뒤척이며 앵무새를 생각했고, 또 조금 더 많이 생각했다. 그러다 새벽 세 시쯤 되었을 때 그녀는 자리에서 일어나 서랍장을 열었다. 그리고 미처 버리지 못한 노트를 꺼내어 식탁 앞으로 갔다. 커튼을 치지 않은 거실 유리창 너머로 고요함이 감도는 먹빛이 가득 들어찬 게 보였다. 마른 바람이 가늘어진 나뭇가지들을 흔들고 지나가는 소리만 간간이 들렸다. 그녀는 자리에 앉아 빈 페이지를 펼쳤다. 무언가가 쓰고 싶었지만 무엇을 써야 할지는 알 수 없었다. "마음을 들여다보세요." 강사는 수업 시간에 그렇게 말하곤 했다. 글을 쓰기 위해선 마음을 들여다봐야 한다고. 하지만 마음을 들여다보는 건 너무 무서운 일이지, 너무 무서워.

그녀는 식탁에 앉아 '앵무새'라고 써봤다. '앵무새가 갔다'라고 쓰려다 '가버렸다'라고 썼다. '앵무새가 가버렸다'라는 문장을 보자 너무 고통스러워 그녀는 눈을 감아야 했다. 눈을 감자 주위가 캄캄해졌다. 어두운 강물 속처럼. 그녀는 길을 찾기 위해 물풀을 헤치는 사람처럼 눈을 감은 채 기억들 사이를 헤쳐 지나갔다. 그리고 마침내는 그 시절로 되돌아갈 수 있었다. 어디선가 갑자기 나타나 빼꼼 그녀를 바라보던 앵무새, 어깨에 올려놓으면 가만히 앉아 그녀와 같이 연속극을 보며 그녀의 목에 보드라운 부리를 비비던 앵무새, 화초에 물을 주기 위해 그녀가 양동이 가득 물을 담아 뒤뚱뒤뚱 걸어가면 그 뒤를 총총총, 발소리를 내며 따라오던 작고 작은 새가 아직 그녀에게 있던 시절로. 사람들은 알까. 잠에 들면 앵무새의 그 조그마한 발이 더 따뜻해진다는 걸. 그녀 옆에서 졸던 앵무새가 잠에서 깨어나 저만치 가버린 뒤, 그녀가 주름진 손을 펼쳐 새가 앉았던 자리를 가만히 만져 본 적이 있었다. 마룻바닥은 새가 닿았던 자리만큼의 크기로 따스했다. 그러고 보면 그 시절, 그녀에게는 틀림없이 앵무새가 전부였다. 앵무새에게도 그녀가 전부였고.

어떻게 그런 일이 일어날 수 있었을까? 작지만 분명한 놀라움이 그녀의 늙고 지친 몸 깊은 곳에서부터 서서히 번져 나갔다. 수없이 많은 것을 잃어 온 그녀에게 그런 일이 또 일어났다니. 사람들은 기어코 사랑에 빠졌다. 상실한 이후의 고통을 조금도 알지 못하는 것처럼. 그리고 그렇게 되고 마는 데 나이를 먹는 일 따위는 아무런 소용이 없었다.

서이제

1991년 서울에서 태어났다. 서울예술대학교 영화과를 졸업했다. 2018년 『문학과사회』 신인문학상에 중편소설 「셀룰로이드 필름을 위한 선」이 당선되어 등단했다. 소설집 『0%를 향하여』 등을 펴냈다. 젊은작가상, 오늘의작가상 등을 받았다.

벽과 선을 넘는 플로우

또 시작이다. 또, 또, 또.

벽, 벽을 때리는 비트 소리에 잠을 설치는 게 어제오늘만의 일은 아니었으나, 오늘만큼은 도저히 참아 줄 수 없다는 생각에 몸을 일으켰다. 아니, 세상에 이런 배우지 못한 놈을 봤나. 언에듀케이티드 키드를 꿈꾸는 어린애. 지난달에 옆집으로 이사를 와 매일 밤마다 새벽마다 조용할 날이 없으니, "내가 사는 곳 국힙 아파트 꼭 힙합 같아"[1] 내 성격도 점점 거칠어져 갔다. 내게도 스피커 하나쯤은 있고, 나도 마음만 먹는다면 언제든지 스피커를 켜, 볼륨을 높여, 당장이라도 트랩 전쟁을 시작할 수도 있었지만, 옆집 놈과 달리 나에게는 생각이라는 게 있기에 그러지 않았다. 나는 지금 이 시각 깊게 잠들어 있을 사람들을 생각했다. 그들에게는 죄가 없는데, 그렇다면 나는 무슨 죄인가. 내가 무슨 잘못을 했던가. 따뜻한 이웃 주민이 되고자 했던 나에게 누가 감히 비트를 때리나. 누가 내 단잠에 비트를

---

1 QM, 이로한, ODEE, 「층간소음」, QM·이로한·ODEE 작사, 버기 작곡

끼얹나. 나는 갑자기 억울해 화가 솟구쳐, 이대로 자리를 박차고 나가 옆집 문을 두드리며, 야 이 새끼야 나와 이 새끼야 네가 지금 제정신이냐 새끼야, 하며 옆집 놈의 멱살을 잡고 흔들어 겁을 준 다음, 네가 아무리 벽에 때려 봤자 너와 나는 급이 다르다는 걸, 너무나 알려주고 싶었으나 그러지 않았다. 사실 그러지 못했는데, 급이 다르다고 하기에 우리는 다를 게 하나 없는 사람들, 그저 같은 층에 살고 있는 사람들이기 때문이었다. 우리를 나누는 건, 급이 아니라 벽이었으므로 내가 뭐라고 주절거리든 그건 그냥 벽에다 대고 하는 소리에 불과했고, 그보다 더 나은 소리는 될 수 없었기에 한 지붕 아래 같은 월세를 내며 이게 다르네 저게 다르네 하기보다, 더 나은 세상을 만들기 위해 서로를 이해하고 배려하는 마음을 가지는 게 좋을 것 같았다. 그래서 나는 그와 싸우는 대신, 저 사람이 힙합을 좋아하나 보다, 힙합을 사랑하나 보다, 힙합을 얼마나 사랑하면 밤낮없이 힙합을 하나, 그래, 힙합을 이해하자, 힙합을 이해해 보자 했지만. 시발, 그러기 귀찮았다. 그러기 싫었고. 내가 왜 잠도 못 자면서 힙합을 이해해야 하나. 쿵 쾅쾅. 분하고 억울한 마음이 솟구쳐, 그를 혼내 줘야겠다는 생각으로 책상 앞에 앉아 펜을 꺼내 들었다.

그런데 막상 책상 앞에 앉아 무언가 쓰려고 하니 아무것도 쓸 수가 없었다. 무언가 쓰려고 하면 할수록 자꾸만 쓸데없는 생각들을 하

게 되었는데, 그런 생각을 하면 할수록 쓸데없는 생각들은 정말로 쓸데없는 생각들일까, 하는 쓸데없는 생각이 들어 더더욱 쓸 게 없었다. 그래서 나는 쓸데없이 펜을 쥐고 있었는데. 아 참, 그러고 보니 이렇게 책상 앞에 앉아 펜을 쥐는 건 너무 오랜만인 것 같았고, 나조차도 이런 내가 낯설게 느껴지면서, 그동안 내가 책상을 밥상으로 사용해 왔다는 사실을 깨닫게 되었다. 내게도 책상을 책상으로 쓰던 때가, 그러니까 고등학교를 다닐 때가 있었는데, 그게 벌써 십 년도 훨씬 더 된 일이라는 생각에 새삼 세월의 흐름을 느끼면서, 흐름을 타면서 흐르는 대로 가다 보니 어느새 시간을 거슬러 가는 '시간의 돛단배'[2]를 타게 되는데. 쿵 쾅쾅. "어지러운 파돈 이런 날 어디론가 치워 다 떠밀어 놔"[3]서 "꿈처럼 또 난 그 철없던 날의 근처로 떠나"[4] 게 되었다. 무브먼트와 소울 컴퍼니가 있었고, 우리가 소리바다를 유영하던 때. 내게 처음으로 힙합을 알려 주었던 애.

"어쩌면 환영을 봤던 것만 같아
뒤를 돌아보고 싶어졌어"[5]

뒤를 돌아보니 그때가 떠올라. 내가 열아홉 살이었을 때, 네가

2 화나, 「시간의 돛단배」(Feat. 있다), 화나·있다 작사, 더 콰이엇 작곡
3 화나, 「섬」, 화나 작사, Humbert·Same Time 작곡
4 화나, 「내가 만일」, 화나 작사, G-Slow 작곡
5 화나, 「시간의 돛단배」(Feat. 있다)

내게서 멀어지기 전에. 서서히 연락이 뜸해지거나 뜸해지다가 끊어지거나. 옛 친구들은 그렇게 멀어져 갔지만. 졸업 이후 너를 봤거나 만났거나 연락을 주고받은 사람은 아무도 없었으므로, 내 기억 속에 너는 오로지 교복을 입은 모습으로만 남아 있었다. 매일 농구공을 튀기며 다녔던 곱슬머리 애. 김지예. 너는 학창 시절 내 마지막 짝꿍이었다. 너는 늘 항상 무언가에 골몰해 있던 애. 수능 이외에는 무언가 골몰하기 어려운 상황 속에서도, 너는 틈틈이 농구를 하고 책을 읽고 노트에 무언가를 끼적이면서 너의 하루를 채워 나갔다. 너에게 말해 본 적은 없었지만 사실 나는 그런 네가 부럽고 또 좋았어. 나는 수능 공부 이외의 다른 일에는 골몰할 수 없었을 뿐더러, 내가 골몰할 수 있는 일이 무엇인지조차 알지 못했으니까. 여전히 나는 내가 골몰할 수 있는 일이 무엇인지 알지 못하나 이렇게 잠을 잘 수 없는 새벽에는 종종 오래전 일들을 떠올리는 데 골몰하게 되었다. 그러니까 그때, 내가 "대학만 가면 뭔가 달라질 거란 착각"[6]에 빠져 있었을 때, 너는 언더그라운드 힙합에 빠져 있었다. 그 당시 언더그라운드 래퍼들은 소리바다에 mp3 파일을 던져 놓는 방식으로 앨범을 홍보했는데, 미끼에 걸려들 듯, 너는 그들의 홍보 전략에 걸려들었고, 그리하여 네가 처음으로 듣게 된 앨범, 『**The Bangerz**』. 우리 또래 애들이 만든 첫 번째 앨범이었다.

그 애들은 학교 밖에서 만난, 그러니까 IMF 경제위기 이후 청년

---

6 더 콰이엇,「상자 속 젊음」(Feat. 팔로알토), Bjorn·John·Peter 작사·작곡

실업 문제의 대안으로 세워진 하자센터에서 MC 메타의 힙합 강좌를 들으며 만난 사이로, 모두 "세상 무서운 줄 모르던 풋내기"[7]들이었다. 그 당시 그들의 "목표는 단 하나, 앨범 내기."[8] 작고 더운 방에 모여 랩을 녹음하던 그들은 "얼떨결에 레이블이 되니 소울 컴퍼니는 그렇게 탄생해"[9] 2000년대 언더그라운드 힙합의 주축이 되었다. 나는 내 또래 애들이 학교 밖에서 누군가를 만나 무언가를 배웠다는 사실, 그리고 다 함께 음악을 만들고 공연을 했다는 사실에 적지 않게 놀라면서, 처음으로 학교 밖 세상을 꿈꾸게 되었다. 너는 그런 내 마음을 알고 있었는지, 네가 좋아하는 앨범들을 내게 추천하며 몇 번이고 들어 볼 것을 권유했고, 나는 듣기 싫은 척하다가 못 이기는 척하다가 속내를 들킬까 두려워하다가 "듣는 그 즉시 누구든지 두드림이 부른 이 흥분 위로 순순히 춤을 추"[10]게 하는 음악에 걷잡을 수 없이 매료되어 갔다. 쿵 쾅쾅. 그때 네가 내게 들려주었던 「Brainstorming」. "눈을 감고 순수한 의식의 흐름 안으로 들어가 불어닥치는 뿌연 안개 속 불을 밝게 비춘 그 순간."[11] 쿵 쾅쾅.

"폭발하는 Flow와 Rhyme"[12]은 나를 자유롭게 만들었고, 그리하

---

7 더 콰이엇, 「우리들만 아는 얘기」, 더 콰이엇 작사·작곡
8 더 콰이엇, 「우리들만 아는 얘기」
9 더 콰이엇, 「우리들만 아는 얘기」
10 화나, 「Rhythm Therapy」 (Feat. 칼날), 화나·칼날 작사, 더 콰이엇 작곡
11 화나, 「Brainstorming」, 화나 작사, 더 콰이엇 작곡
12 화나, 「Brainstorming」

여 “혓바닥의 동작과 표현 감각에 날개를 달아”[13] 주었는데. 쿵 쾅쾅. 내가 추억에 잠기는 것도 잠시. 아 맞다, 나는 꽉 막힌 방 안에 갇혀 고막 때리는 음악 소리에 공격을 받고 있었지. 추억에 잠기기 전, 나는 옆집 문 앞에 경고장을 남기려고 했고, 경고장에는 가장 날카롭고 공격적인 말을 적고 싶었다. 그러나 아무리 생각해도 날카롭고 공격적인 말이 떠오르지 않았다는 게 문제였는데, 그게 아마 내가 오래도록 아무것도 쓸 수 없었던 이유, 그리하여 아무것도 쓰지 못한 채 그저 의식의 흐름을 타고 오래된 기억 속으로 빨려 들어갔던 이유일 것이다.

나는 다시 페이퍼 위에 아무것도 적지 못한 채 시간을 흘려보냈다. 밤은 깊어 가는데, 비트 소리 점점 더 커지는 걸 보니, 옆집 놈은 도무지 좋게 말해 알아들을 새끼가 아닌 것 같았고, 물론 나쁘게 말해 알아들을 새끼도 아닌 것 같았지만, 그래도 좋게 말하는 것보다는 나쁘게 말하는 게 좋을 것 같았다. 내가 나쁜 말을, 그러니까 옆집 놈을 벌벌 떨게 만들어 줄 날카롭고 공격적인 말들을 찾아 머리를 굴리는 사이. 벽 너머 들리는 소리는 오직 트랩뿐이라, 나는 그에게 트랩만 하지 말고 붐뱁도 잘하는 사람 되자고 말하고 싶었다. 잘게 쪼갠

13 화나, 「Brainstorming」

다고 모두 트랩은 아니야. 네가 쪼개는 건 비트가 아니야. "rhyme을 짠다고? rap이 아닐 수도 있어."[14] 트랩만 알고 붐뱁을 모르는 자가 "왜 이리 시끄러운 것이냐."[15] 트랩 찹찹 케첩에 발라 먹을 치즈 토스트 새끼야. "케첩 뿌려 ceiling 여긴 피범벅이야 kill bill."[16] 오직 복수를 위해 칼을 들고 돌진하는, 자비와 동정심 따위 없는 여자가 나오는 영화를 봤냐고. 아직 안 봤다면 내가 직접 보여 줄 수도 있었지만, 내게는 이미 날카로운 펜이 있어 칼 대신 펜 끝으로 페이퍼를 갈겨 버릴 수도 있었다. 그러나 당장이라도 페이퍼를 갈겨 버릴 수 있을 것만 같은 나의 패기와 달리, 왠지 모르게 나쁘게 말하거나 거칠게 말하면 안 될 것 같다는 생각이 들었는데, 그건 오랫동안 내가 고운 말만 쓰도록 길들여진 탓일지도 몰랐다. 사실 나도 한 번쯤, 나쁜 세상을 향해 나쁘게 말해 보고 싶었다. 그렇다고 욕을 하려고 했던 건 아니었다. 욕 같은 건 쓰고 싶지도 않았는데, 그도 그럴 것이, 그런 말들은 죄다 약자나 소수자를 혐오하는 말이었으므로, 그런 말들을 쪽지 위에 아무리 거칠게 휘갈겨 봤자, 강해 보이기는커녕, 그냥 보잘것없고 변변치 않아 보일 게 뻔했기 때문이다. 나는 밑도 끝도 없이 욕으로 상대를 제압하려고 하는 사람들과 밑도 끝도 없이 욕으로 시작해 욕으로 끝내는 래퍼들을 떠올리며, "사람들은 할 말이 없으면 욕을 한다"라는 볼테르의 명언을 다시금 가슴속에 새기게 되었

---

14 넉살, 「Nuckle Flow」, 넉살 작사, Deepflow 작곡

15 머쉬베놈, 「왜 이리 시끄러운 것이냐」, 머쉬베놈 작사, 머쉬베놈·Slo 작곡

16 리짓군즈, 「Junk Drunk Love」, 제이호·뱃사공·Blnk 작사, Yosi 작곡

다. "할 말 없으면 랩 하지 마세요."[17] 할 말이 없으면 듣기라도 하든가. 말을 뱉는다고 모두 말이 되는 건 아니란 말이야, 하고 말해 주고 싶었지만, 나는 그저 그렇게 생각할 뿐 그렇게 말하지 않았고 그렇게 말하지 않은 건 그런 말을 할 사람이 앞에 없었기 때문이다. 하고 싶은 말 너무나도 많지만, 할 말은 일단 두고. 쿵 쾅쾅. 트랩에 취한, 옆집 놈부터 처리해야겠다는 생각으로 다시 펜을 잡는데. 그 순간 바로, 첫 문장이 "머리 위에 띵 하고 떠올랐지 전구같이."[18] 쿵 쾅쾅.

502호에게

어이, 이봐.

나는 힙합 같은 건 모르고 잘 알고 싶지도 않지만 분명한 사실은

"그 잘난 이빨 갈아 봤자 넌 겨우 다람쥐"[19]

그런데 옆집 놈이 '겨우 다람쥐'면 너무 귀엽지, 하는 생각이 들어 차마 더 이상 문장을 이어 나갈 수 없었다. 도토리를 까먹으려고 그 잘난 이빨을 갈고 있는 다람쥐는 너무 귀여워. 그 누구든 귀여움 앞에서는 질 수밖에 없다. 정말로 귀여움 앞에서는 무릎 꿇지 않을 자가 없고, 그건 나도 예외가 아니다. 쿵 쾅쾅. 밤마다 새벽마다 벽을 때리는 게 다람쥐라면 나는 얼마든지 이해해 줄 수 있었고, 도토리

---

17 JJK, 「Compound #2 : B2URSELF」(Feat. 제리케이 & 저스디스), 저스디스·JJK·제리케이 작사, Keeproots 작곡

18 더 콰이엇, 「Keep Right」(Feat. 랍티미스트), 랍티미스트 작사·작곡

19 매드 클라운, 「Flowdown」(Feat. 화나 & 탁 of 배치기), 매드 클라운·화나·탁 of 배치기 작사, 더 콰이엇 작곡

도 잔뜩 가져다줄 수 있었는데, 도토리를 생각하니 갑자기 폐쇄 직전까지 미처 돌려받지 못한 싸이월드 도토리가 생각나면서 도토리로 미니홈피를 꾸미던 때가 그리워졌다.

한때 내 싸이월드에서 흐르던 음악처럼, 이제 온 세상에는 힙합 음악이 흐르고 있었다. 길거리뿐만 아니라, 술집이나 카페에서도 힙합을 들을 수 있었는데, 그건 저작권료가 발생하는 소리였다. 이제 힙합으로부터 자유로울 수 없는 사람은 아무도 없었다. 티브이를 틀어도 래퍼가 나왔고, 유튜브를 틀어도 래퍼가 나왔고, 광고에도 래퍼가 나왔고, 대학에 가도 축제 기간이 되면 래퍼가 왔다. 래퍼들은 어디에나 있었고 어디에서든 돈을 벌었다. 그들은 부자가 되었다. 물론 모든 래퍼가 그랬던 건 아니지만, 그래도 그중에는 롤렉스를 차고 롤스로이스를 타는 래퍼들도 있었으니까. 롤렉스를 차고 롤스로이스를 타는 래퍼의 이미지는 눈 깜박할 사이 팔려 나가, 다시 래퍼들에게 롤렉스를 차고 롤스로이스를 타는 삶을 살 수 있게 해주었다. 어떤 사람들은 음악을 사듯, 그들의 삶을 사고 싶어 했다. 수많은 청소년들은 그들을 보며 래퍼를 꿈꾸게 되었다. 그들이 래퍼를 꿈꾸기 전, 아주 오래전. 너는 힙합이 유행하는 세상을 꿈꿨지만, 정작 너의 꿈은 래퍼가 아니었다. 너는 평범한 직장인이 되고 싶다고 했다. 평범한 직장인이 되는 것도 래퍼가 되는 것만큼이나 어려운 일이었지만, 너는 래퍼가 되는 건 '정말' 어려운 일이라고 했다. 내가 그걸 해서 되겠어? 좋아하는 것만으로도 충분하지. 그때 나는 머릿속으로 네가 직장인이 된 모습과 래퍼가 된 모습을 모두 그려

보았는데, 이상하게도 래퍼로 살아가는 너의 모습은 좀처럼 그려지지 않았다. 그건 나의 편견 때문인지도 몰랐는데, 그도 그럴 것이 그때까지만 해도 나는 윤미래와 리미를 제외하고는 래퍼가 된 여성을 알지 못했기 때문이다. 어디엔가 있다고 해도 알려지지 않았고 알려지지 않았으므로 내가 알지 못했기 때문이다. 어쨌든 나는 네가 그 무엇을 꿈꾸든 네가 꿈꾸는 대로 살 수 있기를 바랐다. 그리고 가능하다면, 훗날 네가 꿈꾸는 세상, 그러니까 "힙합이 새롭게 사회 속에서 개편되고 수많은 쟁점에서 해결책으로 대변"[20] 되는 그런 세상이 되어, 우리가 이 사회의 수많은 쟁점을 두고 더 많은 이야기를 나눌 수 있기를 바랐다. 쿵 쾅쾅. 그러나 나는 옆집 놈과 먼저 이야기를 나눠야 할 것 같았다. 쿵 쾅쾅. 아주 나쁘고 거칠게 말해야 할 것 같았다. 쿵 쾅쾅. 나는 페이퍼를 구겨 버리고 새로운 페이퍼를 펼쳤다.

📖

백지 앞에서 나는 두려워졌다. 또다시 쓸데없는 생각이 들어 더더욱 쓸 게 없어질까 봐. 한숨이 절로 나왔는데, 아휴. 이럴 바에 차라리 옆집 사람과 복도에서 만나 프리스타일 랩배틀을 하는 편이 나을 것 같았다. 아무것도 쓰지 않고, 그대로 말을 흘려보내는 방식. 공사 비용을 싸게 후려치는 한국의 건축양식 때문에 소음에 시달려

20 화나, 「그날이 오면」, 화나 작사, 화나·더 콰이엇 작곡

이웃끼리 싸우는 시대에 서로 싸우지 않고 정정당당하게 랩배틀로 깔끔하게 승부를 보는 건 어떨까. 어째서 아무도 랩배틀로 이웃 간의 갈등을 해결하지 않을까 하는 의문이 들기 시작했고, 랩배틀로 이웃 간의 갈등을 해결하는 문화가 생긴다면 그것이야말로 진정한 의미의 한국 힙합 아닌가, 어쩌면 그것이야말로 한국 본토의 힙합이 될 수 있지 않을까, 그렇게만 된다면 내가 힙합 문화를 열렬히 사랑하게 될 수도 있을 것 같은 기분이 들었지만, 그런 일은 절대 벌어지지 않을 거란 것도 잘 알고 있었다. 나는 그저 백지가 두려웠을 뿐, 두려워서 잠시 다른 생각을 해보았을 뿐, 프리스타일 랩배틀 같은 건 하고 싶지도 않았다. 사실 할 수도 없었는데, 그건 내가 허클베리피가 아니었기 때문이다. 나는 나였고, 나는 "한국 Freestyle의 미래를 두 어깨에다 지고 다니는 남자"[21] 도 아니었기에 이로써 내가 누구인지 알게 되었다. 사실 나는 힙합을 좋아한다고 말하기에는 어딘가 부족한, 그러니까 힙합을 잘 안다고 말하기에는 힙합에 대해 아는 바가 별로 없는 애였다. 그러한 이유로 나는 내가 힙합에 대해 멋대로 지껄일 자격이 없다고 생각하기도 했지만, 뚫린 입이라고 멋대로 지껄이는 사람은 이미 이 세상에 많기 때문에, 나도 그들처럼 "뚫린 입이라고 멋대로 지껄이는 새파란 핏덩이"[22]가 되어 조금 더 지껄여 보고 싶었다. 더군다나 누구에게나 새파란 핏덩이일 시

21 허클베리피, 「Freestyle Tutorial」 (Feat. 올티), 허클베리피·올티 작사, 브릭스 작곡

22 매드 클라운, 「Flowdown」 (Feat. 화나 & 탁 of 배치기)

절이 있었으므로 누구든 뚫린 입으로 울거나 떼를 쓰거나 악을 써 볼 수도 있을 것이다. 울거나 떼를 쓰거나 악을 쓰는 건, 글로는 쓸 수 없는 말이었을지도. 그렇다면 우리는 말을 몰랐을 때부터 이미 말하고 있었던 것일까. 우리는 우리가 모르는 것을 행하기 위해 뚫린 입을 가지고 태어났을지도. 그런 심오하고도 진지한 생각을 하자, 불현듯 어떤 희망이 샘솟아 나는 조금 더 과감하게 내가 모르는 것을 행하고 싶어졌다. 나는 내 이름을 '노 힙합'으로 바꾸고 싶어졌다. 그러니까 나는 정말로 힙합을 모르는 '노 힙합'이 되어 보아도 좋을 것 같았다. 만약 내 이름이 힙합이라면, 힙합이 뭔지도 모르면서 "내가 곧 힙합이고, 힙합이 곧 나야, 나"라고 말해도 문제가 될 게 전혀 없었다. 그러나 나는 처음 보는 사람들 앞에서 "안녕하세요. 저는 노 힙합이라고 합니다"라고 나를 소개할 자신이 없었다. 아니, 나는 어떤 식으로든 나를 소개할 자신이 없었는데, 내가 원래부터 이런 건 아니었다.

쿵 쾅쾅. 쿵 쾅쾅.

거래처 사람과 만날 때면 나는 더 이상 내가 아닌 것 같았다. 속으로 말하고, 입으로 말하고. 속으로 말하면서 입으로 말하지 않거나 입으로 말하면서 속으로 말하지 않거나. 말을 하면 할수록 나는 계속해서 분열을 거듭했다. 그렇게 나는 나를 완전히 잃어버린 후, 지친 몸으로 퇴근하며 생각했다. 오늘 말실수한 건 없겠지. 말실수를 해서 거래가 성사되지 않은 건 아니겠지. 나는 이 일이 적성에 맞지 않는다고 생각하면서도 일을 계속하고 있었다. 그래도 정시 퇴근이 있고 주말이 있는 삶이니, 이에 감사하며 그냥 살자 했다. 어쨌든 그리하여 나는 분열된 나의 자아를 다시 하나로 만들고자, 나 자신을 찾고자, 내 표현의 자유를 찾고자, 동네 책방에서 열리는 한국문학 모임에 나가기 시작했다. 언제부턴가 책과 멀어졌지만 다시 읽어 보려고.

이제부터 문학에 대해 알아보자고. 책을 읽고 글을 쓰면 표현의 자유를 찾을 수 있을 거라는 막연한 생각이 들었다. 표현의 자유를 찾기만 한다면 나는 무엇이든 표현할 수 있게 되고, 무엇이든 표현할 수 있게 되면, 그동안 원인을 알 수 없이 답답하기만 했던 내 마음이 실타래 풀리듯 풀리지 않을까. 그러나 답답하기만 했던 내 마음은 첫 모임 이후로 더욱 답답해졌다. 나는 첫 모임에서 낯선 사람들에게 나를 소개했는데, 어쩐지 나이와 직업을 말하고 나니 더 이상 할 말이 없었다. 나는 나를 설명할 길이 없었고, 그건 무척 당혹스러운 일이었다. 더군다나 괜히 무슨 말이라도 덧붙여야 할 것 같아 이런저런 고민을 하다가, 이 모임이 한국문학을 다루는 모임이라는 점을 감안하여, 한국문학을 좋아한다고 말했는데 사실은 다 뻥이었다. 나는 죄책감을 느꼈다. 내가 죄책감을 느낀다고 달라질 건 없었으나, 한국문학을 좋아한다고 말한 이후, 나는 사람들로부터 한국문학을 좋아한다는 오해를 받았으므로 한국문학을 좋아하지 않으면 안 될 것 같은 압박을 느끼며, 계속해서 한국문학을 좋아하는 척하게 되었다. 이렇게 한국문학을 의식하다 보니, 불현듯 "한국문학이란 무엇일까" 하는 의문이 들기 시작했는데, 나는 한국문학이 한글로 쓴 문학을 말하는 것인지, 한국인이 하는 문학을 말하는 것인지, 한국인이 좋아하는 문학을 말하는 것인지, 한국 출판 시장에서 잘 팔리는 문학을 말하는 것인지 뭔지 아무리 생각해도 잘 모르겠다는 생각이 들어, 생각하기도 귀찮은 상태에 이르러, 일단 생각하기를 미뤄 두기로 했다. 어찌 되었건 나는 이 일로 인하여, 말이 씨가 되고 업보가 된다는 사실을 절실히 체감하게 되었고, '한국문학'이라는 말로부터 영원히 자유로워질 수 없을 것만 같은 불길한 예감이 들어, 어디론가 도망치고 싶었지만 어차피 도망칠 곳도 딱히 없었기 때문에 도망치지 않았다.

쿵 쾅쾅.

모임은 일주일 동안 단편소설 한 편을 읽고, 이에 대해 느낀 것들을 자유롭게 이야기하는 방식으로 진행되었다. 그리 어려운 일은 아니었으나, 모임에서 처음으로 읽은 소설부터 너무 재미가 없어서 한국문학에 대한 관심을 완전히 접을 뻔했다. 한국문학에 대한 편견마저 생길 것 같았는데, 나를 그렇게 만들었던 소설은 서이제의 「미신迷信」이었다. 제목부터 불길하더니, 역시나 그랬다. 한 문장 한 문장 꼼꼼하게 읽어 보아도 무슨 내용인지 전혀 알 수 없는, 그러니까 읽어도 안 읽은 것 같고 안 읽어도 읽은 것 같은 느낌을 주는 소설이었는데, 기억에 남는 건 희미한 안개 속에서 계속 중얼거리는 누군가의 목소리뿐이었다. 모른다. 모른다. 모른다. 나조차도 내가 뭘 읽은 건지 알 수가 없었는데, 그도 그럴 것이 그 소설은 온통 모른다는 말로만 가득 채워진, 그러니까 예를 들면 "나는 그를 사랑하지 않았을지도 모른다. 사랑하지 않았을지도 모른다는 말은 사랑하지 않았다는 말과 다르지만, 그렇다고 해서, 사랑했다는 말도 아니다. 나는 그를 사랑했던 것이 아니라, 단지 생각하고 있었는지도 모른다"라는 식의 문장으로 가득 채워져 있었으니까. 그 소설은 그렇게 애매모호한 문장들을 나열하는 방식으로 내 속을 터지게 만들었고, 그래서 도대체 사랑을 했다는 건지 안 했다는 건지 확실히 알려주지도 않은 채 내게 의문만을 안겨 주었다. 소설가가 문장을 바르게 써야지. 소설가가 문장을 이렇게 애매모호하게 쓰면 어떻게 하나. 이 소설가는 독자를 괴롭힐 목적을 가지고 소설을 쓰는 게 분명해 보였다. 그는 독자가 소설을 읽다가 포기하도록 만드는 데 재능이 있어 보였는데, 그것도 재능이라고 할 수 있다면 이 소설가는 재능이 있는 게 분명했다. 나는 이 재능 있는 소설가의 소설을 끝까지 읽으면서, 나에게는 그저 문장을 계속해서 읽어 나가는 재능이 있다는 사실을 깨닫게 되었다. 더불어, 밤새 소음을 듣고 앉아 있을 수 있는 재능까지도.

쿵 쾅쾅. 쿵 쾅쾅. 쿵 쾅쾅.

하, 도대체 얼마나 더 참아 줘야 하는 걸까. 이렇게 잘 참는 걸 보니, 정말로 내게는 소음을 듣고 앉아 있을 수 있는 재능이 있는 것 같았는데, 다시 생각해 보면 사실 이건 재능이라기보다 내성인지도 몰랐다. 이 세상에는 밤새 벽을 때리는 비트 소리보다 듣기 싫은 소리들이 많았고—잔소리, 헛소리, 술주정, 성희롱, 꾸지람, 설교 등등— 나는 평생 그런 소리를 듣고 살아왔기 때문에 이 정도 소음은 "걍 흘려버려 오에오에 걍 흘려버려 오에오에"[23]라고 생각하면서, 그냥 흘려보내 줄 수도 있을 것 같았다.

쿵 쾅쾅! 쿵 쾅쾅! 쿵 쾅쾅!

그러나 오늘따라 왜 저러는지 밤이 깊어 갈수록 도가 지나치다 싶었다. 계속해서 벽을 때리는 비트는 끝내 내 고막 끝을 때렸고, 아무래도 이건 더 이상 참지 말라는 신호인 듯했다. 노크도 없이 내 구역에 침입한 자를 가만둘 수 없어. 가만두지 말자. 나는 저 새끼를 가만두지 않기 위해 백지를 이대로 둘 수 없었고, 이대로 두지 않기 위해 이제는 정말 무언가 써야 했다. 나는 더 늦기 전에 다시 칼같이 날카로운 펜 끝을 세우며 조금 더 과감해져야겠다고 생각했다. 오랫동안 바르게 다듬어진 말만 하도록 길들여진, 나를 옭아매던 올가미 밖으로 나가기 위해. 어디서부터 어떻게 말해야 할지 알 수 없었

---

23 뱃사공, 「대충 살아」 (Feat. 팔로알토 & 맥키드), 뱃사공·팔로알토·맥키드 작사, 뱃사공·칠리 작곡

지만, 알 수 있는 건 아무것도 없었지만, 일단은 용기를 내어 무슨 말이라도 뱉어 보기로 했다. 퉤, 퉤. 그래서 일단 뱉어 보았더니, 갑자기 먹은 것도 없이 입 안 가득 짠맛이 느껴지고 군침이 돌며, 이내 어디에선가 들어 본 적 있는 가사가 떠올랐다. "나는 소금구이 양념 따윈 필요 없지. 소금으로 구운 랩 내 앞에 넌 짜져."[24] 듣기만 해도 소금에 절여지는 기분이 드는, 상대를 순식간에 김장 김치 따위로 만들어 버리는, 이것은 매우 위협적인 가사라고 생각했다. 펀치라인. 이런 식이라면 나도 랩을 즐길 수 있을 것 같았고, 때마침 옆집에 비트도 있으니 옆집 비트에 맞춰 밤새도록 랩을 할 수도 있을 것 같았지만, 나는 이미 양념 따윈 필요 없는 소금구이로 인해 입맛이 돌았기 때문에 그럴 수 없었다. 나는 랩을 하기 전에 밥을 먹고 싶었다. 밥을 먹기에는 늦은 시간이었지만, 오랜만에 요리를 해야겠다고 생각하며 주방으로 가 식칼을 꺼내 드는데. 쿵 쾅쾅.

♪♬ "오늘은 내가 힙합 요리사."[25] ♪♬

♪♬ "온갖 내용으로 토막 내고 맘대로 조합해."[26] ♪♬

갑자기 나도 모르게 신이 나, 말이 터져 나오는 게 마치 신이라도 내린 듯했는데, 꼬르륵, 꼬르륵, 배에서 소리가 나는 걸 보니 그분은 아마 걸신인 듯했다. 나는 굶주린 걸신의 마음을 조금이라도 달래주기 위해 짜파게티를 두 개 끓이기로 했고, 계란도 넣기로 했다. 나

---

24 지조, 「Like That」(Feat. 주희 of 에이트 & 바스커션), 리오케이코아 작사, Peejay·리오케이코아 작곡

25 화나, 「The Recipe of Lyrical Chemistry」, 화나 작사, 더 콰이엇 작곡

26 화나, 「The Recipe of Lyrical Chemistry」

는 냄비에 물을 올리고 물이 끓기만을 가만히 기다렸다. 물이 끓는 사이에도 벽을 때리는 비트는 그칠 줄 모르고.

📖

책상 위에 놓인 페이퍼는 여전히 백지에 그쳐 있었다. 얼핏 그것은 아무것도 씌어 있지 않은 책처럼 보였는데, 아무것도 씌어 있지 않은 책 같은 건 없겠지만, 만약 아무것도 씌어 있지 않은 책이 있다면 그건 내가 지난주에 모임에서 읽었던 소설과 같은 것이라고 생각했다. 그러니까 읽어도 안 읽은 것 같고 안 읽어도 읽은 것 같은 느낌을 주는 소설. 그런 의미에서 읽어도 안 읽은 것 같고 안 읽어도 읽은 것 같은 느낌을 주는 소설은 써도 안 쓴 것 같고 안 써도 쓴 것 같은 느낌을 주는 소설이기도 했다. 써도 안 쓴 것 같고 안 써도 쓴 것 같은 느낌을 주는 건 래퍼들도 마찬가지였는데, 왜냐하면 래퍼들은 항상 자기가 비트 위에 시를 쓴다고 하면서 정작 시집은 출간하지 않았기 때문이다. 그들은 무언가 써서 남기기보다, 무언가 써서 날려 보내고 싶어 했다. "내 영혼은 0g 절대 묶일 수 없어 저기 저기 멀리 날아가"[27]라는 식으로. 그들은 "작가들의 풍부한 감성보단 훨씬 와닿는 목구멍으로"[28] 무언가 하고 쓰고 있는 것 같았는데, 사실 나는 힙

---

27 넉살, 「팔지 않아」, 넉살 작사, 디프라이 작곡

28 XXX, 「우린」, 김심야 작사, Frnk 작곡

합 같은 건 잘 몰랐기 때문에 그들의 깊은 뜻까지 헤아리기가 힘들었다. 다만 소설과 힙합 사이에 어떤 연관성이 있음을 막연하게 느끼고 있었다. 아룬다티 로이의 소설 『작은 것들의 신』 이후 넉살의 「작은 것들의 신」이 있었고, 무라카미 하루키의 소설 『1Q84』 이후 넉살의 『1Q87』이 있었으니, 외국 문학과 넉살 사이에는 어떤 연관성이 있지 않을까. 심훈의 시 「그날이 오면」 이후 화나의 「그날이 오면」이 있었고, 손창섭의 「잉여인간」 이후 화나의 「잉여인간」이 있었으니, 한국문학과 화나 사이에는 어떤 연관성이 있지 않을까. 버지니아 울프의 『3기니』와 원슈타인의 「3기니」 사이에는 어떤 연관성이 있을까. 심지어 라임어택의 「문학의 밤」도 있는데, 하고 나는 생각했지만 그런 생각은 해도 안 한 것 같고 안 해도 한 것 같은 생각이었으므로 그냥 하지 않는 게 나을 것 같았다. 그런 걸 생각할 시간에 짜파게티를 끓여 먹는 게 나을 것 같았고, 때마침 물이 끓기 시작하여 면을 넣었다. 쿵 쾅쾅. 두 개의 면은 끓는 물속에서 점점 퍼졌고, 면이 점점 퍼지는 걸 보니, 양이 너무 많다고 느껴졌다. 나 혼자 이걸 다 먹을 자신이 없었다. 쿵 쾅쾅. 쿵 쾅쾅. 그러나 사실 내가 진정으로 자신 없었던 건, 짜파게티를 두 개 먹는 일이 아니라, 지금 당장 저 비트를 멈추게 하는 일이었다.

쿵 쾅쾅. 쿵 쾅쾅. 쿵 쾅쾅.

나는 너무도 화가 난 나머지, 지금 당장 옆집 문을 두드리며, 호

되게 한마디 해주고 싶었지만 그렇게 말하면 내가 꼰대 같아 보일까, 혹시라도 옆집 놈이 내게 "꼰대가 싫어. 꽉 막힌 말 가지고 베베 꼴 때가 싫어"[29]라고 할까 봐, 나는 옆집 문을 두드리지 못하고 있었다. 용기를 내어 옆집 문을 두드렸는데, 인사보다 욕이 먼저 나오는 새끼가 나오면 어떻게 하지. 욕보다 주먹이 먼저 나오는 새끼가 나오면 큰일인데. 그렇지만 "센 척만 하는 래퍼들이 오히려 더 소심해."[30] 그들은 "술도 잘 마시고 욕도 잘하지만 아무리 거칠어져도 현실에선 강하지 않아."[31] 자신이 강하지 않다는 사실을 인정할 수 있는 내실이 강한 사람이 되었으면. 인사보다 욕이 먼저 나오지 않고, 욕보다 주먹이 먼저 나오지 않는 사람이 되었으면. 웃는 얼굴이 먼저 나와, "이렇게 우연하게 알게 돼서 반가워 네가 내 랩에 관심 많다는 게 반가워"[32]라고 말해 줄 수 있는 사람이 내 옆집 사람이었으면 좋겠다고. 쿵 쾅쾅. 그러나 내가 옆집 놈에게 너무 많은 걸 바라는 것 같았다. 쿵 쾅쾅. 나는 옆집 놈에게 아무것도 기대하지 않는 게 좋을 것이다. 그는 밤마다 새벽마다 소음에 시달려야 하는 내 마음을 모르니까. 나를 이해하고 배려할 생각이 없으니까. 그렇기 때문에 우리는 항상 가깝고도 먼 사이였다. 쿵 쾅쾅. 쾅쾅. 그런데 내가 가깝고도 멀게 느껴졌던 건, 힙합도 마찬가지였다. 힙합과 나 사이에는

---

29 프레쉬애비뉴, 「Soul Mood Fakers」, 화나 작사, DJ Wegun 작곡

30 팔로알토, 「또 봐(Au Revoir)」, 팔로알토 작사, Coke Jazz 작곡

31 더 콰이엇, 「상자 속 젊음」, Bjorn·John·Peter 작사·작곡

32 팔로알토, 「또 봐(Au Revoir)」

보이지 않는 선이 존재했고, 나는 영원히 그 선을 넘을 수 없을 것 같았다. 나는 힙합이 주는 자유가 좋았지만, 힙합 안에 서려 있는 온갖 혐오와 괄시로부터는 자유로울 수 없어서, 진정으로 힙합이 나를 자유롭게 만드는지 아닌지 알 수 없었다. 나는 힙합이 나를 자유롭게 만드는지 아닌지 알고 싶었다. 그래서 힙합에 가까이 다가가려고 했는데, 그럴 때마다 힙합은 내게서 선을 그으며 멀어져 갔다. 힙합은 원래 이래. 힙합은 원래 이런 거라니까. 게토에 살아 본 적도 없는 게토 보이즈. 그들 사이에서 나는 언제까지나 '힙합을 잘 모르는 사람'이어야만 했다. 나는 내가 좋아할 수 있는 것들을 박탈당한 기분이 들었고, 그건 착각일 수도 있었지만, 어쨌든 그러한 이유로 나는 오랫동안 힙합을 좋아하는 것도 아니고 좋아하지 않는 것도 아닌 상태에 머물러 있어야만 했다.

내 기억 속에 너는 여전히 고등학생에 머물러 있었다. 오래전 어느 날, 수능이 코앞으로 다가왔던 날. 너는 내게 소울 컴퍼니 쇼를 함께 보러 가자고 했다. 너는 첫 번째 소울 컴퍼니 쇼에 다녀온 적이 있었는데, 너의 말에 따르면, 그날은 비가 엄청나게 쏟아졌지만 그럼에도 수많은 사람들이 몰려들었다고 했다. 우리 나이 또래의 애들이 모여 만든 그 음악을 들으러. 정말이지, 그날은 기적을 본 것과도 같았다고 했다. 네가 보았던 그 기적을, 나도 한 번쯤 보고 싶었다. 그

렇게 우리는 홍대 롤링홀에서 열리는 소울 컴퍼니 쇼를 보러 갔고, 내 기억이 맞는다면, 그날은 내가 너를 학교 밖에서 처음이자 마지막으로 만난 날이었다.

희미하게 남아 있는 기억들: 매드 클라운의 브라운 컬러의 모자. 가사를 틀리거나 까먹어도 호응으로 감싸 주었던 사람들. 무대를 감싸던 스모그와 조명 불빛. 그날 깜짝 게스트로 라임어택이 초대되었던 일. 라임어택이 소울 컴퍼니에 합류하게 되었다는 소식을 듣고 크게 환호했던 사람들. 사람들 발에 밟혀 더러워졌던 너의 흰 운동화. 네가 애지중지했던 『Q Train』 앨범. 그날 앨범에 사인을 받으려고 했으나 끝내 그러지 못했던 일. 그것도 모자라 앨범을 실수로 떨어뜨리는 바람에 케이스가 깨졌던 일. 손수 제작했을 법한, 왠지 모르게 내구성이 좋아 보이지 않았던 앨범 케이스. 그래도 우리에게 소중했던 명반. 늦은 밤, 홍대 거리 불빛. 집으로 돌아오는 버스 안에서 가로등 불빛에 반짝거리는 한강을 봤던 것. 집으로 돌아가며 아쉬움을 숨기지 못했던 너의 표정. 다음에 또 공연 보러 가자고, 우리가 약속했던 것.

쿵 쾅쾅. 쿵 쾅쾅. 쿵 쾅쾅.

그러나 무엇보다도 기억에 남는 건, 랩을 하던 너의 모습이었다. 공연이 시작되기 전, 우리는 홍대에 일찍 도착해 시간을 보냈다. 민들레영토에서 먹었던 돈가스와 오락실 사격 게임으로 딴 펭귄 인형.

어디가 어디인지 길을 잘 모르는 나를 데리고 골목을 요리조리 잘도 다니던 너. 우리가 갔던 낮 시간대의 텅 빈 노래방. 그 당시 노래방에서 부를 수 있었던 힙합 음악은 드렁큰 타이거, 다이나믹 듀오, 가리온 정도가 전부였고, 소울 컴퍼니의 이름은 아예 검색조차 되지 않았다. 너는 드렁큰 타이거 노래의 반주를 틀어 놓고, 반주 기계가 알려 주는 가사와 상관없이 랩을 할 수 있었는데, 나에게는 그게 꽤 충격적이었다. 반주가 시작되면 너는 고개를 갸우뚱하며 생각을 하다가, 곧바로 반주에 맞는 가사를 떠올렸다. 그중에는 소울 컴퍼니의 랩 가사도 있었고, 처음 들어 보는 가사도 있었다. 가사를 뱉으려다가 말거나, 그러다가 몇 번 박자를 놓치거나, 버벅거리기도 했지만. 나는 그 모습을 넋 놓고 바라보게 되었다. 노래방의 조악한 반주에 몸을 흔들며 가사를 뱉는 너를, 싸구려 미러볼 조명 아래에서 랩을 하는 너를, 그 어느 때보다도 즐겁고 자유로워 보이는 너를. 나는 그런 너를 보면서, 네가 랩을 하지 못할 거라고 생각했던 내 자신에게 한 번 더 놀랐다. 사실 나는 네가 그저 힙합을 좋아할 뿐 랩을 할 수 있을 거라고는, 그것도 심지어 잘할 수 있을 거라고는 생각조차 못했다. 어쩌면 나는 랩을 할 수 있는 사람과 랩을 할 수 없는 사람, 또는 힙합을 즐길 수 있는 사람과 즐길 수 없는 사람이 따로 나뉘어 있다고 생각했는지도. 그때 나는 처음으로 너의 노트를 들춰, 그 안에 적혀 있는 말들을 들여다보고 싶다고 생각했지만. 그날은 모든 것이 처음이자 마지막이었다.

2011년, 소울 컴퍼니는 해체를 결정했다. 그리고 그해 가을, 그들은 서른세 개의 베스트 곡을 담은 앨범을 발매하고 악스코리아에서 마지막 공연을 가졌다. 소울疏鬱. 막힌 길을 트고, 영혼이 담긴 음악을 하겠다던 소울 컴퍼니의 팔 년간의 여정은 그렇게 막을 내렸다. 「마지막 소울 컴퍼니 쇼: **샘, 솟다**」. 샘은 소울 컴퍼니의 로고이자, 영혼의 날개를 가지고 어디로든 날아갈 수 있는 새의 이름이었다.

"소울 컴퍼닌
더 이상 우리 게 아닐지도 몰라
그래서 샘은 하늘 위로 올라
우리의 이 긴 여정이 누군가의 뇌리에
기억할 만한 것으로 남게 되길"[33]

소울 컴퍼니 시대는 그렇게 막을 내렸지만. 소울 컴퍼니가 사라진 이후에도, 어디에선가 소울 컴퍼니의 음악이 흘러나오거나 누군가 소울 컴퍼니를 언급할 때면, 나는 네 생각을 하게 되었다. 너는 여전히 힙합을 듣고 있을까. 소울 컴퍼니의 해체 이후, 「Show Me The Money」가 시작되었고 언더그라운드에는 많은 변화가 있었는데,

33 더 콰이엇, 「우리들만 아는 얘기」

그래도 너는 여전히 힙합을 좋아하고 있을까. 나는 오랫동안 힙합을 좋아하는 것도 아니고 좋아하지 않는 것도 아닌 상태에 머물러 있는데, 너는 어떨까. "지난날의 후회와 본 적 없는 미래가 발목을 붙잡"[34]아 나는 자꾸만 너에게 말을 걸어 보고 싶었다. 우리가 좋아했던 소울 컴퍼니는 이제 더 이상 없지만, 그때 우리가 알고 있었던 언더그라운드는 더 이상 없지만, 그 시절 우리가 좋아했던 힙합의 어떤 한 조각들은 여전히 내 마음속에 남아 있다고. 모든 게 사라진 자리에는 거대한 시장이 들어섰고, 그건 어쩌면 힙합이 아니라 돈을 꿈꾸는 세상이 되었음을 이야기하고 있는지도 몰랐는데, 우리는 그런 세상에서 다시 만날 수 있을까.

우리 또래였던 그 애들은 이제 가끔 티브이에 나왔고, 나는 티브이를 통해 그들을 볼 때마다 시간이 많이 흘렀음을 실감하게 되었다. 그들은 이제 어딜 가나 형님 소리를 듣는 나이가 되었고, 후배들에게 존경을 받는 래퍼가 되었다. 그들은 자신들이 처음 랩을 시작했을 때와 같은 나이, 지금 딱 그 나이대 아이들을 보면서 무슨 생각을 할까. 그들이 마스터플랜 공연을 보고 꿈을 키웠던 것처럼, 그들을 보며 꿈을 키웠다는 아이들을 보면 어떤 생각이 들까. 자신들의 음악이 한 세대를 넘어, 다음 세대 아이들의 꿈이 되었다는 걸 알게 되었을 때, 어떤 기분이었을까. 그들은 어린 시절 꿈꾸던 모습 그대로 살아가고 있을까. 나는 "어린 시절 꿈꾸던 모습 그대로 나이 먹기

---

34 재달, 「Sherpa」, 재달 작사·작곡

를 계속 원"[35] 했지만, 원하는 대로 사는 게 결코 쉽지 않다는 것을 알아 가고 있었다. 쿵 쾅쾅. 나는 정말 좋은 어른이 되고 싶었는데. 쿵 쾅쾅. 정말 좋은 이웃이 되고 싶었는데. 쿵 쾅쾅. 모든 게 글러 먹었다고. 쿵 쾅쾅. 내 의지와 무관하게, 나는 자꾸만 거칠어지고 괴팍해지고, 그건 정말 내가 원하는 게 아니었고. 쿵 쾅쾅. 쾅쾅. 감상에 빠져들 틈도 없이.

쿵 쾅쾅. 쾅쾅. 쾅쾅쾅!

계속해서 내 고막을 파고드는 저 미친 트랩 비트는 깽값을 부르는 소리. 저 그칠 줄 모르는 미친 트랩 비트 때문에 나는 깽값을 물고 싶었다. 깽값 정도는 물어 줄 수 있는, 나는 money swager. 나는 직장인, "내가 회사와 맺은 건 연봉 계약이 아닌 영혼의 계약"[36]이니까, 내 영혼을 팔아 너를 패고 깽값 정도는 물어 줄 수 있었다. 그러나 나는 그러지 않기로 했다. 마음을 가라앉히고 다시 생각해 보니, 옆집 놈은 "누군가의 소중한 아들 친구 또 형 혹은 동생"이었고, "우린 누군가의 전부"[37]기 때문에 그 어떤 일이 있어도 서로에게 폭력을 가해선 안 되었다. 우리를 자꾸만 나쁘고 거칠게 만드는 세상일지라도 말이다. 쿵 쾅쾅. 나는 여전히 밤마다 새벽마다 옆집 놈이 저러는

---

35 허클베리피, 「아름다워」(Feat. 소울맨), 허클베리피·소울맨 작사, Humbert·소울맨 작곡

36 제리케이, 「사직서(Road)」, 김진일 작사, 이혁기 작곡

37 서사무엘, 「Somebody's」, 서사무엘 작사·작곡

이유를 알 수 없었지만, 그래도 힙합을 좋아하는 마음을 헤아려 조금 더 참아 보기로 했다. 어쩌면 훗날 옆집 놈이 방송에 나와 지난날을 회고하며, 밤새 소음을 들어 준 나에게 감사와 존경을 표할지도 모르는 일이니까. 쿵 쾅쾅. 그러나 붐뱁도 모르는 놈이 이웃의 마음을 알 리가 있을까. 쿵 쾅쾅. 그리하여 나는 옆집 놈에게 붐뱁을 잊은 자에게는 트랩도 없다고 알려 주고 싶었으나, 누군가에게 나는 이제 "꽉 막힌 꼰대 쓸데없는 자존심만 꽉 찬 존재"[38]일지도 모른다는 생각에 말을 아끼기로 하는데, 에, 에, 에!

쿵 쾅쾅. 쾅 콰콰쾅!

"한국 힙합 망해라!"[39]

결국 나는 분에 못 이겨 소리치고 말았다.

■

그러자 비트가 멈췄다. 절대로 멈출 것 같지 않았던 바로 그 소리가. 어라? 이게 무슨 일이지? 아무런 소리도 들리지 않아 순식간에 내 방은 적막해졌다. 혹시 내 목소리를 들었나. 내 목소리가 벽을 넘어갔나. 내가 생각하고 있을 때, 현관문 너머 발자국 소리가 들려오기 시작했다. 그리고 잠시 후, 누군가 우리 집 문을 두드렸다. 똑똑

---

38 허클베리피, 「무언가」(Feat. MC 메타 & 이그니토), 허클베리피·MC 메타·이그니토 작사, Z-Lo 편곡

39 마미손, 「소년점프」(Feat. 배기성), 매드 클라운 작사, 매드 클라운·Ye-Yo! 작곡

똑. 집에 없는 척하려 했으나, 다시, 똑똑똑. 누구세요? 나는 물었지만, 아무런 대답도 들리지 않았다. 혹시 옆집 사람이 내게 욕을 하러 온 건 아닐까. 괜히 문을 열었다가, 멱살이라도 잡히면 어쩌지. 험한 꼴을 당하는 게 아닐까. 온갖 걱정에 휩싸여 있을 때, 초인종이 울렸다. 세상에. 나는 겁이 나 어디론가 도망치고 싶었지만 어차피 도망칠 곳도 딱히 없었기 때문에 도망치지 않았다. 그리하여 나는 조심스럽게 문을 열었는데. 에? 이 사람이 왜 여기에? 얼굴이 낯익은 사람이 우리 집 문 앞에 서 있었다.

"안녕하세요, 반갑습니다."

"……."

"저는 옆집 사는 힙합 레전드 제이즤입니다."

"……."

"저 모르세요? 힙.합.레.전.드.요."

"아니, 제이즤. 어떻게 한국어를 그렇게……."

"제가 너무 시끄럽게 했죠?"

"맞아요. 그건 그렇……."

"쉿, 여기는 디스 금지. 여기는 피스뿐이에요."[40]

"……."

"시끄럽게 해서 미안합니다. 아직 시차 적응을 못 해서요."

"오, 제이즤……."

---

40 2017년 제63회 힙플라디오 「황치와 넉치」에서 던밀스의 말을 인용.

"더 좋은 곡으로 보답하겠습니다. 그럼, 이만."

"오, 제……."

내가 대답할 틈도 없이, 쿵. 바람이 거세게 문을 닫았다. **현재 시각 [04:44]** 오우, 이게 뭐지. 무언가 내 영혼을 강하게 휩쓸고 지나간 것만 같아. 오, 힙합. 오우, 제이즤. 그가 내게 사과했어. 이것은 리얼 힙합이야. 나는 자신의 무지와 무지에서 비롯된 과오와 실수를 인정하고, 이를 반성하며 사과를 건넬 줄 아는 힙합 레전드의 모습을 보며 힙합에 대해 다시 생각하게 되었다. 힙합 레전드는 힙합이 얼마나 멋있고, 또 어디까지 멋있어질 수 있는지를 내게 보여 주었다. 물론, 그렇다고 지금껏 소음으로 인해 상처받은 내 고막과 달팽이관이 치유되는 건 아니었지만. 밤마다 새벽마다 잠들지 못해 만성피로에 시달려야만 했던 날들을 보상받을 수 있는 건 아니었지만. 그럼에도 나는 이 일을 통해, 지금껏 힙합이란 무엇이었으며 앞으로 무엇이 될 수 있는지를 고민하게 되었다. 더불어, 한국 힙합이란 무엇이었으며 앞으로 무엇이 될 수 있는지에 대해서도. 어쩌면 한국 힙합은 한국말로 하는 힙합만을 말하지도, 한국인이 하는 힙합만을 말하지도, 한국인이 좋아하는 힙합만을 말하지도, 한국 음원 시장에서 잘 팔리는 힙합만을 말하지도 않을 거라고. 그러므로 힙합은 앞으로 무엇이든 될 수 있었다. 계속 흐르고 변하면서, 힙합은 더 멀리 흘러갈 수 있었다. 힙합은 계속 변하고 흐르면서 영원할 수 있었다. 영원할 수 있었다. 나는 언젠가 옆집 사는 제이즤가 한국말로 된 앨범을 발매하여 한국에서 활발하게 활동하는 모습을 그려 보았다.

그날이 와도, 누군가 제이즈에게 '네가 하는 건 힙합도 아니야. 리얼 힙합 아니야. 힙합도 모르는 새끼, 근본도 없는 새끼가 어디서'라고 말하게 될까.

쿵 쾅쾅. 쿵 쾅쾅. 쾅쾅. 요즘 힙합.

또 시작이다. 또, 또, 또.

벽, 벽을 때리는 비트 소리에 잠을 설치는 게 어제오늘만의 일은 아니었으나, 오늘만큼은 도저히 참아 줄 수 없다는 생각에 눈이 번뜩 떠졌다. 도대체 어떻게 된 일일까. 언제부터 잠들었던 걸까. 천천히 방 안을 둘러보니, 책상 위에는 불어 터진 짜파게티 한 그릇과 한 입 베어 문 총각김치가 남아 있었다. 그래, 나는 짜파게티를 끓이던 순간부터 졸리기 시작해 짜파게티를 먹다가 기어코 잠이 든 모양이었다. 배가 부르면 잠이 오니까. 그런데 꿈도 참 이상하지. 나는 평소에 제이지를 생각해 본 적도 없는데, 어째서 제이지가 나온 걸까. 아니, 제이즈. 그러니까 옆집 사는 제이지도 아니고 제이즈가 우리 집에 찾아와 내게 사과를 했는데, 어째서 나는 제이지가 제이즈인 걸 조금도 이상하게 생각하지 않았던 걸까. 쿵 쾅쾅. 그러나 나는 옆집 사는 제이지가 제이즈인 걸 조금도 이상하게 여기지 않았던 것보다, 옆집 사는 쟤가 아직도 저러고 있는 게 더 이상하다고 생각했다. 쿵 쾅쾅. 쿵 쾅쾅. 이 시간에 아직도 저러고 있는 게 말이 되나. 쿵 쾅쾅. 그러나 또다시 비트가 잠자는 나를 깨워 "잠자는 표현의 장작을 피워"[41] 나는 첫 문장을 쓸 수 있을 것만 같았다. 때마침 책상 위에 놓인 페이퍼는 여전히 백지 상태.

📖 ✍

나는 다시 마음을 가다듬고 자리에 앉아, 손에 펜을 쥐었다. 이 "언어의 조각칼은 온갖 사람들의 천상만태를 전달하는 도구이자, 교만함을 고발하고, 또한 사회의 못마땅함을 적나라하게 토로할 하나의 무기"[42]였지만, 때때로 "흐릿한 시공간을 환히 밝히며 행선질 가리켜 주는 길잡이별"[43]이 되어 주기도 했기에, 나는 그 빛을 따라 내 영혼 속 깊고 어두운 곳까지 가볼 수도 있었다. 그렇게 가고 또 가, 홍대 번화가를 벗어나, 합정과 상수를 지나, 광흥창역으로. 광흥창역 사 번 출구로 나와 그대로 걷다가, 주택가 골목으로 방향을 틀어 다시 그대로 쭉 걷다 보면 그곳이 나왔다. 어글리 정션. 두 개로 갈라진 길 사이에 세워진 벽돌 건물, 지하 일 층. 주변에 공연장이라고는 찾아볼 수도 없는, 아주 조용하고 평화로운 주택가 한가운데 마련된 공연장이었다. 소울 컴퍼니 해체 이후, 신인이나 무명 래퍼들에게 공연의 기회를 열어 줬던 자리. 그러나 공간을 유지하기 힘들어 한동안 문을 닫았다가, 여러 팀이 공간을 함께 쓰는 방식으로 리

41 화나, 「순교자찬가」, 화나 작사, 김박첼라 작곡

42 화나, 「Brainstorming」

43 화나, 「길잡이별」, 화나 작사, G-Slow 작곡

뉴얼되었다. UGLY by The Ugly Junction '집들이' 파티. 어글리 정션 리뉴얼을 기념하는 파티가 열렸고, 그날 나는 그곳에 갔었다. 직장을 다니게 된 이후로는 공연을 보러 다니기가 어려웠지만, 꽤 오랜만에 공연을 본다는 생각에 나는 조금 들떠 있었고, 계단을 따라 줄을 서 있는 것만으로도 몹시 설레고 좋았다. 나는 좁다란 계단을 따라 지하로 내려가면서, 더 어둡고 깊은 곳으로 내려가면서 처음으로 언더그라운드라는 말을 알게 되었던 때를 떠올리게 되었다. 그 말을 내게 알려 주었던 애, 나는 왠지 모르게 너를 다시 만나게 될 것만 같은 기분에 휩싸여 뒤를 돌아보게 되었다. 좁은 계단을 따라 서 있는, 십 대 아이들과 이제 막 이십 대가 된 것처럼 보이는 아이들. 그들은 언젠가의 우리처럼 거기 서 있었다. 거기 그대로 서 있었다.

쿵 쾅쾅. 쿵 쾅쾅. 쾅쾅.

그 소리가 계속 내 머릿속을 맴돌고.

이렇게 밤새 백지 앞에서 펜을 쥐고 있다 보니, 내가 진짜로 쓰고 싶었던 건 날카롭고 공격적인 말들이 아니었을지도 모른다는 생각이 들었다. 처음에는 그저 분노인 줄로만 알았는데, 그 마음을 자세히 들여다보니 사실 그게 아닐지도 모른다고. 그건 오래된 그리움이거나 외로움이거나 원망이거나 후회거나, 또는 몇 마디 말로는 도무지 표현할 수 없는 애증과도 같은 것일 수 있었다. 여전히 "갈피를 잡지 못한 단어들이 무질서하게 입술 위를 맴돌고"[44] 있었지만. 어쩌면 나는 이제 이 펜으로 경고장 대신 오랫동안 하지 못했던 말을 써볼 수 있을 것 같았다.

지예에게

안녕. 잘 지내니?

무슨 말을 어떻게 시작해야 할지 모르겠지만, 사실 그냥 무슨 말이라도 너에게 하고 싶었어. 두서없이 무슨 말이든. 예전에는 별일이 없어도 종종 너에게 편지를 썼는데. 기억나? 배고프다, 불안하다, 수능 보기 싫다, 야간자율학습 도망치고 싶다. 그런 쓸데없는 말들을 적어서 말이야. 그때는 뭐든 망설임 없이 쓸 수 있었던 것 같아. 각을 잡지 않고, 잘 써야겠다는 부담이나 걱정도 없이. 그냥 너한테 말 걸고 싶었거든.

그때 너는 직장인이 되고 싶다고 했는데, 지금은 어때? 너는 어떤 사람이 되었어? 시간이 많이 지나 변해 있을 너의 얼굴을 보고 싶어. 눈가에 진 주름이나 늘어난 점 같은 것들 말이야. 나는 그사이 교정기를 뺐어. 옛날에 키우던 강아지는 무지개다리를 건넜어. 많은 것들이 변하는 동안 너는 어떻게 지냈어? 갑자기 연락을 끊어 버린 너에게 서운한 마음보다는, 너에 대해 아무것도 몰랐던 나

---

44 매드 클라운, 「외로움은 손바닥 안에」, Dezz 작사, 정지용 작곡

를 책망하게 돼. 지금 와서 돌이켜 보면, 내가 너를 너무 몰랐다는 생각이 들어. 학교에서 봤던 네 모습은 그저 너의 일부분이었겠지.

그날 기억나? 공연 보고 집에 오는 길에 야경이 정말 멋졌지. 다음에 또 소울 컴퍼니 공연 보러 가자고 약속했는데 이제 두 번 다시 못 가게 되었네. 나 사실 소울 컴퍼니 해체할 때 소울 컴퍼니 쇼도 갔었어, 그것도 혼자서. 네가 없어서 같이 갈 사람이 없었어. 그런데 그날 사람들이 엄청 많이 왔다? 기적 같았어. 가끔 나도 모르게 옛날 생각을 하게 돼. 어떻게 그런 시절이 있을 수 있었는지, 이제와 돌이켜 보면 믿기지 않아. "소울 컴퍼니란 애들이 존재하게 됐단 사실은 내게도 새삼 놀라워. 책으로 내도 되겠어 언젠간. 어쨌든 잊지 말자고 다들. 우리의 소중한 만남을."[45]

우리의 만남을 소중하게 생각해. "한때는 네가 내 코앞에 있다는 것만 해도 고맙게 생각했어."[46] 이제는 네가 눈앞에 없어도 고맙게 생각해. 보고 싶다. 어디서 무얼 하든 행복하길 바라.

지은이가

마침표를, 그 마지막 점을 찍으면서 나는 비로소 내가 쥐었던 펜의 용도를 이해할 수 있게 되었다. 그 끝이 날카로운 이유까지도. 쿵

---

45 더 콰이엇, 「소중한 만남」, 더 콰이엇 작사·작곡

46 화나, 「시간의 돛단배」 (Feat. 있다)

쾅쾅. 쿵 쾅쾅. 그리하여 나는 이제 익숙해질 대로 익숙해진 그 소리를 따라, 써도 안 쓴 것 같고 안 써도 쓴 것 같은, 읽어도 안 읽은 것 같고 안 읽어도 읽은 것 같은, 흩어지는 소리와도 같은 말들을 계속 써 내려가도 좋을 것 같았다. 어떤 중얼거림 속을 헤매면서, 계속 그 희미한 목소리를 따라서. 아, 그런데 그게 누구의 소설이었더라. 써도 안 쓴 것 같고 안 써도 쓴 것 같은, 읽어도 안 읽은 것 같고 안 읽어도 읽은 것 같았던 그 소설의 제목이 뭐였더라. 기억에 남는 건, 희미한 안개 속에서 중얼거리는 목소리뿐이었는데. 쿵 쾅쾅. 뭐였더라. 모르겠다. 그런데 생각해 보면 내가 모르는 건 그뿐만이 아니었다.

쿵 쾅쾅. 쿵 쾅쾅. 쿵 쾅쾅.

사실 나는 모르고 있었다. 벽 너머에 누가 살고 있는지를, 무엇이 있는지를, 전혀 모르고 있었다. 나는 단 한 번도 벽 너머에 사는 사람을 만난 적이 없었고, 만나려고 했던 적도 없었다. 그를 본 적도 없이, 그를 어린애라고 생각했던 건 그저 내 선입견이었는지도 모른다. 쿵 쾅쾅. 쿵 쾅쾅. 어쩌면 벽 너머에 사는 사람은 내가 생각한 그 사람이 아닐지도 모른다. 그는 어리지 않을지도 모른다. 그는 어리지 않을지도 모르기 때문에 어릴지도 모른다. 나는 그의 이름과 나이와 성별과 직업과 얼굴과 성격과 사연을 모른다. 내가 아는 건, 오직 벽 너머에 사는 사람이 힙합을 좋아한다는 것뿐이었는데. 쿵 쾅쾅. 쿵 쾅쾅. 벽 너머를 본 적이 없었으므로 벽 너머에는 누구든 있을 수 있었고, 그곳에서는 그 어떤 일이든 벌어질 수 있었다. 쿵 쾅쾅. 쿵 쾅쾅. 벽 너머를 보기 전까지 그 무엇도 결정되지 않은 채로, 거기 그렇게. 쿵 쾅쾅. 쾅쾅. 나는 처음으로 벽 너머를 보고 싶다고 생각했다. 그리하여 나는 소리가 크게 울리는 쪽으로

고개를 돌리고 고개를 돌리니,

그곳에는 흰 벽이.

거대한 백지처럼 내 눈앞에 펼쳐져 있었다.

새벽과 아침의 경계선에서. 모든 경계를 넘어 서로에게 좋은 이웃이 될 수 있었으면 좋겠다는 마음으로, 나는 벽 너머에서 들려오는 소리에 귀를 기울였다. 지금까지 소음으로만 여겼던 그의 목소리를 듣고자, 그가 하는 말을 듣고자. 그러자 보이지 않던 것들이 들리기 시작했고, 들리지 않던 것들이 보이기 시작했다. 하나가 된 눈과 귀의 감각으로, 나는 흰 벽 위에 그려지는 소리를 읽어 내려가고. 그곳에 귀를 기울이면 기울일수록,

마치 우리가 한집에 함께 사는 듯,

그 소리는 점점 더 커지고 선명해지며.

힙합은 계속

흐름♪

☁ ☁ ☁ ☁ ☁

☮

염승숙 廉承叔

1982년 서울에서 태어났다. 동국대학교 문예창작학과를 졸업하고 동 대학 대학원에서 국어국문학 박사과정을 수료했다. 2005년『현대문학』에 단편소설「뱀꼬리왕쥐」를 발표하며 작품 활동을 시작했고, 2017년『경향신문』신춘문예에 평론「없는 미래와 굴착기의 속도」가 당선되어 평론가로 등단했다. 소설집『채플린, 채플린』『노웨어맨』『그리고 남겨진 것들』『세계는 읽을 수 없이 아름다워』, 장편소설『어떤 나라는 너무 크다』『여기에 없도록 하자』등을 펴냈다.

믿음의 도약

철과 영은 부부였고, 아이는 다섯 살이었다.

여름이 시작될 무렵 어스름 짙은 저녁에 영은 집주인으로부터 연락을 받았다. 전세 만기가 다가오니 이야기를 좀 해야 할 것이라는 내용의 문자였다.

또 나야.

영은 철에게 전화기를 내밀었다. 크림소스가 묻은 아이의 입을 물티슈로 닦아 주고 난 뒤 철이 식탁에서 일어났다.

전세금 올려 달라는 건데.

거실에서 통화를 마치고 돌아온 철이 말했다. 전세 만기 석 달 전으로 접어들며 둘 다 예상하고 있던 터였다. 다만 영은, 부부 둘 모두의 전화번호를 알고 있으면서 매번 자기에게 연락을 하는 게 못마땅했다.

뭐든 당신한테 얘기하라고 몇 번을 얘기했는데 내 쪽이 만만하다는 거야 뭐야.

곱씹을수록 영은 점점 더 불쾌함을 느꼈다.

내부 수리 공사를 하게 해주면 전세금을 올리지 않겠다고 그러네.

철이 다시 말해 왔다.

얼마나?

한 달하고. 보름쯤 더.

모욕이라도 받은 것처럼 영의 얼굴은 어두워졌다. 몸만 달랑 빠져나가서 한 달 반을 살라면 여관방이라도 잡겠지만 어린이집에 다니는 아이를 데리고 어딜 갈 수 있단 말인가. 게다가 요즘같이 무서운 때에 이 많은 살림살이를 껴안고.

그간—전세 계약 이 년간— 집은 여러모로, 정말 가지가지로 말썽이었다. 툭하면 전기와 수도가 끊겼고, 누수로 인한 곰팡이가 방마다 벽을 타고 번져 나갔다. 그럴 때마다 집주인은 문제의 원인을 잡겠다며, 어쩔 수 없지 않느냐는 태세로 온갖 업자들을 데리고 찾아왔다. 집 좀 볼게요. 집주인으로부터의 연락은 언제나 불청객처럼 느껴져 곤혹스러웠다. 코로나 시국이니 빨리 볼게요, 마스크 쓰면 되잖아요, 아주 잠깐만 열어 줘요, 하던 그는 말마따나 코로나 시국에 아니 자꾸만 이렇게, 라며 난감해하는 영에게 어느 날엔 여긴 내 집이고 당신은 그저 세입자, 라고 순간 무서운 눈빛을 보이기도 했다. 아래윗집에서 항의가 심해서 그래요. 집을 고쳐야 세입자도 살기가 좋죠. 안 그래요? 그날 밤 영은 집주인의 회유가 너무도 뻔뻔해서 섬뜩하더라는 말을 반복했다. 이불 속에서도 치를 떨다가 태아 자세로 콜콜하게 곯아떨어졌다.

그리고 하루도 지나지 않아서 영은 퇴근한 철의 눈앞에 인터넷 서치 화면을 들이밀었다.

봐, 이 집 내놨어.

하자 있는 부분을 대대적으로 고쳐서 바로 매도하겠다는 의미였다는 걸 철은 그제야 알아차렸다. 포털 사이트 부동산 매물에 업로드된 지 두 달이나 되었는데 몰랐다니. 어쩐지 배신이라도 당한 기분이었다. 집을 보러 오겠다는 사람이 없다는 사실에 조바심 난 집주인이 만기일을 기점으로 좀 더 대대적인 수리를 할 모양이라고 영과 철은 짐작하고 있었다.

그러니까 한 달 반을 나가 있으라는 말이지? 우리 보고 생돈 들여서? 그동안에도 그렇게 괴롭혀 놓고. 전세금 올려 받지 않겠다는 생색을 다 내네. 미치겠다.

영은 밥상을 차리거나 밥 한 수저를 입에 넣으면서도 수시로 발끈했지만, 엄마 우리 이사 가? 하고 묻는 아이에게는 목소리를 낮췄다.

아니야, 아직 정해진 건 없어.

철은 쓴물이 올라오는 걸 느꼈다. 미간을 찌푸리며 명치 부근을 손바닥으로 문지르는 철을 보며 영은 걱정스러운 듯 식탁에서 일어나 찬장을 열었다.

물을 많이 마셔.

영이 내민 캡슐들을 철은 말없이 삼켰다.

안 되겠어. 집을 옮기자.

다음 날 저녁에 영은 결심한 듯 말했다.

옮기자고? 어떻게?

이참에 사자.

사자고?

그럼 별수 있어? 언제까지 전셋집을 전전해.

잠시 젓가락을 움직이던 철도 고개를 끄덕였다.

그런가. 그래도 아무거나 살 순 없잖아.

아무거나 살 돈도 없어.

영은 잔뜩 심란해하면서도 집을 사야 한다고 우겼다. 치사해서 못 살겠고, 더러워서 못 살겠고, 서러워서…… 중얼거리다가 말을 멈췄다.

머리로는 이 집을 나가는 게 맞는데. 치솟는 아파트값은 버겁고, 후미진 변두리의 빌라나 지은 지 오래된 구축 오피스텔도 괜찮을까. 아이는 곧 학교에 가야 할 것이다. 아이가 초등학생이 되고 철과 영이 학부모가 된다면 정서적—물질적—으로 안정된, 아이의 생활환경을 마련해 줘야 한다는 의무와 책임으로부터 자유롭지 못할 거였다. 빌라 거지. 요즘 애들은 그런 말을 쓴다는데.

그날 밤 부부는 마음이 무거운 채로 눈썹을 모으고 잠들었다.

다시 다음 날은 토요일이었고, 오전 아홉 시쯤 철이 침대에서 몸을 일으켰을 때 영은 이미 집을 나서고 없었다.

철은 이불 속에서 미적대는 아이를 일으켜 식탁 의자에 앉히고 물과 유산균을 줬다. 잊어버리지 마, 절대 잊으면 안 돼. 아침에 한 알. 여보도 먹고, 아이도 줘. 물을 많이 마시게 해. 영은 변비로 고생하는 아이에게 유산균을 챙겨 주는 걸 중요하게 여겼다. 매일 살뜰히 먹여도 하루 한 번 화장실에 가지 못하는 걸 안타까워하는 영을 볼 때면 철도 덩달아서 마음이 애잔해지곤 했다. 유산균 외에도 영은 아이에게 종합비타민(종비는 필수야), 오메가3(머리 좋아져야지), 칼슘(성장기잖아), 마그네슘(잠을 잘 자야 키도 큰대), 비타민D(실내에서는 햇빛을 못 받으니까)와 엘더베리 젤리(면역력 높여 줘야 해)를 주고, 때마다 당근주스와 배도라지즙을 마시게 했다.

철은 성격상 그다지 예민하지 않고 변화를 알아차리는 데 소질이 없었다. 뭐든 아이 엄마가 알아서 하겠지 싶은 게으른 사고도 있어서 영이 이러이러한 걸 샀어, 저러저러한 걸 사봤어, 해도 기억조차 잘 못했지만 바이러스가 유행하면서 영이 느끼는 두려움과 초조함은 철도 의식할 만한 정도였다. 언젠가 철이 뭘 이렇게나 많이 먹여…… 하고 무심히 놀랐을 때 영은 억울한 뉘앙스로 동동거리며 대답했었다.

아니 그럼 코로나 시국에 이 정도도 안 먹인단 말이야?

영은 날씨를 확인해 옷을 고르듯 하루도 빠짐없이 지역별 확진자 수와 확진자 이동 경로를 체크하곤 했다.

철의 회사 근처 지명을 아예 검색창에 고정해 놓고 오늘은 거기 가면 안 돼, 절대로, 조심해, 하고 주의를 줬다. 영은 코시국, 코시국,

소리를 입버릇처럼 달고 살았고, '경각심을 가진다'라는 걸 모토로 삼은 사람처럼 굴었다.

정신 차려야 해.

주의 깊게 살피고, 여보.

건강은 아무도 안 챙겨 줘.

영은 철에게 그런 말들을 반복했다.

우리한테 누가 있어, 여보. 아무도 없어, 아무도.

어떤 뜻인지 철도 잘 알았다. 철은 사무실에 자주 들르던 이의 우연한 소개로 영을 만났는데, 처음 본 순간에 같은 부류의 사람이라고 느꼈다. 상대와 내가 정말로 다르지 않은, 닮은꼴이라는 호감. 사귀는 중에도 그건 확신으로 이어졌고, 이만하면 됐지 싶어서 반지를 내밀었다. 타고났다거나 가진 건 없지만 불만보다는 보람을 갖는 편이 낫다고 여기는 쪽, 열정까진 아니어도 일을 맡으면 끈질기게 붙들고, 호구나 숙맥 소린 안 들었지만 욱하는 것 없이 순한 성정. 뭐가 더 필요한가. 철은 그거면 좋았다.

그러나 결혼한 뒤에 철은 영이 좀 더 다부지고 고집이 센 편이라는 걸 알게 됐다.

아이는 나중에 갖고 싶어.

영은 철이 자취하던 월세방으로 살림을 들여놓으며 선언했다.

2억 정도 모으면 임신 계획을 세울 수 있을 거야.

어째서 2억이냐는 말에 영은 그것이 최소한의 보증금이라고 말했다.

비좁고, 어둡고, 방음이 되지 않는 곳에서 아이를 키울 수는 없을 테니까.

철은 영이 자신을 비난하는 게 아니라는 걸 알면서도 어쩐지 부끄러웠다.

같이 모으자.

영의 말이 다 옳았다. 양가 부모님 모두 의지할 형편이 아니라는 것과 버젓한 형제자매가 없다는 것은 허리띠를 졸라매고 돈을 모아야 하는 이유였고, 또한 철과 영이 인간관계가 좁은 데다 별다른 취미 생활이 없고 사치품에도 큰 관심을 두지 않는 것은 돈을 모을 수 있는 근거가 되었다. 우리한테 누가 있어, 아무도 없지. 아무것도 없고. 영은 자조하듯 곧잘 흥얼거렸다. 돈 되는 일은 뭐든 구해서 움직였다.

결혼한 지 십 년 만에야 그들은 작지만 바람과 볕이 잘 드는 빌라를 구하고, 임신을 확인했다. 출산 이후 아이가 두 돌에 이를 때까지 영은 일다운 일을 하지 못했지만 이후에 철이 은행 대출을 조금 받아서 현재의 방 두 칸짜리 아파트 전세로 이사했다. 영은 아이를 낳은 뒤로는 좀처럼 저축이 되지 않는다며 자주 근심했다. 영의 한숨이 늘수록 철은 마음이 쪼그라들었다. 아이의 토실하고 보드라운 뺨을 매만지며 철은 억세고 거친 삶의 형태에 대해 생각했다. 매달 월급에서 빠져나가는 대출 원금과 이자를 셈하다 보면, 조금만 부주의해도 살갗이 찢기고 베는 듯 날선 종이 위에 서 있는 기분이었다.

영이 빠듯한 살림에도 영양제에 들이는 돈이 무시 못 할 금액이라고 생각했지만 철은 그다지 상관없다고 여겼다. 아내가 느끼는 공포—코시국에 코로나에 걸리면 모든 게 끝—와 자기 위안—코시국에 코로나에 걸리지 않는 게 돈 버는 것— 논리에 비교적 공감해 버렸기 때문이었다. 건강을 돈으로 살 수 있다면 사는 게 맞겠지, 사야 하는 거겠지, 지금은. 철은 영이 사들이는 영양제 택배 박스가 하루가 멀다 하고 도착하는 걸 알면서도 굳이 의식하려 들지 않았다. 다만 바이러스가 돌면서 영이 지나치게 불안해하는 모습이 마음에 걸렸다.

오렌지 아니면 포도?

철은 식탁에 앉아서 츄어블 유산균을 씹으면서도 졸고 있는 아이에게 물었다. 주스라면 반색하는 아이는 전원이 들어온 로봇처럼 갑자기 생기가 돌아 고심하더니 둘 다, 하고 배시시 웃었다. 철은 아이의 앞에 어린이용 주스 팩 두 개를 모두 놓아 주고 뒤돌아 식빵 봉지를 뜯었다. 접시에 딸기잼이 발린 토스트를 올려 주고 나서야 철은 영이 지금 한창 달리고 있을 대리석 바닥을 떠올렸다.

샤넬 오픈 런 대신해 드려요.

영은 카카오톡 프로필에 그런 문구를 썼다. 살면서 샤넬 가방은 매본 적도 없던 영은 우연한 기회에 사촌 언니의 부탁 한 번을 들어준 뒤로 코시국에 돈이 되겠어, 라고 말해 왔었다. 백화점 개장 전에 줄 서 있다가 말 그대로 오픈 런 하는 거야. 번호표 받고 사달라는 대로만 사다 주면 되는 거니까 어려운 일은 아니야, 라고 말했지만 영은 녹초가 되어 돌아오곤 했다. 매장마다 물건이 많지 않거든. 몇 점 안 들어오는데 금방 빠지고. 영은 전투적으로 카톡 메시지를 주고받으며, 의뢰인이 요구하는—원하는— 상품을 구할 때까지 온종일 백화점을 돌았다. 롯본(롯데 본점), 압현(압구정 현대), 신강(신세계 강남), 판현(판교 현대)을 가리지 않고 뛰었고, 어느 날엔 수수료 두 배를 준다고 해서 지금 파주 아울렛 가는 중이야, 먼저 저녁 먹어, 라는 문자를 보내오고도 결국 구하지 못했다며 씁쓸히 귀가했다. 오픈 런은 번호표를 받은 대기자가 매장에 들어가고, 그 대기자의 이름이 적힌 카드로만 상품을 구매할 수 있었다. 영은 제 카드로 우선 구매한 뒤 상품과 영수증을 구매자에게 주고 현금에 수수료를 더해 이체 받았는데 카드 내역서를 눈앞에서 흔들어 보이기도 했다. 이 달에 억 가까이 쓴 거야, 나. 영은 백화점 브이아이피였지만 언제나 모자를 깊이 눌러쓴 채로 트레이닝복과 점퍼를 입고 백화점을 누비고 달렸다.

영이 알바를 뛰는 동안 철은 아이를 먹이고 챙겼다. 코로나만 아니라면 부업으로 대리운전을 뛰며 토요일 아침이 다 되어서야 집에 들어섰을 거였다. 철은 잼도 바르지 않은 빵을 묵묵히 씹다가 배 속이 꾸르륵거리는 소리를 들었다. 철은 영이 소분해서 담아 둔 영양제를 꺼내 두 번에 나누어 의식적으로 삼켰다. 물을 많이 마셔야 해. 영이 바로 옆에서 떠드는 듯해서 물 한 컵을 다 비웠다. 크기와 모양과 색이 다른 여남은 개의 캡슐이 식도를 지나 내려가는 게 느껴졌다. 영양제에 대해서라면 영은 아이와 다를 바 없이 철을 대했다. 유산균(장 건강이 최우선), 종합비타민(종비는 필수야), 오메가3(나이 들면 뇌세포가 자꾸 죽는대), 비타민C(코시국에 제일 중요하지), 비타민D(실내에서는 햇빛을 못 받으니까), MSM(식이 유황인데 관절 통증에 좋아), 실리마린(간 건강은 말이 필요 없고), 소화효소(가장 중요한 건 소화력), L-테아닌(우울증 예방)을 주고, 때마다 사과식초와 배도라지즙을 마시게 했다.

나 근데 배가 아픈 것 같아.

영양제를 입 안에 털어 넣으며 철이 말하면,

이 정도 먹으니까 그나마 그 정도인 거야.

영이 눈을 흘겼다.

결혼하기 전에 철과 영은 사무원으로 일했다. 철은 회계사 사무실에서 사무 보조로, 영은 디자인 회사에서 일하다가 아이를 낳은 뒤엔 외주 업무 프리랜서로 돈을 벌었다. 철은 성실히 근속하는 편이었지만 월급 자체가 적은 데다 상여금이나 복지 혜택이 적었고, 영은 일을 꼼꼼히 잘한다고 평판은 좋았으나 벌이가 매달 들쭉날쭉했다.

집을 살 기회는 여러 번이었다고 철은 자주 생각했다. 살 수 있었다, 라고 말하기는 어렵지만 적어도 집을 사야 하지 않나, 진지하게 고민했어야 했던 때. 그런 때는 분명 여러 번—철은 두고두고 과거를 복기하는 유형이었고, 그런 자신이 싫었지만 하는 수 없다는 듯 상념에 잠기기 일쑤였다. 이렇게 생겨 먹은 걸 인정한다는 투로—이었다. 아이를 임신했을 때, 아이를 출산했을 때, 아이를 어린이집에 맡기던 때, 그들은 그때마다 주택 구입을 망설였다. 집값이 너무 높잖아, 곧 떨어질 거야, 좀 더 기다려 보자, 아이가 초등학교에 입학하기 전에는 꼭 정착해야겠지. 그건 맞아. 그러나 집값은 자고 일어나면 고점을 갱신했다. 여기가 꼭대기야, 싶었는데 더 위가 있었다.

작년에만 샀어도, 아니 재작년!

영이 발작하듯 아쉬워할 때면 철은 입맛을 다셨다. 철의 생각도 다르지 않아서 그랬다. 두 해마다 전셋값을 올려 주며, 만기마다 복비와 포장 이사 비용을 지불하며 더는 안 된다, 하면서도 선뜻 결정을 못했다. 대출 원금과 이자 납입이 무서워서, 남들은 영혼까지 끌어모은다지만 끌어모을 영혼이 없었다. 수입이 일정치 않았고, 직장이 안정적이지 못했고, 미래 계획을 세우기엔 엄두가 나지 않았다. 월세와 반전세를 피해 제법 저렴하고 컨디션 좋은 전세를 구했다며 만족하고 안주했던 때가 있었다니. 뒤늦게 후회되었다. 이 모든 게 핑계고 회피라는 걸 아는데도 철은 스스로가 무기력하게만 느껴졌다. 마음이 졸아들 때마다 그래서 새벽마다 현관문을 나섰고, 콜을 받아 대리운전을 뛰었다. 수수료를 입금하고 손에 돈 오 만 원을 쥔 귀갓길에는 매번 어깨에 선득한 한기가 돌았다. 강도 높은 거리두기로 밤 열 시면 식당과 술집 문이 닫는 코로나 시국에 그마저도 일이 끊긴 뒤에는 무수한 밤을 뜬눈으로 보내기도 했지만.

매물 있나 좀 알아봐.

영은 전날에 당부했었다. 구체적인 예산을 세우는 게 먼저지만 그래도 시간 날 때 인터넷으로라도 지역과 시세를 알아 둬야 하고,

여차하면 직접 보러 가기도 해야 할 거라고.

철은 영의 말을 유념하면서도 아무것도 하지 못했다. 아이에게 만화영화를 틀어 주고 가만히 앉아 있었다. 사고의 흐름이 정지된 듯 눈을 끔뻑이면서.

영은 또 웃으며 돌아오려나. 철은 그런 생각에만 잠겼다. 영이 오픈 런을 뛰고 돌아와서도 그날의 일들을 수다스레 떠들어 댈 때마다 철은 영의 지갑 속에 있는 카드 한 장이 무시로 떠오르곤 했다. 아침이 밝아 오던 그날, 철이 대리운전을 뛰고 번 돈을 영의 지갑 안에 넣어 두려다가 발견한 그것. 아주 작은 글씨로 인쇄된 카드 크기의 종이엔 '자기암시 박수'라고 쓰여 있었다.

(가사는 외치고, ∨표는 손뼉을 친다)

나∨는∨내∨가∨정∨말∨좋∨아∨

나는∨∨내가∨∨정말∨∨좋아∨∨

나는내가∨∨∨∨정말좋아∨∨∨∨

나는내가정말좋아∨∨∨∨∨∨∨∨

(함성 2초 발사)

영이 얼마나 자주 이 카드를 펼치고 박수를 쳐왔을지 철은 헤아릴 수 없었다. 다만 코팅된 모서리가 닳고 닳아 있는 그것을 검지로 매만져 보았다. 보지 않은 척 다시 카드를 지갑 안에 넣어 두고, 돈은 지갑 위에 그저 얹어 놓았지만 이후로 철은 영이 카드를 들여다보는 모습을 상상하게 되었다. 나는 내가 정말 좋아, 하고 자기암시를 해야 하는 시간은 아내에게 얼마나 자주 오는 것일까. 가사를 외치고 손뼉을 치면 정말로 자기암시가 되나. 되기는 되나. 함성은 얼마나 크게 내질러야 하나. 목 메이는 순간은, 없을까. 이 남자와 결혼하고 아이를 낳고 가난한 세간을 꾸려 가며 나는 내가 정말 좋다고 리듬에 맞춰 박수를 칠 때…… 함성을 지를 때…… 목이 메는 순간이.

평소처럼 돌아올 줄 알았는데 영은 오후 늦게야 창백한 낯빛으로 들어섰다.

집주인에게 전화가 왔어.

뭐라는데.

철이 걱정스레 물었고, 영은 머리를 감싸 쥐며 말했다.

왜 답이 없느냐는 거야.

답이라니?

어느 집이고 문제없는 데가 있는 줄 아느냐, 시세보다 싸게 들어와서 이 년 잘 살았으면 적당히 감수하는 부분도 있어야 하지 않겠느냐고.

영은 주먹을 쥐고 정수리를 통통 내리쳤다.

잘?

철이 발끈했다.

어디 가서 이만한 아파트를 구할 거냐며 숫제 배짱이더라.

영의 목소리엔 기운이 없었다.

이만한? 이만한 아파트? 누가 들으면 정말 대단한 건 줄 알겠어. 다 낡아 빠진 한 동짜리 가지고 유세는.

틈만 나면 단전, 단수에 온갖 벌레가 들끓고, 엘리베이터는 교체해야 할 시기가 훨씬 지났는데도 관리 부족으로 목숨 걸고 운행 중이며 건물 화재 보험조차 들어 있지 않아서 소방서 경고장이 유리문에 붙어 대는 이 위험천만한 아파트의 실상을 모르고 들어온 게 죄라면 죄라고, 영은 무엇엔가 시달려 기어이 다 내주고 말았다는 듯 주절거렸다.

한 달 반 나가 있으라는 게 요점이지?

철이 물었다.

아니.

그럼?

원한다면 이 집을 사도 좋대.

사도 좋다고?

세입자니까 조금 저렴하게 해준다고.

해준다고?

철은 기가 차서 영의 대답을 듣지 않고 말을 이었다.

내가 다시 말할게. 앞으로는 절대, 나한테만 전화하라고.

활달해 보이지만 의외로 나이 많은 사람이 그물 밖으로 공을 몰 듯 툭툭 건드리는 대화를 영이 유난히 힘들어 한다는 사실을 철도 잘 알았다. 미안하고 안쓰러우면서도 그보다 양심 없는 집주인을 향한 짜증과 분노가 먼저였다.

집을 사자. 진짜로.

철이 말했다.

이 집은 말고.

그래, 이 집은 아니야.

영은 나 화장실 좀, 하고 들어가더니 오래도록 나오지 않았다. 철은 초조한 심정으로 그 시간을 견뎠다.

입맛이 별로 없다며 저녁을 헐하게 먹고 나서 영은 힘없이 찬장을 열었다. 그리고 손바닥 하나 가득 쏟은 영양제를 물과 함께 내밀었다.

더 많아진 거 같은데?

철이 갸웃거리니,

한 알 더 는 거야. 코큐텐. 항산화제.

영은 대수롭지 않다는 듯 입술을 달싹였다.

알잖아, 여보. 건강은 아무도 안 챙겨 줘.

철은 유산균, 종합비타민, 오메가3, 비타민C, 비타민D, MSM, 실리마린, 소화효소, L-테아닌에 더해 코큐텐까지, 한꺼번에 입 안으로 털어 넣었다. 식도에 묵직한 것이 덩어리째 내려가는 기분이 들어서 평소보다 물을 더 많이 마셨다.

이 시국에 아프기까지 하면 되겠어?

영의 말에,

이 시국?

철이 되묻고,

코로나 시국에 더해 우리가 들어가 살 집도 없는 때를 말하는 거야.

영은 답하며 철과 같은 양의 영양제를 결연히 삼켰다. 밥은 새 모이처럼 먹고 영양제를 그렇게 많이 먹어도 되느냐고 철이 걱정스레 물었지만, 베지 캡슐이라 괜찮대…… 하며 영은 우물거렸다.

그날 밤, 자정이 넘도록 부부는 잠을 이루지 못했다. 철은 얼마 되지 않은 자산을 끌어모아 가늠하고, 은행 대출을 얼마나 더 받을 수 있을지 금리를 살폈다. 대출 규제, 집 담보 대출 금리 인상 등의 신문 기사도 정독했다. 철의 곁에서 영은 인터넷에 올라와 있는 부동산 매물을 검색했다.

다음 페이지, 다음 페이지만 보고 자자……

영은 생각하며 최신순, 가격 낮은 순 등 조건을 달리해 페이지를 넘겼다. 눈꺼풀이 무거운데도 잠이 오질 않았다. 가진 돈은 빤했고, 눈에 드는 집은 비쌌다. 성에 차는 매물이면 교통이 나빴고, 금액이 괜찮다 싶으면 너무 좁았다.

철이 집주인에게 전화해 저희 전세 만기로 집 빼겠습니다, 하고 고지한 뒤 부부는 정신없이 바빠졌다. 세 달이면 충분히 집을 구하고 이사를 준비할 수 있는 시간이겠지 싶다가도 여유 있는 기간은 아니라는 조바심이 일었다.

철과 영은 평일과 주말을 가리지 않고 집을 보러 다녔다. 철의 회사 근처와 아이를 보내고 싶은 학교 주변으로 지역을 한정하고 감히 쳐다볼 수도 없는 가격의 대단지 아파트를 제외하자 의외로 매물이 많지 않았다. 빌라든 오피스텔이든 마땅하기만 하다면, 예산을 조금 웃도는 금액의 매물이라도 나오기만 한다면, 우선 보고 결정하자고 부부는 머리를 맞댔다.

어차피 한도 끝까지 대출한다고 생각해, 삼십 년 만기로, 다들 그렇게 한다니까.

철은 영에게 말은 그렇게 해두었지만 근무 시간에조차 이따금 눈앞이 캄캄해져 왔다. 다들 그렇게 하고 있어…… 지금이 아니면 제대로 생긴 집 한 칸 마련 못 하고 길에 나앉게 된다고…… 마음을 다잡았다. 심란한 건 어쩔 수 없다고 여겼다.

이거 괜찮을까?

영이 매물을 공유해 주면 철이 부동산 대표번호로 전화해 약속을 잡았다. 방문이 낮에만 가능하다고 하면 철이 눈치를 보며 반차나 반반차를 썼고, 늦은 오후에만 가능하다고 하면 아이를 유치원에서 하원시켜 데리고 함께 움직였다. 그들의 이동은 대체로 긴박하고 기민하게 이루어졌다.

아시잖아요, 집값이 고점이라 매물이 안 나와요.

네. 알죠, 알죠.

코로나 시국이라 집 보여 주는 것도 다들 꺼려하세요. 이 시간아니면 못 보여 준다고 하시네요.

그럼요. 알죠, 알죠.

영과 철은 마스크를 단단히 고쳐 쓰고 남의 집에 들어갈 때마다 허리를 숙였다.

이 시국에 죄송합니다.

그러는 찰나에 철은 이 시국에 집을 사려 해서 죄송하다고 사죄해야 할 것만 같은 자조가 밀려왔고, 사죄를 누구에게 하나 싶어 맥이 빠졌다.

집이 너무 깨끗하네요, 창밖 경치가 훌륭하네요, 잘 봤습니다.

깍듯하게 인사하고 나와서도 영은 평수가 이리 적은데 이 가격이라니 믿을 수 없다거나 어쩐지 집값이 싸다 싶었어, 창호가 엉망이라 여기는 너무 좀 그렇지, 여보? 하고 철에게 동의를 구해 왔다. 신축 빌라는 엘리베이터가 없고 비좁은데 가격이 턱없이 높았고, 주상복합 오피스텔은 관리비가 높고 유동 인구가 많아서 아이를 키우며 살기는 어려워 보였다.

신축을 고집하면 안 된다고 철이 말하고 난 다음의 일주일 동안, 구축의 상태와 구축 안에서 펼쳐지고 있는 삶의 규모와 형태에 그들은 동시에 비애와 무력감을 느꼈다.

내부 수리비가 만만치 않겠어.

영은 해쓱한 얼굴로 시선을 떨어뜨렸다. 영이 말하는 건 언제나 납득할 만한 것이었지만 그럴 때면 철은 자꾸 배 속이 요동쳤다. 그렇다고 화장실로 달려가고 싶지는 않아서 기분 탓일까, 긴장한 까닭일까 고민했지만 분명한 복통이었다.

근데 이 집 좀 봐, 아무리 산속 오지여도 정말 너무 잘 고쳐 놓았다, 인테리어 구경 좀 하러 갈까?

집 보러 다니는 횟수가 늘어날수록 영은 기분 전환 삼아 바람 쐬러 가자는 듯 되도 않는 조건의 매물을 보러 가자고 했다. 이런 가격을 무슨 수로, 하고 철이 말하면 아니 그냥 보기만 하는 거지, 보는 것도 못 해? 영이 팩하니 대꾸해 왔다.

부부는 바지런히 움직였지만 뭐든 쉽지 않다는 체감만을 반복했다. 매물을 보러 차를 타고 가는 중에도 먼저 방문한 사람들과 가계약이 되었다며 붕 뜨는 경우가 빈번했고, 중개업자와 함께 사오층 가파른 계단을 올라 방문했는데도 어디서 나오셨죠, 매물 내린 지가 언젠데 다짜고짜 찾아와요, 라며 따가운 시선을 받기 일쑤였다. 낯모를 타인들의 예고 없는 공격성에 숨이 막혀 와서, 철과 영은 이건 아닌데 싶을 정도로 지치고 말았다.

집을 알아본 지 한 달이 되어가던 어느 날, 철은 식은땀을 흘리며 퇴근했다. 배가 찢어지는 것처럼 아프다는 철의 말에 영은 놀라서 급히 야간진료 내과를 예약했다. 의사는 장이 과하게 긴장되어 있는 상태로, '장누수증후군'이라고 진단했다. 그리고 뜻밖에 의사는 영의 얼굴을 유심히 바라보다가 진료받아 보시죠, 하고 말했다.

그저 뾰루지일 뿐이에요.

영은 손사래 쳤지만,

통증 없는 대상포진일 수도 있어서요.

의사는 표정 변화 없이 대꾸했다. 영이 망설이다가 이내 진찰대에 누웠다.

평소에 소화가 잘 안 되시죠? 대상포진은 아니네요. 피부 알레르기 정도지만 식욕 저하에 평소에 설사도 있으셨을 거예요.

네……

영이 시무룩하게 대답했다. 철은 영이 화장실에서 꽤 오래 나오지 않던 시간들을 떠올렸다. 자신은 복통을 견뎠지만 영이 견딘 것도 다르지 않아 보였다.

부부는 같은 병명을 진단받았다.

유해 세균이 과다 증가해서 균형이 깨진 상태라고 보시면 됩니다. 장내 미세융모의 길이가 줄어들고 불규칙해지면 독소가 침투할 수밖에 없죠. 조급하게 생각하시면 안 되고 천천히 치료해서 면역력을 높이셔야 하고요.

의사는 형편없이 짧고 흐물흐물해진 미세융모의 사진을 보여 주고, 프리바이오틱스와 초유, 글루타민을 처방했다.

근데 저희, 유산균은 먹고 있어요. 날마다요.

영이 말하자,

다행이네요. 유산균의 먹이도 같이 몸에 넣어 줘야 합니다. 그게 프리바이오틱스.

의사가 답했다. 영은 고개를 주억거렸다.

그날 밤 늦도록 철은 영이 소파에 눕지도 않고 앉아서 뭔가 타는 듯이 졸아든 얼굴로 휴대폰을 들고 있는 걸 보았다. 어서 이 하루가 끝나 버렸으면 싶다가도 피로감이 극에 달하면 잠도 오지 않는 것처럼 영은 눈꺼풀을 느리게 열고 닫는 중이었다. 영이 분명 영양제와 영양제끼리의 조합에 대해서, 의사가 말한 병명에 대해서, 그에 더해 또다시 들어 봤음직한 여러 증상들에 대해서 검색하고 있을 거라고 철은 짐작했다. 다음 날 여지없이 두통에 시달릴 걸 알면서 영은 병증을 검색하고 그것이 꼭 자신의—우리의— 것인 것만 같다고 느끼고 그리하여 다시 영양제를 매치업해 검색하는 일을 반복해 왔다. 사고자 하는—사야만 하는— 영양제가 사이트 내에서 품절이면 불안해했고, 쉴 틈 없이 웹페이지를 새로 고침하며 '입고 알림' 버튼을 클릭했다. '이미 입고 알림이 신청된 품목입니다'라는 안내 문구가 신기루처럼 떴다가 사라지는 걸, 철은 영의 전화기 화면 속에서 곧잘 목격하곤 했으니까.

먼저 잘게.

철이 손을 들어 보였고,

어……

영은 느리게 대답하다가,

아무래도 분말이 낫겠지? 흡수가 빠를 테니까.

웅얼거렸다. 캡슐과 알약과 분말의 세계를, 영은 정신없이 부유하고 있었던가. 이겨야 하는 싸움에서 끝내 지고 말았다는 얼떡은 태도와 그러나 이제라도 다급히 시정하고 재정비해야 한다는 흥분 상태로.

여보 좋을 대로 해.

철이 말하고, 맥없이 방으로 들어서는 모양을 영은 흐린 눈으로 보았다. 장내 유해 세균 증가, 독소 침투, 균형이 깨진 상태, 장누수

증후군…… 의사가 해준 말들이 머릿속에서 조각배처럼 둥둥 떠다녔다. 우리에게 누가 있느냐고, 코시국에 건강마저 잃으면 다 잃는 거라고, 돈이 없어도 건강만은 지켜야 살아남을 수 있다고, 좋다 싶은 건 다 사들이며 악착같이 먹고 또 식구들도 먹여 왔는데 누수라니. 다 샌다니. 새어 버리고 있었다니. 이 아까운 게…… 영은 서글픈 마음으로 영양제를 검색하고, 고민을 거듭하다가 새벽 배송으로 주문했다.

다음 날부터 철과 영은 유산균, 종합비타민, 오메가3, 비타민C, 비타민D, 실리마린, 소화효소, L-테아닌, 코큐텐까지 아홉 개의 캡슐을 물과 함께 삼킨 뒤, 식간에 공복마다 프리바이오틱스, 초유, 글루타민 분말을 각 2그램씩 덜어 우유에 타서 마셨다.

좋아지는 건가.

철이 혼잣말처럼 물으면,

시간이 걸린다잖아.

영이 격려하는 눈빛으로 답했다.

그래.

자신이 삼키고 마시는 그 모든 과정을 영이 기도하듯 끈질기게 바라본다는 걸 철은 알았다.

한여름이 되면서 철과 영은 모기와의 사투를 벌였다. 창호가 부실하고 방충망이 헐거워서 온갖 벌레가 집 안으로 날아들었다. 대표적인 것이 모기였지만 정체를 알 수 없는 날벌레들도 호를 그리듯 떼 지어 날거나 벽을 타거나 해서 골치가 아팠다. 밤낮으로 살충제를 쓰고, 야외에서나 사용할 법한 모기향도 피웠다. 아침에 눈을 뜨면 집 안 곳곳을 돌아다니며 죽어 있는 모기와 날벌레들의 사체를 쓸어 모으고 화장실에 들어앉는 것이 철의 모닝 루틴이 될 정도였다.

여보, 얼른 좀 나와.

안 그러던 영은 부쩍 화장실 문을 두드렸다.

우리 괜찮은 건가.

문을 열고 나오며 철은 고민스럽게 중얼거렸다. 의사의 처방대로 매일 꾸준히 영양제를 먹고 있는데 증세가 좋아지기보다는 더 나빠지는 것만 같았다. 복통과 설사도 문제였지만 뭔가 제대로 설명할 수 없는 '멍함'이랄까 '멍해짐'이랄까, 아무 생각도 할 수 없을 정도로 자주 졸리고 나른해진다고 철은 식탁에서 덧붙였다.

나도 그래…… 난 손까지 떨려. 어지럽고.

영이 붉어진 뺨으로 고백했다. 얼굴에 미열이 도는 것 같았다. 철과 영은 첫 진료 이후 보름 만에 다시 진료 예약을 잡았고, 의사로부터 간단명료한 답을 들었다.

유해 세균이 사멸하며 독소를 배출해서 그렇습니다. '다이 오프Die off' 증상이라고 하는데요, 손 떨림, 어지러움, 브레인 포그Brain fog라고 순간 혈류의 흐름이 멈춘 듯 멍해지거나 할 수 있습니다. 당연한 수순입니다. 항생제를 한 달 치만 좀 추가하죠. 도움이 될 거예요.

집으로 돌아오며 철과 영은 아무 말도 나누지 않았다.

일종의 명현반응이라는 거구나.

영이 창밖을 내다보며 혼잣말했지만 철은 별말 없이 운전에 집중하려 했다. 누군가 그들을 본다면 혼자가 아닌데 혼자인 채로, 함께인데 따로인 듯 그들 각자의 안개 속을 헤매고 있다고 생각했을지 몰랐다.

집에 돌아와서 철과 영은 프리바이오틱스, 초유, 글루타민 분말을 각 2그램씩 덜어 우유에 타 마시는 걸 잊지 않았다. 끼니를 해치우듯 저녁을 지어 먹고, 이어서 유산균, 종합비타민, 오메가3, 비타민C, 비타민D, 실리마린, 소화효소, L-테아닌, 코큐텐, 의사의 처방약인 천연항생제 베르베린까지 모두 열 개의 캡슐을 두 번에 나누어 물과 함께 삼켰다.

더 이상 보러 갈 매물도 없고 전세 만기는 다가오는데 어째야 해.

그 밤에 철은 영이 잠꼬대처럼 말하는 걸 들으며 눈을 감았다. 그리고 잠에 취해서조차 끝도 없이 누수 되고 있는 무엇에 대해, 아무리 삼키고 마시고 털어 넣어도 도저히 몸의 내부에 모아지지 않는 '영양'이란 것에 대해 생각했다.

문제는 만성적이야…… 집을 사야 해. 집이 있어야 돼.

철은 자신이 사고 싶은, 하자 없고 제대로 생겨 먹은 게 집인지 몸인지 아리송해하면서 잠에 빠져들었다.

다음 날 철은 출근하자마자 부동산 중개인으로부터 연락을 받았다. 혹시나 싶어서 지역 일대의 부동산마다 전화를 돌려 놓았던 게 기억났다.

괜찮은 매물이 나오면 전화 달라고 하셨죠?

수화기 너머로 호쾌한 목소리가 흘러나오는 걸 철은 가만 귀 기울여 들었다.

철은 급히 오전 반차를 내고 차를 몰아, 마침 아이를 등원시키고 막 귀가한 영을 데리러 갔다.

결혼한 지 십 년 되셨으면 신혼부부 특별 공급도 어려운데, 부양하는 노부모도 없이 어린애 달랑 하나요? 세 식구로 분양이나 청약은 불가능이라고 봐야죠. 망설일 것도 없이 지금 집 사셔야 합니다. 더 고점이 와요. 장담합니다.

양복 입은 중개인은 도착하자마자 말을 내뱉다가 아이고, 제가 벌써 환갑입니다, 집 보러 다닌 것만 삼십 년 경력이에요, 라고 자신을 소개했다. 마스크를 썼기 때문에 눈매만 드러났는데도 젊어 보였다. 키가 훤칠하고 어깨가 굽지 않아서 평소 규칙적인 운동으로 단련된 몸이라는 태가 났다. 목소리가 시원시원하고 달변가라는 인상을 받았다.

그를 따라가며 철은 왠지 모르게 긴장했다. '두 분께 이 집이 딱'이라는 표현을 써가며 제안하는 매물이 어떤 곳일지 가늠하느라 영이 잔뜩 미간을 찌푸린 걸 저도 모르는 새 살피게 되었다. 벌써부터 배가 싸륵거리는 기분이었다.

지하층부터 10층까지 한 동짜리 아파트인데, 여기에 세 집이 나와 있어요. 층마다 평형이 다르니 잘 골라 보세요.

중개인이 현관 유리문에 붙은 도어록의 비밀번호를 눌러 문을 열어젖혔다.

지금 우리 전셋집이랑 비슷하다……

영이 철에게 눈짓했다.

세 집이 동시에 나온 건가요?

철이 묻자,

아, 집에 문제가 있는 건 아니에요. 우연이죠. 이사철 아닙니까.

중개인이 웃으며 대꾸하곤 엘리베이터의 버튼을 눌렀다. 잠시 후 문이 열리는 순간에 복도 센서 등이 깜빡이지 않았나 헷갈렸지만 중개인이 등을 두드리며 타시죠, 했기 때문에 생각은 생각으로만 그쳤다.

승강기 내부는 깨끗하지 않았다. 세라믹 코팅이 벗겨지고 키 판이 낡아서 경계심이 들었다. 연식이 좀 됐죠, 그래서 가격적으로 '메리트'가 있는 거고요. 관리비가 모아져 있으니까 노후 시설은 교체할 시기가 되어 바꾸면 그만입니다, 하고 중개인이 선수 치듯 말을 이었다. 철은 전기, 누전, 상하수도, 열쇠, 도어록, 용달 이사 등 덕지덕지 붙은 홍보 스티커들 사이로 지하 1층 주차장 버튼 아래 *Free the whale!*이라고 휘갈겨 쓰인 파란색 영문을 발견했다. 웨일이라면…… 고래인데. 피시방인가 중국요릿집 광고인가 알 길이 없었지만 오래 시선을 두지 못하고 7층에서 내려야 했다.

철과 영은 중개인의 능숙하고 매너 있는 안내에 따라 7층을 둘러보았고, 그다음 계단으로 한 층 내려가 6층, 그다음 또 계단으로 한 층을 더 걸어 내려가서 5층을 보았다. 각각의 주인들은 마스크를 쓰고, 부부가 고심하며 집 안 구석구석 살피는 걸 인내심을 갖고 기다려 주었다. 집 안도 대체로 깔끔하게 정돈되어 있었다. 어느 집을 선택한다 해도 무람없이 마음에 들 정도로 차이가 없었다. 다만 7층은 18평형, 6층은 23평형, 5층은 28평형이었고 각 층마다 1억씩의 가격 차이가 났다. 철과 영은 한 층 한 층 내려설수록 차례로 면적이 넓어지는 집을 마주하게 되는 탓에 어쩐지 더 큰 환대를 받는 기분에 사로잡혔다. 세 집 모두 볕이 잘 드는 남향이고 동일한 구조였지만 다섯 평씩 커지는 체감은 실로 놀라웠다.

잘 봤습니다.

철과 영은 얼떨떨한 채로 5층을 나섰다. 다시 엘리베이터 버튼을 누르고 문이 열린 뒤 올라탔고, 승강기 내부가 유독 낡았네, 생각을 이을 틈도 없이 현관문을 열고 빠져나왔다.

고민해 보시고 바로 연락 주십시오, 가을이 되고 본격적으로 이사 철이 되면 집값은 더 뛸 겁니다. 이런 매물은 금방 나가죠.

정중히 고개 숙이고 돌아서는 중개인을 바라보며 철과 영은 멍하니 서 있었다. 그리고 어딘가 모르게 익숙한 심정이 되어, 고개를 꺾고 10층짜리 건물을 망연히 올려다보았다.

18평에서 어떻게 살아, 너무 좁겠지?

집으로 돌아오는 차 안에서 영이 입을 뗐다. 선팅이 벗겨진 지 오래라서 여름 볕이 강하게 들어와 철은 눈을 찌푸렸다.

왜 못 살아.

그러려고 한 건 아니었는데 철은 괜히 사나운 심정이 되었다.

다 사람 사는 데야. 그리고 우리 예산으로는 7층이 맞지. 그것도 대출 풀로 당겨야 하고.

철은 많은 걸 바라지 않았다. 불가능한 걸 꿈꾸거나 허황된 미래를 희망하고 싶지 않았다. 막연한 긍정이나 낙관보다 한 계단, 한 계단, 천천히 위로 올라서면 된다고 믿었다. 거창할 것도 없었다. 그저 세 식구 마음 편히 발 뻗고 지내는 것, 맛있는 거 아이의 입에 넣어 주며 살을 찌우고 뼈를 키워 주는 것, 그거면 되지 않나, 그게 행복 아닌가, 행복이 별건가, 생각하고 싶었다. 속이 좁고 배포가 작다고 욕한대도 상관없었다. 발끈하는 자기의 옆얼굴을 영이 고요히 응시하는 걸 철은 모르는 척 방향을 틀어 운전했다.

못 산다는 건 아니고……

영은 항상 말없이 자신의 의견에 따라 주고 맞장구쳐 주던 철이 새삼 낯설게 느껴졌다. 은근히 속이 상하고 심술이 나다가 그것도 잠시, 언젠가 우연히 철의 메신저 창을 보게 됐던 날이 떠올랐다. PC에 자동로그인 된 사실을 철이 깜빡한 듯해서 로그아웃하려다가 영은 저도 모르게 스크롤을 올려 보게 되었다. 대화는 대부분 업무 지시 사항과 처리 여부, 간간이 점심 메뉴 선정과 시답지 않은 커피 메뉴 주문 등이 주요 화제였는데 철의 답은 한결같았다.

넵. 넵~ 넵! 넵!!! 넵…… 넵TT

넵, 외에 다른 말은 세상에 존재하지 않는 사람처럼 철은 사무실 직원들 간의 단체 채팅방에서 단답만을 반복하고, 다른 직원들은 철이 그런다는 걸 의식조차 하지 못하는 것 같았다. 사람 하나가 두 발을 딱 붙이고서 있는 모양의 글자가 무수히 도열한 철의 대답을, 영은 답답한 심정으로 읽었다. 의견을 내. 바로는 무리고 오후까지 처리하겠다고, 아이스아메리카노가 아니라 뜨거운 걸 마시고 싶다고 제대로 말하라고, 여보. 이번에 철은 자신의 의견을 말한 것뿐이라고 영은 애써 고개를 돌렸다.

그날 저녁 식탁은 조용했다. 아이에게 만화를 틀어 주고, 철과 영은 무표정하게 밥알을 씹었다. 다섯 평에 1억. 다섯 평을 더 가지려면 1억이 더 필요하고, 열 평을 더 가지려면 2억이 더 필요했다. 그들은 도저히 가질 수 없는 면적에 대해 골몰하기 시작했고, 그것은 꼭 어떤 침잠과도 같이 깊이를 모를 밑바닥으로 철과 영을 데려다 눕혔다. 인상되지 않는 월급—세금은 해마다 올랐지만—, 불안정한 삶의 토대—대단지 아파트에 입성하고 싶지만—, 아이 교육에 관한 불확실한 미래—학군 좋은 곳에서 키우고 싶지만—, 필연코 무언가 남겨야 한다는 부담감—저축, 주택, 건강이라도!—이 철과 영의 현실 그 자체였다. **욕심부리지 마**. 어마어마한 것을 원한 게 아니었다는 억울함과 영혼을 끌어모아도 가질 수 없는 게 있다는 체념 어린 분노를 조용히 삭여야만 했다. 두 사람은 좀처럼 식욕이 돌지 않는 얼굴로 밥을 절반 이상 남겼다.

식사를 마치고 영은 화장실로 들어갔다가 진저리가 난다는 표정으로 빠져나왔다. 그리고 급히 교대한 철이 변기의 레버를 내리고 밖으로 나왔을 때, 영은 선 채로 머그잔의 손잡이를 한 손에 잡고 티스푼을 휘저으며 말했다.

방법은 하나뿐이야.

무슨 방법?

영이 내민, 프리바이오틱스와 초유와 글루타민 분말이 2그램씩 뒤섞인 우유를 철이 받아들고 단숨에 마셨다.

다이 오프 증상이 계속될 때 말이야. 알아보니까 빨리 나을 방법은 한 가지뿐이래.

빨리?

어.

뭔데.

증량.

증량?

먹는 양을 늘리는 것만이 유일무이한 방법이라고, 영은 말했다. 그 얼굴이 너무나 단호해서 철은 감격할 뻔했다.

방법이 있다는 게 어디야.

철과 영은 점점 더 많은 영양제를 먹었다. 여남은 개의 캡슐은 유산균과 비타민C와 오메가3를 증량하여 열여섯 개로, 프리바이오틱스와 초유와 글루타민은 두 배를 증량하여 4그램씩 우유에 타 마셨다. 영양제만 먹는데 배가 불러 왔다. 하다못해 세상 쓸모없고 해로운 균도 죽을 때 독소를 내뿜는데 인간은 어떻지…… 악바리 같은 근성이 필요한 때가 아닌가…… 철은 한순간 눈앞이 기우뚱한다고 느꼈다.

여름이 끝나갈 무렵 어스름 짙은 저녁에 영은 집주인으로부터 연락을 받았다. 중개인이 세입자를 데리고 집을 좀 보러 갈 것이라는 내용의 문자였다.

또 나야.

영은 철에게 전화기를 내밀었다. 짜장 소스가 묻은 아이의 입을 물티슈로 닦아 주고 난 뒤 철이 식탁에서 일어났다.

중개인이 미리 찍어 둔 사진을 보여 줬고. 입주 의사가 있는 사람들이래. 별 탈 없으면 계약할 것 같으니 집 구경 시켜 주라고.

거실에서 통화를 마치고 돌아온 철이 말했다. 이사를 앞두고 둘 다 예상하고 있던 터였다. 집주인으로서도 공사를 빌미로 집을 비워 두기는 아까울 거였다.

이렇게 문제 많은 집에 들어오려 한다니, 운도 없지.

영은 코웃음을 쳤다.

부부는 일주일 전 고심 끝에, 7층 18평형을 매매하기로 결정했다. 대출 원금과 이자에 대한 부담이 큰데 더 큰 평형을 욕심내기는 무리라고 판단했던 것이다. 한 동짜리여도 아파트는 아파트니까 지나치게 무리하지 않는 선에서 타협하자, 시세보다 저렴하고 전망도 나쁘지 않으니 이만한 매물을 구한 것도 다행이야…… 철과 영은 밤마다 많은 대화를 나눴다.

여기도 7층인데 또 7층으로 가게 됐네?

영이 토끼 눈을 뜨고 웃기도 했다.

결론이 나기까지 철은 중개인에게 전화를 걸어 계속 질문했다. 의구심을 갖는 것만이 불안을 잠재울 방법이라고 믿었는지도 몰랐다. 엘리베이터가 너무 노후된 게 아닌가요. 전기나 상하수도 설비는 괜찮을지. 건물 관리는 어떻게 진행되나요. 입주민들 간의 의사교환은 잘 이루어지는 걸까요. 따로 경비업체가 없는데 보안에 취약하진 않을까요. 중개인은 수화기 너머로 호탕하게 답해 왔다. **걱정하지 마세요. 아무 문제도 없습니다.**

부부는 중개인의 안내에 따라 매매계약서에 도장을 찍었다.

이삿날은 부쩍 선선한 바람이 외투 앞섶을 파고들어서 가을이구나, 실감했다. 영은 눈뜨자마자 미리 먹어 둬야 한다며 급습하듯 커다란 사이즈의 머그잔을 철의 코앞에 들이밀었다.

이것뿐이야?

영이 내민 희뿌연 물 한 잔이 의아해 철이 물었다.

마시기만 하면 돼.

마시기만?

그동안 삼켜 온 캡슐들을 하나씩 까서 안에 든 분말만을 모두 녹였다고, 영은 말했다.

그 많은 캡슐을? 일일이?

어, 믿을 수가 있어야지.

영이 대꾸했다. 베지 캡슐이라 삼키면 위장에서 자연히 녹는다고 했는데, 영은 이제 분말을 감싼 껍질이 배 속에서 녹아 사라지는지의 여부마저 의심하고 있는 모양이었다.

분말이 훨씬 낫대. 흡수 속도가 빠르니까.

철은 영의 마음 졸임을 이해하면서도 저토록 긴급히 몸 안에 거두고 모아들여야 하는 간절함의 정체가 무엇인지 혼란스럽다고도 느꼈다. 영이 물에 타준 분말은 혀가 얼얼할 정도로 쓰고 떫고 시고 매웠다. 식도가 타들어 가는 듯했다.

영이 아이에게 마스크를 단단히 씌워 주고 옷깃을 여며 유치원으로 데리고 나간 직후에 철은 이삿짐센터 직원들을 맞이했다. 그들은 도착하자마자 엘리베이터가 낡아서 이삿짐을 내리기는 어렵겠다고 말해 왔다. 철은 난감했지만 하릴없이 사다리차 비용을 추가해야 했다. 짐을 꾸리는 동안 아파트 앞 도로에 사다리차가 도착했고, 직원들은 능숙한 손길로 거실 전창을 뜯어냈다. 이삿짐이 속도감 있게 컨테이너 안으로 이동되었다.

끝까지 말썽이네.

돌아온 영에게 철이 사다리차 비용을 얘기하니까 영은 아랫입술을 깨물었다.

이사는 순탄하지 않았다. 비용도 예산을 훨씬 초과했다. 막상 짐을 싣고 옮겨 간 건물에서도 사다리차 비용이 한 번 더 청구된 탓이었다.

이쪽 엘리베이터도 만만치 않아요. 이사하다가 억 소리 나는 승강기 값 물어내느니 33만 원 쓰시는 게 낫죠.

직원의 말에 철은 수긍했다. 입주민들이 엘리베이터의 노후화에 대해 인지하고 있고, 곧 협의에 의해 수리하거나 교체할 것이라는 말을 들었으니 믿고 기다릴 수밖에 없었다. 이제 철도 자가 세대주가 되었으니 수리비에 일조해야 할 테지만 이미 관리비가 모아져 있다고도 하고, 안전을 위해서라면 당연하지 않은가 여겼다.

짐이 옮겨지는 동안에 철은 복비와 이사 비용, 등기이전을 위한 법무사 비용까지 치르느라 신경을 곤두세우며 집과 부동산을 정신없이 오갔다.

포장 이사였지만 직원들이 짐을 성글게 부려 놓고 돌아간 저녁에는 집도 사람도 만신창이인 것 같았다.

살면서 천천히 정리해야지, 뭐. 첫날부터 무리하지 말자.

철은 심란해하는 영을 달래며 저녁밥을 배달시켰다.

근데 아무도 들여다보는 집이 없네?

종일 이사하느라 소란인데 아무도 안 와본다고 영이 갸웃거리고, 떡이라도 해서 돌려야 하나, 철이 고심했지만 둘은 금세 의견을 맞췄다.

됐어, 코시국이잖아.

비대면으로 현관 앞에 놓아두고 간 짜장면과 볶음밥을, 그들은 먼지 구덩이 속에서 먹는 둥 마는 둥 힘겹게 넘겼다.

엄마, 여기가 우리 집이야?

묻는 아이에게 영은 목소리를 낮췄다.

그래, 이제 여기가 진짜 우리 집이야.

영의 얼굴에 피로한 미소가 번졌다.

철은 그런 영을 물끄러미 쳐다보다가 마음 깊은 곳으로부터 우러나오는 불안에 휩싸였다.

나아질까.

나아져야지.

철과 영은 협동하듯 말을 나눴다. 무형의, 눈에 보이지 않는, 어떤 증명할 수 없는 것을 향한 절실한 믿음만이 필요하다고 여겼다.

그날 밤, 가까스로 펼친 침구 속에 몸을 뉘였다가 철과 영은 무언가 쾅! 내리치는 소음에 눈을 떴다. 천둥 아닌 폭격 비슷한 소리였다. 동시에 몸을 일으켰지만 영은 아이를 끌어안은 채로 침대 위에 남았고, 철은 거실로 뛰어나가 베란다로 향하는 문을 열었다. 건물 바깥 쪽 벽으로 폭포수 같은 물이 쏟아져 내리고 있었다. 온전하다 믿었던 창호의 틈새로 물이 들이쳐 베란다는 이미 물바다였다. 이사 기념으로 새로 사서 놓아둔 잿빛 슬리퍼가, 아직 뜯지 못하고 정리를 미뤄 두었던 아이의 전집 박스들 위로 둥둥 떠다녔다. 쾅! 터지는 폭발음은 이후로 한 번 더 들렸다. 철과 영은 밤새 잠들지 못했다.

다음 날 아침에 철이 마스크를 쓰고 현관 밖으로 나갔다 돌아와서야, 부부는 옥상 물탱크가 터졌다는 사실을 알게 되었다. 일주일 간 단수되었고, 수도와 변기를 쓸 수 있게 된 뒤로는 지하 정화조가 넘쳤다는 이유로 다시 단수되었다. 복도 가득한 오물과 유해 가스 때문에 숨조차 제대로 쉴 수 없을 지경이었지만 부부는 입술을 깨물고 개중에 값이 가장 싼 생수를 사들였다. 그러다 아이를 데리고 하원한 어느 퇴근길에, 철과 영은 '고장'이라는 빨간 경고등이 들어온 엘리베이터 앞에 서게 되었다. 그제야 그들은 이 건물에 처음 들어섰을 때와 밖에서 이 건물을 올려다보았을 때의 기시감이 무엇이었는지 알아차렸고, 아이 앞에서 돌연 험하고 매서워지려는 마음을 누그러뜨리기 위해 애써야 했다.

이장욱 李章旭

2005년 문학수첩작가상을 받으며 작품 활동을 시작했다. 소설집 『고백의 제왕』 『기린이 아닌 모든 것』 『에이프릴 마치의 사랑』, 장편소설 『칼로의 유쾌한 악마들』 『천국보다 낯선』 『캐럴』 등을 펴냈다. 문지문학상, 젊은작가상, 김유정문학상 등을 받았다.

잠수종과 독

환자는 호흡기에 중대한 손상을 입었다. 처음에는 자가호흡이 어려워 인투베이션까지 해야 했지만 상황이 호전되어 호흡기를 뗄 수 있었다. OS 쪽에서는 요추 1번, 2번 압박골절로 척추 전체의 활용이 자유롭지 않은 데다 비골, 종골에도 균열이 심각하다고 했다. 모든 상황이 안정되더라도 정상적인 보행은 불가능할 것이다. 하긴 문제는 보행이 아니다. 좌측 두개골 미세 골절에 뇌 손상이 수반되었으니까. 의식은 부분적으로 회복했으나 여전히 기면과 혼미 상태를 반복하고 있었다.

긍정적인 것은 해마 손상을 가까스로 피해서 언어와 기억 쪽은 회복 가능성이 크다는 점이었다. 의사 입장에서는 다행스러운 일이다. 의사 입장이 아니라고 해도 그것은 좋은 일이다. 누구에게 물어보아도 같은 대답일 것이다.

공은 진료실로 돌아와 의자에 몸을 묻었다. 의자 속으로 몸이 녹아드는 느낌이었다. 가을이라고 생각했는데 창밖은 겨울. 겨울이구

나. 겨울이다. 회백색 건물들 사이로 회백색 나무들이 보였다. 풍경은 하루가 다르게 탈색되어 가고 있었다. 모든 것이 무채색으로 변해 가는 중이다. 공은 그것이 좋았다. 뭐든…… 그만두어도 좋을 것 같은 계절이.

공은 자신이 오래전부터 지쳐 있다는 것을 알고 있었다. 휴식이 필요한 것은 아니다. 휴식을 취하는 것이 때로는 반대 효과를 유발한다. 영혼을 방치하고 학대하는 일이 될 수도 있다. 공은 되도록 자신을 혼자 두지 않으려고 노력했다. 혼자 두더라도 무언가를 하는 상태를 만들려고 했다. 하다못해 믹서에 토마토라도 갈고 있어야 하는 것이다. 정신을 차려 보면 믹서 안에서 갈리고 분쇄된 토마토를 한참이나 바라보고 있었다. 토마토는 변형되어 거의 액체가 되었다. 그조차 다른 종류로 바뀔 것이다. 위장에서 소화되고 다른 물질들과 혼합될 것이다.

공은 토마토와 시신이 비슷한 과정을 거친다는 것을 알고 있었다. 서서히 삭고 스며들어 사라진다는 점에서. 결국 다른 것들과 구분되지 않는다는 점에서. 그것은 아마도 물속으로 가라앉으면서 주위를 둘러보는 일과 비슷할지도 모른다. 어두컴컴한 심연으로 내려가면서 자기 몸이 물리적으로 분산되는 것을 느끼는 일. 자신이 자신을 둘러싼 세계의 일부가 되어 가고 있다는 것을 천천히 이해하는 시간.

지난 한 달, 공에게는 많은 것이 바뀌었다. 바뀌었다는 것만으로는 부족하다. 공의 생활은 완전히 다른 종류의 것이 되었다. 그런데 그런 것을 생활이라고 할 수 있나. 숨을 쉬고 움직이면서 아직 지속되니 그냥 삶이라고 할 수 있나. 공이 그렇게 중얼거리면 현우는 웃으며 답했을 것이다. 그럼. 그런 것도 삶이지. 끈질기게, 삶이지.

공은 휴대전화를 켰다. 현우의 사진이 떴다. 사진 속의 현우는 말간 하늘처럼 웃고 있었다. 배경은 산이고 등 뒤로 등산객들이 보였다. 사진작가씩이나 돼서 성의 없이 휴대전화 셀카를 찍어 보내다니 너무해. 공이 그런 농담을 하면 현우는 웃음을 터뜨렸다. 말 그대로 푸하하……에 가까운 웃음이었다. 공은 그런 방식으로 웃어본 적이 없다. 태어나서 한 번도……라고 해도 좋았다. 공은 현우의 사진만큼이나 현우의 웃음을 좋아했는데 아마도 사람을 무장 해제시키는 웃음이라고 생각해서.

현우와 공이 동거를 시작한 지 오 년이 지났다. 결혼하지 않을 생각은 아니었는데 어쩌다 보니 시간이 그렇게 돼 있었다. 어쩌다 보니 그렇게 된 일들이 인생을 이룬다고 생각하면 허망한가. 공이 그렇게 중얼거리면 현우는 또 아니라고 했을 것이다. 어쩌다 보니 그렇게 된 일들에도 실은 우리의 의지와 선택이 들어가 있다고. 우리의 의지와 선택도 실은 세상의 논리가 작용해서 만들어진 것이라고. 아주 사소한 선택이 의외의 결과를 만드는 데도 실은 온 세상이 개입하는 것이라고.

그렇게 당연하고 빤한 말도 현우가 하면 묘하게 설득력이 있었다. 그럴 때면 공은 고개를 갸우뚱하게 기울이고 현우를 바라보곤 했다.

불편한 점이 너무 많잖아. 결혼하자. 현우는 침대에 누워 천장을 바라보며 그렇게 말했고, 공은 베개에 등을 대고 책장을 넘기면서 그러자고 대답했다. 결혼하자는 말에 감동을 받은 것도 아니었고 그러자고 답하는 데 망설임이 있는 것도 아니었다. 오 년이란 그런 시간인가 하고 공은 잠깐 생각했다.

지금은 교통사고 같은 걸 당해도 보호자가 돼줄 수 없잖아. 내가 어디서 사고로 죽어도 시신조차 못 볼 거고. 현우는 그렇게 덧붙이고는 멋쩍게 웃었고 공은 웃지 않았다. 현우가 뻘쭘한 표정으로 아, 이거 심각한 문젠데 가볍게 말했네, 미안 하고 말해도 공은 대꾸하지 않았다. 내일 아침에 뭐 먹을까 누룽지 끓일까 그보다는 닭가슴살샐러드가 낫겠다 아니 둘 다 하지 뭐 둘 다. 하하……. 현우가 허둥지둥 말머리를 돌렸다.

한 달 전의 그 아침, 공은 참으로 오랜만에 푹 잔 느낌이었다. 수면제 덕이었다. 몽롱한 느낌이 잔여물처럼 남아 있었지만 꿈도 없이 깊은 잠을 잤다는 사실이 마음에 들었다. 거실로 나갔을 때는 베란다에 햇살이 가득했는데 그 풍경이 너무 낯설어서 공은 이상한 기분이 되어 버렸다. 이렇게 환한 빛, 환한 이미지에 사로잡힌 게 처음인 사람처럼. 베란다에 햇빛이 내리고 있는 것을 생전 처음 본 사람처럼. 공은 어이없는 느낌이었다. 이 집으로 이사 온 지 벌써 몇 년이 지났는데. 저 베란다를 바라본 것이 수백 번 수천 번인데. 어째서. 하필 이면.

햇빛이 가득한 베란다에 현우가 있었다. 현우는 난간 바깥으로 몸을 내밀었고 몸의 절반이 바깥쪽으로 나가 있어서 떨어질 듯 자세가 위태로웠다. 공은 그 모습을 보고 숨을 멈추었다. 저러다가 정말 사라져 버리려고. 정말 그러려고. 그런 예감이 공의 몸을 굳게 만들었다. 베란다에는 햇살이 물속처럼 넘실거렸고 현우의 몸은 윤곽이 자욱하게 번져 아슬해 보였다. 카메라를 손에 든 현우가 난간 밖으로 몸을 더 내미는 순간 공은 한쪽 손을 들어 올리고는 뭐라고 소리를 지르려 했다. 하지만 목소리가 나오지 않아서 공은 생각했다. 이건 꿈인가.

아무리 사진작가라도 그렇지, 꼭 그렇게 위험한 자세로 찍어야 해? 언젠가 공이 그런 말을 했을 때 현우는 하하하 웃고 나서 그런 걸 감수해야 사진에 영혼이 스며들어 걸작이 된다는 식으로 장황하게 설명했다. 공은 말도 안 된다며 논리적으로 반박하고 싶었지만 현우의 표정에 진지한 느낌이 없었기 때문에 더 이상 말을 얹지 않았다.

현우가 사 층 아래로 추락해 버릴 듯 몸을 내밀어 찍는 것은 주로 새였고 고양이였고 건물 옥상의 환풍기 같은 오브제들이었다. 그는 최근에 식물을 찍고 동물을 찍고 거리를 찍어도 사람이 없는 대상들만 찍었다. 힐링을 위해서는 아니야. 왜냐하면 힐링 같은 건 어디에도 없으니까. 자연이라고 해도 실은 자연이기 때문에 격렬하게 투쟁 중이니까. 심지어 바람이 선선히 불어오는 평화로운 숲을 거닐 때도 무릎을 구부려 자세히 보면 어디나 목숨 건 생존 투쟁의 장이거든. 현우가 또 그렇게 당연하고 빤한 말을 설득력 있게 해서 공은 고개를 갸우뚱히 기울였다.

현우는 베란다의 식물들을 클로즈업으로 찍기도 했는데 그렇게 안전한 곳에서 안전한 자세로 사진을 찍는 현우가 공은 낯설었다. 뉴질랜드를 거쳐 남극을 여행하고 시베리아 횡단 열차로 영하 오십 도의 북구 마을을 찾아가고 몽골의 사막을 거칠게 달리며 오지라는 오지는 다 헤매고 다니는 사람이 현우였으니까. 어느 때부터인가는 또 분쟁지역을 누볐는데 이스라엘의 공격이 시작되었을 때는 팔레스타인에, 시리아 정부군이 반군을 공격했을 때는 국경 난민촌에, 오큐파이 운동이 한창이던 때는 워싱턴에, 샤를리 에브도 테러가 일어났을 때는 파리에 가 있었다. 그런 것이 현우라서 공은 불안하거나 싫지 않았다.

현우는 그제야 몸을 안으로 들이며 공에게 손을 흔들었다. 그러고는 다시 난간 밖의 무언가를 향해 카메라 초점을 맞추었다. 현우답게, 몰두하는 모습이었다. 공은 현우가 무엇을 찍고 있나 생각하다가 조용히 혼잣말을 했다. 입에서 맥없는 문장이 새어 나왔다.

안녕. 좋은 아침이야.

공은 잠깐 망설이다가 다시 입을 열었다.

사랑해.

공은 그렇게 중얼거려 놓고 자기 입에서 나온 말이 우스워서 혼자 웃었다. 누가 보았다면 그것을 웃음이라고 생각하지 못했을 것이다. 희미하고 보이지 않는, 그냥 어색하게 일그러진 표정에 가까워서.

공은 자신이 다감하지 않은 사람이라는 것을 알고 있었다. 좋아한다거나 사랑한다는 말은 입에서 떨어지지 않았다. 그거 핑계야, 핑계. 나한테 정이 없는 거지. 성격이 원래 그렇다고 퉁치지 말자고. 현우는 장난스럽게 골을 내곤 했고 공은 멋쩍게 웃었다. 공이 그렇게 멋쩍게 웃을 때 생기는 눈 모양과 입술 모양을 좋아한다고 또 현우는 말했는데 당신답지 않게 수줍은 미소라는 것이었다.

수줍다. 수줍지. 수줍은 것이다. 하지만 그게 무언가? 공은 그런 기분을 정확하게 이해하지 못했다. 기분과 감정에 관한 한 공에게는 여전히 익숙해지지 않는 것들이 있었다. 환한 빛은 창문으로 쏟아지고 베란다는 텅 비어서 공의 눈앞에 있을 뿐이었다. 그 아침처럼 베란다를 바라보며 혼잣말하는 일은 이제 없으리라는 것을 공은 알았다.

*

삐삐가 울렸다. 공은 회진까지 남은 시간을 가늠하며 집중치료실로 향했다.

환자 김정식. 육십오 세.

노인보다는 중년에 가까워 보이고 선천적으로 피지컬이 단단한 유형. 물론 환자로 누워 있기 전에 그랬으리라는 뜻에서. 지금은 피부 여기저기가 훼손되고 각종 튜브와 선들이 연결된 상태.

몸에 불이 붙은 채 사 층에서 뛰어내렸다고 했다. 나뭇가지에 걸린 뒤 자동차 선루프에 떨어져 목숨을 구한 모양이었다. 육십오 세라고는 믿기지 않는 몸이 모든 것을 감당해 낸 것이다.

처음 도착했을 때 CPR에 몇 명이 달라붙었는지 몰라요.

수간호사는 그렇게 말했다. 기자들이 병원 로비뿐 아니라 정문 밖에까지 진을 치고 있었다. 방송사 차량이 들락거렸다. 원장실 쪽에서 내려온 메시지는 '특별한 주의를 요망'한다는 것이었다. 진료진도 최선을 다해 구성한 모양새였다. 신경외과에서는 공이 차출되었다. 외상에 의한 뇌혈관 손상은 공의 전공 분야였으니까.

공이 협진에 참여했을 때는 외과 이 년 차가 주치의였다. 피부이식 등 긴급한 처치와 수술이 시행되었다. 지금은 신경외과 삼 년 차로 주치의가 바뀌었다. 여기저기 트랜스퍼를 하다가 신경외과와 신경과를 거쳐 재활의학과로 갈 환자였다. 물론 운이 좋다면 말이지만.

공은 최선을 다했다. 성실하고 실력 있는 레지던트를 주치의로 배정했을 뿐 아니라 공 스스로 매일 환자의 상태를 확인했다. 야간에도 혼자 집중치료실에 가서 환자를 살피기까지 했다. 뇌부종에 지주막하출혈 위험이 있었고 그걸 막는 게 중요했다.

환자에게는 면회 오는 사람이 없었다. 발 넓고 소식 빠른 수간호사가 기자들을 통해 얻은 정보에 의하면, 환자는 오랫동안 혼자 살아온 사람인 모양이었다. 십여 년 전까지 제법 잘나가는 비디오 대여점을 여럿 운영했다고 했다. 매출액은 지속적으로 떨어졌는데 누가 봐도 사양산업인 아이템에 집착한 결과였다.

얼마 지나지 않아 그가 운영하던 비디오 대여점은 망했다. 예측 가능한 몰락이었다. 이십사 시간 오픈에 코믹스와 각종 잡화 및 식료품 등으로 아이템을 넓혀 편의점 방식의 운영을 시도했지만 역부족이었다. 동네의 다른 대여점들은 문을 닫은 지 오래였다. 주위에 맛집과 카페가 생기면서 떠오르는 상권이 된 지역이라 임대료 압박도 심해졌다.

대여점을 정리했을 때는 빚만 남았다. 그 후로는 전형적인 과정이 기다리고 있었다. 바다 이야기에 빠졌다가 그게 사라진 뒤에는 온라인 도박에 몰두했고 사채를 끌어 썼으며 이혼을 했다. 노숙자 쉼터에서도 꽤 시간을 보냈다고 하는데 최근에는 고시원을 전전한 모양이었다. 당사자에게는 가혹했겠지만 너무 일반적이고 전형적이어서 누구의 관심도 끌지 못한 몰락이었다.

밤의 집중치료실은 물속처럼 적막했다. 공은 희미하게 일렁이는 빛 속에 서서 환자를 바라보고 있었다. 환자는 의식을 찾았으나 아직 온전치 않은 상태였다. 진통제와 각종 약물이 투여되었으므로 불투명한 의식 상태를 벗어나지 못했다. 깨어 있을 때는 부분적으로 대화가 가능했지만 정상적인 커뮤니케이션이라고는 할 수 없었다. 귀를 입에 갖다 대야 겨우 의사소통이 되는 정도였고 그나마도 물, 어두워, 아프다, 여기가 어디냐 같은 단편적인 내용뿐이었다. 다른 부위들도 아직 신경을 회복하지 못했다. 그의 몸은 뇌의 신호를 받아

미세하게 움직이기는 했으나 반응이 느리고 제한적이었다.

잠수종과 나비.

그런 영화가 있었다. 잠수종, 그러니까 다이빙벨에 갇혀 물속으로 하염없이 내려가는 사람의 이야기. 다이빙벨이라는 건 비유고 실은 뇌혈관 트러블로 전신이 마비된 백인 남자의 내면을 그린 영화였다. 냉소적이고 오만하며 잘나가던 마초의 몰락. 그리고 죽음. 저런 사람도 나비가 되기를 꿈꾸는구나. 공은 영화를 보며 생각했는데, 아닌가 저런 인간이기 때문에 나비가 되기를 꿈꾸는 건가. 공은 다시 생각하며 고개를 갸우뚱하게 기울였다.

똑. 똑. 똑. 수액이 규칙적으로 떨어지고 있었다. 환자는 기면 상태로 호흡이 불안정했다. 안정제를 조금 더 투여하도록 오더를 넣을 것이다. 공은 환자의 얼굴을 가만히 바라보았다. 각이 진 얼굴 때문인지 칼끝 하나 들어갈 것 같지 않았지만 지금은 거의 완전한 무방비 상태. 외부의 침입이나 위해에 아무런 대비가 없는. 유통기한이 지난 두부처럼 방심한.

공은 환자의 목에 손가락을 갖다 댔다. 경동맥을 가만히 눌러 보았다. 가장 연약한 곳. 공은 눈을 가늘게 뜨고 손가락 끝에 힘을 주었다. 혈관이 도드라졌다. 면도칼 같은 것으로 이곳을 살짝 그으면 몸 안의 혈액이 빠른 속도로 유출될 것이다. 고무 튜브에서 바람이 빠지듯 온몸의 생기가 새어 나갈 것이다.

인간은 무엇보다도 물리적 존재라는 것을 공은 알았다. 인간 영혼은 고귀하거나 선량하거나 사악하지 않다. 그것은 신체의 물리적 유전적 조건과 환경의 변화에 반응한 결과일 뿐이다. 약간의 약물을 주입하면 뇌의 신경전달물질 체계가 교란되고 전혀 다른 차원의 존재가 된다. 간단한 방법으로 감각을 바꾸고 욕망을 바꾸고 성격을 바꿀 수 있다. 연약하고 유동적이며 조작 가능한 생물. 그 외에 달리 인간을 표현할 길이 없다고 공은 생각했다.

공은 환자의 팔에 주사를 놓았다. 약물은 혈액순환을 원활하게 만들고 뇌에 혈류 공급을 도울 것이다. 신체의 물리적 상황이 호전되면 대화가 가능해질 것이다. 환자의 입에 귀를 갖다 대고 환자의 말을 들을 수도 있을 것이다. 환자의 귀에 입을 갖다 대고 환자에게 말을 할 수도 있을 것이다. 상태가 더 좋아진다면 고개를 끄덕이며 반응도 하겠지.

공은 집으로 돌아와 베란다를 바라보았다. 베란다는 침묵에 잠겨 있었다. 오늘은 비가 내리지 않았고 눈이 내리지 않았으며 미세먼지가 햇빛을 가리지도 않았다. 베란다는 그 자리에 그대로 있고 해가 뜨고 지는 방향도 바뀌지 않았다.

현우만이 그 풍경에서 지워졌을 뿐인데도 베란다의 식물들은 민감하게 반응했다. 몇몇 수종은 금방 죽었다. 손쓸 수 없을 정도로 빠르게 시들어 갔다. 처음에는 물을 주기도 했지만 공은 곧 포기했다. 식물들이 물도 햇빛도 영양제도 거부하는 것 같았다. 공은 차가운 마음이 되어 어느 밤 화분들을 모두 처분했다. 포인세티아도 제라늄도 밖에 내놓았다. 자정에 청소차가 지나갈 때 일부러 나가 미화원에게 지폐를 쥐여 주었다.

베란다에는 단 하나의 화분만 남아 있었다. 현우의 골분을 묻은 것이었는데 거기서 식물이 자라고 있었다. 식물 이름은 알지 못했다. 알고 싶은 마음도 없었다. 휴대전화만 갖다 대면 알 수 있겠지만 이름을 안다는 것이 대체 무슨 의미인가. 식물은 가늘고 긴 줄기에 기형적으로 무거운 잎을 달고 있었다. 잎은 넓고 어두운 초록빛을 띠고 있었다. 무거운 잎을 견디기 위해 연약한 줄기가 안간힘을 다하는 것처럼 보였다. 공은 그 불균형이 마음에 들지 않았다.

자신이 살아가는 세계가 건조하다는 것을 공은 알고 있었다. 세계가 건조한 것이 아니라 자신이 건조한 것이라는 점도 자각하고 있었다. 이미 균형을 잃은 사람의 마음으로 살아왔는지도 모르지. 가늘고 긴 줄기에 매달린 무거운 잎의 느낌으로.

인턴 시절 과별로 턴을 돌 때 치매 환자들의 인지검사를 맡은 적이 있다. 자, 따라 해보세요. 사과, 나무, 기차.

다시 한번 갈게요. 사과, 나무, 기차. 잘 기억해 두세요.

잠시 날씨 얘기를 한 후 사과 다음에 뭐지요? 하고 물으면 환자들은 공의 얼굴을 물끄러미 바라보았다.

사과…… 사과…… 다음에 뭐였더라. 배인가…… 산인가…… 고향인가……. 천장으로 향하면서 길을 잃은 시선을 공은 물끄러미 바라보았다.

공은 그런 대화를 무한히 반복할 수 있다고 생각했다. 사과와 나무와 기차가 있는 풍경 속을 혼자 걸어가는 사람을 마주할 수 있다고 생각했다. 그럴 때 공은 환자의 내면 깊은 곳에 도착한 느낌을 받았다. 그 깊은 곳에는 사과와 배와 산과 고향이 가만히 자리하고 있었는데 그럴 때 공은 슬픔도 쓸쓸함도 느끼지 않았다. 연민도 동정도 하지 않았다. 영혼의 텅 빈 자리를 매만지는 일이 자신에게 맞는다고 느꼈다.

공은 요가나 필라테스에도 관심이 없었고 식물이나 동물, 음악이나 미술 같은 것에도 빠져 본 적이 없다. 맛집에서 친구들을 만나 수다를 떠는 것도 카톡으로 안부를 묻는 것도 하지 않았다. 틈틈이 트위터와 인스타를 둘러보았지만 그건 지인들의 팔로어로서였고 무엇보다 현우의 팔로어로서였다. 술, 담배도 즐기지 않았다. 일주일에 한 번 정도 혼자 바이젠을 마시는 게 전부였지만 그나마 두어 시간 동안 책을 읽거나 오래된 영화를 보며 캔 하나를 비우는 정도.

현우는 그런 공에게 고개를 갸우뚱하게 기울이고 말했다. 당신, 무슨 재미로 살아? 나는 당신과 같이 사는데도 당신을 볼 때마다 신기해. 공은 그런 질문을 하는 현우를 물끄러미 바라보았다. 재미? 재미라. 공은 그 단어가 낯설게 느껴졌다.

현우의 사진에 대해서는 대략 알고 있었다. 감정이 풍부한 사진들이라는 것도 알고 있었다. 위태롭거나 격렬하거나 그리워하는 순간들로 가득한 화면. 아름다움과 추함 또는 의미와 무의미로 가득한 이미지들. 이제 겨우 전시회를 두어 번 하고 사진 에세이집 한 권을 출간했을 뿐이지만 프리랜서 기자로서뿐 아니라 사진작가로서도 꽤 주목을 받는다는 것도 알고 있었다. 앞으로는 대중적인 호소

력도 기대할 만하다는 게 주위의 평이었다. 얼마 전에 출간한 사진 에세이집은 벌써 베스트셀러 대열에 진입하고 있었다.

공은 뇌의 신경 회로와 두개골의 구조에만 관심이 있었다. 뇌혈관을 도는 피의 속도와 상태에만 관심이 있었다. 혈관에 쌓여 가는 찌꺼기들과 지주막하출혈 여부와 뇌동맥류에만 관심이 있었다. 공은 자신이 세계의 부속품 같다고 느꼈다. 자신이 그렇다는 것에 공은 아무런 불만이 없었다.

*

형사 둘이 소파에 앉아 있었다. 한 명은 오십 대로 보였고 한 명은 삼십 대 초중반으로 보였다. 중년 형사는 나른한 표정을 짓고 있었는데 그 표정은 이 바닥에서 산전수전 다 겪었다는 것을 알려 주고 있었다. 버디 영화에 나오는 능구렁이 형사의 전형 같아서 이 사람은 영화의 영향을 받고 저런 자세를 취하는 게 틀림없다는 생각까지 들었다.

질문은 주로 젊은 형사가 했고 중년 형사는 게슴츠레한 눈으로 공을 관찰만 하고 있었다. 관찰이 아니라 관람을 하는 것 같기도 했다. 상대가 여성이라는 사실이 그들을 편하게 만들고 있는 듯했다. 공은 상관없다고 생각했다. 시간이 지나면 그들도 알게 된다. 이 분야에 관한 한 그들이 아는 것은 단 하나도 없다는 것을.

공의 진료실은 단순하고 평범했다. 겨울 햇빛이 커튼에 어려 있었다. 아직 오후였지만 공은 커튼을 열지 않고 대신 실내등을 절반쯤 켜두었다. 진료실은 대체로 어두웠고 눈을 자극하지 않는 방식으로 조절되어 있었다.

"선생님, 기사는 좀 보시죠?"

"네. 보고 있습니다."

"환자는 좀 어떻습니까?"

"두어 주 정도 지나면 만나게 해드리려고 노력하고 있습니다만, 그건 추정이고……."

"두어 주."

젊은 형사가 공의 말을 끊고 중얼거렸다. 이번에는 중년 형사가 손깍지를 끼워 턱을 받치며 반복했다.

"두어 주."

공이 인상을 살짝 찌푸리며 덧붙였다.

"추정……이라고 말씀드렸습니다. 기억해 두십시오. 상태가 갑자기 악화할 가능성이 있습니다."

"어쨌든 보름까지는 걸리지 않는다는 말씀이군요."

젊은 형사가 확인하듯 말했다. 공은 고개를 끄덕이지 않았다.

"지금은 폐와 뇌 신경계 쪽이 문제입니다만 간단하지가 않습니다. 급성 심장마비나 코마도 올 수 있어요."

공은 사실과 추정을 적절히 섞어 말했다. 상황이 좋아진다면 이 주가 지나기 전에 환자를 형사들에게 제공할 수 있을 것이다. 제공. 그렇다. 제공하는 것이다. 그때까지 간단하나마 대화가 가능한 수

준으로 환자를 회복시키는 것이 공을 비롯한 의료진에게 부여된 임무였다.

하지만 공은 언제나 최악의 경우를 전제로 형사들에게 상황을 전달했다. 기대치를 낮추기 위해서가 아니었다. 정말 무슨 일이 발생할지도 모른다. 그것을 대비시키지 않으면 안 된다. 바이털사인이 안정되고 무엇보다도 언어능력을 회복하는 데는 시간이 필요하다. 그때까지 취조는 물론이고 간단한 질문도 불가능하다. 사건의 진실을 파악하는 것이 중요하다고 생각한다면 기다려야 한다. 진술의 신빙성을 위해서라도 당신들은 기다려야 한다. 기다려야 한다. 그것이 공을 비롯한 의료진의 메시지였다.

언론이라든가 포털 댓글에서는 제대로 된 진상 파악을 위해 시간이 필요하다는 점을 인정하는 분위기였다. 서두르지 말자. 조급할 것은 없다. 그런 의견들이 올라왔다. 경찰 쪽에서도 드러내 놓고 반발하지는 않았는데 여론을 파악한 윗선에서 신호가 내려온 모양이었다. 서두르지 말라. 조급할 것은 없다. 하지만 담당 형사들에게서는 확실히 불만이 느껴졌다. 젊은 형사가 입을 열었다.

"벌써 한 달째 대기만 하고 있습니다. 아주 간단한 대화는 가능해진 걸로 아는데 더 기다려야 한다니. 아시겠지만 지금은 일단 동기 파악이 중요합니다."

공은 침묵했다. 젊은 형사가 덧붙였다.

"어째서 그런 일을 저질렀는가."

어째서 그런 일을 저질렀는가. 그렇다. 어째서 그런 일을 저질렀는가.

사람들은 동기에 관심을 갖는다. 동기는 중요하다. 하지만 공은 그것이 궁금하지 않았다. 사건은 이미 발생했고 되돌릴 수 없다. 동기를 파악하는 것은 형사들의 일이다. 환자를 죽이고 살리는 것은 공의 일이다. 형사는 형사의 일을 하고 의사는 의사의 일을 한다. 그것이 이 세계가 돌아가는 원리다.

기자들은 경찰에서 흘린 몇몇 정보들을 조합해서 이야기를 만들고 있었다. 신문 기사를 보면 어디까지가 사실이고 어디까지가 허구인지 애매했다. 사실과 허구가 기사 안에서 싸우고 있는 느낌이었다.

기자들이 만들어 낸 이야기를 간추리면 이런 것이었다. 육십 대 중반의 남성 A 씨가 신문사에 난입해 방화를 했다. A 씨가 난입한 곳은 로비나 사장실이 아니라 편집국이 위치한 사 층이었다. 사 층에는 편집국뿐 아니라 회의실과 인터뷰실이 있었다. 신문사가 운영하는 소규모 스튜디오에서는 동영상 플랫폼을 위한 녹화가 진행되고 있었다.

A 씨는 유유히 복도를 가로질러 편집국으로 들어갔다. 일 층 입구를 통과해 엘리베이터를 타고 사 층으로 올라가 복도를 거쳐 편집국에 들어가는 데 단지 이 분 삼십 초가 걸렸을 뿐이다. 사 층 엘리베이터를 나온 그는 휘발유 통 뚜껑을 열고 회의실과 인터뷰실, 스튜디오 앞의 복도를 지나 편집국까지 빠르게 걸어갔다. 걸어가면서 휘발유를 흘렸다. 이 사람이 뭘 하고 있는지 곧 무슨 일이 일어날지

주위 사람들이 인지한 때는 이미 불이 붙은 뒤였다.

유력 언론사를 대상으로 한 전대미문의 방화였다. 피해는 컸다. 일부 리모델링 공간에 사용된 폴리에틸렌 내장재가 불길과 유독성 연기를 키웠다. 일산화탄소 중독에 의한 사망이 한 명, 질식사가 두 명, 그리고 다수의 부상자가 나왔다. 열일곱 명의 부상자 가운데 중태가 세 명이었기 때문에 사망자가 더 나올 가능성도 있었다. 편집국뿐 아니라 그 옆의 스튜디오도 전소되었다. 그곳에는 창문도 뒷문도 없었다.

희생자 가운데는 젊은 인턴 기자도 있었고 얼마 전에 외국에서 언론상을 받은 편집국장도 있었다. 그는 퇴임을 며칠 앞두고 변을 당했다. 인터뷰나 방송 출연을 위해 신문사를 방문한 게스트들 가운데서도 부상자가 나왔다.

사건 현장이 정리되기도 전에 한 언론에서는 누전으로 인한 화재라는 기사를 냈다. 기사는 옥상으로 나가는 출입문이 닫혀 있었다는 점을 부각했다. 사람들이 옥상에 올라가 담배 피우는 것을 막기 위해 철문을 닫아 놓은 것이 피해를 키웠다고도 했다. 얼마 전 저층부에 실내 흡연실을 설치했으며 옥상 출입구는 폐쇄했다는 관리인의 진술이 근거였다. 화재 방지 시설 관리가 도마 위에 올랐지만 전적으로 관리인의 말만으로 이루어진 추정 기사였고 오보였다. 기사는 한 시간도 채 지나지 않아 삭제되었다.

사건의 진상은 쉽게 드러났다. 해당 건물이 화재에 취약한 것은 사실이지만 화재 원인은 누전이나 흡연 같은 것이 아니었다. 방화였다. 의식을 회복한 생존자들의 진술이 있었다. CCTV에는 방화자가 휘발유 통을 들고 건물 내부에 진입하는 광경이 그대로 찍혀 있었다. 사건 다음 날에는 영상 일부가 온라인에 유출되기까지 했다.

방화자는 회색 작업복을 입은 채 휘발유 통을 들고 일 층 출입구로 들어갔다. 일 층에는 신분증이 있어야 출입이 가능한 보안 게이트가 있었지만 유유히 관문을 통과했다. 작업복을 입은 범인은 관리실에 앉아 있던 경비원을 향해 오른손을 들어 보였다. 경비원도 오른손을 들어 보이고는 선선히 게이트를 개방해 주었다. 당시 이 층에서 일부 공간의 리모델링 공사가 진행 중이었다. 하청업체가 바뀌면서 새로 투입된 젊은 경비원은 그가 공사 현장의 작업자인 줄 알았다고 진술했다.

다음으로 논란이 된 클립이 있었다. 동영상 서비스 플랫폼에 올라온 클립은 마치 영화 속의 한 장면처럼 보였다. 영상은 붉게 타오르는 실내로 시작된다. 카메라는 창 쪽을 비추었다가 다시 불타는 실내로 향한다. 동영상 촬영 모드를 실행한 뒤 휴대전화를 창가에 올려 둔 것 같았다. 화재 현장에서 방화자가 자신을 찍으려는 모양이었다. 그는 화면 상태를 점검하는가 싶더니 곧 불로 뛰어들었다. 불 속에서 만세를 부르듯 두 손을 치켜들었다. 화염을 배경으로 두 팔을 든 사람의 검은 실루엣이 극적인 장면을 연출하고 있었다. 악마를 찍은 이미지 같았다. 방화자는 이것을 사회관계망서비스 계정을 통해 실시간으로 전송했다. 영상은 플랫폼 사업자 측에 의해 곧

삭제되었으나 이미 전 세계로 퍼진 뒤였다.

범인은 불이 모든 것을 집어삼키는 과정을 실시간으로 송출했다. 불 속에서 퍼포먼스까지 벌였다. 클립은 '악마의 영상'이라는 제목을 달고 퍼져 나갔다. 당시 뉴질랜드나 유럽에서 벌어진 혐오 테러를 본뜬 모방범죄라는 말이 나왔다. 기관총으로 게임을 하듯 사람을 죽이고 그 장면을 실시간으로 송출하는 테러리스트들을 흉내 냈다는 얘기였다. 기관총 대신 휘발유 통을 든 것이 차이라면 차이였지만.

'악마의 영상'은 이것이 혐오범죄인지 사이비 종교 관련 범죄인지 여러모로 의구심을 일으켰다. 방화의 대상이 된 신문사는 한국에서 종교가 어떤 부정적 영향을 미치고 있는지를 주제로 탐사 기획물을 연재 중이었다. 근대 이후 종교가 어떻게 '정신적 서비스업'으로 바뀌었는가, 제도권과 비제도권을 불문하고 경제적 이익을 얻기 위해 종교가 어떤 수단을 동원하는가, 인간은 어째서 '믿음'에 취약한가, 특히 한국에는 왜 맹목적 열성 신도가 많은가, 종교적 정치적 사회적 '빠 문화'는 한국에서 어떻게 대중의 문화 코드가 되었는가. 그런 것이 심층 탐사 기획의 목차였다. 일부 정치 편향적 독자들과 종교 관련 단체의 반발이 있었으나 데스크는 기획을 밀어붙였다. 방화자의 손에 들린 신문에 그 특집기사가 실려 있었다.

하지만 방화자는 육십오 세의 독신자로 종교와 무관하다는 것이 밝혀졌다. 그는 오래전에 교회에 다닌 적이 있지만 헌금도 제대로 해본 적이 없는 평신도일 뿐이었고 최근에 종교적 광신에 빠진 흔적도 없었다. 그의 주거지에서는 별다른 특이 사항이 발견되지 않았다. 가난한 독거인의 흔적만이 남아 있을 뿐이었다. 정신적 질병을 앓은 기록도 없고 반사회적 사이코패스로 볼 근거도 부족했다. 정황상 신문의 연재 기사 때문에 원한을 품은 것이라고 보기는 어려웠다.

몇몇 기자들이 방화자의 과거 이력을 추적했다. 고시원을 전전하면서 일용직 노동조차 할 수 없는 상태에 처하게 되자 절도를 저지른 기록이 주목을 받았다. 이 년 전의 일이었다. 편의점 점원이 잠시 자리를 비운 사이에 도넛 상자와 위스키를 훔쳤다. 좀도둑이었지만 집행유예 상태의 재범이었기 때문에 판사는 매뉴얼에 따라 징역 일 년 육 개월을 선고했다. 같은 날 나온 재벌 총수의 형량은 징역 육 개월에 집행유예였다. 총수는 1조 5000억 원 상당의 기업 비리에 연루되어 있었지만 경제에 미칠 악영향이 참작되었다고 했다. 육십 대 좀도둑이 훔친 것은 도넛 한 박스와 잭 다니엘 한 병, 시가 4만 5000원 상당이었다.

잭 다니엘이 좀 걸리긴 했지만, 진보언론은 장 발장에 빗대어 사법부를 비판했다. 한 보수 신문에는 국가경제가 중요하기 때문에 이런 식의 비교는 부당한 데가 있다는 내용의 칼럼이 게재되었다. 구조는 바뀌지 않고 사람들의 목소리만 모여들었다가 흩어졌다. 반복되는 일이었다.

육십 대 독신자로 도둑질을 하고 징역 일 년 육 개월에 처해진 당사자는 달랐던 것 같다. 그는 그로부터 일 년 삼 개월이 흘러 감형을 받고 출소했다. 그게 반년 전이었다. 출소 후 그가 저지른 범행은 엉뚱하게도 진보 색채의 신문사에 불을 지르는 것이었다. 장 발장 비유로 사법부를 비판한 신문사였다. 그가 그 기사를 읽었는지는 확인되지 않았지만 읽었든 읽지 않았든 아귀가 맞지 않는 것은 사실이었다.

방화자가 비디오 대여점을 하던 십수 년 전에 홍보용 블로그를 운영한 적이 있는데 그 게시판에 극우적인 정치 발언을 올렸다는 주장이 제기되었다. 비디오 대여점 시절에 그가 몰두한 영상물들은 영화가 아니라 각종 정치 선전물들이라는 증언도 나왔다.

팩트 체크가 이루어진 결과는 좀 달랐다. 극우적인 정치 발언이라는 것은 판매 부수 일 위의 보수 신문 칼럼들을 옮겨 놓은 것으로, 극우적이기는 했지만 반드시 반사회적이라고 보기는 어려웠다. 방화자 자신의 글은 비디오 대여점 홍보 글 외에는 발견되지 않았으며 당시 몰두한 것이 정치 선전물이라는 주장 역시 신빙성이 없었다. 당시는 유튜브 같은 동영상 서비스 플랫폼이 활성화된 때가 아니어서 정치적 견해가 영상물로 소비되기 이전이었다.

한 일간지 칼럼니스트는 그런데 혹시…… 지금까지 거론된 이유들 모두가 범행 동기였던 것은 아닌가?……라고 질문을 던졌다. 하나의 동기로 환원함으로써 우리는 다른 모든 문제를 덮어 두려는 것은 아닌가? 혐오와 분노와 무차별적인 복수심으로 가득한 사회를 애써 묵인하고 문제를 은폐하는 것은 아닌가? 혐오와 분노와 복수심과 극심한 빈부격차로 점점 부풀어 오르고 부풀어 오르다가 건

잡을 수 없이 폭발한 후에 우리는 무엇을 할 것인가? 등등의 내용을 이어 간 후에 그는 이렇게 글을 맺었다. 이것은 사회 전반에 대해 적의를 가진 전형적인 반사회적 범행이다. 이 모든 문제를 면밀하게 살피고 문제를 제어하기 위해 최선을…….

하지만 이 칼럼은 왜 하필이면 방화 대상이 그 신문사였는지, 왜 하필이면 그 시간이었는지, 왜 하필이면 사 층이었는지, 왜 하필이면 악마의 영상이었는지, 왜 하필이면…… 육십 대 중반의 바로 이 남자가 그런 일을 저질렀는지 설명해 주지 못했다.

방화자의 진술과 자백이 중요했다. 방화자 자신이 자살을 기도했다는 점이 문제를 어렵게 만들었다. 그는 불이 붙은 몸으로 사 층에서 뛰어내렸으나 목숨을 건졌다. 목숨을 건졌으나 중상을 입고 뇌를 비롯한 전신의 신경계가 훼손되어 진술이 가능한 상태가 아니었다.

사건의 전말을 알아내고 진실을 파악하기 위해서는 방화자 자신이 살아야 한다. 그것은 모두가 알고 있었다. 기자도 시민들도 의료진도 경찰도 알고 있었다. 경찰이 병원 측에 추가로 요청한 것은 범인에게 사건의 실상을 알리지 말아 달라는 것이었다. 다수의 사상자가 발생했다는 사실이 범인에게 알려질 경우 문제가 발생할 수 있다는 경고도 잊지 않았다. 범인이 정서적으로 불안정한 상태가 되면 무슨 짓을 할지 알 수 없고 진술을 거부할 위험이 있으며 결국 진실은 묻힐 것이라는 얘기였다. 그가 진실을 알아서는 안 된다. 그가 진실을 아는 순간 진실이 변형될 것이다.

공은 수긍했다. 우연한 교통사고에서조차 진실은 완강하게 존재한다. 그것은 확고하게, 단 하나인 채로, 물리적 시간 속에 존재한다. 사고가 어떤 이유로 발생했는지, 누구의 실수나 잘못 때문에 발생했는지, 어떤 종류의 의지와 선택이 개입했는지, 그런 의지와 선택에 스며든 세계의 논리는 어떤 것인지…….

자백이 이루어지고 모든 것이 밝혀지면 범인은 아마도 사형을 선고받을 것이다. 항소심에서 무기징역으로 감형될 것이다. 감옥에서 팔굽혀펴기를 하고 체력을 단련할 것이다. 반성문을 쓰고 모범수로 지정되고 요양병원에 기거하던 모친의 사망에 맞추어 외박을 나갈 것이다. 공은 이미 겪었던 것처럼 그 모든 과정을 이해할 것 같았다. 공은 자신이 공공연한 사형제 반대론자라는 사실을 잊지 않고 있었다. 공은 자기 내면에서 충돌하는 모순을 물끄러미 바라보았지만 그것이 고통스럽다고는 생각하지 않았다.

현우는 교통사고로 사망했다. 말이 씨가 되었다고는 생각하지 않았다. 말이 운명을 만들었다고도 생각하지 않았다. 지금은 교통사고를 당해도 보호자가 돼줄 수가 없잖아. 내가 어디서 사고로 죽어도 시신조차 못 볼 거고. 아, 이거 심각한 문젠데 가볍게 말했네 미안, 현우의 말이 귀에서 맴돌았다. 하지만 그건 아프가니스탄이나 시리아의 국경지대를 헤매거나 겨울의 산중을 떠돌며 위험을 무릅쓸 때를 염두에 둔 말이었다. 서울 시내 교차로에서 좌회전하다가 교통사고로 사망하는 경우는 포함되어 있지 않았다.

현우는 그날 인터뷰 시간에 맞추기 위해 급히 집을 나섰다. 그날따라 공이 점심때 집에 돌아와 식사를 했기 때문에 예정보다 오 분 정도 늦은 셈이었다. 이번에 출간하신 사진 에세이집의 인기가 좋은데 비결이 뭐라고 생각하세요? 현우는 그런 질문을 받을 경우에 대비해 짐짓 미소를 지으며 대답하는 흉내를 냈다. 과거에는 오지 탐험 사진작가였다가 지금은 위험한 분쟁지역을 주로 다니시는데 특별한 이유가 있나요? 그런 질문에는 이렇게 답하면 어떨까 공의 의견을 묻기까지 했다. 위험을 감수해야 사진에 영혼이 스며들어 걸작이 된다는 식으로 민망한 대답을 하지는 말라는 것이 공의 조언이었다.

집에서 신문사까지 승용차로 겨우 이십오 분 거리를 이동했을 뿐이었다. 현우는 「오블라디, 오블라다」를 크게 틀어 놓고 고개를 까딱이며 운전을 하고 있었다. 도로 사정이 나쁘지 않아 인터뷰 시간에 맞출 수 있을 듯했다. 현우는 일 차로 맨 앞에서 좌회전 신호를 기다리고 있었다.

왼쪽에 보이는 빌딩에서 불길이 치솟았다. 두 블록 정도 떨어진 빌딩이었고 중간층이 발화 지점이었다. 그 빌딩은 현우의 목적지기도 했다. 옛 노래는 절정으로 치닫고 있었다. 오블라디 오블라다 인생은 계속되고 랄라, 인생은 계속되는 것이죠. 현우는 불길을 보자마자 본능적으로 조수석의 카메라를 집어 들었다. 주황색 신호가 좌회전 신호로 바뀌려는 순간 현우는 급하게 액셀을 밟았다. 한 손으로 카메라를 들고 한 손으로 핸들을 잡은 채였다. 스키드마크가

도로에 새겨지고 현우의 몸이 급하게 한쪽으로 쏠리는 순간 반대편 도로에서는 주황색 신호가 끝나기 전에 속도를 높여 사거리를 통과하려던 SUV가 달려오고 있었다.

현우의 사망은 우연이었다. 하필이면 그 시간에 인터뷰가 잡혀 있었고, 하필이면 그 시간에 좌회전 차선의 맨 앞에 정차해 있었고, 하필이면 그 순간에 신문사 건물에서 불길이 치솟았다. 현우는 다음 신호가 좌회전 신호라는 것과 좌회전을 하면 곧바로 현장에 도착할 수 있으리라는 것을 알았다. 그랬으므로 본능적으로 카메라를 집어 들었으며 좌회전 신호가 뜨려는 순간 액셀을 밟았다.

너무 전형적인 사고였으므로 현우의 사망에는 아무도 관심을 갖지 않았다. 블랙박스 영상만으로도 모든 것이 명약관화한 단순 교통사고였으므로 진실을 다툴 필요가 없었다. 불길이 치솟았다는 것과 교통사고가 일어났다는 것 사이의 인과관계는 공 이외에는 아무도 알지 못했고 알고 싶어 하지도 않았다. 공은 그 순간 치솟은 불길과 교통사고 사이의 거리에 대해서 생각했다. 각도에 대해서 생각했다. 심연에 대해서 생각했다. 그 심연으로, 잠수종에 갇힌 채, 공은 하강하고 있었다.

집중치료실에는 창문이 없었다. 공은 병실에서 환자를 바라보고 있었다. 환자 역시 공을 바라보고 있었다. 서로 바라보았지만 눈이 마주쳤다고는 말할 수 없었다. 서로가 서로의 먼 곳을 바라보는 느낌이었다. 이윽고 환자는 할 말이 있는 듯 입술을 달싹였다. 말이 되어 나오지는 않았다. 환자의 입에 작은 기포가 생겼다가 무력하게 흩어졌다. 입가에 물기가 남았다. 물기는 하얗게 굳어 가고 있었다.

제가 살아날 수 있나요?

환자가 그렇게 묻는 것 같지는 않았다.

네, 살 수 있어요. 살아야 합니다.

공이 환자에게 그렇게 답한 것은 아니었다. 단지 시선을 두고 있을 뿐이었다. 물끄러미 바라볼 뿐이었다.

살아서 뭐 합니까. 곧 취조가 시작되고 사회적 지탄을 받겠죠.

환자가 그렇게 말하는 것 같지는 않았다.

살아 있으세요. 그래야 내가…… 당신을 죽일 수 있습니다.

공이 환자에게 그렇게 말한 것은 아니었다.

그래요. 나를 죽여 줘. 가급적 빨리.

환자가 공에게 그렇게 말한 것은 아니었다. 환자가 그렇게 말한다면 공은 그를 죽일 수 없을 것이었다.

열흘째였다. 공이 환자의 팔에 직접 주사를 놓은 것은. 신경전달물질을 조절하는 약물이었다. 적절하게 사용하면 효과를 보지만 과량을 사용하면 치명적인 부작용을 유발한다. 심기능이 정지하거나 순환기에 문제가 유발될 수 있다.

부작용을 최소화하고 작용을 최대화하는 것이 의사의 능력이다. 외부 강의가 있을 때마다 공이 늘 강조하는 내용이었다. 모든 약물은 작용과 부작용 속에서 작동합니다. 에피네프린도 카테콜아민도 마찬가지죠. 파르마콘은 그리스어로 약이자 독이라는 뜻이지만 실은 모든 약물을 가리킵니다. 파머시의 어원이기도 하죠. 약물만 그런 것은 아닙니다. 세상의 모든 것이 그런 방식으로 존재하기 때문에…….

그렇다고, 공은 생각하고 있었다. 부작용이 없으면 작용도 없다. 그것을 이해하지 않으면 약리학도 배울 수 없고, 사랑도 할 수 없고, 인생을 이해할 수도 없다. 산책 중에 길고양이가 쥐를 잡는 것을 본 적이 있었다. 요즘 고양이는 쥐 같은 것에 관심을 갖지 않는다던데, 길고양이는 다른가. 그렇게 중얼거리는 현우의 낯빛이 어두웠다. 길고양이는 말 그대로 쥐를 물어뜯고 있었다. 한참 갖고 놀다가 이윽고 쥐를 죽이기로 한 모양이었다. 길고양이는 피로 물든 이빨과 번들거리는 눈으로 현우를 바라보았다. 현우도 고양이를 바라보았다. 공은 그 순간 고양이가 아니라 현우를 바라보고 있었다. 공은 현우가 고양이를 오래 바라볼 것을 알았다.

현우는 지쳤다고 말했다. 이제 이런 장면은 재현하고 싶지 않다. 세상은 이미 상상을 초월할 만큼 속악하고 공격적이고 가학적이므로 사진이나 글로 그걸 재현하는 게 무의미한 동어반복으로 느껴진다. 현우는 그런 말을 했다. 공은 현우의 말이 너무 감정적이라고 생각했다. 현우는 언제나 감정에 충실했으며, 대상을 향해 직진했으며, 위험을 무릅썼으며, 자주 부딪치고 상처받았다. 그 점이야말로 현우의 장점이자 매력이라고 공은 생각하고 있었다. 생각이 많고 양면성을 강조하고 사태의 복합적 측면들을 고려하며 아우르려는 사람들이야말로 무기력하다는 것을 공은 알고 있었다.

이제 오지도 분쟁지역도 가지 않게 될 것 같습니다. 조용한 생활. 그런 생활 속의 평화와 고요한 투쟁, 마침내 찾아오는 사랑과 죽음, 그런 것들에 관심을 갖게 되었습니다. 이번 사진집은 그런 생각을 담고 있죠……. 현우는 인터뷰에서 그런 말을 장황하고 설득력 있게 할 예정이었다.

영안실 관리인은 시신을 보여 줄 수 없다고 말했다. 가족 관계가 아니기 때문에 규정상 불가능하다는 것이었다. 안 된다니까요. 게다가 차량 화재 때문에 일부 훼손이 심한 곳이 있습니다. 피부도 그렇고 여러 면에서……. 공이 의사라는 것을 알고 관리인이 말끝을 흐렸다. 공도 알고 있었다. 외부의 충격이 육체를 훼손하고 피부와 내장과 몸의 신경들을 망가뜨렸을 것이다. 거기에는 어떤 복합성도 양면성도 없다. 공은 그 모습을 초음파라든가 MRI로 보듯이 상상했다. 눈을 감고 그 흑백의 이미지만을 자꾸 상상했다. 상상하지 않을 수 없었다. 상상하는 일을 멈출 수 없었다. 이 또한 지나가지 않으리라는 것을…… 공은 알았다.

공은 눈을 떴다. 가만히 환자를 응시했다. 공은 주사기를 손에 들었고 환자는 눈을 감고 있었다. 목의 혈관들이 도드라져 보였다. 동맥에 약물을 주입하는 데는 약간의 주의력만이 필요하다. 그곳에 바늘을 꽂고 엄지손가락에 힘을 주면 된다. 주사기 속의 약물이 혈관으로 주입될 것이다. 약물은 환자의 피와 함께 혈관 속을 흘러갈 것이다.

이 사람은 잠수종이 무엇인지 모르고 잠수종에 갇혀서 심연으로 내려가는 일이 무엇인지 모른다. 이 사람은 살아날 것이다. 공은 잠수종에 갇힌 채 심연으로 하강하면서 그를 물끄러미 바라보았다. 주위의 모든 것이 조용히 일렁였다. 잠수종은 완강했고, 공의 몸과 영혼은 천천히 분산되고 변질되어 가고 있었다. 마음속에서 서서히 독이 퍼져 가고 있었지만 공은 그것을 알지 못했다.

집중치료실에는 창문이 없었다. 목적이 단순했으므로 바깥이 없는 공간이었다. 환자가 힘겹게 눈을 떴다. 시선은 공을 향하고 있었다. 이 사람이 누군가, 나는 왜 이 사람 앞에 누워 있는가. 그런 것을 가늠하는 듯했다. 이윽고 상황을 이해했는지 환자가 입술을 달싹였다. 공은 눈을 가늘게 뜨고 그 모습을 바라보다가 가만히 그의 입 쪽에 귀를 갖다 댔다. 환자의 목소리가 공의 귓속으로 흘러들기 시작했다. 공의 표정이 서서히 굳어 갔다.

* 이 소설은 다음의 자료들을 참조했습니다.

김형돈, 『의대생과 관련 전공자를 위한 신경과 신경외과학』(군자출판사, 2010)
김향희, 『신경언어장애』(시그마프레스, 2012)
프로마 p. 로스, 『언어재활사를 위한 임상 가이드』, 김수형 외 옮김(박학사, 2019)

자문에 응해 준 의사 현민 님께 감사드립니다.

최은미 崔銀美

2008년 『현대문학』에 단편소설 「울고 간다」를 발표하며 등단했다. 소설집 『너무 아름다운 꿈』 『목련정전目連正傳』 『눈으로 만든 사람』, 중편소설 『어제는 봄』, 장편소설 『아홉번째 파도』 등을 펴냈다. 젊은작가상, 대산문학상, 김승옥문학상 우수상, 현대문학상, 한국일보문학상 등을 받았다.

고별

언젠가 어머니가 내게 그런 말씀을 하셨다. 고구마는 애기랑 똑같다고. 그 무렵 나는 삼 개월에 한 번씩 어머니와 도로 위에서 시간을 보내곤 했는데 내가 운전하는 차에 탈 때면 어머니는 뒷좌석에 몸을 기대시곤 태영아, 하고 한 번씩 나를 부르셨다.

"태영아."

"네, 어머니."

"고구마는 애기랑 똑같다. 베란다에 두면 얼어."

어머니는 잔꽃이 프린트된 아사면 손수건을 사시사철 목에 두르고 계셨고 여름에도 늘 무릎 담요를 챙기셨다. 말을 하는 것과 눈을 뜨는 것 두 가지를 한꺼번에 하는 게 힘에 부친다는 듯 차에 앉아 내게 말을 건넬 땐 대개 눈을 감고 계셨던 걸로 기억한다. 차 안에서는 갓 다진 마늘 냄새와 마른 흙냄새가 났다. 어머니는 내가 갈 때마다 마늘을 곱게 다져 놓고 나를 기다리셨다. 어머니와 만나는 달이면 덕분에 나는 마늘 풍미를 만끽할 수 있는 요리를 몇 번씩이나 해 먹을 수 있었다. 버터를 녹여 갈릭소스를 만들어 두고는 밥도 볶아 먹고 식빵도 구워 먹었다. 비가 오면 닭 날개에 마늘을 입혀 튀겨 먹었고 꽃이 피기 시작하면 활새우를 사 와 마늘과 함께 쪄 먹었다.

어머니의 마늘은 이상하리만치 향기로웠다. 올리브유에 마늘을 볶아 향을 낼 때면 그 짧고도 아찔한 순간을 붙잡고 싶어서 나는 거의 슬픔을 느끼기까지 했다. 삼 개월 후엔 어머니가 마늘을 또 다져 주실 것을 알았지만 그래도 나는 매번 마늘을 덜어 내 얼음 트레이에 채워 넣고는 냉동실에 얼려 두었다. 내 냉동실엔 향과 즙을 머금은 마늘 큐브가 한가득이었다.

차에 마늘과 함께 햇고구마가 실리는 건 늦가을이나 초겨울쯤이었다. 고구마가 상자째 생긴다는 건 곧 겨울이 온다는 뜻이었다. 길고도 긴 겨울. 애기를 베란다에 두면 얼어 버리는 그런 겨울 말이다. 어머니께 그 말을 들은 이후로 나는 고구마를 냉장고에 보관하곤 했던 지난날에 죄책감을 느꼈다. 이젠 그러지 않는다. 절대로 고구마를 추운 데 두지 않는다. 고구마는 추운 데 있으면 썩어 버린다. 그 뒤로 나는 고구마를 내가 생활하는 공간에 같이 두었다. 굵은 흙만 털어 내고는 현관 옆이나 거실 한쪽에 서너 개씩 눕혀 두었다. 습기가 차진 않는지 시시때때로 들춰 보고 맞닿은 곳이 썩지 않도록 간격을 조정해 주었다. 외출했다 돌아오면 나도 모르게 이런 말이 튀어나올 지경이었다.

"우리 애기들 잘 있었어?"

어머니를 모시고 무주와 은산을 오가던 도로 위에서의 그때가, 돌아보면 어머니와 둘이 있었던 유일한 시간이었던 듯하다. 삼 개월에 한 번씩, 육 년의 시간이었다. 어머니의 담요. 어머니의 가방. 어머니의 마늘. 뒷좌석의 기척만으로도 느껴지던 어머니의 피곤함. 어머니는 정말이지 피곤해 보이셨다. 어머니와 둘이 있을 때, 나는 매번 담배가 간절했다. 차창 밖의 나무들이 어머니와 나를 휙휙 스쳐 지나갈 때면 나는 생각했다. 담배를 피우고 싶다. 지금 당장, 딱 한 대만 피울 수 있다면.

C로 시작하는 질병 코드를 부여받고 암수술을 마쳤던 어머니는 육 년 동안 치료와 추적검사를 무사히 통과했다. 그 기간은 어머니가 무주의 집으로 다시 돌아갈 수 있었던 시간이고, 어머니의 병이 원발암이나 전이암 같은 용어로 묶이기 전이었다.

언제였을까. 마지막인 줄 모른 채로 어머니와 도로 위에 있던 마지막 날이 있었을 텐데 그게 언제인지 기억나지 않는다. 어머니는 이웃집에 찜기도 빌려주고 창턱에 호박도 널어놓은 채 여느 날처럼 내 차에 올랐지만 다시는 무주의 어머니 집으로 가지 못했다. 재발과 전이 뒤 십 개월 만이었다.

어머니는 일요일에 돌아가셨다.

장례식장에서 묵을 가방을 싸다가 나는 문득 생각했다. 아직 마음의 준비가 안 되었다고. 시간이 세 달만, 아니 한 달만이라도 더 주어졌으면 좋겠다고. 하지만 가방을 다 싸고 일어서서 허리를 폈을 때, 나는 내가 오래전부터 마음의 준비를 해왔다는 것을 알 수 있었다.

빈소는 월요일 이른 아침에 차려졌다. 장례식장으로 출발하기 전, 나는 침실 거울 앞으로 걸어가 내 모습을 꼼꼼히 비춰 보았다. 머리카락을 귀 뒤로 넘겨 묶고는 피부와 립을 정돈했다. 눈썹과 아이라인을 적당한 선에서 그려 넣었다. 상복의 네크라인이 파였을 경우에 대비해 흰 티셔츠를 챙겼다. 삼 일 동안 내가 서 있게 될 자리, 남편의 옆자리, 그 자리가 내게 줄 득과 실을 재보았다. 더 이상은 피할 수도 미룰 수도 없었다. 어머니는 돌아가셨고 이제는 손님을 맞을 시간이었다.

남편의 직장 동료들은 대부분 월요일 저녁에 조문을 올 것이다. 남편도 알고 나도 아는 사람들. 그들은 내 전 직장 동료들이기도 했다.

*

내게는 특별한 USB 메모리스틱이 하나 있다. 조금 과장해서 말하자면 거기에 내 모든 것이 들어 있다. 나는 그것을 장례식장에 갖고 갔을까? 갖고 갔다. 지갑에 신분증을 챙겨 다니는 것처럼 나는 그것을 어디에든 지니고 다녔다. 32기가 용량의 평범한 스틱형 USB에는 재단 출범 십 주년을 기념하는 문구가 새겨져 있었다.

직장을 그만둘 때 나는 거기에 꽤 많은 것을 쓸어 담아 나왔다. 급량비 신청서나 초청장 문안 수정본 같은 쓸데없는 것들까지도 말이다. 일 년 차 폴더 안의 협조전과 기획서들. 이 년 차 폴더 안의 행사 사진들. 삼 년 차 폴더에는 사내 메신저로 남편과 주고받은 열애의 증거들도 담겨 있다. 어머니가 심정지와 중환자실행을 두 번째로 겪었을 때 나는 그 USB 속 파일들을 오랜만에 모두 열어 보았다. 그 안엔 내가 직장을 그만둘 당시, 부서 사람들이 내 사직을 축하하던 말을 녹음한 파일도 있었다.

나는 왜 그런 것까지 녹음했을까. 특별한 의도는 없었다. 나는 다만 간직하고 싶었다. 그때 나를 훑고 갔던 것들, 그때의 날씨, 그때의 점심 메뉴, 그때의 평가, 그때의 결의 사항, 그때의 성취와 실책. 모조리 간직하고 싶어서 다 쓸어 담았다. 이렇게 말하니까 뭔가 대단히 중요한 의미를 띠는 것 같지만 아무리 대단해도 32기가를 넘진 않는다.

재단은 이제 출범 이십 주년을 앞두고 있었다. 십 주년 때 그랬던 것처럼 활동 보고서를 발간하고 주요 실적에 대한 보도 자료를 다듬고 기념행사를 준비하고 있을 것이다. 이젠 기념품으로 USB 따위는 나눠 갖지 않을지도 모른다. 그럼 뭘 나눌까. 알고 싶지 않았다. 알고 싶지 않았지만, 그곳엔 내가 사랑하는 사람이 아직 세 명이나 남아 있었다. 내 동기 경주. 내 동기 석현. 내 남편 준기.

재단 사람들한테 전체 부고 문자가 가기 전에 나는 경주한테 먼저 소식을 알렸다. 어쩌면 경주도 월요일 출근 전, 자신의 모습을 한 번 더 보고 나왔을 거라는 생각이 든다. 석현은 어땠을지 모르겠다. 석현과는 얘기다운 얘기를 나눠 본 지가 오래되었다. 셋이 함께한 시간은 USB에만 남아 있었다.

경주와 석현과 함께 찍은 사진 중에 내가 제일 좋아하는 사진은 재단을 그만두기 두 해 전, 서관창고 앞에서 찍은 사진이었다. 은산시 외곽에는 1940년대에 생겨 오십 년쯤 가동된 담배 공장터가 있었는데 담뱃잎을 보관하던 창고 일곱 동이 서관창고라는 이름으로 남아 있었다. 석현과 나는 문화재생팀이라는 이름으로 묶여 창고를 은산의 문화공간으로 기획하는 일에 참여하고 있었다. 석현도 나도 경력직으로 재단에 들어갔지만 연차가 오래되지 않은 사원이었다. 내가 재단 사 년 차에 사직을 했던 걸 생각해 보면 내 재단 생활은 거의 서관창고를 재생하는 일에 투입된 셈이었다.

재단에서 사업 용역을 준 총괄 감독과 그 팀, 자문을 맡은 건축가와 그 팀, 그리고 재단의 문화재생팀. 매일같이 창고를 오가며 회의가 이어졌다. 근무가 끝나고 재생팀 팀장과 대리까지 가고 나면 주로 석현과 내가 남아 현장 정리를 했고 당시 교육전시팀에 있던 경주가 퇴근길에 종종 맥주를 사 들고 서관창고로 들렀다.

사진을 찍던 날도 우리는 폐공장터 한쪽에 박스를 깔고 앉아서 창고의 목조 트러스 지붕을 올려다보며 맥주를 마셨다. 사진은 아마도 남편이 찍어 주었을 것이다. 물론 그때는 내 남편이 아니라 경주와 석현과 나의 직장 상사일 뿐이었다. 그는 업무 파트가 달랐는데도 경주보다 더 자주 서관창고로 들러서 석현과 나를 앉혀 놓고 재단 생활에 대한 이런저런 조언을 해주곤 했다.

허준기. 그는 어쩌다 내 남편이 되었을까. 나는 어쩌다 그를 낳은 여성의 빈소에 찾아온 화환 배달 기사에게 수령 사인을 해주는 입장이 되었을까.

지금도 꽃향기가 생생하다. 어머니를 애도하기 위해 배달된 희고 향기롭던 꽃들. 은산대학병원 장례식장 9분향실 구석구석을 평면도로 그릴 수도 있다. 어느 테이블에 누가 앉았었는지, 누가 나를 부르고, 누가 오래 울었는지. 분향실 탁자 서랍에는 병원 직인이 찍힌 어머니의 사망진단서가 있었고 냉장고에는 팩 소주가 있었다. 비락식혜는 삼 일 내내 미지근했다. 남편의 친척 누나가 내게 이런 걸 묻기도 했다.

"준기 재, 집에서는 어때요?"

어려운 질문이었다. 나는 간단히 답했다.

"비위가 좀 약해요."

남편은 그녀를 경화 누나라고 불렀다. 사촌은 아니었고 그다지 가깝지 않은 촌수였다. 그녀는 도우미분들이 오기도 전에 도착한 첫 조문객이었는데 친척들이 대개 가족들과 함께 오는 것과 달리 혼자 와서 이틀 밤 내내 장례식장에 머물렀다. 우리 결혼식에도 왔었다는데 기억나지 않았다. 남편 친척들은 만날 때마다 새로웠다. 그래도 나는 내 친척보단 남편 친척들을 만날 때가 언제나 더 편했다. 나는 그들과 공유하고 있는 기억이나 공간이 없었고 어떤 얘기를 나눠도 감정이 요동칠 일이라곤 없었다. 어머니는 나를 늘 한결같이 대해 주셨다. 내가 실수를 해도 미소를 지었고 선물을 드려도 역시 똑같은 미소를 지었다. 남편의 가족들을 처음 만났을 때 나는 그들 가족에게 이미 무언가가 지나간 뒤라는 걸 느낄 수 있었다. 내가 다 알 수도 없고 별로 알고 싶지도 않은 일이 짧지 않은 시간에 걸쳐 그들을 흔들었다는 것, 그들은 이제 서로에게 몰두할 기력이 더 이상 남아 있지 않다는 것.

어머니의 모든 기대와 집착과 실망과 회유를 겪어 낸 것은 형님 부부였다. 내가 결혼을 했을 때 나의 형님—남편 형수—은 이미 시댁의 시옷 자도 떠올리기 싫어하는 상태였다. 우리의 결혼식 얼마 뒤 그들은 지구 반대편으로 박사 유학을 떠났다. 그들이 떠나고 채 일 년도 지나지 않아 어머니의 암이 발병했다. 약 칠 년 뒤 어머니가 임종을 맞던 날에도 형님 부부는 시차 열네 시간 너머에 있었다. 그간 어머니의 간병을 떠맡다시피 한 형님—남편 누나—은 어머니의 임종과 동시에 탈진 상태가 되어 유족실에 누워 있었고 내 남편 허준기는 감정을 읽을 수 없는 얼굴로 화환들의 위치를 잡고 있었다.

은산문화재단 이사장인 은산시장의 화환을 남편은 분향실 입구 옆인 복도 끝 벽에 세웠다. 누구도, 가령 남편의 형이라도, 시장의 화환을 마주보지 않고는 9분향실 복도를 걸어 들어올 수 없었다. 시의원과 재단 이사들의 화환이 그 뒤를 이었다. 은산문화산업단지 입주 기업들과 재단 수의 계약 업체들의 화환도 속속 도착했다.

장례 기간 내내 나를 각성 상태로 이끈 건 혹시 그 꽃들이었을까? 내 남편 허준기는 십여 년 전 서관창고를 어슬렁거리던 그 허 대리가 아니었다. 나는 9분향실 복도의 꽃 행렬 사이에서 새삼스레 그 사실을 깨달았다. 문제는 나 또한 그때의 그 은태영이 아니라는 것이었다.

꽃 냄새에 취해 잠시 비틀거렸을 뿐인데 누군가 나에게 다가왔다. 남편 친척 누나가 옆에 와서 나를 보고 있었다. 나는 남편 친척 누나가 내 눈을 보고 있다고 생각했다. 아이라인을 그려 넣은 눈 말이다. 나는 무언가를 설명할 필요를 느꼈다.

"저는 집 앞 슈퍼에 갈 때도 아이라인을 그리고 나가요."

"……."

"아이라인을 안 하면 제가 좀 맹해 보이거든요."

그날은 내가 흐릿해 보이면 절대 안 되는 날이었다. 그다음 날은 흐릿해 보여도 됐지만 그날은 안 됐다.

"뭐 어때요. 번지지만 않으면 되지."

그렇게 말하며 남편 친척 누나가 신발장에 기대섰다. 아동용 상복 치마를 입은 다영이 빈소 한쪽에 앉아 그림을 그리는 게 보였다. 그 옆에서 남편이 물품 주문서를 뒤적이고 있었다. 남편 친척 누나가 물었다.

"서로 휴대폰 오픈도 해요? 난 부부들 보면 그게 제일 궁금하던데."

나는 말도 안 된다는 듯이 웃었다.

"저희는 서로 폰 뒤지고 그런 부부 아니에요."

하지만 나는 남편 휴대폰은 물론이고 그의 직장 메일 계정 비밀번호도 알고 있었다. 남편은 비밀번호 특수문자를 쓸 때 꼭 느낌표를 썼고 영문자와 숫자도 한두 글자 정도만 바꿔 가면서 비슷한 패턴으로 썼다. 어떻게 알았냐고? 넷플릭스 계정 공유 덕에 알았다.

남편이 제단 앞으로 가서 향을 집어 들자 다영이 아빠한테로 갔다. 향 피우는 걸 보여 주면서 남편이 다영한테 말했다.

"할머니를 잘 보내드리려고 피우는 거야. 향들이 다 타기 전에 계속 새 향을 피우면서 향불이 꺼지지 않게 해야 돼. 그래야 할머니가 잘 떠나실 수 있어."

그들의 정수리 위로 영정 사진 속의 어머니가 보였다. 잔꽃 무늬를 좋아하신 어머니.

신혼 때 남편이 그런 말을 한 적이 있었다. 술을 좀 먹은 날이었을 것이다.

"난 우리 엄마 안 아프게 해주려고 태어난 애야."

어머니는 둘째 아이—남편 누나—를 낳은 뒤 산후풍을 심하게 앓았다. 몇 년이 지나도 몸이 나아지지 않아 고생을 할 때 누군가 어머니에게 이런 말을 해주었다. 아이를 한 명 더 낳아서 산후조리를 제대로 하면 아픈 게 싹 나을 거라고. 그래서 어머니는 허준기를 낳았다.

남편은 그런 얘길 어머니한테 직접 들은 것일까? 아니면 집안의 누군가가 들려준 것일까?

남편이 그 말을 다시 한 건 어머니의 암이 폐와 뼈로 전이되면서 어머니의 상태가 급속도로 악화됐을 때였다. 어머니는 어마어마한 통증 속에서 몇 개월 사이에 빠르게 야위어 갔다. 모르핀이 진정시킬 수 있는 시간도 점점 짧아졌다. 남편은 그 모든 상황을 받아들이기 힘들어했다. 주말 저녁, 병실 침대에 늘어져 있는 어머니의 팔을 주무르면서 남편은 온전한 의식이 없는 어머니의 얼굴을 한참 바라보았다. 그러더니 조금은 차갑게 느껴지는 목소리로 말했다.

"엄마가 이렇게 아프면 안 되지. 내가 엄마 아프지 말라고 태어났는데."

향을 피운 남편이 다영과 함께 이쪽으로 걸어왔다.

나는 그들을 바라보며 속으로 어머니를 불러 보았다. 어머니, 보고 계세요?

투병 기간 내내 어머니는 큰아들을 그리워했다. 큰며느리를 그리워했고, 첫 손자를 그리워했다. 그들과 함께할 때의 건강했던 자신을 그리워했고, 격렬한 감정에 자리를 내줄 수 있었던 그 기력과 에너지를 그리워했다. 어머니를 화나게 할 수 있는 것도 긴장시킬 수 있는 것도 오직 큰아들과 큰며느리뿐이었다. 어머니를 모시고 무주와 은산병원을 오가면서 나는 도로 위의 계절이 바뀔 때마다 그것을 느낄 수 있었다.

"벌써 꽃이 지는구나, 태영아." 그들이 보고 싶다는 뜻이었다. "비가 이렇게 많이 오는데." 그들이 걱정된다는 뜻이었다. "춥겠구나, 거기도." 그들이 궁금하다는 뜻이었다. 형님—남편 누나—한테 전화가 왔었다고 말을 떼면 어머니는 반사적으로 등을 세우며 물었다. 큰애가 너한테 전화를 했니?

하지만 이제 어떤가. 형님 부부는 아직도 비행기 안에 있고 어머니는 시신 안치실에 누워 계셨다.

남편 친척 누나가 다영을 데리고 매점으로 올라갔다. 나는 남편과 나란히 서서 화장 예약 확인서와 주차권에 대한 이야기를 나누었다. 그러다가 불쑥, 남편 등으로 손을 가져갔다. 나는 손바닥으로 천천히 남편의 등을 쓰다듬었다. 손가락 몇 개에 힘을 실어 부드럽게, 원을 그렸다. 남편이 숨을 들이쉬며 내 얼굴을 내려다보았다. 그러더니 자기 발로 내 발등을 살며시 덮어 왔다. 빈소 보일러 온도가 높아서일까. 그의 발바닥이 뜨거웠다.

허준기. 나는 그와 십 년을 살았다. 그가 언제 긴장을 느끼고 언제 이완되는지 나는 다 감지할 수 있는데……. 그는 나를 알까? 그간의 내 긴장도를 남편은 알고 있었을까? 알았다면 좋았을 텐데. 아는 게 좀 더 많았다면 그에게 좋은 일이 일어날 수도 있었을 텐데.

식구들과 이른 저녁을 먹고 난 뒤 나는 사람들이 몰려오기 전에 담배 피울 곳을 찾아 장례식장 옥외 계단으로 올라갔다. 겨울이라 사방이 벌써 어두웠다. 몇 걸음 옮기기도 전에 주차장 쪽에서 사람들 목소리가 들렸다.

"형수!"

"형수님!"

설마 했는데 돌아보니 그건 나를 부르는 소리였다. 검은 양복을 입은 남자 넷이 저벅저벅 걸어오며 손짓을 했다. 재단 사람들의 등장이 시작된 것이다. 남편의 심복들. 은산문화재단 허준기 팀장 라인. 나를 형수라고 외쳐 부른 그 무리 중에는 내 동기 석현도 있었다.

*

돌아보면 삼 일 내내 나는 심장이 평소보다 두세 배는 빠르게 뛰는 상태였다. 피가 귀로 몰려 몇 테이블 건너의 속삭임이 들려왔고 허벅지 근육이 갑자기 활성화되어 계단을 몇 단씩 뛰어올랐다. 눈앞에 검은 막이 생겼다가 불현듯 빛이 쏟아지기도 했다. 하지만 그것들이 무슨 증상인지는 알 수 없었다.

저녁이 되자 재단 사람들은 그야말로 한꺼번에 쏟아져 들어왔다. 여덟 시도 채 안 되어 9분향실 홀은 흡사 은산문화재단의 회식장처럼 재단 사람들로 들어찼다.

허준기의 심복 넷은 술을 일절 입에 대지 않은 채 그들끼리 입구 테이블에 각을 잡고 앉아 있었다. 나는 빈소 앞에서 손님을 맞는 중에도 석현과 눈이 자주 마주쳤는데 그때마다 눈을 먼저 피하는 건 석현이었다. 아무래도 아이라인 덕분인 것 같았다. 나는 흐릿해지지 않기 위해 몸의 모든 감각을 극도로 끌어올려 그 기를 눈에 집중시키고 있었다.

그런 내 눈에 가장 먼저 들어온 건 재단 사람들 반 이상이 들고 들어온 에코백이었다. 서관창고의 골조가 심벌로 새겨진 은산문화재단 에코백이었다. 십여 년 전 석현과 내가 박스를 들고 드나들던 서관창고 일곱 개 동은 이제 명실공히 은산의 문화 거점 공간이자 명소가 되어 있었다. 전시와 공연과 마켓이 연중 내내 열렸고 카페로 운영되는 동은 한 주에 올라오는 인스타그램 태그만도 수백 개였다. 대관료 수익도 좋았다.

사 년 전, 다섯 살이던 다영이 기관지염을 앓을 때였다. 며칠 동안 다영은 온몸이 뜨끈뜨끈하게 끓어오르는 채로 팔다리를 늘어뜨리면서 고열에 시달렸다. 해열제와 항생제를 먹여도 열이 쉽게 잡히지 않았다. 어머니는 이 차 표적 항암 치료 중이었고 정책기획팀 팀장으로 막 승진을 한 남편은 얼굴도 볼 수 없을 만큼 바빴다.

그날도 열이 오른 채로 잠이 든 다영에게 수건 찜질을 해주다 나는 드라마를 보려고 티브이를 틀었다. 1940년대에서 1960년대를 배경으로 한 드라마였는데 주인공이 매회 극적인 표정으로 뒤를 돌아보면 드라마가 끝나곤 했다. 그날은 주인공이 같이 제빵 기술을 배우던 오래전 친구를 만나기로 예고된 날이었다.

해열제 시럽이 묻어 축축하게 늘어진 티셔츠를 입고 나는 티브이로 멍하게 시선을 주고 있었다. 그때 화면으로 적벽돌에 목조 트러스 지붕을 한 건물이 보였다. 잔디밭 색이 한창 푸른 초여름이었다. 주인공이 친구를 기다리고 있는 곳, 드라마 촬영 장소는 서관창고였다. 나는 반가운 마음에 두 손으로 방바닥을 짚고 약간 기는 자세로 티브이 앞으로 다가갔다. 드라마는 엔딩을 향해서 달려가고 있었다. 화면에 모습을 드러낸 주인공의 친구가 마침내 주인공의 이름을 부르자 주인공이 극적인 표정으로 뒤를 돌아보았다. 엔딩 음악과 함께 화면이 정지되고 주인공의 얼굴 아래로 광고 자막이 떴다.

'은산시'

그 순간 나도 모르게 눈에서 눈물 한 방울이 흘러내렸다.

석현이 다시 이쪽을 봤다. 석현뿐 아니라 많은 재단 사람들이 상주석에 나란히 선 나와 남편을 쳐다봤다. 하지만 남편과 나란히 선 것은 내가 아니라 그들이었다. 그 광고 자막에서 저 에코백까지, 석현에겐 시간이 계속 흐르고 있었다는 걸 안다. 석현은 재단에서 리틀 허준기로 불릴 정도로 현 대표이사의 정통 라인을 밟아 빠른 승진을 하고 있었다. 그 뒤에 내 남편이 있었음은 물론이다. 남편이 허 대리일 때 나와 석현을 앉혀 놓고 들려주던 말들을 석현은 그대로 흡수하며 재단에서 자리를 잡아 갔다. 당시 나는 허 대리의 말을 반은 쳐내며 생활했지만 허 대리와 연애는 했다.

허준기와 갑작스럽게 결혼 발표를 했을 때 여직원 휴게실에서 한 선배가 말했다.

"축하해 태영 씨, 그동안 재단 생활 덜 힘들었겠네?"

그 선배는 지금 9분향실 한가운데서 수육을 집어 먹고 있었다. 나는 재단을 그만둔 뒤에도 두 번 정도 여직원 모임 뒤풀이에 갔었는데 거기엔 재단 생활을 지긋지긋해하는 사람들뿐이었다. 허준기 같은 무리들의 사내 정치에 넌덜머리가 난 여자들.

"나도 누가 좀 먹여 살려 주면 좋겠네. 당장 때려치우게."

거기서 나는 거의 역적이었다.

아직도 역적인지는 잘 모르겠다.

나는 경주가 있는 생활문화팀 테이블로 갔다. 경주가 자기 팀장과 얘기를 나누다 몸을 움직여 내가 앉을 자리를 만들었다. 생활문화팀 정 팀장은 허준기와 비슷한 시기에 재단에 들어왔는데 서관창고 일대가 허준기가 주관하는 문화산업단지로 조성되면서 허준기한테 밀리고 있는 처지였다. 하지만 그녀는 십 년간 마을 기록 아카이빙 사업을 이끌면서 은산이 법정 문화도시 타이틀을 따낼 수 있게 한 장본인이기도 했다.

경주를 통해 기록물 외주 일을 해오면서 내내 지켜본 바로, 정 팀장은 주목할 필요가 있는 인물이었다. 나는 그 테이블에 조금 오래 머물렀다. 재단 사람들의 시선이 내 동선을 따라왔음은 물론이다. 정 팀장은 현 재단 실세의 견제 대상 일 호였고 나는 현 재단 실세의 와이프였다. 보기에 따라선 꽤 자극적인 조합일 수 있었다.

재단이 새로운 대표이사 선출과 인사이동을 앞두고 있는 시기였다. 어디에서 뭐가 터지고 누가 인사 규정의 내규에 걸려들지 알 수 없었다. 십 년 전의 녹취록도 폭풍을 촉발할 수 있었고 밥 먹다 내뱉은 한마디가 조사 특위를 열리게 할 수 있었다. 허준기의 모친을 애도하는 홀 안엔 그 긴장감이 그대로 흐르고 있었다.

남편이 고등학교 동창들이 있는 테이블로 옮겨 가는 게 보였다. 인사를 하러 잠깐 들르자 남편 동창 하나가 내게 말했다.

"제수씨는 늙지를 않으시네요."

남편 동창과 달리 내가 아직 삼십 대긴 했다. 결혼 전에 허준기는 동창 모임에 나를 한 번 데려간 적이 있었다. 허준기는 나보다 다섯 살이 많았는데 동창들한테 내 소개를 하면서 그가 말했다.

"내가 군대 있을 때 태영이가 중학생이었어."

남편 동창들이 일제히 환호를 하면서 박수를 쳤다. 다른 자리에서도 몇 번 더, 허준기는 자신과 나의 나이 차이를 설명하면서 삼십 대와 이십 대도 아닌, 직장인과 대학생도 아닌, 군인과 중학생을 끌어오곤 했다. 나는 허준기가 어떤 심리 상태일 때 특히 그러고 싶어 하는지를 알고 있었다. 바로 지금과 같을 때였다. 같은 공간에 있는 반 이상의 사람들이 자신이 넘어지는 걸 보고 싶어 할 때. 무언가를 증명해 내야만 자신의 존재가 인정받을 수 있을 것 같을 때.

나는 허준기가 곤경에 빠지길 바라지 않았다. 그가 어려움에 몰리면 나는 그가 걱정됐고, 동시에 군인 앞에 선 중학생의 위험 부담을 함께 느꼈다. 지난 십 년간 재단에 살얼음 상황이 생길 때마다 매번 심적 압박이 그렇게 이중으로 찾아왔다.

"준기야. 준기야!"

누군가 남편을 부르는 소리가 들렸다. 형님—남편 누나—의 고향 친구들이 모인 테이블이었다. 남편 친척 누나가 형님과 함께 거기에 앉아 허준기를 부르고 있었다. 어머니 얘기를 하면서 한참 울고 난 뒤인지 다들 눈이 부어 있었다.

"초등학생 때 내가 준기랑 참 친했잖아."

남편 친척 누나는 아무래도 술이 좀 들어간 것 같았다.

"방학만 하면 준기랑 동네 애들 모아서 엄청 놀았거든. 야, 준기야, 우리가 너 생일 파티 해준 거 기억나니?"

남편이 나한테 가서 말려 보라는 눈짓을 했다. 직접 말려도 될 텐데? 나는 못 알아들은 척 그냥 있었다. 허준기에 대해 하나라도 더 탐색할 거리를 찾고 있던 재단 사람들의 시선이 남편 친척 누나한테로 몰렸다.

"내가 지금도 기억하는데 준기가 사 학년일 때였어. 재 생일날, 초코파이 사다가 접시에 쌓아 놓고 우리가 생일 축하 노래를 불러줬거든. 친하면 다들 장난으로 가사 바꿔 부르고 그랬잖아. '생일 축하합니다'를 '왜 태어났니'로 말이야. 아무튼 우리가 다 같이 이렇게 합창을 해줬어."

남편 친척 누나가 실제로 노래를 부르기 시작했다.

"왜 태어났니 -, 왜 태어났니 -, 얼굴도 못생긴 게, 왜 태어났니 -."

나는 남편한테로 천천히 고개를 돌렸다.

"근데 준기 쟤가 말이야, 그 노래를 듣더니 갑자기 그 자리에서 펑펑 우는 거야. 정말 대성통곡을 하면서 너무 서럽게 우는데……."

결론부터 말하자면 남편 친척 누나의 그 추억담은 긴장감이 돌던 홀 분위기를 부드럽게 풀어 줬다. 허 팀장이 그런 귀여운 어린이였어? 팀장님 안 못생겼어요. 이런 말들과 함께.

하지만 허준기 한 사람만은 얼굴이 완전히 굳어 있었다. 어머니의 임종 직후부터 내내 가다듬고 있던 무언가를 그 얘기가 건드린 것이다. 남편은 그 얘기 때문이라는 걸 들키지 않을 만큼의 시간이 지난 뒤 자리에서 일어나 9분향실을 박차고 나갔다.

아, 나는 눈을 한 번 감았다 떴다. 이건 따라가야 했다.

나는 삼선 슬리퍼를 꿰어 신고 복도를 걸어 나가 상복 치마를 양손으로 걷어 올리고는 계단을 빠르게 올라갔다. 장례식장 출입문을 열고 나가 옥외 계단으로 올라가면서 보니 허준기를 따라 나가야 한다는 걸 감지한 사람이 나 말고 한 명 더 있었다. 석현이 출입문을 막 열고 나오며 나를 올려다봤다.

주차장 쪽 허허벌판으로 나가자마자 한겨울 바람이 상복 치마저고리를 사정없이 휘감았다. 남편은 아마도 주차장 너머에 있는 메타세쿼이아 나무들 쪽으로 갔을 것이다. 통증으로 힘들어하는 어머니를 보고 나온 뒤에 남편은 늘 그곳에서 숨을 진정시키고 왔다. 나는 주차장을 가로질러 걷기 시작했다. 손과 귀가 떨어져 나갈 것 같았다. 슬리퍼가 금방이라도 벗겨질 것 같았다.

"형수!"

석현이 뒤따라오며 나를 불렀다.

"형수!"

석현이 또 불렀다.

하, 씨발.

너무 추웠다.

나는 뛰다시피 하면서 더 빨리 걸었다. 메타세쿼이아 길 벤치 어디에도 남편은 보이지 않았다. 맞은편 벤치에서 한 여자가 울고 있을 뿐이었다. 이 병원에서 저렇게 운다는 건 아마도 가까운 사람이 많이 아프다는 뜻이겠지. 여자가 울다 말고 고개를 들어 검은 상복 차림의 나를 쳐다봤다. 그러더니 고개를 숙이고 더 크게 울었다. 나는 한 것도 없이 뭔가 잘못을 저지른 기분이 들었다.

"일단 좀 앉자."

뛰어온 석현이 숨을 몰아쉬며 말했다. 내가 대꾸를 않자 석현이 양복 위에 입었던 패딩을 벗어 건넸다.

"이거라도 좀 걸치든가."

나는 고개를 돌려 석현을 쳐다봤다.

"형수한테 왜 반말이세요?"

"입어."

"이런 따뜻한 건 허 팀장님한테 입혀 드리세요."

석현이 못 참겠다는 듯 피식 웃었다. 오랜만에 보는 웃음이었다. 석현은 웃을 때 항상 고개를 사선으로 숙이고 웃었다. 재단 사옥 옥상에서, 순두부집 식탁에서, 서관창고에서, 경주와 나는 석현 특유의 그 각도 튼 웃음을 놀려 대면서도 또 그만큼 그의 웃음을 좋아했다. 하지만 그건 아주 오래전, 우리가 동기이자 친구였을 때의 얘기일 뿐이었다. 석현은 내가 결혼과 동시에 잃어버린 것들 중에서도 큰 부분을 차지했고, 그 사실에 가슴이 쓰라릴 때도 많았지만, 이제 나는 그 상실감을 둥글게 말아 저글링을 할 수도 있었다.

석현의 패딩을 받아 걸치고 석현과 벤치에 나란히 앉아서 나는 석현이 얼마 전부터 키우기 시작했다는 고양이 얘기를 들었다. 조금 웃었고, 금세 쓸쓸해졌다가, 상복 속에 얇은 칠 부 말고 구 부 기모 레깅스를 입었어야 했다는 생각을 했다. 그러다 고개를 들었는데 저쪽 맞은편 가로등 옆에 허준기가 서 있는 것이 보였다.

불빛에 상반신이 반쯤만 드러난 채 허준기가 미동 없이 서서 이쪽을 보고 있었다. 석현과 나도 잠시 그대로 앉아 허준기를 보았다. 그러자 떠올랐다. 오래전 서관창고에서, 이 구도 그대로였던 적이 있었다.

창고 안 작업 탁자에 나란히 엉덩이를 걸치고 앉아서 석현과 나는 각자 문서를 보고 있었다. 거기에 얼마나 서 있었던 걸까. 고개를 드니 창고 출입문 옆에 선 허준기가 표정을 알 수 없는 얼굴로 석현과 나를 보고 있었다. 우리는 그에게 꾸벅 인사를 했고, 그제야 허 대리가 옅게 미소를 지었다.

허준기와 십 년을 같이 산 뒤에 다시 그 구도 속에서 그를 보자 나는 이제 알 것 같았다. 그때 허준기가 석현과 나를 둘 다 가지고 싶어 했다는 걸. 그에겐 그 욕망을 실현할 수 있는 매력과 실력이 있었고 석현과 나는 어느새 그를 사랑하게 되었다. 하지만 그때와 달라진 것이 있었다. 그때와는 비교도 할 수 없을 정도로, 지난 십 년간 석현과 나는 그에게 중요한 사람이 되어 있었다.

시간이 얼마나 지났을까. 허준기가 말없이 서서 이쪽을 보기만 하자 석현이 긴장을 하는 게 느껴졌다. 석현이 벤치에서 몸을 일으키려고 했다. 나는 팔로 석현을 제지했다. 그러자 허준기가 이쪽으로 천천히 발을 뗐다. 가까이 걸어올수록 그의 얼굴에서 석현과 나를 향한 감출 수 없는 애정이 드러났다. 그 애정에 동반되는 고통이 드러났다. 그의 절박함이 드러났다.

나는 내가 어떤 마음의 준비를 해왔는지 알 것 같았다. 나는 허준기가 곤경에 빠지길 바라지 않았다. 하지만 언젠가 어떤 이유로 곤경을 맞닥뜨려야 한다면 나는 그가 한 발만이 아니라 두 발 다 빠지길 원했다. 그는 좀 쉴 필요가 있었다.

*

형님 가족은 입관 전에 도착했다. 어머니는 투병 때도 임종 때도 그들을 보지 못했지만 한 줌 재가 되기 전에는 큰아들 가족을 만날 수 있었다. 입관이 끝나고 난 뒤 장례지도사가 말했다. 어머니가 다 내려놓고 떠나셨다고. 사후경직 때문에 수의를 입히기 힘든 경우가 많지만 어머니는 그렇지 않았다고 했다. 수행을 오래 한 스님들처럼 모든 관절이 수의에 부드럽게 들어갔다는 것이다.

"시신이 부드럽다는 건 고인이 미련 없이 다 놓고 떠나셨다는 거예요."

나는 그럴 리가 없다고 생각했다. 어머니가 다 내려놓고 가셨다니, 그럴 리가.

둘째 날 오후가 되자 장지까지 같이 갈 가까운 친지들이 도착했다. 집안 어른들이 모이고 어머니의 장남이 도착하자 형님—남편 누나—도 남편도 어머니를 보내 드리는 이 의식의 주관자가 될 수 없다는 것이 명백해졌다. 아무리 긴 시간 간병을 하고 의료비를 전담했더라도 말이다. 어머니의 시동생들이 도착해 어머니의 장남을 뜨겁게 껴안았고, 어머니의 올케들이 눈물을 닦으며 어머니 큰며느리의 손등을 쓸었다. 어느덧 어엿한 십 대 후반 청소년이 돼 있는 어머니의 첫 손자는 운구 때 어머니의 영정을 들게 될 것이다. 남편 친척 누나가 다영을 데리고 나와 한쪽에서 귤을 까주었다.

"준기 재, 내가 어제 사람들 앞에서 옛날얘기 했다고 아직도 삐친 거야?"

화장실에 다녀오면서 남편 친척 누나가 물었다. 역시나 어려운 질문이었다. 잘 모르겠다고 하자 남편 친척 누나가 조용히 읊조렸다.

"쪼잔한 새끼."

나는 허준기와 둘이 이야기를 좀 나누고 싶었지만 아무래도 그럴 타이밍을 찾기 힘들었다. 다행일 수도 있었다. 허준기와 이 상태로 둘이 있으면 아무리 좁은 공간에서라도 나는 그를 안고 싶어질 것 같았다. 어쩌면 허준기도 같은 상태일 수 있었다. 허준기와 나는 서로를 완전히 의식하면서도 눈길은 피한 채 멀찍이 있다가 조문객이 올 때만 상주석 끝에 나란히 서기를 반복했다.

대표이사 공모에 대한 얘기부터 은산기록관 개관 준비 상황까지, 하루하루 급박하게 돌아가고 있는 재단 상황을 경주가 톡으로 그때그때 보내 주는 중이었다. 은산기록관이 개관되면 생활문화팀의 한 업무였던 마을 기록 사업이 독립적인 영역을 얻을 수 있었다. 정 팀장은 재단 출범 이십 주년에 맞춰 은산기록관을 개관해 이목을 집중시킨 뒤 그때부터 본격적으로 하고 싶은 일을 하겠다는 생각이었다.

그건 가령 이런 일이었다. 보이지 않는 채로 은산 곳곳에 살고 있던 사람들을 드러나게 하는 일. 그들의 목소리를 채록하고 그들의 기억을 저장하는 일. 그 일은 사십 년 전 서관창고 옆 연초제조창에서 담뱃잎을 말던 할머니를 만나는 일이었고 그 할머니가 고구마를 깍둑썰기 해 반찬으로 볶아 먹던 얘길 듣는 일이었다.

나는 경주가 마을 기록 사업에 얼마나 열정을 쏟아 왔는지 알고 있었다. 칠순 노인의 '아'와 '어'에 예산을 쓰는 걸 달갑지 않아 하는 대표이사가 오면 일에 쏟을 에너지를 싸우는 데에 쓰느라 기력을 낭비할 수 있었다. 지금껏도 계속 그래 왔을 것이다. 정 팀장이 기록관 개관을 앞두고 새 대표이사 선출에 촉각을 곤두세우는 건 당연했다.

허준기와 현 대표이사가 주고받은 자료에 따르면, 대표이사 공모 지원자는 여섯 명이었지만 안타깝게도 이미 내정된 자가 있었다. 물론 그게 다는 아니었다. 나는 정 팀장한테 좀 더 좋은 걸 내줄 수도 있었다. 나는 외주 일보다 더 크고 확실한 걸 원했다.

한 여자가 혼자 빈소로 들어선 건 이런저런 것들을 저울질하며 USB를 만지작거리고 있을 때였다. 홀 여기저기에 흩어져 쉬고 있던 어머니의 자식들이 손님을 맞기 위해 상주석으로 모여 섰다. 여자는 어머니 또래로 보였는데 호리호리해 보이는 검은 슈트에 새하얀 커트 머리를 하고 있었다. 장례식장에 있는 누구도 여자가 누구인지 아는 사람이 없었다.

향을 피우고 난 뒤 여자가 어머니의 영정 사진을 보고 서서 아주 짧게 탄식을 뱉었다. 원망 같기도 하고 '응'이라는 대답 같기도 한 그 소리를 듣자 왠지 여자만은 알고 있을 것 같다는 생각이 들었다. 어머니의 시신이 왜 부드러웠는지. 어머니가 정말 다 놓고 떠나신 게 맞는지.

그걸 물어볼 수도 있을 것 같았는데 뒤이어 온 조문객을 맞는 사이 여자는 테이블에 앉지 않고 바로 빈소를 빠져나갔다. 따라 나가기엔 좀 늦은 듯도 싶었지만 그래도 나는 계단을 올라 장례식장 밖으로 나가 보았다. 해가 떨어지기 직전이었고 날이 추워서 그런지

하늘이 맑았다. 여자는 주차장 초입에 아직 서 있었다. 겨울 해가 여자의 새하얀 정수리 뒤로 막 넘어가고 있었다. 내가 다가가자 여자가 말했다.

"둘째 며느리죠?"

그걸 알아주다니 눈물이 날 것 같았다.

"빈 계란판 있잖아요."

"네?"

"고구마를 빈 계란판에 하나씩 세워서 보관해 보세요. 아주 좋아요."

그러더니 여자는 앞에 와서 선 차를 타고 금세 병원을 빠져나가 버렸다. 순식간에 일어난 일에 나는 멍해졌다. 경주가 와서 어깨를 칠 때까지도 넋이 나가서 그대로 서 있었다. 시간을 보니 경주는 조금 이른 퇴근을 한 것 같았다. 정 팀장이 분위기를 살피고 오라고 했을 수도 있다. 나와 허준기 사이의 분위기 말이다.

나는 경주를 붙들고 방금 전에 왔다 간 희한한 여자에 대한 이야기를 해주었다.

"어머니가 무주 읍내에 있는 내과 의원에서 삼십 년을 일하셨거든. 그때 알던 사람일까?"

"어머니가 간호사셨어?"

"아니, 사무 일을 보셨대. 근데 사무 일만 본 게 아니라 환자 치료하는 것만 빼고 병원의 모든 일을 다 하셨다는 거야. 침상 청소도 하고 의료기 구입도 하고. 치료가 더 남았는데 환자가 안 오면 직접 전화해서 몸 상태도 묻고."

생각해 보니 그건 무주와 은산을 오가던 차 안에서 어머니가 내게 직접 해주신 얘기였다.

"그 병원 아직 있을까?"

"글쎄, 잘 모르겠네."

"출퇴근을 하셨을 테니까 집하고 멀진 않았겠지?"

나는 경주의 얼굴을 보았다.

"지금 구술 따는 거야?"

우리는 잠깐 웃었다.

"동네 애들이 다 어머니를 그 병원의 대장으로 생각했대."

날이 조금씩 어둑해지고 있었다.

"어머니 남편은 애들 어릴 때부터 따로 살았대. 이혼은 안 한 상태로 그냥 몇 동네 건너에 따로. 나 결혼하기 두 해 전에 돌아가셨어."

경주가 어떤 상황인지 알 것 같다는 듯 고개를 끄덕였다.

"다영 아빠는 자기 아버지 얘기하는 걸 싫어해."

그 말과 함께 잠깐 침묵이 흘렀다. 경주는 내가 허준기를 '다영 아빠'라고 부르는 걸 여전히 낯설어했다. 무언가를 말할 듯 말 듯 망설이다가 경주가 말을 삼키는 게 느껴졌다.

경주는 내게 재단 생활에 대해 많은 얘기를 했지만 어느 순간 허준기가 알아선 안 되는 말은 하지 않았다. 그럴 때마다 나는 벽 앞에 선 듯했다. 경주가 무언가를 신나고 신랄하게 말하다가도 문득 내 앞에서 말조심을 할 때, 사람들이 허준기와 나를 베갯머리로 묶인 운명 공동체로 당연하게 전제할 때, 내게 허준기와의 결속보다 더 중요한 결속이 있을 수 있다는 걸 아예 상상하지 않을 때, 나는 석현이 나를 형수로 배치할 때보다 몇 배는 더 큰 외로움을 느꼈다.

나는 고개를 젖히고 눈을 빠르게 몇 번 깜빡거렸다. 번지면 안 되는 사람처럼. 그러자 내 옆의 이 다정한 여자는 내가 어머니를 잃은 슬픔에 눈물이 북받치는 줄 알고 내 어깨를 꽉 끌어안았다.

나는 경주의 어깨에 기댄 채로 다시 머리를 굴렸다. 정 팀장이 나를 기다리게 할 방법에 대해서.

*

그 밤이 가기 전에 나는 혼자 왔던 여자의 이름을 알게 되었다. 모여서 조의함을 열고 봉투를 정리할 때였다. 누구한테 온 어디 손님인지 분류가 끝났을 때 테이블에 딱 한 장의 봉투가 남았다. 봉투엔 소속이나 관계를 지칭하는 말 없이 이름 세 글자만 쓰여 있었다.

'신윤옥'

그녀는 누구의 손님도 아니었다. 오직 어머니의 손님이었다.

나는 정리가 끝난 봉투 묶음에서 신윤옥의 봉투만 따로 빼 품속에 넣었다.

새벽에 있을 발인을 위해 다들 홀 여기저기에 자리를 잡고 눕는 걸 보면서 나는 분향실 복도로 걸어 나왔다. 화환 향기가 아직 복도에 그윽이 깔려 있었다. 아침이면 다 처분될 화환을 둘러보며 나는 국화 가장자리에 자잘하게 꽂혀 있는 안개소국을 하나씩 뽑았다. 화환 몇 개를 돌자 금세 수북하게 꽃이 모였다. 테이블에서 비닐 상보를 하나 걷어 내 와 그걸로 꽃을 감쌌다. 그러고는 머리끈을 풀어 꽃 아랫단에 몇 번 돌려 감았다.

며칠간 묶고 있던 머리카락이 풀려 내리는 동시에 내게는 풍성한 꽃다발이 생겼다. 생각보다 훨씬 근사했다.

나는 꽃다발을 가슴 앞에 받쳐 들고 계단을 올라 장례식장 밖으로 나갔다. 사방이 어둡고 조용했다. 가까운 것 같기도 하고 먼 것 같기도 한 곳에서 간간이 앰뷸런스 소리가 들려올 뿐이었다. 이 시간을 내내 기다렸다. 나는 안개소국에 얼굴을 묻고 향을 한껏 들이켠 뒤 파우치에서 담배를 꺼냈다. 이렇게 혼자 남았을 때, 이 한 대를 피우고 싶었다.

나는 내 한 호흡 한 호흡을 정확히 의식하면서, 정성을 다해 한 대를 끝까지 피웠다.

그리고 아직 날이 밝기 전에, 흩어져 자고 있던 누구도 아직 잠에서 깨지 않았을 때, 빈소 끝에서 팔베개를 하고 잠깐 눈을 붙이다 나는 어떤 소리를 들었다. 부스럭부스럭. 사각사각. 뒤적뒤적. 그건 다영이 내는 소리였다. 언제 잠에서 깼는지 다영이 유족실 문밖에 나와 앉아 사탕을 까먹고 있었다. 머리가 까치집처럼 부스스한 채 다영은 여기가 어딘지 떠올려 보려는 듯 두리번거리다, 사탕 바구니를 뒤적이고, 다시 두리번두리번했다. 그러다 뭔가 눈에 들어왔다는 듯 제단 앞으로 걸어갔다. 향들은 거의 사그라들고 향로에는 회색 재가 수북이 쌓여 있었다.

다영이 향을 하나 꺼내더니 아빠가 하던 것처럼 향 끝을 촛불에 갖다 댔다. 나는 계속 팔베개를 한 채로 누워서, 다영이 향을 흔들어 불꽃을 끄고, 새 향을 향로에 꽂는 것을 지켜보았다.

다영이 피운 그 향은 우리가 수골실에서 어머니의 뼛조각을 보기 몇 시간 전, 어머니께 피워드린 마지막 향이 되었다.

장지에서 돌아오며 나는 집에서 나를 기다리고 있을 냉장고를 생각했다. 장례가 끝나고 나서 내가 제일 먼저 한 일은 냉장고에 남아 있는 마늘 큐브가 몇 개인지 세어 본 일이었다. 거실 여기저기에 눕혀 놓았던 고구마도 계란판에 꽂아 세워 두었다. 어머니의 진료카드는 쓰레기봉투에 버렸고 온라인 환우 카페는 탈퇴했다. 남편의 직장 의료보험에는 오랫동안 어머니와 내가 피부양자로 올라 있었다. 어머니는 그해 겨울, 나보다 몇 개월 먼저 피부양자 자격을 상실했다.

날이 풀린 월요일 오후, 나는 냉동실 문을 열고 트레이 안에서 마늘 큐브를 하나 꺼냈다. 엄지손가락과 검지손가락으로 네모난 마늘을 집어 올린 뒤 주방 창 햇빛에 대고 이리저리 비춰 보았다. 코끝으로 가져와 냄새를 맡고, 다시 들어 올려 한참을 봤다. 그러다가 입으로 쏙 집어넣었다.

볼이 불룩해진 채 입 안에서 마늘을 굴리며 나는 거실에서 놀고 있는 다영한테 다가갔다. 얼굴을 들이밀고 다영아, 하고 부르자 다영이 윽, 하고 코를 싸쥐었다.

"엄마, 냄새 나!"

나는 그게 너무 웃겨서 거실 바닥을 치면서 낄낄거렸다. 입에서 마늘이 녹을수록 코로 독한 냄새가 뿜어져 나왔다. 나는 머리를 젖힌 채 입김을 내뿜듯 하, 하, 숨을 뱉고, 다시 마셨다. 숨을 들이켤 때마다 목구멍이 터질 것 같았다.

입을 헹궈도 마늘이 준 자극이 식지를 않았다. 시간을 확인한 뒤 나는 휴대폰을 들고 방으로 들어갔다. 가슴이 널을 뛰게 놔둔 채로 나는 내가 전화해야 할 곳으로 전화를 걸었다. 저쪽에서 여보세요, 하는 소리가 들렸다.

나는 말했다.

"은태영입니다."

정 팀장의 차분한 숨소리가 들렸다.

"전화 기다렸어요, 태영 씨."

나는 흥분으로 뒤틀리려는 허벅지를 꼬집으며 다음 말을 기다렸다. 정 팀장이 말했다.

"우리 만나야겠죠?"

그날 저녁 잠들기 전, 나는 잠옷 차림으로 주방에 서서 마늘 큐브들을 각을 맞춰 정돈했다. 다영은 자기 방에서 쌕쌕 잠들어 있었고 안방 침실에선 내 사랑 허준기가 나를 기다리고 있었다.

냉동실 문을 닫기 전 나는 그 안에 대고 어머니, 하고 불러 보았다.

어머니.

좀 더 크게 불렀다.

어머니－.

더 크게 불렀다.

어머니!

그러곤 외쳤다.

안녕히 가세요!

2022년 제45회 이상문학상 작품집

3부

제45회 이상문학상

선정 경위와 심사평

2022년 제45회 이상문학상

심사 및 선정 경위

1972년 순문예지로 출발한 월간 『문학사상』이 올해 창간 50주년을 맞는다. 반백 년의 긴 시간 동안 『문학사상』이 지켜 온 문학의 가치와 한국 문단에서의 중추적 역할이 하나의 문학사로 정리될 수 있는 역사적 단계에 접어든 셈이다. 1977년부터 시작된 이상문학상도 45회를 맞이한다. 이상문학상의 무게가 그만큼 중요하게 느껴진다.

예심 과정

2022년 이상문학상 심사는 예심과 본심으로 나누어 이루어졌다. 예심 단계에는 문학평론가 노태훈·양윤의·이경재가 참여했으며 월간 『문학사상』 편집주간 권영민이 함께 심사를 진행했다. 지난 일 년 동안 국내 주요 문예지에 발표된 모든 중·단편소설을 취합 정리하는 일은 문학사상 편집부에서 담당했다. 200여 편에 이르는 방대한 작품을 대상으로 예심위원들이 한 달가량의 기간 동안 두루 읽었고, 그 결과를 바탕으로 모두 21편을 선정해서 본심에 올리기로 결정했다. 그런데 본심에 올리기로 한 작품 가운데 1편은 금년도 다른 기관에서 시행한 문학상의 대상 수상작이어서 이를 제외했으며, 1편은 이미 발간된 작가의 단행본 소설집에 수록된 것이어서 이를 제외했다. 예심 과정에서 논의되었던 사항은 예심 심사평에 소상히 밝혀 놓았다.

본심에 올린 작품은 다음과 같다. (가나다순)

강화길, 「복도」
김멜라, 「저녁놀」
김이설, 「치유정원에서」
김종광, 「풀도 살아보겠다고」
김혜진, 「미애」
박서련, 「한나와 클레어」
백수린, 「아주 환한 날들」
서이제, 「벽과 선을 넘는 플로우」
손보미, 「불장난」
손보미, 「첫사랑」
염승숙, 「믿음의 도약」
위수정, 「풍경과 사랑」
이만교, 「우리 아이가 달라졌어요」
이장욱, 「잠수종과 독」
이정연, 「산책」

천선란, 「붉은 모래와 파도」
최은미, 「고별」
최은영, 「답신」
한유주, 「순간들」

본심 과정

이상문학상 본심 심사위원회는 권영민 주간이 주재했으며, 소설가 권지예·윤대녕, 문학평론가 권성우·우찬제가 참여했다.

본심 심사위원회는 12월 23일, 화상회의 플랫폼 '줌zoom'을 이용해 비대면 방식으로 회의를 진행했다. 심사위원회는 올해 예심을 통과한 작품들이 특이한 소재적 관심만이 아니라 코로나19 팬데믹 상황 속에서 겪는 삶의 문제성에 접근하는 소설적 방법에도 새로운 시도를 보여 주고 있음에 주목했다. 또한 이상문학상의 운영 방식을 개선하면서 이를 제도적으로 정착하고자 하는 노력에도 공감을 표했다.

1차 심사 과정에서 모든 심사위원은 이상문학상 대상 후보작으로 각자 3편의 작품을 추천했다. 그 결과 다음의 작품들이 대상 후보작으로 추천되었다.

강화길, 「복도」
김멜라, 「저녁놀」
백수린, 「아주 환한 날들」

서이제, 「벽과 선을 넘는 플로우」

손보미, 「불장난」

염승숙, 「믿음의 도약」

이장욱, 「잠수종과 독」

최은미, 「고별」

최은영, 「답신」

추천 결과에 따라 심사위원회는 이 작품들 가운데 2022년 제45회 『이상문학상 작품집』의 수록작을 선정하는 것으로 결정했다. 그리고 2표 이상을 얻은 백수린의 「아주 환한 날들」, 손보미의 「불장난」, 염승숙의 「믿음의 도약」, 최은미의 「고별」에 대한 작품별 특징을 다시 개별적으로 검토했다.

심사위원회는 토론을 마친 후 가장 많은 지지를 얻었던 손보미 작가의 「불장난」을 2022년도 제45회 이상문학상 대상 수상작으로 선정하기로 의견을 모았다. 이 과정에서 「불장난」의 서술적 특징과 함께 그것이 드러내는 문제점에 대한 지적도 있었지만, 심사위원회는 「불장난」이 보여 주는 완결된 구성과 소설적 성취를 높이 평가했다. 각 심사위원의 평가 의견은 별도의 심사평에 상세하게 제시되어 있다. 이상문학상 심사위원회는 대상의 영예를 안게 된 손보미 작가에게 다시 한번 진심으로 축하를 보낸다.

2022년 제45회 이상문학상

심사평

예심 총평

권영민, 노태훈, 양윤의, 이경재 · 한국 소설의 다양성과 회복

본심 심사평

권성우 · 글쓰기의 기원과 욕망

권지예 · 점화의 순간과 소설의 폭발력

우찬제 · 파괴의 불과 창조의 불 사이에서

윤대녕 · 주술적 방식으로 구성한 작가의 새로운 탄생

권영민 · 절제와 긴장으로 엮어진 성장기의 불안과 방황

한국 소설의 다양성과 회복

예심 심사위원 **권영민, 노태훈, 양윤의, 이경재**

한 해 동안 발표된 중·단편소설을 검토해 이상문학상 본심 후보작으로 올리는 작업은 고된 일이었다. 이상문학상이라는 이름이 가진 무게감과 그간 소홀히 다루어져 왔던 절차적 공정성을 회복해야 한다는 책임감을 동시에 요구하는 작업이었기 때문이다. 불특정 다수의 문학 관계자들로부터 작품을 추천받던 관행에서 벗어나, 수백 편에 이르는 소설을 검토해 후보작들을 선정했다. 문학사상 편집부에서 2021년 발표된 거개의 작품 목록과 원문을 하나하나 정리했고, 예심위원들은 이를 나누어 읽고 회의에 참여했다.

작가의 등단 여부나 경력 등을 배제하고 작품의 문학적 가치를 최우선으로 고려한 결과, 전반적으로 젊은 세대, 여성 작가들의 성과가 두드러짐을 확인할 수 있었다. 또 팬데믹으로 인해 소설적으로 여러 시공간적 제한이 있었음에도 불구하고 매우 다양한 소재가 등장한 점이 특기할 만했다. 여성과 퀴어 등 주목받고 있는 서사는 물론이고 청년세대에서 중년, 노년에 이르기까지 다양한 인물들이 형상화되고 있었으며, 당면한 현실의 문제를 비롯해 과거와 미래를 각각의 방식으로 조망하는 작품들이 흥미롭게 읽혔다. 장르적 다양성과 형식적 실험성을 성공적으로 구현한 작품도 눈에 띄었다.

박서련의 「한나와 클레어」, 서이제의 「벽과 선을 넘는 플로우」, 김멜라의 「저녁놀」, 천선란의 「붉은 모래와 파도」, 한정현의 「쿄코와 쿄지」 등의 작품은 현재 한국 소설에서 감지되는 새로운 시선과 목소리를 증명하기에 충분한 작품이었다. 각자가 처한 삶 속에서 분투하는 인물들이 첨예하게 갈등하는 상황에서도 스스로의 존엄과 윤리를 모색하는 이야기는 동시대를 살아가는 독자들에게 깊은 공감을 줄 수 있으리라는 의견이 많았다.

백수린의 「아주 환한 날들」과 임솔아의 「초파리 돌보기」, 김혜진의 「미애」, 김종광의 「풀도 살아보겠다고」 등은 중년 혹은 노년에 접어든 인물들이 여러 형태로 인식하는 '돌봄'의 문제를 다룬다. 현재 한국 사회를 관통하는 키워드 중 하나라고 할 수 있을 '돌봄'에 대해 깊이 있는 시선을 보여 준다는 점이 주목의 이유였다. 이만교의 「우리 아이가 달라졌어요」와 이정연의 「산책」도 이런 맥락에서 함께 언급할 수 있는 작품이었다.

이장욱의 「잠수종과 독」, 한유주의 「순간들」이 보여 주는 메타적 접근과 실험적 언어 구사 역시 주목을 받았고, '겹쳐 읽기'의 매력이 도드라지는 작품이라는 평이 있었다. 김이설의 「치유정원에서」와 염승숙의 「믿음의 도약」은 가족 서사의 전형이면서도 '부동산' 문제나 가족의 '죽음' 등을 매우 날카롭게 들여다보는 작품이었다. 두 작품 모두 코로나 시국을 언급하면서 당대적 시선을 보여 주었다는 면도 특징적이었다.

최은미의 「고별」과 위수정의 「풍경과 사랑」은 그간 한국 소설에서 다소 가시화되지 못했던 기혼 유자녀 여성의 '욕망'을 그려 낸다. 특히 그것이 가정이라는 울타리나 아내 혹은 엄마라는 위치가 아니라 사회적 여성으로서, 욕망하는 주체의 자리에서 등장한다는 점이 심사위원들의 이목을 집중시켰다.

손보미의 「첫사랑」과 「불장난」을 비롯해 강화길의 「복도」, 최은영의 「답신」은 이 작가들이 그간 보여 주었던 인상적인 행로의 연장선상으로 읽혔다. '여자아이'의 성장에 대해 매력적이면서도 집요한 시선을 보여 주는 손보미의 작품과 주로 결혼이라는 제도에 속하게 된 젊은 부부의 젠더적 갈등을 긴장감 있게 서술하는 강화길의 작업, 폭력 앞에 노출된 여성이 어떻게 스스로를 회복하는지에 대해 천착해 온 최은영의 소설은 비단 이 작품만으로 정리될 수 없는 폭과 깊이를 보여 주며 그 자체로 한국문학의 성취라 할 수 있을 것이다.

예심을 통해 총 21편의 작품을 본심으로 올린다. 그렇지 않은 분야가 없겠지만 소설도 쓰기 어려운 시절이다. 아마도 인물들에게 마스크를 씌워야 할지부터 고민해야 했던 일 년이 아닐까 싶다. 그럼에도 불구하고 이처럼 다양한 작품들이 한국문학을 풍성하게 만들 수 있던 것은 전적으로 작가들의 노고 덕분일 것이다. 그 어느 때보다 모두의 건강과 안녕을 기원하면서 이상문학상이 '회복'의 신호가 되었으면 하는 바람이다.

(정리 노태훈)

본심 심사평

글쓰기의 기원과 욕망

권성우(權晟右) | 문학평론가

고립과 우울로 상징되는 코로나 시대에 어느 시기보다도 외롭게 글쓰기에 몰두했을 작가들의 마음을 생각하며, 예심을 통과한 작품들을 천천히 음미해 읽었다. 수상 후보작 중에는 역시 코로나19로 인한 애환, 전세 만기와 대출금을 둘러싼 경제적 곤란과 부동산 문제, 임대아파트를 둘러싼 갈등으로 상징되는 계층 간의 대립과 양극화, 성소수자, 인공지능, 혐오와 우울, 사회적 분노 등 이 시대의 민감한 환부와 첨예한 어젠다를 다룬 작품이 많았다. 올해 이상문학상 심사 과정은 소설이 한 시대의 풍향계이자 문학적 성감대라는 사실을 새삼 절감하는 시간이기도 했다.

한 편, 한 편이 인상적이었고 개성적인 성취를 이룬 작품이었다. 하지만 수상작을 고르기 위해서는 상대적인 평가를 통한 선택과 배제의 운명과 마주할 수밖에 없었다. 대체로 절박한 사회 현실을 생생하게 응시하는 작품의 경우, 한 사회의 그늘에 대한 가슴 시린 묘사가 참으로 인상적이지만 때로 상투적인 내용과 안이한 결말을 탈피하지 못한 점이 아쉬웠다. 이에 반해 실험적 형식의 글쓰기를 통해 기존의 소설 문법과 확연히 구별되는 참신한 소설 경향을 보여준 작품은, 매력적이고 창의적인 소설 화법에도 불구하고 구성과 문체 면에서 충분히 정련되지 못한 경우가 존재했다.

작품들을 다 읽고 나니 다음 세 편의 작품이 전달한 감각과 느낌, 스토리가 오래 마음에 남아 자연스럽게 다시 읽기에 대한 열망을 선사했다.

이장욱의 「잠수종과 독」은 세련된 구성을 통해 흥미로운 소재를 담은 유니크한 소설이다. "인간은 무엇보다도 물리적인 존재라는 것을 공은 알았다. 인간 영혼은 고귀하거나 선량하거나 사악하지 않다"는 문장이 여실히 보여 주듯이, 이 작품은 인간에 대한 이상화와 주관적 편견에서 벗어나 냉철하고 복합적인 진실을 일깨운다. 그 과정은 인간과 세계의 심연을 둘러싼 씁쓸한 진실을 마주하게 만든다.

최은미의 「고별」은 시어머니의 장례를 둘러싼 인간 군상의 심리와 욕망을 세밀하게 묘사한 단편소설의 표본 같은 작품이다. "남편의 가족들을 처음 만났을 때 나는 그들 가족에게 이미 무언가가 지나간 뒤라는 걸 느낄 수 있었다" 같은 남다른 눈썰미와 통찰력, 마음을 담은 섬세한 문장, 흡인력 있는 서술과 스토리가 돋보였다.

손보미의 「불장난」은 사춘기의 상처와 치기, 갈등과 추억, 수치심과 굴욕감, 외로움과 열정, 금기 파괴의 열망에 대한 밀도 높은 형상화를 통해 글쓰기의 기원과 욕망을 인상적으로 되돌아본 작품이다. 어떤 작가에게나 자신이 왜 숙명적으로 작가가 될 수밖에 없었는지를 암시하는 작품이 있을 테다. 「불장난」이 바로 그런 소설이 아닐까 싶다.

각기 다른 매력과 감성을 지닌 이 세 편 중에 어느 작품이 수상작이 되더라도 좋을 것이라고 생각했다. 심사위원들이 각자 염두에 두었던 수상작 후보 작품들에 대해 돌아가면서 각자의 뜻을 밝혔을 때, 가장 많이 추천된 작품이 「불장난」이었다. 일찍이 이상李箱이 보여 준 소설 쓰기(글쓰기)에 대한 민감한 자의식이 「불장난」의 작가에게도 존재한다고 느꼈다. 이번 이상문학상 수상이 수상자에게 자신의 고독한 글쓰기 운명을 깊이 사랑하는 뜻깊은 계기가 되길 바란다.

본심 심사평

점화의 순간과 소설의 폭발력

권지예(權志羿) | 소설가

올해 이상문학상 본심 심사에서는 여성 작가들의 작품이 두드러진 것이 특징이었다. 대체로 다양한 가족 서사가 주를 이루는 가운데 서이제, 김멜라 같은 신인 작가들의 작품은 소재나 주제 면에서 신선했다. 김멜라의 「저녁놀」은 동거하는 성소수자들의 생활 속에 어쩌다 끼어든 모모(딜도)의 시점에서 소설이 전개된다. 모모는 활약을 고대하지만 두 여자에게 소외되고 만다. 능청스러운 유머와 페이소스가 적절히 스며든 인상적인 작품이었다. 서이제의 「벽과 선을 넘는 플로우」는 한밤중에 벽간소음의 고통을 겪는 주인공이 힙합 음악의 향유자로서 옛 추억을 소환하며 옆집과 소통하게 되는 이야기다. 소설에 각주로 인용된 힙합의 세계가 서사와 경계를 허물며 어우러진다. 새로운 소설 문법을 개척하고 있는 작가의 행보가 기대된다.

대상작 후보로 좁혀진 작품들에서 염승숙의 「믿음의 도약」은 젊은 부부의 내 집 마련 분투기로 요즘의 현실적인 부동산 문제를 다룬다. 일종의 미니멀리즘 소설이라 명명할 수 있는 형식을 보여 주는데, 군더더기 없는 최소한의 문장들의 반복과 배열이 오히려 그들의 불안과 절박감을 전략적으로 보여 주고 있다.

최은미의 「고별」은 장례식의 풍경 속에서 인간관계의 이면을 능란하고 섬세하게 보여 주고 있으나, 시어머니의 죽음과 유기적으로 연결되지 못하고 결말 부분이 급하게 마무리된 인상을 주어 아쉬웠다.

백수린의 「아주 환한 날들」은 고달픈 인생을 보내는 동안 늙고 지친 여주인공이 작은 생명과 사랑에 빠지고 또다시 상실을 겪는 이야기다. 사이가 어색해진 딸네가 여주인공에게 앵무새를 맡기는데, 그녀는 그 앵무새를 힘들게 키우지만 떠나보내고 만다. 보름달 뜬 환한 밤에 품속으로 파고든 앵무새와 천변을 산책하며 옛날을 추억하는 장면은 너무도 선명한 이미지를 전달한다. 읽고 난 후 오래 여운을 남기며 제목처럼 마음까지 환하게 밝히는 힘을 가진 작품이다.

대상 수상작 「불장난」은 부모의 이혼과 재혼, 이사, 전학 등의 혼란을 겪으며 두 어머니 사이에서 안정을 찾지 못하는 소녀의 시점에서 전개된다. 소녀가 접하는 삶의 미묘한 기류와 온도를 지극히 섬세하지만 담담하게 묘사하고 있다.

언젠가부터 우연히 불장난을 시작한 소녀는 여름 태양의 열기만큼, 크레셴도로 치닫는 음악처럼 점점 고조되는 불장난을 멈출 수 없다. 이 불장난의 기억은 소설의 결말에서 사춘기와 어른의 삶을 향한 문을 통과하며 화자(작가)로부터 의미 있는 삶의 성찰을 부여받는다. 모든 것을 한꺼번에 돌이켜 보는 눈을 통해 어떤 사실들은 재배열되고 새롭게 의미를 획득한다. 그러므로 이 소설은 단번에 흥미롭게 읽을 수 있으면서도 다시 한번 처음부터 정독할 때 새로운 충격을 느끼게 한다. 독자는 사진작가 앙리 카르티에 브레송식의 '결정적 순간'을 소설 속에서 발견하거나 반대로 끊임없이 흐르는 인생의 시간이 그것을 무화無化하는 순간을 목도하게 되리라. 더 자유롭고 깊어진 손보미의 소설 세계에서는 읽는 만큼, 살아온 만큼 새로운 의미를 찾게 될 것이다. 수상한 작가에게 뜨거운 축하와 응원을 보낸다.

본심 심사평

파괴의 불과 창조의 불 사이에서

우찬제(禹燦濟) | 문학평론가

지금, 여기의 현실을 탐사하면서 얼마나 의미 있는 문제 제기를 서사적으로 수행하고 있는가? 자신이 새롭게 제기한 문제를 풀어 가는 방식이 진실한가? 그 형상화 정도와 미학적 전위성은 어떠한가? 자신이 이전에 펼쳐 보였던 문학 세계를 혁신하여 새로운 문학의 신개지를 열어 가고 있는가? 요컨대 우리 시대의 새로운 서사 지평을 열어 나갈 가능성을 보이는가? 이상문학상 수상작을 가리기 위해 대상 작품들을 읽으면서 독자로서 지녔던 생각이다. 특별히 새로울 것 없는 기준이겠다. 패턴화되어 있거나 이분법적 사고에 침윤되어 있을 경우, 발견한 문제를 탐문하고 풀어 가는 과정에서 설득력이 떨어져 보였다. 이전에 빛나는 작품으로 이미 여러 문학상을 수상한 경력이 있는 작가가 전성기 작품에 미치지 못하는 부분을 적지 않게 보였을 때도 망설이게 되었다.

염승숙의 「믿음의 도약」은 지금, 여기의 현실에서 가장 절실한 문제 제기를 한 작품이다. 기본적인 삶의 터전인 집 장만과 그와 관련해 생길 수 있는 비극적 문제를 곡진하게 다루었다. 어처구니없을 정도로 집값이 상승하며 집 장만을 포기하는 젊은 세대들이 늘어나는 와중에, 아직 포기하지 않은 이들이 '영혼까지 끌어' 집을 장만하려 하지만 결코 쉽지 않은 현실을 잘 보여 준다. 전세살이의 고난과 그 해소를 위한 내 집 장만, 그야말로 '영끌'의 결과인 그 집에서 겪어야 하는 비극적 사태들을 매우 극적으로 형상화했다. 무엇보다 최소주의 서사로 최대의 서사 효과를 이끌어 낸 수사학적 책략이 인상적이었다.

서이제의 「벽과 선을 넘는 플로우」는 전위적인 이상의 문학혼에 가장 근접한 텍스트처럼 보였다. 소음과 소리, 비트와 소통의 문제를 가로지르며 활달한 서사 리듬의 탈주를 전개한다. 벽간소음 문제로 인해 현실에서는 종종 함무라비식 대응을 해서 문제가 되기도 하는데, 여기서는 다른 대응의 가능성을 타진한다. 소음을 다른 비트의 소리로 리드미컬하게 승화하여 더 좋은 소통의 가능성, 더 좋은 관계의 가능성을 모색한다. 그러면서 보이지 않는 것을 보게 되고, 들리지 않는 것을 듣게 된다. 이제 막 첫 작품집을 낸 신예지만 서이제가 탈주하며 그리는 새로운 서사 경로는 매우 첨예한 전위며 의미 있는 실험과 도전이다. 한국 소설의 미래를 예감케 한다. 신선한 신명과 참신한 의미의 비트들로 엮어 나갈 그의 이야기 스타일을 계속 응원하고 싶다.

그리고 손보미의 「불장난」이 있다. 삶의 자잘한 기미를 통해 서사의 심원한 의미를 길어 올리는 감각을 지닌 작가가 이번에는 불을 지폈다. 그것은 불길한 불이자 은혜로운 불이다. 파괴의 불과 창조의 불이 장난처럼 작란作亂한다. 어린 시절의 수치심과 굴욕감, 고립과 상처를 정화하는 불꽃은, 연금술적인 작가 탄생의 원동력으로 승화한다. 손보미의 「불장난」은 불과 대장간의 신 헤파이스토스의 후예들이 어떻게 창의적인 작가로 성장하는가, 그 미묘한 기미를 보여 준다. 높은 곳에서 불 지피기, 별처럼 불타오르기, 손보미라는 서사의 활화산은 그런 '불장난'에서 비롯되었던 것일까? 이미 잘 빚어진 항아리같이 좋은 작품들을 많이 선사한 작가 손보미의 경쟁자는 과거의 자신이었다. 내 심사 기준이 나를 힘들게 했다. 그럼에도 그 불꽃의 날개로 새로 비상할 어떤 서사적 경지를 궁금해해도 좋을 것 같다고 생각하게 되었다. 수상을 축하한다.

본심 심사평

주술적 방식으로 구성한 작가의 새로운 탄생

— 이전의 삶을 전소시켜야
이후의 삶을 얻을 수 있기에

윤대녕(尹大寧) | 소설가

본심에 회부된 19편의 작품들 중에서 강화길의 「복도」, 염승숙의 「믿음의 도약」, 손보미의 「불장난」, 이상 3편을 주목해서 재독했다.

강화길의 「복도」는 재개발이 시작된 지역의 아파트로 이사 온 신혼부부가 겪는 일들을 통해 동시대 주거의 문제를 그만의 독특한 화법으로 형상화하고 있다. 작가는 '지도에 없는 집', 즉 존재하지만 존재하지 않는 공간과 장소라는 대칭적 구도 속에 가로놓인 미로('복도')를 응시하면서 실존의 불안을 부각시킨다. 강화길 화법의 두드러진 특징인 스릴러적 요소를 혼합해 주인공이 급기야 '유괴범'의 상황에 놓이게 되는 대목은 과연 눈이 부시다. 그런데 '블라인드 안(밖)에 서성이는 존재'의 상징성이 끝내 모호함을 남긴 채 서둘러 마무리되면서 석연찮은 여운을 남기고 있다.

염승숙의 「믿음의 도약」 역시 주거의 문제를 서사의 중심에 위치시키고 '코로나 팬데믹 시대'에 소시민들이 겪고 있는 고조된 위기감을 하이퍼 리얼리즘 형식으로 드러내고 있다. 주거 문제(생존)를 해결하기 위해 백화점 오픈 런(대리 구매) 아르바이트를 하는 아내, 야간에 대리운전까지 겸해야 하는 남편의 인물형은 동시대 공동체 내부의 외면하기 힘든 사실적 풍경의 일부다. 영양제에 집착하는 아내가 "코로나 시국에 이 정도도 안 먹인단 말이야?", "우리한테 누가 있어, 여보. 아무도 없어, 아무도"라고 발화하는 대목에 이르면 '코로나 시대의 서사학'이라 부를 만한 간곡함을 전달받게 된다. 전작들에서 유사한 패턴이 반복된다는 의견이 있어 대상작의 범위에서 벗어났으나, 그렇다고 이 작품이 지닌 의미 자체가 퇴색하는 것은 아닐 터다.

손보미의 「불장난」은 투표 결과에서 가장 높은 비율을 보였기에, 일부 이견이 있었음에도 대상작으로 선정됐다. 이견이란, 그가 연전에 발표한 단편 「밤이 지나면」, 「사랑의 꿈」을 포함해 장편 『작은 동네』가 보여 준 탁월한 성취에 비해 「불장난」의 무게감이 상대적으로 약화돼 보인다는 의미일 수도 있다(이는 나의 짐작이다). 그럼에도 내 관점에서는 '자기 기원을 탐색'하는 이 소설이 이전 작품들과의 연속선상에서 중대한 의미를 발산하고 있다고 봤다. 성장소설 형식의 회고담으로 구성된 중편에 가까운 분량의 「불장난」은 손보미 소설에서 자주 모습을 드러내는 '내적으로 손상된 어딘가 낯선 존재들'의 고요한 역경을 섬세하고 집요하게 형상화하고 있다. 작가는 어둡게 차단된 세계에서 벗어나기 위한 몸부림을 특유의 '주술적 방식'으로 보여 주는데, 이 작품에서는 곧 '불장난'이다. 이전의 삶을 전소시키는 방식으로써만 다음 삶의 출구를 발견할 수 있다는 명제는 크게 새로울 게 없으나, 결말 부분에 이르러 주인공이자 화자가 자신이 쓴 글을 즉흥적으로 각색해서 낭독하는 장면은 명백히 통과의례(입사식)를 의미하는 바, '작가로서의 새로운 탄생'을 예고하는 것에 다름없다. 여기에 방점을 찍어 사유할 필요가 있었기에 그간의 성취와 더해 대상작으로 최종 결정하는 데 동의했다.

사족이 되겠으나, 다소 소품이라는 인상 때문에 대상작이 되지 못한 백수린의 작품에 대해서도 시선이 오래 머물렀음을 적어 두고 싶다. 수상자에게는 축하의 말을 전한다.

절제와 긴장으로 엮어진 성장기의 불안과 방황

권영민(權寧珉) | 월간 『문학사상』 편집주간, 문학평론가

2022년 제45회 이상문학상 본심에 오른 작품은 모두 19편이다. 코로나19 사태로 '줌'을 이용한 비대면 회의로 진행된 본심에서 심사위원들은 최근 우리 소설이 소재와 기법의 폭과 깊이가 더해지고 있다는 사실에 동의했다. 성소수자의 문제, 불안정한 주거 문제, 계층 간의 갈등, 가족의 해체, 인공지능, 힙합문화 등에 이르기까지 다양한 문제들이 소설적 대상이 되고 있다는 점은 우리 소설의 서사적 풍요로움을 말해 주는 요소라고 하겠다. 특히 등단 10년 안팎의 작가들이 보여 주는 활발한 작품 활동이 독자들의 주목을 받고 있다는 점도 특기할 만한 일이다.

후보작을 전체적으로 검토하면서 내가 흥미롭게 살폈던 몇몇 작품을 먼저 언급하기로 한다. 사랑의 상처를 스스로 치유할 수밖에 없는 주인공의 내면을 담백하게 그려 낸 김이설의 「치유정원에서」, 직설적 문체와 풍자를 보여 주는 김종광의 「풀도 살아보겠다고」, 편지투의 섬세한 문체로 폭력의 문제를 진술하고 있는 최은영의 「답신」, 서사 대신에 상황 묘사만으로 순간의 의미를 재구성하는 한유주의 「순간들」, 중년 여성의 내적 욕망을 밀도 있게 그려 낸 위수정의 「풍경과 사랑」, 힙합의 리듬을 서사적으로 엮어 내기 위해 패러디의 과감성을 보여 주는 서이제의 「벽과 선을 넘는 플로우」 등을 흥미롭게 읽었다.

심사의 절차상 모든 심사위원이 자신의 기준에 따라 3편을 지목하기로 했을 때 나는 최은미의 「고별」, 백수린의 「아주 환한 날들」, 손보미의 「불장난」을 꼽았다. 내가 이 작품들을 고르면서 주목했던 것은 이상문학상의 대상 수상작으로서 지니고 있어야 하는 완결된 구성과 무게 있는 소설적 주제였다. 그리고 치밀한 묘사와 호소력 있는 문체는 말할 것도 없고 자기 소재를 탐구해 가는 서사의 힘을 생각했다.

「고별」은 시어머니의 죽음을 바라보는 며느리의 관점에서 이야기가 전개된다. 한 인간의 죽음 앞에서 그 삶과 존재의 의미를, 단편적인 이야기 조각들을 끌어모아 전체로 통합하여 재구해 내는 서술의 힘에 긴장을 느낄 수 있다. 죽음의 의미를 일상적인 것들의 한 부분으로 처리하는 솜씨도 치밀함을 느끼게 한다. 그러나 한 인간의 죽음 자체가 가지는 의미에 대한 탐구는 오히려 약화된 것이 아닌가 하는 불만을 가진다.

「아주 환한 날들」은 쉽게 읽힌다. 단편소설의 구성에 있어서 모범을 보이는 작품이라고 할 만하고, 우리 사회가 안고 있는 노인문제를 다루는 방식 자체도 요란스럽지 않다. 잔잔하게 그려 낸 감동적인 서사 자체가 상당한 설득력을 발휘하지만, 지나치게 소품이라는 점이 마음에 걸렸다.

「불장난」은 일종의 성장소설의 형태로 볼 수 있다. 소설 속에서 화자의 시점을 현재의 '나'와 과거의 '나'로 구분하면서, 사춘기에 접어든 소녀가 부모의 이혼으로 겪게 되는 정서적 불안과 내적갈등을 통과의례의 서사적 구조를 통해 치밀하게 그려 내고 있다. 이 과정에서 돋보이는 것이 화자의 절제된 감정이다. 부모의 이혼 과정에서 겪어야 했던 혼란이라든지 새엄마에 대한 반감을 내면화하고, 적절한 서사적 거리를 통해 서사의 긴장을 살려 내는 방식이 놀랍도록 정제되어 있다. 이 소설의 세련된 언어 표현과 섬세한 내면묘사, 그리고 절제된 감정과 거기서 비롯되는 서사적 긴장을 처리하는 기법의 탁월성은 소설 미학의 전범을 보여 주는 것이라고 할 만하다. 특히 소설의 마지막 장면에서 주인공의 정신적 혼란과 그것을 겪어 내는 성장통의 아픔을 불장난이라는 상징적 모티프를 통해 극적으로 제시하고 있는 점은 이 작품이 이루어 낸 소설적 성과로 기억될 것이다.

최종적으로 대상 수상작을 결정하는 과정에서 나는 「불장난」을 택하는 데에 전혀 주저하지 않았다. 손보미 작가의 작가적 성실성과 「불장난」의 소설적 성취에 박수를 보낸다.

이상문학상의 취지와 선정 규정

한국의 가장 오랜 그리고 으뜸의 문학상으로 평가받는 것은
이 규정에 따른 심사의 공정성과 그 작품성에 있다.

1. **취지와 목적:** (주)문학사상(이하 주관사라고 한다)이 1977년에 제정한 '이상문학상李箱文學賞'(이하 본상이라고 한다)은 요절한 천재 작가 이상李箱이 남긴 문학적 유산과 업적을 기리며, 매년 가장 탁월한 소설 작품을 발표한 작가들을 표창하고, 『이상문학상 작품집』(이하 '작품집'이라고 한다)을 발행해 널리 보급함으로써, 한국문학의 발전에 기여할 것을 목적으로 한다.

2. **수상 대상 작품:** 전년도 본상 심사 대상對象 작품의 마감 이후인 발행일을 기준으로 해, 당해 1월부터 12월까지 발표된 작품을 모두 심사와 수상/선정의 대상對象에 포함한다. 문예지(월간지의 경우 당해 1월 초부터 12월 말일 이전에 발행된 것으로 하고 계간지도 포함한다)를 중심으로 해서, 각종 정기간행물 등에 발표된 작품성이 뛰어난 중·단편소설을 망라해 본심에 회부한다. 예비 심사 과정에서는 심

사 대상對象에 오른 작품이 대상大賞 수상작 또는 우수작으로 선정될 경우, 본상의 규정에 따른 수락 의사 유무를 직접 또는 간접적으로 확인한다. 중·단편소설을 시상 대상對象으로 하는 까닭은, 문학의 중심이 장편소설에서 점차 중·단편소설로 이행하는 추세를 감안하고, 작품 구성과 표현에 있어서의 치밀성과 농축성이 짙고 강렬한 소설 미학의 향기와 감동을 자아내게 한다고 믿기 때문이다.

3. **상의 종류:** 본상은 가장 뛰어난 작품에 대한 대상大賞 1명을 시상하고, 대상大賞 수상작에 버금하는 5~7편 이내의 우수작을 선정한다. 대상大賞 수상자에게 상금 5천만 원을 수여한다.

4. **예심 방법:** 문학평론가 등으로 이루어진 예비 심사위원 3~4명을 위촉한다. 주관사의 편집진이 당해 문예지에 발표된 작품을 취합 정리해 예비 심사위원에게 전달한다. 이를 검토한 예비 심사위원은 작품을 10~20편으로 추려 본심에 회부한다.

5. **본심 방법:** 예심을 거쳐 본심에 회부된 작품은, 권위 있는 평론가와 작가로 구성된 5~7인의 심사위원회에 넘겨지고, 수일간 개별적인 검토를 마친 후 본심위원회의에서 대상大賞 수상작과 우수작을 선정한다. 본심은 각 심사위원의 의견을 청취한 후 대체 토론을 통해 본심에 회부된 작품 가운데 10편 내외의 작품을 먼저 선정한다. 이 작품에 대한 심사위원들의 평가를 듣고, 1편의 대상大賞 수상작을 선정하고, 나머지 작품 중에서 5~7편의 우수작을

선정한다. 작품 결정에 있어 심사위원의 의견이 일치하지 않을 경우에는, 각 위원마다 작품을 3편씩 추천하는 연기명 비밀 투표로써 최종 결정을 한다.

6. 이상문학상 작품집 발행의 목적: 이 작품집은 본상의 공정성과 권위를 광범위한 독자에게 널리 알리고, 수록된 작품과 그 작가들에 대한 표창과 영예의 뜻을 담고 있어 그 밖의 다른 목적으로 이용할 수 없다.

7. 이상문학상 운영위원회: 주관사의 발행인을 위원장으로 하고 월간 『문학사상』의 편집주간 및 이사회가 선임한 위원으로 구성되며, 본상의 운영에 관한 모든 업무를 관장한다.

8. 이상문학상 심사위원회: 이상문학상 운영위원회는 각 연도마다 5~7인의 본상 심사위원을 위촉해 심사위원회를 구성한다. 동 심사위원회는 본상의 대상大賞 수상작과 우수작으로 선정할 작품을 심의 결정한다.

(주) 문학사상

이상문학상 운영위원회

2022년 제45회 이상문학상 작품집

제45회 이상문학상 작품집

1판 1쇄　2021년 1월 16일
1판 12쇄　2023년 1월 16일

지은이　손보미·강화길·백수린·서이제·염승숙·이장욱·최은미

펴낸이　임지현
펴낸곳　(주)문학사상
주소　경기도 파주시 회동길 363-8, 201호(10881)
등록　1973년 3월 21일 제1-137호

전화　031) 946-8503
팩스　031) 955-9912
홈페이지　www.munsa.co.kr
이메일　munsa@munsa.co.kr

ISBN 978-89-7012-533-6 (03810)

* 잘못 만들어진 책은 구입처에서 교환해 드립니다.
* 가격은 뒤표지에 표시돼 있습니다.
* KOMCA 승인필